D1932418

TOD AM GALGEN

Ein Odenwald-Krimi

von

Libor Schaffer

SOCIETÄTSVERLAG

Alle Rechte vorbehalten • Societäts-Verlag
© 2007 Frankfurter Societäts-Druckerei GmbH
Umschlaggestaltung: Katja Holst, Frankfurt
Satz: Societäts-Verlag, Tobias Dorn, Tanja Heising
Druck und Verarbeitung: Bercker Graphischer Betrieb, Kevelaer
Printed in Germany 2007

ISBN 978-3-7973-1052-1

Für Sabine, Lisa und Muzel

Inhalt

Kapitel 1

Hochgericht

Zunächst glaubte Franziska Rauscher an einen makabren Scherz. Die alte, etwas kurzsichtige Frau mit dem gebeugten Rücken schnaufte tief durch, als sie die Anhöhe über dem Ort erreicht hatte, die einen großartigen Rundblick auf die sie umgebende Landschaft bot. Dann stemmte sie die Hände in die Hüften und kniff die Augen zusammen.

Hatte da jemand eine Strohpuppe an den dreischläfrigen Galgen gehängt? Eine lustige Puppe, wie sie jedes Jahr zur Kirmes auf die Laterne neben dem Wirtshaus Zur Linde gesetzt wurde?

Etwas machte sie stutzig. Obwohl ein frischer Wind blies, bewegte sich die Puppe – soweit sie das von ihrem Standort am Rand der Landstraße nach Airlenbach beurteilen konnte – keinen Zentimeter von der Stelle. Und noch etwas war merkwürdig. An dem Kopf der Puppe nahm Franziska Rauscher ein schwarzes Flattern wahr. Ein oder zwei große schwarze Vögel hatten sich dort niedergelassen. Es musste sich um Kolkraben oder Saatkrähen handeln. Waren sie sicherheitshalber von einem der an die Richtstätte angrenzenden Felder aufgeflogen, als sie die Ankunft der alten Frau bemerkt hatten?

Franziska Rauscher schüttelte leicht den Kopf. So ängstlich waren diese großen, ausgesprochen vorwitzigen Vögel nicht. Etwas an der Puppe musste ihr Interesse geweckt haben. Denn neugierig waren diese Vögel allemal. Die alte Frau zuckte zusammen. Neugierig und gefräßig.

Je näher die Frau dem sechs Meter hohen, aus drei schlanken Säulen aus rotem Sandstein bestehenden Galgen kam, desto stärker kroch ihr die Angst in die Glieder. Dort oben an einem der drei Bänder aus Eisen, die die im Dreieck aufgestellten Säulen miteinander verbanden, hing mit Sicherheit keine Kirmespuppe.

Wenige Meter vor dem berühmten, mehr als vierhundert Jahre alten Galgen, an dem im Lauf der Zeit unzählige Menschen hingerichtet worden waren, hielt die Alte noch einmal inne. Eine innere Stimme sagte ihr, dass es besser und viel vernünftiger wäre, sofort umzukehren und nach Beerfelden zurückzueilen. Um von dort aus unverzüglich die Polizei zu alarmieren.

Aber wie so oft in ihrem Leben siegte auch dieses Mal wieder die Neugier über die Vernunft. Sie ging bis auf wenige Meter an diejenige Seite des dreieckigen Galgens, an der das Opfer am Strang hing. Jetzt erst ließen die beiden schwarzen Vögel von dem Gesicht der Toten ab und flogen krächzend davon. Franziska Rauscher hob langsam den Kopf. Tränen stiegen ihr in die Augen und rollten über ihre faltigen Wangen, die heftig zitterten. Dieser grausame Anblick würde sie noch sehr viele Nächte heimsuchen.

Das Gesicht der toten Frau hatten die hungrigen Vögel fast bis zur Unkenntlichkeit zerhackt. Aber es musste sich um eine Frau handeln, ihre Kleidung, die sich darunter abzeichnende weibliche Figur und ihr langes kastanienbraunes Haar ließen bei der hemmungslos weinenden Betrachterin keinen Zweifel aufkommen.

Die Augen der Toten hatten die Vögel längst herausgerissen und gefressen. Von der Zunge der Erhängten, die während oder unmittelbar nach ihrem gewaltsamen Ableben aus dem Mund gequollen war, waren nur noch ein paar dünne blutige Fleischfetzen übrig geblieben.

Stöhnend sank Franziska Rauscher auf die Knie. Ihr von Tränen verschleierter Blick fiel auf das vor dem Hochgericht in die Erde eingelassene Kreuz aus rotem Sandstein, das vermutlich die Stätte war, an der in vergangenen Jahrhunderten die zum Tod durch den Strang Verurteilten ein letztes Gebet sprachen, ihre Beichte ablegten und von einem Priester die Absolution erteilt bekamen.

Kapitel 2

Henkersknoten

„Ich möchte, dass Sie den Mörder meiner Mutter finden", sagte der junge Mann mit dem schwarzen Stoppelhaar, der Tobias Bloch im Wohnzimmer seines Heubacher Hauses gegenübersaß. „Geld spielt keine Rolle. Und wenn Sie erfolgreich sind ..."

Der Privatdetektiv winkte ab. „Ich berechne einen festen Tagessatz – unabhängig von dem Ergebnis meiner Ermittlungen. Plus anfallende Spesen. Von Erfolgsprämien halte ich überhaupt nichts." Auf der linken Armlehne neben ihm gähnte seine dreifarbige Katze herzhaft. Auch Muzel schien dieses Thema zu langweilen.

Trotzdem fuhr Bloch unverdrossen fort: „Ich erwarte einen Vorschuss für eine Woche. Für eine Siebentagewoche. Wenn Sie mit meiner Arbeit nicht zufrieden sind, können Sie mir jederzeit kündigen. Den überschüssigen Betrag erhalten Sie dann selbstverständlich zurück. Gleiches gilt für den Fall, dass die Kriminalpolizei vor mir den Mörder Ihrer Mutter fassen sollte." Muzel legte sich auf die Seite und schmiegte sich mit ihrem angenehm warmen weißen Bauch an seinen Oberarm.

Benjamin Unger griff in die rechte Brusttasche seiner neben ihm auf dem Ledersofa liegenden Jeansjacke und holte seine Brieftasche heraus. „Wie viel?", fragte er, während er sie aufklappte.

Der Privatdetektiv aus Heubach nannte seinen Preis.

„Stimmt so“, sagte der schwarzhaarige junge Mann, den Bloch auf Anfang zwanzig schätzte, und reichte ihm ein ziemlich dickes Bündel Geldscheine.

„Eines hätte ich beinahe vergessen“, sagte Bloch.

Der Sohn der am dreischläfrigen Galgen von Beerfelden gehängten Frau sah ihn misstrauisch an.

„Ich arbeite in der Regel mit einer Assistentin. Sie heißt Susanne Kramer. Um ihre Bezahlung kümmere ich mich, dadurch entstehen für Sie keine weiteren Kosten.“

Benjamin Unger stöhnte leise auf. „Wie viel?“, fragte er.

Der Privatdetektiv schüttelte den Kopf.

„Ich bestehe darauf“, sagte der junge Mann.

„Aber ich habe doch noch gar nicht mit ihr gesprochen. Vielleicht hat sie ja überhaupt keine Zeit oder …“

„Wie viel?“

Bloch nannte Susannes Wochenpreis.

Wieder zählte Benjamin Unger einige Scheine ab und reichte sie ihm dann.

Der Privatdetektiv aus Heubach trank einen Schluck Mineralwasser. Er deutete auf die Flasche, die auf dem schwarzen Couchtisch zwischen dem Sofa und dem Ledersessel stand. „Bedienen Sie sich ruhig. Oder wollen Sie etwas anderes? Bier, Kognak?“

Der junge Mann schüttelte den Kopf. „Nein danke.“

„Ich nehme an, man hat Sie gestern bereits verhört?“, fragte Bloch in sachlichem Tonfall.

„Hmm“, bestätigte Unger brummend. „Stundenlang. Ich werde den Verdacht nicht los, dass diese Erbacher Kommissarin mir nicht glaubt.“

„Sie heißt nicht zufällig Sara Hagedorn?“

„Doch.“ Der junge Mann sah ihn erwartungsvoll an. „Sie kennen sie?“

Bloch nickte lächelnd. „Reizende Dame. Wir hatten bereits das Vergnügen.“

„Wir?“

„Susanne Kramer und ich. Sie sind doch wegen des ziemlich spektakulären Felsenmeer-Falls auf mich gekommen. Damals leitete sie die Ermittlungen. Zusammen mit ihrem Assistenten Melzig. Der ist doch dieses Mal auch wieder mit von der Partie?“

„Richtig“, bestätigte Unger. „Ein unangenehmer Typ.“

Der Privatdetektiv aus Heubach zuckte die Achseln. „Sie haben also kein Alibi für die fragliche Zeit?“

„Nein.“

„Wann starb Ihre Mutter, Herr Unger?“

„Nach ersten Untersuchungen der Gerichtsmedizin erstickte sie in der Nacht von Sonntag auf Montag etwa in der Zeit zwischen Mitternacht und zwei Uhr früh.“

Bloch wurde hellhörig. „Erstickte?“, fragte er. „Kein Genickbruch?“

„Leider nein“, sagte der Sohn. „Das Schwein hat sie qualvoll verrecken lassen. Ihr Sterben muss minutenlang gedauert haben.“

Der Privatdetektiv erhob sich vorsichtig. Trotzdem konnte er nicht verhindern, dass Muzel erwachte. „Ich hole uns ein Bier“, sagte er und machte sich auf den Weg in die Küche. Die weiße Katze mit den mittelbraunen und schwarzen Flecken folgte ihm aufgeregt maunzend.

Nachdem er Muzels Napf in der Küche aufgefüllt hatte, kehrte Bloch mit den Getränken ins Wohnzimmer zurück. Sie gossen sich schweigend ein.

„Aber es handelte sich doch um einen Henkersknoten?", fragte der Privatdetektiv dann. „Jedenfalls habe ich das heute in der Zeitung gelesen."

„An dem Knoten und dem Seil lag es nicht", erklärte der Sohn der Ermordeten. „Entscheidend ist, wie tief man fällt. Bei einem zu kurzen Fall wird nicht genügend Druck auf die Halswirbel ausgeübt. Folglich kommt es zu keinem Genickbruch, sondern zu einem langsamen Erstickungstod. Mit hervortretenden Augen, heraushängender Zunge und allem, was dazugehört." Er trank einen kräftigen Schluck.

Bloch wollte eine Frage stellen, aber sein Gegenüber fuhr fort: „Außerdem hat dieses Dreckschwein ihr nicht einmal ein Tuch oder einen Sack über den Kopf gestülpt."

Der Privatdetektiv sah ihn fragend an. „Ich verstehe nicht recht ..."

„Schon mal was von Raben oder Krähen gehört, die sich über eine in der Luft hängende Leiche hermachen?"

„Oh!" Bloch zuckte zusammen.

„Sie sagen es. Laut Aussage von Frau Rauscher waren es zwei Vögel. Jedenfalls zu dem Zeitpunkt, zu dem sie auf der Anhöhe oberhalb von Beerfelden war und meine am Galgen ermordete Mutter entdeckte. Da hatten die Raben oder Krähen ihr bereits die Augen ausgerissen, die Zunge fast ganz abgerissen und das Gesicht bis zur Unkenntlichkeit zerhackt. Ein Tuch oder ein Sack hätte das vielleicht verhindern oder zumindest verzögern können."

„Wer ist Frau Rauscher?", fragte der Privatdetektiv, ohne darauf einzugehen, dass man die Hartnäckigkeit und den Einfallsreichtum von Rabenvögeln unter keinen Umständen unterschätzen sollte. Wenn die erst einmal den Braten gerochen hatten, würde sie ein bisschen Sackleinen oder ein anderes Material kaum von ihrer Mahlzeit abhalten …

„Franziska Rauscher. Eine alte Frau aus Beerfelden, die am Montagmorgen den Ort verließ, um ihre Cousine im benachbarten Ortsteil Airlenbach zu besuchen. Sie sieht nicht mehr so gut und hielt das Ganze zuerst für einen üblen Scherz." Er senkte den Kopf. „Sie hielt meine Mutter für eine Strohpuppe. Sie wissen schon, solche Puppen, die man zur Kirmes vor Wirtshäusern ausstellt."

Bloch ließ etwas Zeit verrinnen, bevor er ruhig sagte: „Ich kann mich natürlich täuschen, aber ich glaube, der Mörder Ihrer Mutter wollte genau dies. Er wollte sie in aller Öffentlichkeit und weithin sichtbar ausstellen."

Kapitel 3

Andreas

Nachdem er sein erstes Gespräch mit dem Sohn der an dem Galgen in Beerfelden Erhängten beendet hatte, rief Tobias Bloch bei seiner potenziellen Assistentin an, die im benachbarten Wiebelsbach wohnte.

Es klingelte bestimmt schon zum neunten oder zehnten Mal, ehe Susanne Kramer schließlich abnahm.

„Ich bin's", sagte der Privatdetektiv. Stolz schwang in seiner Stimme mit, denn er wusste, dass er gleich eine Welle der Begeisterung bei einer nicht gerade schlecht aussehenden Frau auslösen würde. „Ich wollte dich eigentlich nur fragen ..."

„Du, Tobias", unterbrach ihn Susanne. „Es ist im Augenblick wirklich sehr ungünstig."

„Aber es ist wichtig!", beharrte er trotzig. „Sehr wichtig sogar!"

„Das mag ja durchaus sein. Dass es für dich sehr wichtig ist. Aber ich habe im Moment wirklich alle Hände voll zu tun. Du wirst es nicht glauben, ein richtiger Großauftrag", sagte die Wiebelsbacher Grafikerin und Kinderbuch-Illustratorin. „Und außerdem ..."

„Es geht um den Mord am Beerfelder Galgen!", rief Bloch.

„Aha."

„Der Sohn der Ermordeten hat mich mit den Ermittlungen beauftragt ..."

„Aha."

Plötzlich stutzte der Privatdetektiv aus Heubach. „Habe ich da eben eine Stimme aus dem Hintergrund gehört? Eine männliche Stimme?"

„Du, Tobias ..."

„Wer?", schrie Bloch.

Schweigen. Sündiges Schweigen.

„Wer, verdammt noch mal!"

„Andreas", sagte Susanne Kramer.

Wütend knallte der Privatdetektiv aus Heubach, der soeben seine attraktive Assistentin an ihren schmierigen Exgeliebten aus Erbach verloren hatte, den Hörer auf. Das heftige Geräusch ließ Muzel, die zu seinen Füßen im Flur gelegen hatte, blitzschnell aufspringen, ins Wohnzimmer flitzen, um durch die geöffnete Terrassentür ins Freie zu fliehen.

Kapitel 4

Verhaltensforschung

Das Odenwälder Institut für Ethologie hatte seinen Sitz im südöstlich von Beerfelden gelegenen Sensbachtal. Die private Einrichtung umfasste mehrere Gebäude eines ehemaligen landwirtschaftlichen Aussiedlerhofes, die nach aufwendigen und augenscheinlich sehr teuren Umbauarbeiten kaum mehr an ihren früheren Zweck erinnerten.

Tobias Bloch stellte seinen schwarzen Renault auf einem der gepflasterten Parkplätze vor dem hohen Hauptgebäude aus rotem Buntsandstein ab, das früher einmal das Bauernhaus des Hofes gewesen sein musste. Er drückte seine Zigarette im Aschenbecher des Autos aus und verließ den Wagen, ohne ihn abzuschließen.

Am Empfang stellte er sich als der Privatdetektiv aus Heubach vor, der einen kurzfristig anberaumten Gesprächstermin mit dem Leiter des Instituts für Verhaltensforschung habe. Die junge Frau, die – als Zeichen der Trauer? – eine züchtig zugeknöpfte schwarze Bluse trug, hieß Lilli Wagner, was Bloch dem Namensschild entnehmen konnte, das oberhalb ihres rechten Busens an ihrer Bluse befestigt war.

Sie sah kurz in einem vor ihr liegenden aufgeklappten Terminkalender nach.

Mach es nicht so spannend, dachte Bloch. Du hast meinen Namen – wenn überhaupt – doch erst vor nicht mehr als vielleicht anderthalb Stunden auf Geheiß deines Chefs in diesen Kalender eingetragen.

„Sie finden Doktor Unger im ersten Stock", sagte die dunkelblonde Frau mit ausdruckslosem Gesicht. „Zimmer 18."

„Danke." Der Privatdetektiv wandte sich der hellen Marmortreppe zu, die nach oben führte.

„Und regen Sie ihn bitte nicht unnötig auf", sagte Lilli Wagner.

Bloch drehte sich noch einmal zu ihr um und runzelte die Stirn. „Wie kommen Sie denn auf die Idee?"

Frau Wagner zuckte die Achseln. „Es geht ihm nämlich auch so schon beschissen genug, seitdem ihn die Kriminalpolizei in die Mangel genommen hat."

Der Privatdetektiv nickte wortlos und stieg die Treppe zum ersten Stock hinauf.

„Sie haben also bereits mit meinem Sohn gesprochen", eröffnete Doktor Leo Unger ihr Gespräch, nachdem er Bloch mit einem unangenehm feuchten Handschlag begrüßt hatte. Der braun gebrannte Verhaltensforscher stellte seine Dominanz in seinem Revier nicht großartig zur Schau, beharrte aber dennoch darauf, an seinen Schreibtisch zurückzukehren, statt die Unterhaltung mit dem Privatdetektiv in der Sitzecke neben dem hohen, auf den Hof weisenden Fenster zu führen.

So wäre Bloch eigentlich gezwungen gewesen, auf dem unbequem wirkenden Stuhl vor dem Schreibtisch des Leiters des Instituts für Ethologie Platz zu nehmen. Der Privatdetektiv war zwar kein Verhaltensforscher, aber blöd war er deshalb noch lange nicht.

Gemächlich ging er an dem massiven Schreibtisch aus dunkler Eiche vorbei und blieb am Fenster mit dem Rücken zu Unger stehen.

Über die Rangordnung werden wir uns eventuell noch einmal unterhalten müssen, dachte Bloch.

Der Verhaltensforscher, ein schlanker, grauhaariger Mann, der schätzungsweise Mitte fünfzig war, ließ sich seine Irritation – sollte eine solche in ihm aufgekommen sein – nicht anmerken.

„Er hat mich beauftragt, den Mörder Ihrer Frau zu finden", sagte der Privatdetektiv. Als er am Telefon die Unterredung mit Leo Unger vereinbart hatte, hatte er nur allgemein davon gesprochen, mit Ermittlungen im Zusammenhang mit dem Mord am Beerfelder Galgen befasst zu sein.

Dementsprechend fiel Ungers Reaktion nun aus.

„Was?", rief er schrill. „Was sagen Sie da?"

„Hat er Ihnen nichts davon gesagt?" Bloch behielt seine Position bei und sah weiter aus dem Fenster.

„Nein. Ich habe mit Benjamin seit gestern nicht mehr gesprochen."

„Sie meinen also, er hat sich erst heute dazu entschlossen, einen Privatdetektiv mit den Nachforschungen zur Ermordung seiner Mutter zu beauftragen?"

„Herr Bloch, das gefällt mir nicht. Sie legen mir Worte in den Mund ..."

„Ich habe nur eine einfache Frage gestellt, Herr Unger."

Der Verhaltensforscher erhob sich aus dem Ledersessel hinter seinem Schreibtisch und ging an dem Privatdetektiv vorbei zu der Schrankwand aus dunkler Eiche. Aus dem Augenwinkel sah Bloch, wie er das Barfach öffnete, ein Whiskyglas auf die Ablage stellte und nach einer halb vollen Karaffe griff.

Er goss sich ein und leerte das Glas in einem Zug.

„Möchten Sie auch einen?", fragte Dr. Unger.

Der Privatdetektiv schüttelte den Kopf.

„Wie bitte?"

Bloch drehte sich lächelnd um.

Wir spielen hier aber schöne Spielchen, dachte er.

Laut sagte er: „Nein, vielen Dank."

Unger brummte etwas Unverständliches und schloss das Barfach. Nachdem er an seinen Schreibtisch zurückgekehrt war, drehte er seinen Ledersessel so nach rechts, dass er den weiterhin am Fenster stehenden Privatdetektiv unverwandt ansehen konnte.

„Und Sie haben diesen Auftrag natürlich ohne jedes Zögern angenommen."

„Nein. Ich sehe mir meine potenziellen Klienten gern etwas genauer an, bevor ich mich dazu entschließe, einen Fall zu übernehmen. Also habe ich Ihren Sohn – er ist doch Ihr leiblicher Sohn? – zu mir nach Heubach gebeten, um mit ihm in aller Ruhe zu sprechen."

„Heubach?", fragte Leo Unger irritiert.

Lenk nicht vom Thema ab, dachte Bloch.

„Eine völlig unbedeutende Siedlung im vorderen Odenwald. Einige ihrer Bewohner – unter ihnen auch ich – sehen das zwar anders, aber objektiv betrachtet …"

„Warum haben Sie den Auftrag angenommen?", fragte der Verhaltensforscher. „Es kommt doch sicherlich nicht allzu häufig vor, dass der Sohn einer bestialisch ermordeten Frau Sie darum bittet, Ermittlungen anzustellen?"

„Die Tötungsart spielte bei meiner Entscheidung eine eher untergeordnete Rolle", sagte der Privatdetektiv. „Obwohl ich zugeben muss, noch nie mit einem Mord an einem Galgen befasst gewesen zu sein. Noch dazu an einem so einzigartigen."

„Sie weichen meiner Frage aus, Herr Bloch."

„Dann bin ich offenkundig ein Nachahmungstäter. Sie haben meine Frage bezüglich Ihres Sohnes nämlich auch noch nicht beantwortet."

„Ich bin nicht sein leiblicher Vater", sagte Dr. Unger. „Sind Sie jetzt zufrieden?"

Der Privatdetektiv zuckte die Achseln. „Haben Sie mit Ihrer verstorbenen Frau Kinder? Hat Benjamin eine Stiefschwester oder einen Stiefbruder?"

„Nein."

„Und aus der ersten Ehe Ihrer Frau – es war doch ihre erste? – mit Benjamins leiblichem Vater sind auch keine weiteren Kinder hervorgegangen?"

„Nein."

„Bezieht sich das auf den ersten oder den zweiten Teil meiner Frage?"

Leo Unger deutete ein Schnauben an. „Auf den zweiten."

„Lebt der erste Ehemann Ihrer Frau noch?"

Der Verhaltensforscher sah ihn verblüfft an.

„Woher soll ich das wissen?", fragte Unger. „Ich habe diesen Mann nie kennengelernt. Ich weiß nicht, wie er aussieht, wo er wohnt, welchen Beruf er hat, ob er wieder verheiratet ist ... Ich weiß überhaupt nichts über ihn."

Das glaube ich dir nicht, lieber Doktor, dachte Bloch. Hast du nie ein Foto von ihm mit deiner ermordeten Frau gesehen? Hat er nie deinen Stiefsohn Benjamin bei seiner Mutter besucht?

„Aber seinen Namen kennen Sie wenigstens?"

„Er heißt Markus Weidinger. Wenn er seinen Nachnamen nach einer neuerlichen Heirat nicht geändert hat."

„Hat Benjamin noch Kontakt zu seinem Vater? Hatte Ihre Frau noch Kontakt zu ihrem früheren Mann?"

Der Verhaltensforscher lehnte sich zurück und verschränkte die Arme vor seiner Brust. „Zu Ihrer ersten Frage: Benjamins Privatleben ist mir – vorsichtig ausgedrückt – nicht sehr vertraut. Und was meine ermordete Frau angeht, bin ich ziemlich sicher, dass sie keine Verbindung mehr zu Herrn Weidinger unterhielt. Aber beschwören kann ich es natürlich nicht."

„Wie würden Sie Ihr Verhältnis zu Ihrem Stiefsohn beschreiben?"

Bloch entfernte sich vom Fenster, nahm auf dem Stuhl vor dem Schreibtisch Platz und schlug die Beine übereinander. Der Besucherstuhl war tatsächlich unbequem.

„Als ziemlich mittelmäßig."

„Wäre schlecht vielleicht der treffendere Ausdruck?"

„Wir gehen uns nach Möglichkeit aus dem Weg. Als Charlotte und ich nach unserer Heirat hier ins Sensbachtal gezogen sind, ist Benjamin nicht mitgekommen. Obwohl wir es ihm angeboten haben. Besser gesagt, obwohl seine Mutter ihn darum gebeten hat. Ich hätte ihn ja wohl kaum dazu überreden können. Aber alles gute Zureden hat überhaupt nichts genutzt. Er wohnt jetzt, wie Sie wahrscheinlich bereits wissen, in Bad König."

„Wann haben Sie das Institut für Ethologie hier im Sensbachtal gegründet?"

Leo Unger dachte kurz nach. „Vor knapp sechs Jahren", antwortete er dann.

„Benjamin war damals wie alt?"

„Zwanzig."

Dann sieht er jünger aus, als er tatsächlich ist, dachte Bloch. Ich habe ihn auf Anfang zwanzig geschätzt.

„Können Sie mich ein wenig über die Struktur und die Hierarchie in Ihrem Institut aufklären?", wechselte der Privatdetektiv das Thema.

Nachdem die Fragen zum Familienhintergrund vorerst beendet waren, entspannte sich der Verhaltensforscher sichtlich. „Hierarchie", sagte er mit der Andeutung eines Lächelns.

„Ein schönes Wort." Er machte eine Kunstpause. „Gut. Offiziell bin ich der Leiter des ethologischen Instituts. Aber meine ermordete Frau stand mit mir gleichberechtigt an der Spitze unserer privaten Einrichtung. Sie kannten Charlotte nicht …" Er senkte seine Stimme. „Sie legte allergrößten Wert auf ihre Unabhängigkeit. Sie hätte sich niemals untergeordnet. Mir nicht und erst recht keinem anderen Verhaltensforscher. Deshalb ist es uns in der Vergangenheit auch immer wieder schwergefallen, renommierte Kollegen für eine Mitarbeit in unserem Institut zu gewinnen. Aber das ist ein anderes Thema."

Der Privatdetektiv nickte. „Wie viele Personen arbeiten hier?"

„Einschließlich der Hausangestellten?"

„Ja."

„Dreizehn." Leo Unger stockte einen Moment lang. „Nein", sagte er kopfschüttelnd. „Jetzt sind wir nur noch zwölf."

„Wer von diesen Personen wohnt hier auf dem Gut?", fragte Tobias Bloch.

„Zwei jüngere Kollegen. Darüber hinaus Frau Wagner, die Sie bereits am Empfang kennengelernt haben. Und die Haushälterin sowie der Hausmeister. Platz ist ja genug da."

„Das kann ich bestätigen, obwohl ich mir bisher nur einen oberflächlichen Überblick verschaffen konnte."

„Sie haben auf unserem Anwesen herumgeschnüffelt?" Auf der Stirn des Verhaltensforschers trat eine Zornesader hervor.

Der Privatdetektiv schüttelte lächelnd den Kopf. „Alles halb so wild. Bevor ich zum Hauptgebäude gefahren bin, habe ich meinen Wagen vor dem geöffneten Tor des Gutes abgestellt, um einen kleinen Spaziergang zu machen. Das ist doch nicht verboten, oder?"

Dr. Unger winkte ab. „Sie befinden sich auf einem Privatgrundstück, ist Ihnen das klar?"

Bloch überging die Frage, um eine kleinkarierte Auseinandersetzung zu vermeiden, und sagte stattdessen in sachlichem Ton: „Herr Unger, können Sie mir bitte etwas über die Forschungsschwerpunkte Ihres Instituts sagen? Beziehen sich Ihre Arbeiten auf das Verhalten von Menschen oder von Tieren oder von beiden?“

Der nunmehr alleinige Leiter des ethologischen Instituts kniff die Augen zusammen. „Interessiert Sie das wirklich, Herr Bloch? Oder ist diese vermeintliche Wissbegierde nur geheuchelt?“

„Mein Interesse ist absolut echt. Ob Sie es glauben oder nicht, ich habe mich nicht nur in meinem Beruf – da ist es ein zwangsläufiger Teil der Ermittlungsarbeit –, sondern auch sonst schon oft mit Verhaltensforschung beschäftigt. Ich muss Ihnen aber offen gestehen, dass ich die vielfältigen Formen tierischen Verhaltens viel interessanter finde als die des menschlichen.“

Leo Unger lächelte überraschenderweise. „Dann sind Sie hier genau richtig, Herr Bloch.“

Der Privatdetektiv sah ihn fragend an.

„Die Ethologie umfasst, wie Sie es bereits richtig angedeutet haben, Forschungen zum menschlichen und zum tierischen Verhalten“, erklärte der Leiter des Instituts. „Wir hier konzentrieren uns auf das Verhalten von Tieren, genauer gesagt auf deren Kommunikation untereinander. Und da es andere renommierte Einrichtungen im In- und Ausland gibt, die sich beispielsweise auf die Verhaltensforschung bei Vögeln, Reptilien, Fischen oder bei Insekten spezialisiert haben, befassen wir uns in unserem Institut ausschließlich mit der Kommunikation zwischen Säugetieren.“

Bloch nickte. „Darüber habe ich schon einige interessante Tierfilme gesehen.“

„Die aber leider allzu oft das Spektakuläre, das scheinbar Sensationelle und das Vordergründige thematisieren. Kann man einerseits aus dem Blickwinkel der Fernsehmacher verstehen. Andererseits ist es sehr schade, dass die subtilen Formen der Verständigung zwischen Säugetieren in diesen Filmen viel zu kurz kommen."

„Ich bin natürlich ein absoluter Laie auf diesem Gebiet, aber wenn ich mich nicht täusche, hat sich in dieser Hinsicht in letzter Zeit einiges in die Richtung verändert, die Sie eben angesprochen haben. Aber vermutlich werden solche Fernsehberichte für einen ausgewiesenen Fachmann wie Sie immer unbefriedigend und reichlich oberflächlich bleiben."

„Täusche ich mich, Herr Bloch, oder sind Sie gerade im Begriff, sich bei mir einzuschmeicheln?"

Der Privatdetektiv aus Heubach errötete leicht. „Diesen Eindruck möchte ich unbedingt vermeiden."

Trotzdem biss der Leiter des ethologischen Instituts im Sensbachtal an. „Sie kennen die verschiedenen Kategorien der Kommunikation zwischen Säugetieren?", fragte er sein Gegenüber.

„Offensichtlich ist ja wohl die akustische Verständigung. Kontaktlaute, Warnrufe, Chorgesang und Ähnliches", antwortete Bloch.

Dr. Unger nickte. „Für einen Laien und für den Anfang gar nicht schlecht", sagte er gleichmütig. „Aber eines der wichtigsten akustischen Signale bei Säugetieren haben Sie, mit Verlaub, völlig außer Acht gelassen."

„Ach ja?"

„Lautäußerungen zur Kennzeichnung des eigenen Reviers, Rufe, um die Inanspruchnahme eines bestimmten Territoriums anzuzeigen. Und allgemein akustische Signale zur

Bekundung der Anwesenheit, um Auseinandersetzungen mit Artgenossen zu vermeiden."

„Ich sagte doch, ich bin ein Laie", sagte der Privatdetektiv.

Der Leiter des ethologischen Instituts überging Blochs Eingeständnis der eigenen Unzulänglichkeit großzügig.

„Fehlen also nur noch die drei anderen Bereiche", sagte Leo Unger. „Spielen Sie noch mit?"

„Selbstverständlich." Der Privatdetektiv überlegte kurz. „Duftmarkierungen", sagte er dann.

„Richtig. Die chemische Kommunikation beinhaltet die Informationsübertragung durch besondere Duftstoffe, die sogenannten Pheromone."

„Von denen habe ich schon gehört", wandte Bloch nicht ohne Stolz ein.

„Diese Absonderungen aus speziellen Drüsen werden von den Säugetieren als Duftmarken abgesetzt, die insbesondere Artgenossen, aber auch artfremden Tieren wichtige Nachrichten übermitteln", dozierte Dr. Unger leidenschaftslos. „Diese Form der Kommunikation kann so präzise und unmissverständlich sein, dass das Tier, welches die betreffende Duftmarke riechend prüft, daraus das Alter, das Geschlecht, die Bereitschaft zur Fortpflanzung, die soziale Stellung und andere wesentliche Merkmale des die Duftsignale aussendenden Tieres ablesen kann."

„Wie oft haben Sie diese Sätze schon bei einem Vortrag oder in einem Gespräch gesagt, Herr Doktor?"

Wieder lächelte der Leiter des ethologischen Instituts.

Dir tut die Ablenkung gut, dachte Bloch. Immerzu an diesen monströsen Galgen in Beerfelden zu denken, macht einen ja auch früher oder später verrückt.

„Blieben also noch zwei Kategorien der Kommunikation", sagte Leo Unger.

„Zunächst die visuelle“, schlug der Privatdetektiv aus Heubach vor. „Zum Beispiel, um den Damen zu imponieren. Denken Sie nur an den ein Rad schlagenden Pfau.“

„Ein sehr vordergründiges Beispiel, aber durchaus zutreffend“, sagte der Verhaltensforscher. „In diesem Bereich müssen Sie sich den Unterschied zwischen tagaktiven und nachtaktiven Säugetieren klarmachen. Bei am Tag aktiven, größeren Säugetieren spielt die visuelle Kommunikation eine tragende Rolle. Sie dient in diesem Fall der Verständigung und Signalübermittlung in überschaubaren Lebensräumen oder zwischen in relativ engem Kontakt lebenden Mitgliedern einer Gruppe. Dagegen ist für nachtaktive Säugetiere die chemische Kommunikation besonders wichtig.“

„Leuchtet mir ein“, sagte Tobias Bloch. „Nachts sieht man wenig bis nichts. Fehlt also nur noch ein Bereich.“

Dr. Unger nickte. „Und zwar die direkteste Art der Kommunikation.“

„Durch das Berühren des Artgenossen?“

„Richtig. Wir nennen sie die körperliche Kommunikation. Sie umfasst den unmittelbaren Körperkontakt durch Körperwärme, Kontaktliegen, durch einfache Berührung, Umarmung, Küssen, Nasenkontakt, soziales Lecken oder soziale Körper- und Fellpflege.“

„Damit kenne ich mich bestens aus“, sagte Bloch. „Ich habe nämlich eine Katze.“

„Die Sie aber hoffentlich nicht küssen oder ablecken?“, fragte der Verhaltensforscher argwöhnisch.

Der Privatdetektiv schüttelte den Kopf. „Wo denken Sie hin? Muzel und ich beschränken uns auf Kontaktliegen, Nasenkontakt und Fellpflege.“

„Das schließt ein, dass Ihre Katze Sie gelegentlich ableckt?“

„Sie hat auf meiner Kleidung, insbesondere dann, wenn es sich um weichere Stoffe handelt, schon regelrechte Seen produziert."

„Auch wenn es unangenehm sein mag, es ist ein sehr gutes Zeichen", sagte Leo Unger.

„Sehe ich genauso." Tobias Bloch lehnte sich zurück. „Darf ich noch einmal auf den eigentlichen Anlass meines Besuches zurückkommen?"

„Wenn es unbedingt sein muss", murmelte der Ehemann der Gehängten.

„Der Vergleich hinkt zwar, aber wenn ich mir den Mord an Ihrer Frau vor Augen führe, kann ich mich eines Gedankens nicht erwehren. Könnte man sagen, dass das öffentliche und weithin sichtbare Aufhängen Ihrer Frau an einem Galgen eine Form der visuellen Kommunikation ist? Verstehen Sie mich? Im Rahmen der zwischenmenschlichen Verständigung?"

Leo Unger sah ihn entgeistert an. „Sie haben ja wohl nicht mehr alle Tassen im Schrank, Herr Bloch!"

Der Privatdetektiv aus Heubach senkte den Kopf.

„Und dann hätte ich noch eine letzte Frage an Sie", sagte er scheinbar schüchtern.

Der Verhaltensforscher erhob sich aus seinem Ledersessel und steuerte erneut das Barfach in der Schrankwand an.

„Wo waren Sie in der Nacht von Sonntag auf Montag? Sagen wir zwischen Mitternacht und zwei Uhr am Montagmorgen?"

Kapitel 5

Alibi

„Bitte sehr", sagte Dr. Unger und stellte ein zu einem Viertel mit Kognak gefülltes Glas für den Privatdetektiv aus Heubach auf den Beistelltisch. Sich selbst genehmigte er einen weiteren Whisky. Endlich hatte der Verhaltensforscher ein Einsehen gehabt und die starre Gesprächssituation aufgelöst. Sie saßen nun in der viel bequemeren Sitzecke neben dem hohen Fenster, das auf den Hof wies.

Beide tranken einen Schluck.

Leo Unger deutete auf das Glas seines Gastes.

„Ich hoffe, der Kognak genügt Ihren Ansprüchen."

Bloch nickte. „Er ist ausgezeichnet." Die ungezwungenere Atmosphäre, die nun in dem Büro des Institutsleiters herrschte, ließ ihn fragen: „Stört es Sie, wenn ich rauche?"

„Ja", antwortete Dr. Unger. „Sehr sogar."

„Dann wäre das auch geklärt." Der Privatdetektiv ließ seine rechte Hand sinken, die sich bereits auf dem Weg zu dem Zigarettenpäckchen in der Brusttasche seines Hemdes befunden hatte.

Leo Unger beobachtete ihn neugierig.

„Wo waren Sie, als Ihre Frau am Galgen von Beerfelden gehängt wurde?", wiederholte Tobias Bloch seine Frage.

Der Verhaltensforscher zögerte mit seiner Antwort. „Was soll's", seufzte er dann. „Früher oder später werden Sie es ja doch herausbekommen …"

Der Privatdetektiv wurde hellhörig. „Also?"

„Im Bett mit Lilli."

„Der Dame vom Empfang?" Bloch drehte den Stiel des Kognakglases ein wenig nach rechts, dann ein wenig nach links. Im Glas entstand daraufhin leichter Seegang. Für angehende Verhaltensforscher: ein wenig eindrucksvolles Beispiel einer Übersprunghandlung.

„Ja. Sie empfängt nämlich nicht nur dienstlich, sondern auch privat. Eine wirklich reizende Erscheinung. Und so hemmungslos." Dr. Unger sah versonnen auf. „Würde man ihr gar nicht zutrauen, wenn man sie dort unten am Empfang so brav und unschuldig sitzen sieht. Lilli wirkt da so unpersönlich und distanziert, dabei kann sie durchaus ganz andere Seiten ihres Wesens offenlegen."

Bloch hob sein Glas und trank betont langsam einen Schluck des ausgezeichneten französischen Kognaks.

„Sie wollen Zeit gewinnen, um diese überraschende Information wenigstens halbwegs verdauen oder einordnen zu können", stellte der Verhaltensforscher kühl fest. „Aber das wird Ihnen nicht gelingen." Er deutete auf das Glas seines Gegenübers, das dieser gerade wieder auf dem Beistelltisch absetzte.

„Wo haben Sie sich mit Lilli Wagner getroffen?", fragte der Privatdetektiv aus Heubach. Er bemühte sich erkennbar um eine feste Stimme. Was ihm auch fast gelungen wäre. „Bei ihr oder bei Ihnen? In Ihrem Ehebett oder …"

„Du liebe Güte!", ereiferte sich Leo Unger. „In welchem Zeitalter leben Sie denn? Meine Frau und ich haben selbstverständlich getrennte Schlafzimmer."

Hatten, dachte Bloch.

„Wo also?", fragte er.

„Zuerst bei mir. Und danach bei ihr. Ein bisschen Abwechslung hat noch niemandem geschadet, finden Sie nicht auch, Herr Bloch?"

„Frau Wagner wohnt in einem der Nebengebäude, die Ihrem Institut angegliedert sind?“

„Das sagte ich Ihnen bereits. Ist übrigens sehr praktisch. Auf diese Weise ergänzen sich berufliche und private Interessen wirklich optimal.“

„Haben Sie das alles auch der Erbacher Kriminalpolizei erzählt, Herr Unger?“

„Dieser Frau Hagedorn und ihrem Assistenten? Wie hieß er noch gleich?“

„Melzig“, antwortete der Privatdetektiv aus Heubach.

„Ach! Sie kennen die beiden?“

„Ja.“ Bloch nickte.

„Darf man fragen, woher?“

„Sie erinnern sich an den Mord im Felsenmeer? Ich zählte in diesem Fall zu den verdächtigen Personen. Folglich hatte ich Kontakt zu Frau Hagedorn und Herrn Melzig.“

Der Verhaltensforscher nickte nachdenklich. „Verstehe“, sagte er dann ernst.

„Also: Haben Sie oder haben Sie nicht?“

„Herr Bloch! Erlauben Sie mir, dass ich Ihre Menschenkenntnis ernstlich in Zweifel ziehe. Wo denken Sie hin? Für wie naiv halten Sie mich eigentlich? Kein vernünftiger Mensch würde das der Kriminalpolizei erzählen, oder? In welchem Licht ließe mich das denn erscheinen?“

„In einem sehr trüben“, murmelte der Privatdetektiv.

Dr. Unger nickte. „Sie scheinen also doch noch Vernunft anzunehmen.“

„Eines verstehe ich nicht“, sagte Bloch.

„Ja?“

„Warum haben Sie es dann mir erzählt?“

„Darf ich ganz offen zu Ihnen sein?“ Der Verhaltensforscher lächelte bittersüß.

„Ich bitte darum."

„Weil ich Sie ein bisschen auf den Arm nehmen wollte, Herr Bloch. Und das ist mir offensichtlich ganz gut gelungen. Ich habe in meinem ganzen Leben Lilli noch nicht mal an den Po gefasst, obwohl ich mehr als einmal der Versuchung kaum widerstehen konnte. Gut, in ihren Ausschnitt habe ich schon mal geguckt. Aber wer tut das nicht?"

„Darf ich ganz offen zu Ihnen sein, Herr Unger?"

„Tun Sie sich keinen Zwang an, mein Lieber."

Bloch hatte Mühe sich zu beherrschen. „Angesichts dessen, was man Ihrer Frau angetan hat …"

„Ja? Ich höre."

„Sie sind ein Arschloch, Herr Unger. Und zwar ein verdammt großes."

Der Verhaltensforscher nickte. „Das hat meine Frau auch gelegentlich gesagt. Allerdings hat sie mich dabei natürlich geduzt." Er trank einen kräftigen Schluck Whisky. „Herr Bloch, ich habe nicht ewig Zeit. Darf ich Ihnen also kurz schildern, was ich in der fraglichen Nacht von Sonntag auf Montag getan habe, als – laut Angaben der Gerichtsmedizin – meine Frau in Beerfelden erhängt wurde?"

Der Privatdetektiv aus Heubach lehnte sich zurück und seufzte. „Sie lügen ja doch nur wieder. Sie erzählen mir nie im Leben die Wahrheit."

„Zweifeln Sie an meiner Redlichkeit?"

„Ja, das tue ich."

„Ich war in der fraglichen Nacht allein in unserem Haus, das östlich vom Haupthaus auf dem Anwesen steht. Es handelt sich dabei im Gegensatz zu vielen anderen Gebäuden des Gutes nicht um ein restauriertes wie dieses hier, sondern um einen Neubau."

„Das interessiert mich nicht", sagte Tobias Bloch.

„Auch gut. Ich habe ferngesehen und später noch schätzungsweise zwei Stunden lang gelesen. Und ein bisschen was getrunken. Etwa um Viertel nach eins bin ich am Montagmorgen in unser Bett gegangen. In unser Ehebett. Wir haben nämlich keine getrennten Schlafzimmer. Das können Sie übrigens gern überprüfen. Die Kriminalpolizei hat es jedenfalls getan."

„Ich werde mich hüten", sagte der Privatdetektiv. Er schob das Glas mit dem Kognak von sich. Der Appetit war ihm längst vergangen. „Haben Sie in der fraglichen Zeit telefoniert oder sind Sie angerufen worden?"

„Um diese Zeit? Nein."

„Und wo war Ihre Frau?"

„Sie hat übers Wochenende eine Freundin in Lindenfels besucht. Sie heißt Sibylle Schuster."

„Wie praktisch", murmelte Bloch.

Der Verhaltensforscher ignorierte die Bemerkung. Er stand auf und ging zu seinem schweren Eichenschreibtisch. Nachdem er die oberste Schublade geöffnet hatte, entnahm er dieser einen kleinen Zettel. Leo Unger ging zurück zu der Sitzecke, blieb vor dem Privatdetektiv stehen und reichte ihm das Papier.

„Ich habe Ihnen die Adresse und die Telefonnummer von Frau Schuster aufgeschrieben. Und nun entschuldigen Sie mich bitte."

Bloch hatte gerade die Tür erreicht, als Dr. Unger mit mildem Spott sagte: „Ich wünsche Ihnen viel Glück bei Ihren Ermittlungen. Sehr viel sogar."

Schweigend verließ der Privatdetektiv den Raum.

Über die helle Marmortreppe gelangte er ins Erdgeschoss des Hauptgebäudes. Eigentlich hatte er nach diesem teilweise sehr unappetitlichen Gespräch mit dem Institutsleiter vorgehabt, der privaten Einrichtung zur Verhaltensforschung rasch den Rücken zu kehren, nun aber überlegte es sich der Privatdetektiv – einem plötzlichen Impuls folgend – anders.

Was ihr könnt, kann ich schon lange, dachte Bloch.

Zielstrebig ging er auf den Empfangstresen aus rotbraunem Holz zu und sah Lilli Wagner, die sein Näherkommen ohne sichtbare Regung beobachtet hatte, unverwandt an.

Ohne lange Vorrede kam er direkt zum Kern seiner Frage: „Wo waren Sie in der Nacht von Sonntag auf Montag? Sagen wir in der Zeit zwischen Mitternacht und zwei Uhr früh?"

Die dunkelblonde Frau, die der Privatdetektiv nach seiner Fehleinschätzung bei Benjamin Unger vorsichtig auf Anfang bis Mitte vierzig taxierte, kniff ihre graugrünen Augen kaum wahrnehmbar zusammen. Ein klarer, konzentrierter Blick. „Darauf muss ich Ihnen keine Antwort geben", beschied sie ihn kühl.

Bloch nickte. „Wenn Sie nichts zu verbergen haben …"

„Ich habe der Kriminalpolizei die Wahrheit gesagt", behauptete Lilli Wagner.

„Das glaube ich nicht. Ganz und gar nicht."

„Sie beschuldigen mich einer Lüge?"

Der Privatdetektiv beugte sich, die Hände an die Kante des Empfangstresens gelehnt, ein wenig vor.

Mal sehen, wo die Grenzen deiner Fluchtdistanz liegen, dachte Bloch.

„Ich beschuldige niemanden, Frau Wagner", sagte er ruhig. „Das ist nun wirklich nicht meine Aufgabe. Ich stelle lediglich fest. Gestatten Sie mir eine Frage: Ist hier im Institut allgemein bekannt, dass Sie ein Verhältnis mit Dr. Unger haben? Wusste auch seine ermordete Ehefrau von dieser Beziehung?"

„Wie bitte?" Zwischen ihren Augenbrauen bildete sich eine steile Falte, die ihr nicht sehr gut stand.

„Dr. Unger jedenfalls behauptet, in der Zeit, in der seine Frau auf grausame Weise am Beerfelder Galgen erhängt wurde, mit ihnen zusammen gewesen zu sein. Er habe zuerst in seinem Haus mit Ihnen geschlafen, dann seien Sie beide – ein bisschen Abwechslung hat ja noch niemandem geschadet, nicht wahr? – in Ihre Wohnung umgezogen."

Auf Lilli Wagners Gesicht war eine interessante Veränderung zu beobachten. Während sie insgesamt blasser wurde, bildeten sich über ihren hohen Wangenknochen zwei kleine, runde, rötliche Flecke, die immer dunkler wurden. „Das ist nicht Ihr Ernst!", zischte sie.

Der Privatdetektiv aus Heubach zuckte die Achseln. „Ich gebe nur wieder, was Herr Dr. Unger mir gesagt hat. Und die Selbstverständlichkeit, mit der er darüber sprach, lässt mich zu dem Schluss kommen, dass dies nicht Ihre erste intime Zusammenkunft mit ihm war." Er räusperte sich. „Offensichtlich ist Leo Unger stark an einem Alibi interessiert. Was man in seiner Lage ja auch gut verstehen kann. Also: Tun Sie Ihrem Chef nun den Gefallen und bestätigen Ihr nettes Rendezvous oder nicht?"

„Ich habe kein Verhältnis mit Dr. Unger", sagte die dunkelblonde Empfangsdame.

„Klingt für mich nicht überzeugend. Wenn er damit rechnen muss, dass Sie alles abstreiten, warum sollte er sich dann überhaupt die Mühe machen, eine solche Feststellung in die Welt zu setzen? Das macht ihn doch völlig unglaubwürdig. Frau Wagner, sehen Sie es bitte mal aus dem Blickwinkel eines neutralen Beobachters. Dem vermittelt sich doch ganz klar der Eindruck, dass einer von Ihnen beiden lügt. Und zwar ziemlich dreist, wie ich hinzufügen möchte."

Die Empfangsdame nestelte am Kragen ihrer schwarzen Bluse und schwieg.

„Sind Sie verheiratet oder leben Sie in einer festen Beziehung, Frau Wagner?“

„Was geht Sie das an?“

„Sind Sie nicht einmal dazu in der Lage, eine solch einfache Frage zu beantworten?“

„Mein Privatleben geht Sie nichts an“, wiederholte Lilli Wagner.

„Das sehe ich ein klein bisschen anders. Wenn Sie etwas mit der Ermordung von Charlotte Unger zu tun haben – und sei es auch nur, dass Sie durch eine falsche Aussage jemanden decken oder indirekt beschuldigen –, werden Sie in der nächsten Zeit die Erfahrung machen, dass ich ganz schön hartnäckig sein kann.“

Lilli Wagner entnahm einer Schublade des Empfangstresens ein Zigarettenpäckchen, zog mit einer fahrigen Bewegung eine Zigarette heraus und zündete sie schließlich umständlich an.

Ich habe Zeit, dachte Bloch.

Sie inhalierte tief und blies den Rauch über ihn hinweg.

„Ja, ich habe ein Verhältnis mit Leo“, sagte sie dann leise.

Der Privatdetektiv unterdrückte ein zufriedenes Lächeln und bemühte sich stattdessen um einen möglichst neutralen Gesichtsausdruck.

„Seit wann?“

„Seit etwa einem halben Jahr.“

„Und Ihr Mann weiß nichts davon? Sie sind doch verheiratet oder leben in einer festen Beziehung?“

„Weder noch.“

Auch die männliche Intuition stößt gelegentlich an ihre Grenzen, dachte Bloch.

„Und Charlotte Unger? Hat sie etwas von Ihrer Beziehung zu ihrem Ehemann gewusst?"

Lilli Wagner zog an ihrer Zigarette, bevor sie ihm antwortete. „Ich bin mir nicht sicher. Aber wenn mich nicht alles täuscht, ahnte sie etwas davon."

„Wie kommen Sie zu diesem Schluss?"

„Ihre Blicke hatten sich verändert. Die Blicke, mit denen sie mich in letzter Zeit anschaute", sagte die Empfangsdame. „Sie waren auf einmal kälter, fast feindselig."

„Visuelle Kommunikation", murmelte Tobias Bloch.

„Wie bitte?"

Er winkte ab. „Aber in der fraglichen Zeit, in der Charlotte Unger in Beerfelden erhängt wurde, waren Sie nicht mit Ihrem Chef zusammen? Obwohl die Gelegenheit so günstig war? Immer vorausgesetzt, es stimmt, dass Frau Unger am letzten Wochenende eine Freundin besuchte …"

Sie sah den Privatdetektiv erstaunt an. „Davon wusste ich nichts. Davon hat er mir nichts erzählt."

„Um es klar zu stellen: Sie waren in der Nacht von Sonntag auf Montag nicht mit Leo Unger im Bett?"

„Nein."

„Und ich darf doch wohl annehmen, dass Sie der Erbacher Kriminalpolizei nichts von Ihrem Verhältnis mit Dr. Unger erzählt haben?"

„Man hat mich nicht danach gefragt, also habe ich es auch nicht erzählt."

„Können Sie sich vorstellen, dass Leo Unger seine Frau umgebracht hat?"

Lilli Wagner zögerte mit der Antwort. Dann schüttelte sie leicht den Kopf.

„Aber Sie haben einen Verdacht?"

„Nein."

Als der Privatdetektiv aus Heubach Anstalten machte, das Institut für Ethologie für heute zu verlassen – dass er hier noch öfter auftauchen würde, um weitere Personen zu befragen, war sonnenklar –, hielt ihn Lilli Wagner mit einer kalt lächelnd vorgetragenen Frage zurück: „Sie haben mich verarscht, nicht wahr? Leo hat überhaupt nichts von unserem Verhältnis erzählt?"

„Ganz so hart würde ich das nicht ausdrücken. Wissen Sie, Ihr feuriger Liebhaber wollte besonders schlau sein, mich ein wenig auf den Arm nehmen und allgemein meine Reaktion testen. Deshalb war er so strohdumm, mir vorzulügen, in der Nacht von Sonntag auf Montag mit Ihnen geschlafen zu haben. Später hat er dann alles ins Lächerliche gezogen und mir bedeutet, dass er Sie noch nie angefasst hat."

„Dieser Idiot!", rief die Empfangsdame.

„Ich habe ihn ein Arschloch genannt. Und zwar ein verdammt großes. Dieser Ausdruck scheint mir treffender zu sein." Tobias Bloch wandte sich zum Gehen. „Machen Sie es gut, Frau Wagner. Wir sehen uns bestimmt bald wieder. Wenn ich Ihnen noch einen kleinen Tipp geben darf: Passen Sie gut auf sich auf. Denn ich habe den Eindruck, dass hier im Institut nicht nur sehr viel gelogen und betrogen wird."

Kapitel 6

Imbiss

Es war bereits früher Abend, als der Privatdetektiv aus Heubach das lang gezogene Sensbachtal verließ, um in seinen etliche Kilometer nördlich gelegenen Heimatort zurückzukehren. Bloch erwog kurz, einen Abstecher zum berühmten Galgen von Beerfelden zu machen, verwarf diesen Gedanken dann aber rasch wieder. Bevor er sich an den Ort des Verbrechens an Charlotte Unger begeben würde, wollte er zunächst noch ein Gespräch führen, um weitere Informationen über die Geschichte und die Bedeutung des Galgens sowie über die damals angewandten Hinrichtungsmethoden zu erhalten.

Einem anderen Besuch konnte er dagegen nicht widerstehen. Der vorzügliche Schnellimbiss in der malerischen, verwinkelten Altstadt von Michelstadt befand sich in einer engen Gasse in der Nähe des spätgotischen Fachwerk-Rathauses.

„Dass man Sie auch mal wieder zu Gesicht bekommt!“, begrüßte ihn die Inhaberin des Imbisses. Sie hatte sich gerade die Hände gewaschen und trocknete diese nun an einem Geschirrtuch ab. „Was darf ich Ihnen servieren?“, fügte sie mit einem koketten Lächeln hinzu, denn sie schien die Antwort bereits zu erahnen.

„Sie kennen mich inzwischen doch gut genug …“, sagte Bloch und erwiderte ihr Lächeln.

Die Inhaberin des Imbisses nickte wissend.

„Einen oder zwei?“, fragte sie.

„Zwei.“

„Mit Brötchen? Und Bier? Und?"

„Zwei Brötchen und ein Pils bitte", antwortete der Privatdetektiv. „Und keinen Schnaps. Aber wenn Sie etwas trinken möchten? Sie sind herzlich eingeladen."

„Man dankt." Sie deutete eine Verbeugung an, um ihm einen besseren Blick auf ihren wohlgeformten Oberkörper zu ermöglichen. „Zu einem kleinen Kümmerling würde ich nicht Nein sagen."

„Dann bedienen Sie sich bitte."

Sie öffnete den Kühlschrank.

„Zuerst sind Sie an der Reihe", sagte die etwa vierzigjährige Frau, von der Bloch nur wusste, dass sie Anke hieß, weil er einmal mitbekommen hatte, dass ein Gast sie so angesprochen hatte. „Sie wollen das Pils doch schön kalt?"

Die Frage konnte nur rhetorisch gemeint sein, deshalb beließ er es bei einem schwachen Nicken.

Bloch trank einen Schluck des herrlich kalten Bieres, während die Inhaberin des Imbisses zwei große Nierenspieße in einen Teller füllte, die Holzspieße herauszog und die Nierenstücke und die Zwiebelscheiben großzügig mit dunkelbrauner Soße übergoss. Das Essen duftete verführerisch, als sie es auf die breite Holzfensterbank stellte. Neben den Teller legte sie auf eine auseinandergefaltete Papierserviette die beiden Brötchen und das Besteck.

„Lassen Sie es sich schmecken", sagte sie. „Wenn Sie noch etwas möchten, können Sie mich jederzeit rufen. Aber jetzt essen Sie erst mal", fügte sie fürsorglich hinzu.

Der Privatdetektiv trug seine Mahlzeit und sein Getränk zu einem kleinen Holztisch vor dem Schnellimbiss. Aus dem Augenwinkel beobachtete er, wie sie einen Flachmann öffnete und sich einen Schluck gönnte. Er hob seine Bierflasche und prostete ihr zu. Sie schenkte ihm ein aufrichtiges Lächeln.

Nach dem ganzen Mist geht es mir hier richtig gut, dachte Bloch. Und beglückwünschte sich zu seinem Entschluss, nicht direkt nach Heubach zurückgefahren zu sein, sondern in der Michelstädter Altstadt Station gemacht zu haben.

Er genoss das Essen in aller Ruhe und versuchte, Gedanken an den Beerfelder Galgen, die erhängte Charlotte Unger, den dubiosen Dr. Unger und seine untreue Assistentin Susanne Kramer zu verdrängen. Aber das gelang ihm nur teilweise.

„Hat es Ihnen geschmeckt?", fragte die Inhaberin des Michelstädter Imbisses, als er den Teller und die leere Bierflasche zurückbrachte.

„Das fragen Sie noch?"

Denn sein Teller war fast sauber, nachdem er ein Stück Brötchen in den letzten Rest der köstlichen Soße getunkt hatte.

„Haben Sie noch einen Wunsch?"

Bloch nickte. „Machen Sie mir bitte noch einen Nierenspieß zum Mitnehmen fertig."

„Gern. Aber ich bezweifele, dass er bis Heubach warm genug bleibt. Sie müssten ihn wohl ein bisschen aufwärmen."

Er schüttelte den Kopf. „Der Spieß ist für meine Katze. Die isst ihn sowieso lieber lauwarm."

„Mag sie auch Soße?"

„Und wie."

„Dann bekommt sie eine ordentliche Portion davon. Brötchen möchte sie sicher keines?"

„Nein. Aber Sie könnten ein paar Pommes in die Soße tun. Nicht viele. Sechs, sieben Stück reichen ihr sicher."

„Kein Problem."

Nachdem sie die Plastiktüte mit Muzels Abendessen auf der Fensterbank abgestellt hatte, zahlte der Privatdetektiv –

selbstverständlich inklusive eines großzügigen Trinkgeldes – und verabschiedete sich von der Inhaberin seines Lieblingsimbisses.

„Sehen wir uns bald mal wieder?“, fragte sie.

„Mit Sicherheit. Ich habe nämlich in nächster Zeit beruflich im südlichen Odenwald zu tun und fahre deshalb öfter durch Michelstadt. Vielleicht sehen wir uns schon morgen.“

„Das freut mich.“

„Mich auch.“

Zufrieden und nach dem ausgiebigen Mahl ein bisschen schläfrig fuhr Tobias Bloch von Michelstadt nach Heubach. Da es ein lauer Abend war, hatte er beide Seitenfenster seines schwarzen Renault ganz heruntergelassen und ließ sich den Fahrtwind um die Ohren wehen.

Seine dreifarbige Katze kannte die Motorengeräusche des Wagens natürlich bestens und hatte diese auch schon viel früher als jedes menschliche Ohr wahrgenommen. Deshalb wartete Muzel mit gespitzten Ohren bereits ungeduldig vor Blochs Domizil, während dieser noch auf der steilen Auffahrt am Ortsrand von Heubach unterwegs war.

Eindeutig ein Fall von akustischer Kommunikation, dachte Bloch, als die weiße Katze mit den mittelbraunen und schwarzen Flecken auf ihn zustürzte.

Normalerweise hätte jetzt zunächst eine ausführliche körperliche Kommunikation in Form von zahlreichen Streicheleinheiten auf dem Programm gestanden, aber Muzel hatte den Braten bereits gerochen, bevor ihr Herrchen überhaupt aus dem Auto gestiegen war. Denn der Nierenspieß mochte nach der Fahrt zwar tatsächlich nur noch lauwarm sein, seinen verführerischen Duft hatte er deshalb noch lange nicht verloren.

Der Privatdetektiv stieg aus dem Auto, tätschelte seiner Katze kurz den Kopf, schob das eifrig drängende Tier sanft zur Seite – was keinerlei Wirkung zeitigte, denn Muzel ließ sich nicht so einfach abdrängen –, nahm die Plastikschale aus der Tüte und stellte sie direkt vor sich auf den Boden.

Er hatte den Deckel der durchsichtigen Schale gerade einmal zur Hälfte geöffnet, als Muzel bereits ihren kleinen Kopf an seiner Hand vorbeigeschoben hatte und nun geräuschvoll schlabberte und kaute.

„Mit den besten Empfehlungen von Anke", sagte Bloch.

Aber die Katze schenkte dieser Bemerkung nicht das geringste Interesse.

Der Privatdetektiv ging ins Haus und schloss die Tür hinter sich, da Muzel verständlicherweise keinerlei Anstalten machte, ihm zu folgen. Er entsorgte den Deckel der Imbissverpackung in der Küche und ging dann ins Wohnzimmer. Bloch öffnete die Tür, die zu der Steinterrasse führte, und wollte gerade hinaustreten, als ihn der Anblick von zwei toten Mäusen innehalten ließ. Ihre unnatürliche Körperhaltung ließ eindeutig auf Genickbruch schließen. Unweigerlich musste er an Charlotte Unger denken.

„Sie hat mir also auch etwas zum Essen mitgebracht", murmelte er verdrossen. „Sehr aufmerksam. Trifft aber meinen Geschmack nicht ganz."

Mit wenigen Spatenstichen vergrub er die toten Mäuse in dem verwilderten, recht steil zur Talsenke abfallenden Garten, in dem schon zahlreiche Artgenossen ihre letzte Ruhestätte gefunden hatten. Dann setzte er sich auf einen Holzstuhl und blickte von der Terrasse aus auf die unterhalb des Hauses liegenden Wiesen, durch die sich der Pferdsbach, gesäumt von Pappeln, Birken und Weiden, schlängelte. Muzel lag vollgefressen neben ihm auf dem noch warmen

Steinboden und schlief nach der köstlichen, aber auch anstrengenden Mahlzeit tief und fest.

Blochs Laune verschlechterte sich in der stimmungsvollen Abenddämmerung von Minute zu Minute. Normalerweise würde er jetzt hier mit Susanne sitzen und gemeinsam mit seiner Assistentin die Ereignisse und Gespräche des Tages Revue passieren lassen. Sie würden interessante Vermutungen oder kühne Spekulationen äußern. Dieser Gedankenaustausch fehlte ihm.

Die Vorstellung, dass Susanne in diesem Augenblick mit ihrem (Ex-)Freund zusammen war, ließ Wut – oder war es Eifersucht? – in ihm aufsteigen. Bloch zündete sich eine Zigarette an und nahm einen tiefen Zug.

„Undankbares Miststück", murmelte er verärgert.

Denn eines war klar. Wenn Susanne – ohne auch nur eine Sekunde zu zögern – darauf verzichtete, an diesem spektakulären Fall mitzuarbeiten, musste es ihr mit diesem Andreas wieder sehr ernst sein. Verdammt ernst sogar. Nie zuvor hatte sie ein ähnlich verlockendes Angebot abgelehnt. Gleichgültig, mit was sie gerade beschäftigt gewesen war.

Wer von den beiden hat den ersten Schritt getan?, fragte sich Bloch. Oder sind sie sich nur zufällig irgendwo begegnet?

Das war eher unwahrscheinlich, denn Susanne hatte die Trennung von ihrem Freund damals tief getroffen. Weil er sich einfach wegen einer anderen Frau aus dem Staub gemacht hatte. Als Bloch davon erfuhr, hatte er innerlich triumphiert, nach außen aber Mitgefühl und Anteilnahme geheuchelt.

Du bist eben auch nur ein kleiner egoistischer Drecksack, dachte er. Keinen Deut besser als die anderen Kerle, über die du so gern herziehst.

Auf dem Weg zur Küche blieb er im Flur eine Weile vor dem Telefon stehen und spielte tatsächlich mit dem Gedanken, bei Susanne in Wiebelsbach anzurufen. Würde er sie bitten, sich das Ganze noch einmal zu überlegen? Würde er so weit gehen und ihr sagen, dass er ihre Hilfe brauchte? Würde er ihr eine Mitarbeit schmackhaft machen, indem er ihr von seinem jungen Auftraggeber und dessen undurchsichtigem Stiefvater erzählte? Bloch schüttelte energisch den Kopf. Das wäre verrückt. Und sehr demütigend.

Plötzlich durchzuckte ihn ein anderer, viel schmerzlicherer Gedanke. Womöglich zog Susanne ja mit dem Kerl zusammen. Verließ sie den Nachbarort und folgte ihrem lieben Andreas nach Erbach, wo dieser als Architekt arbeitete? Als freiberufliche Grafikerin war sie ja an keinen bestimmten Ort gebunden. Zeichnen konnte sie überall.

Bloch ging in die Küche und holte sich ein Bier. Das hatte er jetzt bitter nötig.

Später am Abend führte er dann doch noch ein Telefongespräch, um eine Verabredung für den folgenden Tag zu vereinbaren. Und zwar in Michelstadt. Es handelte sich bei seinem Gesprächspartner um eine Person, die der Privatdetektiv während seiner Ermittlungen zu dem aufsehenerregenden Mord im Felsenmeer kennengelernt hatte. Mit dem Mann hatte er sich – vorsichtig ausgedrückt – überhaupt nicht verstanden. Aber nun war er auf dessen Fachwissen angewiesen.

Kapitel 7

Dreischläfrig

Es war wirklich alles andere als einfach gewesen, Maximilian Haussmann zu einem Treffen zu überreden.

„Sie haben mich damals ausgesprochen unfreundlich behandelt", hatte der Heimatforscher gestern Abend bei ihrem Telefongespräch gesagt. „Warum sollte ich mir also die Mühe machen, Ihnen zu helfen?"

„Sie haben uns damals angelogen", stellte Bloch ruhig fest. „Mich, meine Assistentin und natürlich die Erbacher Kriminalpolizei. Deshalb war ich ein bisschen sauer. Das kann man doch verstehen, oder?"

„Nein. Was ich seinerzeit ausgesagt habe, war allein meine Sache. Das ging Sie überhaupt nichts an."

„Herr Haussmann, ich muss unbedingt mehr über den Galgen in Beerfelden erfahren. Über seine Geschichte, seine Bedeutung, über die damaligen Hinrichtungsmethoden …"

„Dann besorgen Sie sich doch Fachliteratur, guter Mann!"

„Die Zeit dazu habe ich nicht", sagte der Privatdetektiv. Und fügte seinerseits eine Lüge an: „Ich verfolge eine heiße Spur. Ich muss sehr dringend …"

„Sie sind schlicht und ergreifend zu faul."

Jetzt versuche ich es auf die ganz krumme Tour, dachte Bloch.

„Wenn Sie nicht dazu bereit sind, mir Auskunft zu geben, könnten Sie mir dann wenigstens den Namen eines anderen Heimatforschers nennen, den ich in dieser Angelegenheit konsultieren könnte? Der über ein ähnlich großes Fachwissen verfügt wie Sie?"

„Nein!" Maximilian Haussmann lachte spöttisch. „Die Vorstellung, dass Sie plötzlich meine Arbeit anerkennen, für die Sie seinerzeit nur Verachtung übrig hatten, amüsiert mich wirklich." Er hustete röchelnd. „Erinnern Sie sich noch an die Bahnüberführung in Höchst?"

„Das ist doch alles Schnee von gestern", antwortete der Privatdetektiv ausweichend.

„Für Sie vielleicht. Für mich nicht!"

Es wurde höchste Zeit, einen neuen Köder auszuwerfen.

„Haben Sie eigentlich Ihre neue Arbeit über die Sakralbauten im Odenwald schon abgeschlossen?", fragte Bloch in möglichst gleichmütigem Tonfall.

Der Heimatforscher beantwortete die Frage nicht sofort. „Sie erinnern sich noch daran?", sagte er zögernd.

„Als hätten Sie es mir heute gesagt."

„Vorsicht, junger Mann. Nur nicht großspurig werden."

„Entschuldigung. So war das nicht gemeint."

„Um auf Ihre Frage zurückzukommen: Nein, ich bin noch nicht ganz fertig. Aber das umfangreiche Werk steht kurz vor seiner Vollendung."

„Freut mich zu hören, Herr Haussmann. Haben Sie schon einen Verlag für Ihr Buch gefunden?"

„Das geht Sie überhaupt nichts an! Mischen Sie sich nicht in meine Privatangelegenheiten ein."

„Also haben Sie noch keinen Verlag gefunden, der Ihr Werk veröffentlichen will", stellte Bloch nüchtern fest. „Ich erspare mir die indiskrete Frage, wie viele Absagen Sie bereits erhalten haben, als Sie Ihr Projekt einigen Verlagen vorstellten. Herr Haussmann, ich kenne mich ein wenig in der Buchbranche aus. Eine Freundin von mir hat etliche Kinderbücher veröffentlicht. Ich weiß, wie schwer es ist …“

„Kinderbücher!“, höhnte der Heimatforscher. „Wir sprechen in meinem Fall von einem hoch interessanten und informativen Sachbuch, das den neuesten Wissensstand wiedergibt.“

„Daran habe ich nicht den geringsten Zweifel. Sonst würde ich mich doch gar nicht für Ihre Veröffentlichung, besser gesagt, für Ihre geplante Veröffentlichung interessieren.“

„Worauf wollen Sie hinaus, Herr Bloch?“, fragte der ältere Mann argwöhnisch.

„Ich könnte mir vorstellen, dass ein Zuschuss zu den Druckkosten – und ich spreche von einem nicht unbedeutenden Betrag – dem einen oder anderen Verlag die Annahme Ihres Manuskripts sehr erleichtern würde.“

„Nennen Sie mir eine Summe“, sagte Maximilian Haussmann.

„Nein. Sie sagen mir, welchen Betrag Sie für Ihre exzellente fachliche Beratung für angemessen halten. Dieses Honorar, das Sie als Druckkostenzuschuss für Ihr Buch verwenden können, bezieht sich selbstverständlich nicht nur auf ein so bald wie möglich zu führendes Gespräch, sondern schließt eventuell notwendig werdende weitere Konsultationen nicht aus. Also, nennen Sie mir eine Summe.“

Das tat der Heimatforscher dann auch.

Und Bloch war sofort einverstanden.

„Wann können Sie morgen in Michelstadt sein?“, fragte Maximilian Haussmann.

„Mal überlegen. Ich müsste vorher noch ein paar Kleinigkeiten erledigen. Passt es Ihnen am späten Vormittag?“

„Ausgezeichnet. Ich erwarte Sie dann gegen zehn Uhr bei mir. Sie kennen meine Adresse noch? Eulengasse 11?“

„Natürlich“, sagte der Privatdetektiv.

„Könnte es sein, dass Sie lügen, Herr Bloch?“
„Ja. Bis morgen.“

Nun saß der Privatdetektiv aus Heubach also am Mittwochvormittag in der Wohnung des Odenwälder Heimatforschers Maximilian Haussmann, die sich in der Michelstädter Altstadt befand. Tobias Bloch, dessen Orientierungssinn nicht besonders stark ausgeprägt war, hatte nur noch vage gewusst, in welchem Teil der Innenstadt sich die Eulengasse befand.

Folglich musste er bei der netten und hilfsbereiten Inhaberin eines Imbisses um Auskunft bitten. Diese wurde ihm selbstverständlich erteilt.

„Wir sehen uns später wieder, Anke“, sagte Bloch, nachdem er sich für die exakte Wegbeschreibung bedankt hatte.

Bei der Erwähnung ihres Vornamens – es war eine Premiere – schenkte sie ihm ein strahlendes Lächeln.

„Ich weiß allerdings nicht, wie lange mich mein Termin in Anspruch nimmt“, fügte er hinzu.

„Ich laufe Ihnen bestimmt nicht weg, Herr …?“, sagte die Inhaberin des Michelstädter Imbisses.

„Tobias“, antwortete der Privatdetektiv. „Das reicht völlig. Bis später, Anke!“

Im Gegensatz zu seinem letzten, ziemlich unerfreulichen Besuch bei dem Heimatforscher hatte dieser seinem Gast heute etwas zu trinken angeboten. Bloch begnügte sich mit Mineralwasser. Als er vorsichtig sein Zigarettenpäckchen und das Feuerzeug neben sich auf das ockerfarbene Samtsofa legte, warf ihm Maximilian Haussmann zunächst einen irritierten Blick zu, erinnerte sich dann aber an die Höhe des Druckkostenzuschusses, der ihm gleich zu Beginn des Besuches in einem diskreten Umschlag übergeben worden war, und holte einen gläsernen Aschenbecher aus dem Schrank.

„Tun Sie sich keinen Zwang an, Herr Bloch."

Der große, auffallend schlanke Mann mit dem kurzen grauen Haar stellte den Aschenbecher auf den Couchtisch und kehrte zu dem Stuhl mit der hohen Lehne zurück. Er nahm seinem Besucher gegenüber Platz.

„Danke. Sehr aufmerksam", sagte der Privatdetektiv. Aus taktischen Gründen verzichtete er aber zunächst darauf, sich eine Zigarette anzuzünden.

„Soll ich Ihnen zuerst einen kleinen Überblick verschaffen oder haben Sie schon jetzt ganz konkrete Fragen, die ich direkt beantworten soll?", fragte Maximilian Haussmann.

„Meine Fragen können warten. Geben Sie mir erst einmal ein paar allgemeine Informationen zu dem Galgen in Beerfelden."

„Gut." Der Heimatforscher nickte zufrieden. „Dieser Galgen ist in vielerlei Hinsicht ungewöhnlich. In der Literatur, die ich studiert habe, ist des Öfteren die Rede davon, dass dieses Hochgericht – dies ist eine andere Bezeichnung für ein Halsgericht, eine Richtstätte oder eben für einen Galgen – das größte und am besten erhaltene in Deutschland sei. Manche Autoren sprechen sogar davon, dass sich die Ausnahmestellung des Beerfelder Galgens auf ganz Europa bezieht. Wenn Sie meine Meinung dazu hören wollen: Das halte ich für etwas übertrieben. Aber ich kann diese Behauptung weder widerlegen noch beweisen, weil mein Forschungsgebiet bekanntermaßen gewisse Grenzen hat."

„Jedenfalls handelt es sich um eine außerordentlich gut erhaltene Richtstätte", sagte der Privatdetektiv.

„So ist es, Herr Bloch. Außerordentlich gut erhalten und sehr alt, wenn ich das hinzufügen darf. Der Galgen wurde

Ende des 16. Jahrhunderts – um genau zu sein im Jahr 1597 – auf dem Galgenberg außerhalb von Beerfelden errichtet. Er ersetzte damals einen zuvor dort stehenden Holzgalgen, den man um 1550 aufgestellt hatte. Der Standort ist übrigens nicht zufällig gewählt. Er befindet sich, wie Sie vielleicht wissen …"

An dieser Stelle nickte der Privatdetektiv leicht.

„… an einem sehr exponierten Aussichtspunkt auf einer Anhöhe oberhalb des Ortes. Es handelt sich dabei mit hoher Wahrscheinlichkeit um den markantesten Punkt des gesamten Amtes Beerfelden, das auch Amt Freienstein oder Oberzent genannt wurde." Der Heimatforscher räusperte sich, trank einen Schluck Kaffee und fuhr dann fort: „Welchem Zweck – besser gesagt, welchen Zwecken – diente dieser herausgehobene Standort?"

„Der Abschreckung?", schlug der Privatdetektiv vor.

„Richtig. Die weithin sichtbaren Leichen, die an diesem hohen Galgen hingen, sollten allen an diesem Platz vorbeikommenden Menschen einen gehörigen Schrecken einjagen. Sie müssen wissen, dass man die Gehängten damals so lange am Hochgericht baumeln ließ, bis sich ihre Körper regelrecht aufgelöst hatten. Nun gut, Rabenvögel, die sich an den Leichen gütlich taten, mögen diesen Prozess beschleunigt haben, aber es dauerte eben trotz allem eine gewisse Zeit."

Schon vor mehr als vierhundert Jahren war also visuelle Kommunikation im Spiel gewesen, dachte Bloch. Man zeigte den Leuten auf sehr anschauliche Art und Weise, was passieren würde, wenn sie bestimmte Gesetze und Regeln nicht beachteten.

„Es gibt aber noch einen zweiten Aspekt, den man nicht vernachlässigen sollte", sagte der Heimatforscher. „Indem man dem Delinquenten in den letzten Minuten seines Lebens einen solch herrlichen Ausblick auf die Landschaft gewährte, wie er an dieser Stelle gegeben ist, verschärfte man sozusagen seine Strafe. Man demütigte den zum Tode Verurteilten gewissermaßen. Denn noch einmal sollte er sich die Schönheit der Welt vor Augen führen, die für ihn wegen seiner Straftat unwiderruflich verloren war."

Bloch zündete sich eine Zigarette an und war darauf bedacht, den Rauch seitlich auszustoßen, um den alten Herrn nicht unnötig zu belästigen.

„Ihnen ist sicherlich die dreieckige Form des Galgens von Beerfelden aufgefallen. Sie kennen ihn doch?"

„Sicher", antwortete der Privatdetektiv. „Obwohl ich gestehen muss, dass es schon einige Zeit zurückliegt, seit ich das letzte Mal dort war. Aber ich werde ihn mir schon bald wieder anschauen. Um ein Gefühl für diesen besonderen Ort zu bekommen."

„Die Richtstätte besteht also aus drei schlanken Säulen aus rotem Sandstein, der übrigens aus der Toskana stammt. Diese Säulen weisen eine beeindruckende Höhe von ungefähr sechs Metern auf. Miteinander verbunden sind sie durch drei Eisenbänder, die zusammen mit den auf ihnen befestigten vierkantigen Hölzern quasi als Querbalken fungierten. An ihnen wurden die Delinquenten aufgehängt. Wissen Sie, wie man einen solchen dreieckigen Galgen wegen seiner besonderen Vorzüge nennt?"

Bloch schüttelte den Kopf.

„Es ist ein sogenannter dreischläfriger Galgen", sagte der Heimatforscher, der jetzt ganz in seinem Metier war. „Dreischläfrig deshalb, weil an allen drei Seiten gleichzeitig Übeltäter aufgeknüpft werden konnten. Aus der Redewendung ‚den ewigen Schlaf finden' entstand die Bezeichnung dreischläfrig. Umstritten ist lediglich, ob bis zu sechs oder bis zu neun Personen gleichzeitig durch den Strang hingerichtet wurden. Obwohl der Platz an jedem der eisernen Querbalken für drei Verurteilte ausreichen mag, tippe ich persönlich nur auf zwei aufgeknüpfte Delinquenten pro Seite. Aber ich kann mich natürlich täuschen."

„Gleichgültig ob bis zu sechs oder bis zu neun Toten, der Anblick mehrerer Leichen, deren Körper von Raben zerhackt worden waren, dürfte seine Wirkung auf Passanten, die an dem Hochgericht vorbeikamen, nicht verfehlt haben."

„Ja, das war der Sinn der Sache. Erinnern Sie sich an das vor dem Hochgericht zwischen dem Eingang zur Richtstätte und dem dreischläfrigen Galgen im Boden liegende große Kreuz aus rotem Sandstein?"

Bloch nickte, zog an seiner Zigarette und streifte dann die Asche in dem gläsernen Aschenbecher ab.

„An dieser Stelle haben die zum Tod durch den Strang Verurteilten wahrscheinlich ihre letzte Beichte ablegen und durch einen Priester die Sterbesakramente empfangen können. Das steinerne Kreuz wurde übrigens erst im 19. Jahrhundert wiederentdeckt und freigelegt."

„Haben Sie eine ungefähre Vorstellung davon, wie viele Delinquenten am Beerfelder Galgen ihr Leben ließen?", fragte der Privatdetektiv.

Maximilian Haussmann schüttelte den Kopf. „Nein, überhaupt nicht. Nach meinen Informationen ist in den erhalten gebliebenen Kirchenbüchern lediglich eine Hinrichtung belegt. Im Jahr 1746 wurde ein gewisser Adam Beisel aus dem benachbarten Unter-Sensbach am Hochgericht gehängt. Er war wegen Ehebruchs und Diebstahls zum Tod durch den Strang verurteilt worden."

„Nur eine einzige Hinrichtung wurde dokumentiert?"

„Das habe ich nicht gesagt. Ich sprach von den erhalten gebliebenen Büchern. Sie müssen wissen, dass Beerfelden im Jahr 1810 von einem verheerenden Brand heimgesucht wurde. Die große Kirche brannte nahezu vollständig aus. Bis auf 26 Häuser wurden alle Wohngebäude von dem gewaltigen Feuer zerstört. Von Stallungen und Scheunen gar nicht zu reden. Aber was für mich als Heimatforscher bei allem Respekt vor dem Leid der damaligen Einwohner natürlich besonders betrüblich ist: Bei dem Brand wurde die örtliche Chronik zum allergrößten Teil ein Opfer der Flammen. Deshalb weiß man heute so wenig über die Geschichte Beerfeldens und seines Galgens. Aber es gibt natürlich viele Sagen und Geschichten, die sich um diese Richtstätte ranken."

Bloch drückte seine Zigarette aus, trank einen Schluck Mineralwasser und nickte dem Heimatforscher aufmunternd zu.

„Grundsätzlich muss man wissen, dass in früheren Zeiten das Hängen am Galgen eine häufige Strafe für Wilderer war. Weil der Wilddieb Kaspar Sachs aus Kirch-Brombach im gräflichen Revier einen Hirsch zur Strecke gebracht hatte, sollte er im Jahr 1797 hingerichtet werden. Der Wilderer schlug seinem Henker einen Handel vor: Kaspar Sachs versprach ihm seine wertvolle Pfeife, wenn der Scharfrichter den Strick über seinem großen Kropf befestigen würde. So kam es, dass der Delinquent nur für kurze Zeit am Galgen baumelte, weil ihm die Schlinge bereits nach wenigen Augenblicken übers Gesicht rutschte und er sich von dem Strang befreien konnte. Der Wilddieb landete mit beiden Beinen auf dem Rasen unter dem Hochgericht. Der Zentrichter befand, der Verurteilte sei wie vorgesehen gehängt worden, damit habe man dem Gesetz entsprochen. Folglich konnte Kaspar Sachs, der inzwischen seine noch immer brennende Pfeife vom Boden aufgehoben hatte, als freier Mann die Richtstätte verlassen und nach Kirch-Brombach heimkehren. Zurück blieb nur ein verdutzter und geprellter Henker."

„Schöne Geschichte, wenn sie denn stimmt", sagte der Privatdetektiv.

„Sie stammt von dem Odenwälder Schriftsteller Adam Karrillon, der sie 1906 verbreitete. Der geprellte Henker war sein Großvater." Maximilian Haussmann lehnte sich zurück. „Einer Überlieferung zufolge fand die letzte Hinrichtung am Beerfelder Galgen im Jahr 1804 statt. Die Delinquentin soll eine Zigeunerin gewesen sein. Sie wurde von dem Zentgericht beschuldigt, für ihr krankes Kind ein Huhn und zwei Laibe Brot gestohlen zu haben."

„Raue Sitten", befand Bloch.

„Sie muss nicht unbedingt allein wegen dieses Deliktes zum Tod durch den Strang verurteilt worden sein", führte der Heimatforscher aus. „Es ist durchaus möglich, dass sich die Frau in der Vergangenheit bereits einiges hatte zuschulden kommen lassen. Und nun war ihr – wie soll man es nennen? – ihr Sündenkonto eben voll beziehungsweise überzogen. Und das Gericht zog daraus die entsprechenden Konsequenzen."

„Weiß man, was mit dem kranken Kind der Frau geschah?", fragte der Heubacher Privatdetektiv.

„Nein. Von ihm ist in der Überlieferung nicht mehr die Rede. Man berichtet nur, dass die verurteilte Zigeunerin auf dem Weg zum Galgen fürchterlich geschrien und geflucht haben soll. Sie müssen wissen, dass die Zent- oder Gerichtslinde, unter der das Todesurteil gefällt und verkündet wurde, am westlichen Ausgang von Beerfelden stand. Von hier aus setzte sich der Zug mit der verurteilten Zigeunerin Richtung Galgen in Bewegung. Die arme Frau hatte also auf dem vergleichsweise langen Weg zu ihrer Hinrichtung wahrlich genug Zeit, ihre Wut und Empörung herauszuschreien."

„Und das war die letzte Hinrichtung am Galgen von Beerfelden?"

Der Heimatforscher nickte. „Nachdem zwei Jahre später – im Jahr 1806 – das Großherzogtum Hessen die Grafschaft Erbach mit der Oberzent übernahm, verlor die Richtstätte ihre Bedeutung. Denn damit war dem Grafen von Erbach die Gerichtshoheit über seine Untertanen entzogen worden."

„Rund zweihundert Jahre passierte also nichts mehr auf dem Beerfelder Hochgericht – und nun dies." Tobias Bloch trank einen Schluck Wasser.

„Sie sprechen von Charlotte Unger?"

„Ja. Auf welche Art und Weise wurden die Delinquenten damals hingerichtet, Herr Haussmann?"

„Lassen Sie mich zunächst etwas vorausschicken, was für Ihre weiteren Ermittlungen in diesem Mordfall vielleicht nicht ganz uninteressant sein dürfte. Immer vorausgesetzt, der oder die Täter haben sich mit der Geschichte der Hinrichtungen an Hochgerichten ein wenig näher befasst."

Der Privatdetektiv sah ihn fragend an.

„Es war damals eher ungewöhnlich, dass eine Frau gehängt wurde. Man hat die zum Tode verurteilten Täterinnen eher lebendig begraben oder sie gefesselt in ein Fass oder einen Sack gesteckt, um sie dann in einen Fluss oder einen See zu werfen und sie auf diese Weise qualvoll zu ertränken."

„Warum hängte man Delinquentinnen eher selten?", fragte Bloch verwundert.

Der Heimatforscher lächelte. „Sie werden es kaum glauben, weil es wirklich aberwitzig ist. Wie Sie bereits gehört haben, war man damals nicht gerade zimperlich, was die verschiedenen und manchmal recht ausgefallenen Hinrichtungsmethoden anging. Dabei haben wir so scheußliche Verfahren wie das Rädern oder das Vierteilen der Verurteilten noch gar nicht in Betracht gezogen. Aber man hängte Frauen deshalb so selten, weil man der Auffassung war, diese Art der Hinrichtung verstoße gegen Anstand und Sitte. Verstehen Sie?"

Bloch brauchte einen Moment, um zu begreifen. Dann fasste er sich an den Kopf. „Die Zuschauer hätten den Frauen unter die Röcke schauen können! Das wollte man verhindern."

„Sie haben es erfasst. Deshalb wurden bei zum Tod durch den Strang verurteilten Täterinnen ihre Röcke unten an den Fußknöcheln zusammengebunden, um nur ja nicht gegen den Anstand zu verstoßen. Sehr originell, oder?" Maximilian Haussmann beugte sich zu dem Privatdetektiv vor. „Vor diesem Hintergrund würde ich mir als Ermittler in dem aktuellen Beerfelder Mordfall ruhig mal folgende Frage stellen: Was trug Frau Unger, als sie qualvoll am Galgen erstickte? Einen Rock oder eine Hose?"

Bloch zündete sich eine Zigarette an. „Sie sind gut, Herr Haussmann. Sehr gut sogar."

Das unerwartete Lob ließ das gerötete Gesicht des alten Heimatforschers noch stärker strahlen. „Und noch eines würde mich als Ermittler interessieren: Hat man – wie damals üblich – dem Hinrichtungsopfer ein schwarzes Tuch oder einen Sack über den Kopf gestülpt, um seine Würde wenigstens ein bisschen zu wahren? Um den grässlichen Gesichtsausdruck der langsam Erstickenden vor Gaffern zu verbergen?"

„Hat man nicht", sagte der Privatdetektiv.

„Dann finden Sie heraus, was Frau Unger bei ihrer Ermordung getragen hat. Es könnte eventuell Rückschlüsse auf den oder die Täter zulassen. Es könnte so etwas wie eine Signatur hinterlassen worden sein."

„Das werde ich." Bloch zog an seiner Zigarette und blies den Rauch Richtung Decke. „Und jetzt erzählen Sie mir bitte, wie damals die Hinrichtung am Galgen vollzogen wurde. Gleichgültig, ob es sich um einen zum Tod durch den Strang verurteilten Täter oder eine verurteilte Täterin handelte."

„Diese Frage lässt sich gar nicht so einfach beantworten. Denn es kamen verschiedene Verfahren zur Anwendung, die sich unter anderem in dem Grad ihrer Grausamkeit deutlich voneinander unterschieden. Außerdem konnten der Hinrichtung am Galgen vielfältige Folterungen vorausgegangen sein."

„Könnten Sie mir so etwas wie eine einfache Standardversion beschreiben?", fragte der Privatdetektiv aus Heubach. „Sozusagen eine Kurzfassung, ohne längeres Vor- oder Nachspiel?"

„Sicher. Auf das Vorspiel können wir gern verzichten. Aber ob es zu einem Nachspiel kam, und wenn ja, zu welchem, das konnte manchmal selbst der Henker nicht voraussagen."

„Gehen wir von einem Scharfrichter aus, der sein Handwerk recht gut beherrschte", schlug Bloch vor.

Maximilian Haussmann nickte. „Ihnen ist bekannt, dass ein Scharfrichter ursprünglich für eine ganz andere Hinrichtungsart zuständig war?"

„Nein."

„Anfangs vollstreckte ein Scharfrichter nur die Todesstrafe durch Enthaupten. Mit einem Schwert oder einem Beil. Er war also scharf im Sinne von unnachsichtig und streng. Er vollstreckte die Strafe gleichsam mit rücksichtsloser Genauigkeit."

„Ich verstehe", sagte der Privatdetektiv.

„Später durfte ein Scharfrichter die Delinquenten dann auch durch Hängen, Rädern oder Vierteilen töten. Die Begriffe Henker und Scharfrichter verschmolzen allmählich.

Aber zurück zu Ihrer Ausgangsfrage, Herr Bloch." Der Heimatforscher trank einen weiteren Schluck seines Kaffees, der längst kalt geworden sein musste. „Bei einer einfachen Hinrichtung an einem öffentlichen Galgen wie dem in Beerfelden musste der zum Tod Verurteilte mit auf dem Rücken gefesselten Händen zunächst eine Leiter besteigen. Dann wurde ihm der Strick um den Hals gelegt, und man stülpte ihm ein schwarzes Tuch oder einen Sack über seinen Kopf. Bei Frauen wurden überdies – wie wir bereits wissen – die Röcke an den Fußknöcheln zusammengebunden."

„Hosen hätten die Sache sehr erleichtert", sagte der Privatdetektiv.

Ohne darauf einzugehen, fuhr Maximilian Haussmann in seiner Schilderung fort: „Nachdem alle nötigen Vorbereitungen getroffen worden waren, stieg der Henker schließlich von der Leiter herab. Er stieß diese um, woraufhin der Delinquent in die Schlinge stürzte." Der Heimatforscher hob seinen rechten Zeigefinger. „Nun gab es drei Möglichkeiten. Variante eins, zweifellos die schnellste. Fiel der Verurteilte zu schnell zu tief, wurde er von dem Strick um seinen Hals enthauptet. Einfacher ausgedrückt: Der Strang riss ihm den Kopf ab. Kein sehr schöner Anblick, aber der Straftäter hatte es wenigstens in kürzester Zeit hinter sich. Wenn einem Henker dieses Missgeschick unterlief, musste er sich nicht selten vor einer wütenden und aufgebrachten Menge in Sicherheit bringen, die ihm nun ihrerseits an den Kragen wollte."

Tobias Bloch lächelte. „Eine kuriose Vorstellung", sagte er.

„In der Tat. Aber bedenken Sie, dass es für den Delinquenten eine viel humanere Hinrichtungsmethode war als der quälend lange Erstickungstod. Nun zu Variante zwei. Der Scharfrichter hat die Falltiefe richtig berechnet und den

Henkersknoten fachmännisch angebracht. Auch bei diesem Szenario kommt es im Idealfall zu einem raschen Tod, und zwar durch einen Genickbruch. Wird allerdings bei dem Sturz keine tödliche Verletzung im Bereich der sieben Halswirbel hervorgerufen, so wird bei dem Fall in die Tiefe zumindest die Blutversorgung des Hirns schlagartig unterbrochen und der Gehängte fällt glücklicherweise innerhalb von Sekunden in Ohnmacht."

Mechanisch griff der Heimatforscher nach seiner Kaffeetasse, warf einen kurzen Blick hinein und stellte sie dann wieder ab, ohne daraus getrunken zu haben. Er zögerte einen Moment, dann entsann er sich offensichtlich wieder, wo er bei seinen Erläuterungen stehen geblieben war. „Im Falle einer Ohnmacht musste das aber noch lange nicht heißen, dass man den Verurteilten nun in Ruhe sterben ließ. Denn hier beginnt das weite Feld der unmenschlichen Verzögerungen und Verschärfungen der Todesstrafe durch den Strang."

Maximilian Haussmann nickte seinem Gegenüber aufmunternd zu. „Ein einfaches Beispiel, Herr Bloch. Der Henker will dem erwartungsvollen Publikum, das unter Umständen aus den hintersten Winkeln des Odenwaldes nach Beerfelden gepilgert ist, etwas mehr als üblich bieten, um es für seine Mühen zu entlohnen. Was also tut er?"

„Er kitzelt den Gehängten an den Füßen?"

Der Heimatforscher schmunzelte. „Sehr origineller Vorschlag. Aber es gibt eine viel einfachere und viel wirkungsvollere Methode, das Leiden des Verurteilten zu verlängern. Ist der Groschen immer noch nicht gefallen, Herr Bloch?"

„Nein."

„Der Scharfrichter hebt den Delinquenten ein wenig an, so dass sein Gehirn wieder mit Blut versorgt wird! Der Gehängte kommt wieder zu Bewusstsein."

Der Privatdetektiv kniff die Augen zusammen. „Sehr einfallsreich“, murmelte er verdrossen.

„Aber das ist doch noch gar nichts. Manchmal hat man links und rechts von dem Straftäter jeweils einen lebenden Hund an den Hinterpfoten aufgehängt. Die Tiere haben sich dann in den Verurteilten verbissen. Sie können sich vorstellen, was das bedeutete …“

„Könnten wir zur Variante drei übergehen?“, bat Bloch.

„Selbstverständlich. Die für den Gehängten unerfreulichste Variante. Da er nicht ausreichend tief gefallen ist, kommt es weder zu einem Bruch des Genicks noch zur Bewusstlosigkeit. Die Folge: Qualvolles Ersticken, das sich über Minuten, in Extremfällen sogar über Stunden erstrecken kann. Den Medienberichten konnte ich entnehmen, dass bei dem Mord an Charlotte Unger Variante drei zur Anwendung kam. Ich denke, dass das auch genau so beabsichtigt war.“

Der Privatdetektiv aus Heubach leerte sein Glas und erhob sich vorsichtig aus dem weichen Samtsofa. Sein rechtes Bein war ein wenig eingeschlafen, deshalb hatte er einige Mühe, gerade zu stehen. „Danke für Ihre Auskünfte, Herr Haussmann“, sagte Bloch. „Das wär’s fürs Erste.“

„Sie wollen schon gehen?“ Enttäuschung schwang in der Stimme des Odenwälder Heimatforschers mit. „Aber ich habe Ihnen doch noch gar nichts von der Rolle der Henkersknechte berichtet oder von den kuriosen Fällen, in denen die vermeintlich getöteten Täter nach der Abnahme vom Galgen noch lebten. Es gibt da eine interessante Geschichte aus Oxford. Von der darf ich doch wenigstens noch kurz sprechen?“

Tobias Bloch, der inzwischen leicht humpelnd die Tür des Wohnzimmers erreicht hatte, drehte sich noch einmal um und nickte.

„Wenn ich mich recht entsinne, spielte sich das Geschehen im Jahr 1650 ab. Die Mörderin eines Kindes hatte bereits länger als eine halbe Stunde am Galgen gehangen und war offensichtlich mausetot. Also nahm man sie von dem Hochgericht ab, denn man wollte sie ja schließlich noch sezieren."

Der Privatdetektiv lächelte gequält.

„Aber die Frau erlangte das Bewusstsein wieder! Unglaublich, nicht?"

„Was geschah dann mit ihr?"

Maximilian Haussmann zuckte die Achseln. „Keine Ahnung. Vielleicht hat man sie einfach laufen lassen wie den seligen Kaspar Sachs aus Kirch-Brombach."

„Und sich stattdessen den unfähigen Henker vorgeknöpft und ihm die Hölle heiß gemacht."

„Das wäre durchaus denkbar", sagte der Heimatforscher.

Kapitel 8

Anstand und Sitte

Gedankenverloren ging Tobias Bloch durch die gepflasterten Gassen der Michelstädter Altstadt und dachte über seine nächsten Schritte nach. Er stand erst am Anfang seiner Ermittlungen in dem spektakulären Mordfall, verfügte jetzt über etwas Hintergrundwissen, was das Hängen an einem Hochgericht anging, konnte aber noch keine Zusammenhänge erkennen, die eine Verbindung von der Odenwälder Verhaltensforscherin zu ihrem sehr öffentlichen Tod ausgerechnet an einem Galgen nahe legten.

Was hatte der Täter mit dieser speziellen Hinrichtungsart zum Ausdruck bringen wollen? Welche Botschaft wollte er wem übermitteln?

War ein einzelner Mann – dass eine Frau dies getan haben sollte, konnte er sich im Moment jedenfalls beim besten Willen nicht vorstellen – überhaupt dazu in der Lage, die Tat allein zu verüben? Brauchte er nicht mindestens einen Helfershelfer, um Charlotte Unger auf einer Stehleiter oder einer podestartigen Vorrichtung nach oben zu dem Strick zu befördern? Oder hatte man sie mit einer Waffe bedroht und sie so gezwungen, hochzusteigen? War das Opfer zu diesem Zeitpunkt überhaupt bei Bewusstsein gewesen?

In den Zeitungen hatten nicht sehr viele Einzelheiten über den Tathergang gestanden. Der Privatdetektiv wusste nur, dass die Hände der Verhaltensforscherin auf dem Rücken gefesselt waren und dass man ihr kein Tuch und keinen Sack über den Kopf gestülpt hatte. Von einer Knebelung war keine Rede gewesen.

Hätte man ihre Schreie unten im Ort hören können? In der Zeit zwischen Mitternacht und zwei Uhr am Montagmorgen waren sicherlich noch einige Beerfelder Einwohner wach gewesen.

Der oder die Täter hatten den Berichten zufolge keine Leiter und kein Podest unter dem dreischläfrigen Galgen zurückgelassen. Das verwendete Seil war ein im Einzelhandel weitverbreitetes Produkt und wies keine besonderen Merkmale auf – jedenfalls hatte die Kriminalpolizei das behauptet.

Der Privatdetektiv aus Heubach erreichte nach einem kurzen Spaziergang sein Ziel.

„Ist Ihnen nicht gut, Tobias?", fragte die Inhaberin des Imbisses besorgt. „Sie sehen ein bisschen blass aus. Soll ich Ihnen vielleicht einen kleinen Schnaps bringen?"

Bloch schüttelte den Kopf. „Aber ein eiskaltes Pils wäre jetzt nicht übel."

„Schlechte Nachrichten?" Sie stellte die geöffnete Bierflasche auf die Holzfensterbank.

„Machen Sie sich um mich keine Sorgen, Anke", sagte der Privatdetektiv. „Mir geht es bestens." Er trank einen kräftigen Schluck und seufzte.

Ihre ernste Miene sprach Bände. Sie glaubte ihm kein Wort. Und sie war enttäuscht, dass er sich ihr nicht anvertraute.

„Möchten Sie etwas essen?"

„Später."

„Gut. Sie brauchen nur zu rufen." Die Inhaberin des Imbisses drehte sich um und widmete sich den Gästen im Inneren ihres Lokals.

Bloch ging mit dem Bier zu einem der Holztische, stellte die mit Kondenswasser überzogene Flasche ab und zündete sich eine Zigarette an.

Beerfelden oder Lindenfels, fragte er sich.

Er trank noch zwei Schlucke und unterdrückte einen Rülpser. Dann nahm er einen Geldschein aus seiner Brieftasche und legte ihn zusammen mit der noch zu einem Drittel gefüllten Flasche auf die Fensterbank.

Bloch verließ den Michelstädter Imbiss, ohne sich von Anke zu verabschieden.

Die Inschrift auf dem Gedenkstein lautete:

DER BESTERHALTENE
DREISCHLÄFRIGE
GALGEN DEUTSCHLANDS
Um 1550 errichtet, erneuert 1597.

*

Er diente der Gerichtsbarkeit des
Zentgerichts Beerfelden.
Das Steinkreuz unter der Linde war
Standort der zum Tode Verurteilten
beim Empfang der Sterbesakramente.

*

Letzte Hinrichtung im Jahre 1804:
eine Zigeunerin wegen Diebstahls
eines Huhnes und zweier Laib Brot.

Tobias Bloch stand vor dem Gedenkstein, in den eine dunkle Bronzeplatte eingelassen war, und las den Text bereits ein zweites Mal. Das aus rotem Buntsandstein gefertigte Kreuz vor ihm im Boden, das so lange unentdeckt geblieben war, war schmucklos und wirkte recht plump. Es bestand aus drei Teilen. Ein viereckiger Stein bildete den oberen Teil des Kreuzes und stellte das kleinere Stück des senkrechten Balkens dar. Ihm folgte ein schmalerer länglicher Stein, der den waagrechten Balken des Kreuzes bildete. Der untere Teil des blassroten Kreuzes war zugleich der größte und massivste der verwendeten Sandsteine. Er stellte das zweite viereckige Stück des senkrechten Balkens dar. Das in den Boden vor dem dreischläfrigen Galgen eingelassene Kreuz wies keine Inschrift und keinerlei Verzierung auf.

Wie viele Menschen hatten hier von 1597 bis 1804 – wenn die Überlieferung von der Hinrichtung der Zigeunerin der Wahrheit entsprach – in einem Zeitraum von mehr als zwei Jahrhunderten gestanden, um ein letztes Gebet zu sprechen, um die Beichte abzulegen und um von einem Priester die Absolution erteilt zu bekommen?

Wie viele Menschen hatten hier gestanden, um ihre Unschuld zu beteuern, um ihre Verzweiflung herauszuschreien oder um gotteslästerlich zu fluchen?

Der von Dutzenden zumeist kniehohen hellen Steinen eingerahmte Hinrichtungsort war mit einigen hohen Bäumen, in der Mehrzahl Eichen, bepflanzt worden. Die Linde, die das in den Boden eingelassene Steinkreuz früher einmal beschattet hatte, stand nicht mehr an ihrem Platz. Langsam ging Bloch auf den dreieckigen Galgen zu, der in einer der Ecken errichtet worden war. Aus der Entfernung hatte es so ausgesehen, als bestehe jede der drei Säulen, die eine Höhe von etwa sechs Metern aufwiesen, aus einem einzigen Stein.

Jetzt, da er direkt vor einer der drei Säulen des Galgens stand, erkannte der Privatdetektiv, dass sie aus mehreren Teilen bestand. Auf einem viereckigen Sockel ruhten übereinander vier runde Sandsteine, die durch kürzere, senkrecht in den

Stein geschlagene Eisenbänder miteinander verbunden waren. Den Abschluss der Säule bildete ein flaches viereckiges Kapitell. Nacheinander umrundete er jede einzelne Säule. An jeder von ihnen zählte er zwölf Eisenbänder, jeweils drei auf gleicher Höhe.

Die Querbalken des dreischläfrigen Galgens bestanden aus langen schwarzen Eisenbändern, auf denen verwitterte Holzbalken lagen. An jedem Eisenband hingen zwei, vielleicht 70 Zentimeter lange Ketten mit einem Haken am Ende. Das sprach für die These des Odenwälder Heimatforschers, dass eher sechs als neun Delinquenten gleichzeitig an dem Hochgericht gehängt worden waren. Aber auch für drei Verurteilte an jedem Querbalken wäre genug Platz gewesen.

Die Säulen, die hier seit mehr als vierhundert Jahren standen, waren im Lauf der Zeit heller geworden, der ursprünglich rote Sandstein hatte im Gegensatz zu dem steinernen Kreuz im Boden viel von seiner Farbe verloren. Er hatte jetzt, bedingt durch die Einflüsse der Umwelt einen teilweise grünlichen Überzug erhalten. Die Holzbalken auf den Eisenbändern, die die drei Säulen miteinander verbanden, waren in ihrer Färbung kaum von dem Sandstein zu unterscheiden.

Bloch wurde bewusst, dass der Galgen von Beerfelden nur noch deshalb in seiner jetzigen Form existierte, weil er von den eisernen Querbalken zusammengehalten wurde. Wären sie nicht mehr vorhanden gewesen, wären die Säulen längst umgekippt worden, um in unzählige kleinere Steine zerschlagen zu werden und als Baumaterial für ein Haus oder eine Mauer zu dienen. Von dem imposanten Galgen, der die Anhöhe über Beerfelden dominierte, wäre buchstäblich nichts mehr übrig geblieben.

„Entschuldigen Sie …“

Eine Stimme hinter ihm riss ihn aus seinen Gedanken.

„… ich hoffe, ich habe Sie nicht erschreckt.“

Bloch drehte sich um. „Nein, nein“, log er.

„Ich dachte nur, dass Sie bestimmt etwas mit der Sache zu tun haben, weil Sie sich den Galgen so eingehend aus allen möglichen Blickwinkeln betrachtet haben“, sagte die alte Frau mit dem gebeugten Rücken. Ihre Augen waren gerötet, sie warf ihm einen unsicheren Blick zu.

„Mit welcher Sache soll ich etwas zu tun haben?“, fragte der Privatdetektiv aus Heubach, obwohl er längst wusste, worauf die Alte hinauswollte.

Sie deutete auf das vordere der drei Eisenbänder. „Dort hat sie gehangen. Ein schrecklicher Anblick. Die Raben …“ Sie nahm ein Taschentuch aus ihrer dunkelblauen Kittelschürze, die sie über ihrem Kleid trug, und schnäuzte sich. „Entschuldigung“, murmelte sie. „Sind Sie ein Angehöriger der Verstorbenen?“

„Nein.“

„Aber Sie interessieren sich offensichtlich für den Fall.“

„Das ist richtig. Und Sie sind Franziska Rauscher? Sie haben die Gehängte am Montagvormittag entdeckt?“

Sie stutzte. „Ja. Woher kennen Sie meinen Namen? Er stand doch gar nicht in der Zeitung.“

Einen Moment lang dachte Bloch daran, ihr die Wahrheit zu sagen. Dass ihm der Sohn der Ermordeten ihren Namen genannt hatte. Doch dann entschied er sich rasch anders.

„Frau Rauscher.“ Er lächelte unschuldig. „Auch in Beerfelden wird viel getratscht. Ich habe Ihren Namen in einem Wirtshaus erfahren.“

„Ach so. Waren Sie in der Linde?“

„Auf den Namen der Gaststätte habe ich überhaupt nicht geachtet“, redete er sich heraus. „Aber das ist doch auch gar nicht wichtig.“

„Für mich schon, Herr …?"
„Bloch", sagte Tobias Bloch.
„Ich will schließlich wissen, welcher Beerfelder Gastwirt mit einem Wildfremden über mich spricht."
Der Privatdetektiv aus Heubach schüttelte den Kopf. „Es war kein Wirt, Frau Rauscher. Es handelte sich um einen anderen Gast, der zufällig mir gegenüber an einem anderen Tisch saß. Ich sah, dass er in einer Zeitung einen Artikel über den scheußlichen Mord am Galgen las. Deshalb habe ich ihn höflich angesprochen und gefragt …"
„Ach so. Na dann …"
„Sie müssen sich wirklich keine Sorgen machen." Bloch deutete auf eine Bank in der Nähe des Hochgerichts. „Wollen wir uns nicht lieber setzen?"
„Ja." Sie ging voraus und nahm auf der Holzbank Platz.
Er setzte sich neben sie. „Sie haben die Tote von der Landstraße aus gesehen?" Der Privatdetektiv deutete auf die Straße jenseits der Umrandung aus aufgestellten Steinen, die von Beerfelden in den benachbarten Ortsteil Airlenbach führte.
„Ich habe etwas an dem Galgen hängen sehen", korrigierte ihn Franziska Rauscher. „Man darf es kaum laut aussprechen, aber ich dachte zunächst, es würde sich um einen Scherz halten. Einen sehr makabren Scherz, Herr Bloch."
Er nickte.
„Nie im Leben hätte ich daran gedacht, dass dort ein Mensch hängen könnte", erklärte sie. „Ich glaubte, dass es sich um eine Strohpuppe handelte, die irgendwelche Jugendliche aus Spaß an den Galgen gebunden hatten."
„Aber Sie sind trotzdem nicht einfach auf der Landstraße weitergegangen, sondern haben sich die Sache aus der Nähe angesehen?"

„Ja. Etwas hat mich stutzig gemacht. Genauer gesagt waren es zwei Dinge. Erstens der Wind. Verstehen Sie? Obwohl ein frischer Wind blies, hat sich die vermeintliche Strohpuppe keinen Zentimeter bewegt. Und das hätte sie bei ihrem geringen Gewicht doch tun müssen!"

„Und zweitens?", fragte der Privatdetektiv.

„Das schwarze Flattern." Die alte Frau hatte ihre Stimme gesenkt. „Das schwarze Flattern am Kopf der unbekannten Gestalt. Ich konnte zunächst nicht genau erkennen, ob es ein oder zwei Vögel waren. Große schwarze Vögel, Herr Bloch. Kolkraben oder Saatkrähen. Sie haben erst von dem Kopf der armen Frau abgelassen, als ich näher gekommen bin. Da habe ich dann auch gesehen, dass es zwei Tiere waren. Zwei große schwarze Vögel, die Schreckliches angerichtet haben." Sie schnäuzte sich erneut.

„Und Sie waren an diesem Morgen ganz allein hier?"

„Ja." Sie sah ihn erstaunt an. „Wer hätte denn sonst noch da sein sollen?"

Bloch zuckte die Achseln. „Sie hatten auf jeden Fall nicht das Gefühl, beobachtet zu werden? Sie haben keine verdächtigen Geräusche in der Nähe gehört?"

Die alte Frau dachte nach. „Nein", antwortete sie schließlich. „Bis auf das scheußliche Krächzen der schwarzen Vögel, das sie von sich gaben, als sie davonflogen, habe ich nichts gehört."

„Standen auf dem Parkplatz links von der Richtstätte Autos?"

Sie zögerte kaum merklich mit der Antwort. „Darauf habe ich nicht geachtet", sagte sie dann. „Ich habe jedenfalls hier in der Nähe des Galgens keinen Besucher gesehen."

„Und auf den angrenzenden Feldern jenseits der Umrandung? Hat dort vielleicht ein Bauer gearbeitet?"

Die Alte schüttelte den Kopf.

„Sie haben keine Geräusche eines Traktors gehört?“

„Nein.“

Bloch seufzte. „War die Gehängte gefesselt? Hatte man ihre Hände auf dem Rücken zusammengebunden?“

„Das weiß ich nicht. Ich habe die arme Frau nur von vorn gesehen.“

„Hingen ihre Arme seitlich am Körper herunter?“

„Ich glaube nicht“, antwortete Franziska Rauscher.

„Was hatte die Ermordete an? Sie war doch vollständig bekleidet?“

Die Alte nickte. „Auf die Kleidung habe ich nicht besonders geachtet. Ich habe auf ihren schrecklich zugerichteten Kopf gestarrt. Und dann bin ich zusammengebrochen.“

„Trug Charlotte Unger eine Hose oder einen Rock?“ Der Privatdetektiv versuchte, die Frage möglichst beiläufig klingen zu lassen.

„Ist das denn wichtig?“

„Möglicherweise.“

„Ich bin mir ziemlich sicher, dass es ein langer brauner Rock war“, sagte die alte Frau. „Obwohl er unten am Saum eine merkwürdige Form hatte. Er lief nach unten eng zu. Darüber wirkte er wie aufgebauscht. Aber ich habe mir das nicht genau angesehen.“

„Könnte es sein, dass der Rock unten an den Fußknöcheln zusammengebunden war?“

„Wieso sollte jemand das gemacht haben? Das ergibt doch keinen Sinn.“

„Könnte der Rock unten zusammengebunden gewesen sein?“, wiederholte Bloch ruhig seine Frage.

Franziska Rauscher dachte nach. „Ja“, sagte sie dann. „Ja, so könnte es gewesen sein.“

Er erhob sich. „Sie haben mir sehr geholfen, vielen Dank. Darf ich Sie zurück nach Beerfelden fahren? Dann müssen Sie nicht den ganzen Weg zurücklaufen."

Sie schüttelte den Kopf. „Nein danke, sehr freundlich von Ihnen. Aber ich bleibe lieber noch ein bisschen hier, um für die arme Frau zu beten." Tränen liefen über ihre faltigen Wangen. „Wissen Sie, ich komme seit Montag jeden Tag hierher." Sie senkte ihren Blick und holte ihr Taschentuch aus der Kittelschürze. Doch statt sich die Tränen abzuwischen, knüllte sie es nur in ihrer Faust zusammen, bis ihre Fingerknöchel weiß wurden. „Wer tut so etwas?", murmelte sie. „Wer tut jemandem so etwas Grausames an?"

„Das versuche ich herauszufinden", sagte Tobias Bloch.

Sie sah ihn mit geröteten Augen an. „Dann wünsche ich Ihnen viel Glück."

„Danke. Das kann ich gebrauchen."

Der Privatdetektiv ging ein letztes Mal zu dem dreischläfrigen Galgen und stellte sich unter den Querbalken, an dem Charlotte Unger in der Nacht von Sonntag auf Montag aufgehängt worden war. Mit zusammengebundenem Rock. Schließlich galt es, Anstand und Sitte zu wahren.

Kapitel 9

Dreckstück

Sein knurrender Magen erinnerte Tobias Bloch daran, dass er seit dem Frühstück nichts mehr gegessen hatte. An dem Michelstädter Imbiss hatte er sich ja nicht bewirten lassen, obwohl er dort herzlich willkommen gewesen war. Anke musste ihn für einen verrückten Kerl halten. Erst sprach er sie mit ihrem Vornamen an und nannte ihr seinen eigenen. Was an sich schon recht ungewöhnlich war. Und dann haute er einfach ab, ohne bei ihr etwas zu essen. Ja, ohne sich überhaupt von ihr zu verabschieden.

Warum er sich so dumm und unhöflich verhalten hatte, war ihm selbst ein Rätsel. Zumindest redete er sich das ein.

Bloch wich den zahlreichen Schlaglöchern an der Einfahrt zum Natur-Parkplatz Galgen aus und ging zu seinem schwarzen Renault. Von der Anhöhe, auf der die mehr als vierhundert Jahre alte Richtstätte stand, fuhr er zurück nach Beerfelden. Nahe des Zwölfröhrenbrunnens, der Brunnenanlage der Mümlingquelle, fand er im Zentrum des Ortes nur deshalb so schnell einen Parkplatz, weil gerade jemand direkt vor seiner Nase ausparkte. Er manövrierte den Renault mit einiger Mühe in den engen Stellplatz.

Gleich gegenüber befand sich ein Gasthaus, das zumindest von außen einen soliden Eindruck machte und mit gutbürgerlicher Küche warb. Der Privatdetektiv aus Heubach warf einen kurzen Blick auf die Speisekarte, die in einem Schaukasten hing. Sie hatte keine abschreckende Wirkung auf ihn, also betrat er die Wirtschaft.

In dem an den Wänden und an der Decke mit dunkelbraunem Holz getäfelten Raum waren an diesem Mittwoch kurz vor vierzehn Uhr nur noch wenige Gäste anwesend. So fand Tobias Bloch ohne Mühe einen freien Tisch an einem der drei Fenster mit Butzenscheiben.

Kaum hatte er an dem massiven Holztisch Platz genommen, erschien auch schon eine ihn professionell anlächelnde Bedienung. Sie trug Jeans und ein enges erdbeerfarbenes Sweatshirt. Da sie eine große Speisekarte in der linken Hand hielt, erübrigte sich die Frage, ob man um diese Zeit noch etwas Warmes zu essen bekommen konnte.

„Sie wünschen?", fragte die junge Frau mit den gefärbten hennafarbenen Haaren.

„Ein Weizenbier. Kristallklar. Wenn möglich mit einer dicken Scheibe Zitrone."

Sie nickte. „Möchten Sie auch etwas essen?"

„Ja." Er nahm aus ihrer Hand die Karte entgegen. Nachdem sie zur Theke zurückgegangen war, blätterte er die Seiten mit den Suppen, Vorspeisen und Salaten rasch um. Bei den Hauptgerichten angekommen, war er angenehm überrascht über die große Vielfalt der angebotenen Speisen. Deshalb fiel ihm die Entscheidung nicht leicht.

„Haben Sie schon gewählt?" Die Bedienung legte zu seiner Linken einen Bierdeckel auf den Tisch und stellte darauf das schäumende Weizenbier ab.

„Ja." Bloch klappte die Speisekarte zu und reichte sie ihr. „Ich nehme eine Rinderroulade. Allerdings nicht mit Rotkohl und Püree, sondern mit hausgemachtem Kartoffelsalat. Dazu bitte noch einen kleinen grünen Salat. Der ist doch ohne Tomaten?", fragte er vorsichtshalber.

„Keine Sorge. Ist nur Kopfsalat. Mit ein paar frischen Kräutern. Welches Dressing möchten Sie? Joghurt, Knoblauch, Sahne …?“

Er stutzte. „Einfach nur Essig und Öl?“, fragte er zaghaft.

„Wird gemacht.“ Sie drehte sich in einer fließenden Bewegung um und entfernte sich auf leisen Sohlen.

Der Privatdetektiv aus Heubach hob vorsichtig das volle Weizenglas und trank einen Schluck. Mit dem Handrücken wischte er sich ein wenig Schaum von der Oberlippe, dann zündete er sich eine Zigarette an.

Kurz darauf hörte er, wie in seinem Rücken die Tür geöffnet und mit etwas zu viel Schwung wieder geschlossen wurde. Die Stimme, die die Bedienung mit einem forschen „Hallo!“ begrüßte, ließ ihn zusammenzucken.

Er drehte sich zu dem neu eingetroffenen Gast um und sagte: „Was für ein Zufall! Wollen Sie sich zu mir setzen?“

Benjamin Unger, der an seinen Tisch getreten war, schüttelte den Kopf. „Essen Sie erstmal in aller Ruhe. Ich setze mich solange an die Theke.“ Bevor er sich wieder entfernte, fügte der junge Mann mit dem schwarzen Stoppelhaar noch hinzu: „Als ich auf den Parkplatz neben dem Galgen gefahren bin, habe ich sofort Ihren Wagen erkannt. Ich habe Sie beobachtet, Herr Bloch. Ich habe gesehen, wie Sie sich an der Richtstätte umgesehen haben und wie Sie mit Franziska Rauscher gesprochen haben. Und ich bin Ihnen hierher gefolgt.“

„Hört sich ja richtig unheimlich an. Muss ich mir Sorgen um meine Gesundheit machen?“

Der Sohn der erhängten Verhaltensforscherin lächelte ihn zynisch an. „Wir unterhalten uns später.“ Er trat einen Schritt zurück, um der Bedienung Platz zu machen. „Guten Appetit!“, wünschte er, dann ging er zu der Theke und nahm auf einem hohen Stuhl direkt gegenüber den Zapfhähnen Platz.

Das dunkel gebratene Fleisch der mit Gurkenstückchen und Zwiebelscheiben gefüllten Rinderroulade war so zart, dass er es praktisch nicht schneiden musste. Etwas mit dem Messer ausgeübter Druck reichte aus, um sie zu zerteilen. Perfekt.

Muzel würde es mir nie verzeihen, wenn ich ihr nicht auch eine dieser köstlichen Rouladen mitbringen würde, dachte Bloch.

Zusammen mit dem Kartoffelsalat, dem knusprig angebratene Speckwürfel beigemengt waren, und dem grünen Salat mit den frischen Kräutern war dies eines der besten Essen, das er in letzter Zeit zu sich genommen hatte. Dagegen konnte sich auch der leckerste Nierenspieß nur schwer behaupten.

Als die junge Kellnerin an seinen Tisch trat, um den leeren Teller und die leere Salatschüssel abzuräumen, lobte er zunächst das hervorragende Essen. Dann bat er sie, ihm noch eine Rinderroulade mit reichlich Soße in einer Verpackung zum Mitnehmen zu bringen.

„Jetzt gleich? Oder erst wenn Sie gehen?“

„Besser gleich. Sonst vergesse ich es am Ende noch.“

„Welche Beilage möchten Sie dazu? Vielleicht auch einen Salat?“

Tobias Bloch schüttelte den Kopf. „Nicht nötig. Darauf legt meine Katze keinen Wert. Das zarte Fleisch und die Soße reichen ihr völlig.“

Die Bedienung sah ihn erstaunt an. „Das ist kein Scherz, oder?“

„Würde ich mir bei Ihnen nie erlauben.“ Bevor sie sich mit dem Geschirr entfernen konnte, fragte er noch rasch: „Wann schließen Sie?“

„Sie können bis Mitternacht hier sitzen bleiben. Wir haben durchgehend geöffnet.“

„Doch nicht etwa mit durchgehend warmer Küche?“

„Aber sicher. Von elf bis elf."

„Dann sehen wir uns sicher noch öfter."

„Wenn Sie möchten. Montag ist allerdings Ruhetag. Das sollten Sie sich merken."

Nachdem sie gegangen war, setzte sich Benjamin Unger dem Privatdetektiv gegenüber an den Tisch.

„Aha, mein Verfolger", sagte Bloch. „Warum habe ich Ihr Auto nicht auf dem Natur-Parkplatz Galgen gesehen?"

„Weil ich es ein gutes Stück von Ihrem Wagen entfernt hinter einer Hecke abgestellt habe. Der Parkplatz ist schließlich ziemlich groß. Denn der Galgen lockt viele Besucher an. Bei holländischen Touristen erfreut er sich jedenfalls großer Beliebtheit."

„Haben Sie mit Franziska Rauscher gesprochen, nachdem ich mich von dem Hochgericht entfernt hatte?" Bloch hielt inne. „Das reichliche Essen scheint mein Denkvermögen zu beeinträchtigen. Geht ja gar nicht. Sie sind mir doch gleich gefolgt."

„Brillante Schlussfolgerung. Wo ist übrigens Ihre Assistentin? Ermittelt sie an einem anderen Ort? Zum Beispiel am ethologischen Institut im Sensbachtal?"

„Nein. Frau Kramer hat sich heute freigenommen", log der Privatdetektiv. „Aber ich habe bereits mit Ihrem Stiefvater gesprochen, Herr Unger. Ihr Verhältnis zu ihm würde ich als ziemlich getrübt bezeichnen. Sehe ich das richtig?"

„Der Alte ist ein mieses Arschloch. Das dürfte Ihnen nicht entgangen sein."

Bloch nickte.

„Ich verstehe bis heute nicht, warum meine Mutter bei ihm geblieben ist."

„Vielleicht verbanden sie starke gemeinsame berufliche Interessen miteinander?", schlug der Privatdetektiv aus Heubach vor. „Und Ihre Mutter wollte ihre Forschungen an dem Institut für Ethologie nicht gefährden?“

„Sie kannten meine Mutter nicht.“ Der Sohn der ermordeten Charlotte Unger, die mit herausgerissenen Augen und zerhacktem Gesicht am dreischläfrigen Galgen von Beerfelden gefunden worden war, trank einen Schluck Pils. „Nur wegen ihrer wissenschaftlichen Karriere hätte sie das bestimmt nicht gemacht.“

„Vielleicht hatte sie vor, sich von Ihrem Stiefvater zu trennen? Hat sie Ihnen gegenüber etwas in dieser Richtung angedeutet?“

„Nein“, antwortete Benjamin Unger schnell.

Bloch schwieg, als er bemerkte, dass sich die junge Kellnerin ihrem Tisch näherte. Sie stellte die durchsichtige Tüte, in der sich Muzels Roulade in einer Plastikverpackung befand, auf dem Tisch ab. „Sonst noch einen Wunsch, die Herren?“ Der Privatdetektiv sah den jungen Mann fragend an. Als dieser ein Kopfschütteln andeutete, sagte er zu der Bedienung: „Nein. Im Moment nicht. Und vielen Dank für die Rinderroulade.“

„Muss Ihnen ja wirklich geschmeckt haben“, meinte Benjamin Unger.

„Das hat es in der Tat. Aber diese Roulade bekommt meine Katze. Man soll schließlich nicht nur an sich denken.“

Der Sohn der erhängten Verhaltensforscherin lächelte. „Sehr lobenswert.“

Um an ihr unterbrochenes Gespräch anzuknüpfen, fragte Bloch: „Wie würden Sie Ihr Verhältnis zu Ihrer Mutter beschreiben?“

„Wir haben uns ganz gut verstanden. Mehr aber auch nicht.“

„Es wäre also denkbar, dass sie Ihnen ihre Absicht, sich von Ihrem Stiefvater zu trennen, verschwiegen hätte?“

„Ja." Benjamin Unger deutete auf Blochs Zigarettenpäckchen. „Darf ich?"

„Klar. Bedienen Sie sich." Er wartete, bis sich der junge Mann eine Zigarette angesteckt hatte, dann sagte er: „Trauen Sie Ihrem Stiefvater einen solch grauenhaften Mord zu?"

„Entschuldigung, Herr Bloch. Wir reden hier, glaube ich, von zwei verschiedenen Dingen. Das Erhängen selbst ist doch an sich nicht grauenhaft, sondern eine ziemlich saubere und unblutige Sache, oder? Strang um den Hals, die Leiter oder das Podest, auf dem meine Mutter gestanden hat, umstoßen – das war es dann aber auch schon. Der Täter muss ihr ja nicht bei ihrem Todeskampf zugesehen und sich daran aufgegeilt haben."

„Vorstellbar wäre es aber schon", wandte der Privatdetektiv aus Heubach ein.

„Das ist doch eher nebensächlich."

„Für mich nicht."

„Darf ich meine Argumentation zu Ende führen?", fragte Benjamin Unger in gereiztem Tonfall.

„Bitte."

„Wirklich grauenhaft war doch erst das, was nach dem Erstickungstod meiner Mutter passiert ist. Was die Raben und die Schmeißfliegen angerichtet haben ..."

„Die Wespen nicht zu vergessen."

„Macht Ihnen das Spaß, Herr Bloch?"

„Nein. Ich möchte nur auf eines hinweisen: Der Täter hat das alles einkalkuliert. Er wusste, dass Ihre tote Mutter stundenlang an dem Galgen hängen würde und dem Treiben dieser Tiere schutzlos ausgeliefert sein würde. Stundenlang! Er wusste, dass Ihre Mutter frühestens am nächsten Morgen entdeckt werden würde. Er hat bewusst in Kauf genommen, dass sie verstümmelt wurde. Sie haben den Täter doch selbst als Dreckschwein bezeichnet und ihm vorgeworfen, Ihrer Mutter nicht wenigstens ein Tuch oder einen Sack über den Kopf gestülpt zu haben. Und jetzt nehmen Sie ihn auf einmal in Schutz." Der Privatdetektiv leerte sein Glas und machte der Bedienung hinter der Theke ein Zeichen. „Das verstehe ich beim besten Willen nicht."

„Ich wollte doch nur klarstellen, dass das Hängen an sich ..."

„Das ist doch Haarspalterei. Sie müssen das alles in einem Zusammenhang sehen, weil es verflucht noch mal zusammengehört. Der Strang, das langsame und qualvolle Ersticken, die herausgerissenen Augen, das zerhackte Gesicht ..." Bloch verstummte, als ihm die junge Kellnerin ein frisches Weizenbier brachte. Er bedankte sich, nachdem sie es vor ihm abgestellt hatte.

„Ich hätte gern noch ein Pils", sagte Benjamin Unger.

„Gern." Die junge Frau entfernte sich.

„Sie haben meine Frage noch nicht beantwortet. Würden Sie Ihrem Stiefvater einen solch grauenhaften Mord zutrauen? Kann sein Hass auf Ihre Mutter so groß gewesen sein, dass er sie auf diese scheußliche Art und Weise umbrachte? Wollte er sie für irgendetwas so drastisch bestrafen? Für die Absicht, sich von ihm zu trennen? Oder für etwas anderes?"

„Würden Sie es ihm denn zutrauen, Herr Bloch?"

„Das ist eine sehr billige Masche, meiner Frage mit einer rhetorischen Gegenfrage auszuweichen. So einfach kommen Sie mir nicht davon. Ich habe bisher ein einziges Gespräch mit Ihrem Stiefvater geführt. Das gibt mir doch nie im Leben das Recht, ein so schwerwiegendes Urteil zu fällen. Sie hingegen kennen ihn schon viel länger. Selbst wenn Ihr Verhältnis zu ihm nicht gerade gut war. Sie haben doch gesehen, wie Ihre Eltern in all den Jahren miteinander umgegangen sind.

Sie haben doch gehört, wie sie miteinander gesprochen haben. Also, kommt Ihr Stiefvater in Frage? Ja oder nein?"

„Er hat kein Alibi, richtig?"

Der Privatdetektiv nickte. „Sie aber auch nicht."

„Was wollen Sie damit andeuten?"

„Gar nichts. Es wird eine ganze Anzahl von Personen aus dem Umfeld Ihrer Mutter geben, die für die fragliche Zeit kein Alibi haben. War ja nicht gerade die günstigste Zeit, um durch Beerfelden zu flanieren oder im Sensbachtal im ethologischen Institut am Arbeitsplatz gesehen zu werden. Um nur zwei Beispiele zu nennen. Also, noch einmal: Trauen Sie es ihm zu, Herr Unger?"

Der junge Mann senkte den Kopf. „Ich weiß es nicht", sagte er leise. „Ich weiß es wirklich nicht."

Es fehlte nicht viel und ein wütender Tobias Bloch hätte kräftig auf den Tisch geschlagen. Glücklicherweise hielt ihn die näher kommende Bedienung davon ab.

Benjamin Unger leerte sein Glas zur Hälfte.

Um aus der Sackgasse zu gelangen, in die er sich ohne Not manövriert hatte, wählte der Privatdetektiv aus Heubach einen anderen Ansatz. Er fragte: „Kennen Sie einen Menschen aus dem Verwandten-, Freundes- oder Bekanntenkreis Ihrer Mutter oder aus dem Kreis ihrer Arbeitskollegen und sonstigen Angestellten, der zu einer solchen Tat fähig wäre? Der das Motiv, die Gelegenheit und die Mittel dazu gehabt hätte? Haben Sie jemanden in Verdacht?"

Der Angesprochene unterdrückte wenig überzeugend ein Grinsen. „O ja", antwortete er. „Aber da ich nichts beweisen kann und da ich selbst nicht gerade unverdächtig bin, habe ich Sie gebeten, den Mörder meiner Mutter zu finden. Erinnern Sie sich? Machen Sie Ihre Arbeit, Herr Bloch. Helfen Sie mir!"

„Haben Sie der Erbacher Kriminalpolizei einen Namen genannt?“

„Nein.“

„Reden wir von einer oder von mehreren verdächtigen Personen?“

„In meinem Kopf spuken zwei Namen herum.“

„Die Sie mir nicht nennen wollen“, sagte der Privatdetektiv.

„Ihre rasche Auffassungsgabe ist vorbildlich. Ich möchte Sie und Ihre Ermittlungen nicht mit meiner subjektiven und vorgefassten Meinung beeinflussen. Sie sollen so neutral und vorurteilsfrei wie möglich an den Fall herangehen. Das ist doch auch in Ihrem Sinne?“

„Na ja“, murmelte Bloch. „Interessiert hätte es mich schon.“ Dann wechselte er abrupt das Thema. „Wissen Sie, dass Ihr Stiefvater ein Verhältnis mit Lilli Wagner hat?“

„Wie bitte?“ Benjamin Unger lachte so laut, dass sich zwei der anderen Gäste zu ihrem Tisch umdrehten. Auch die junge Bedienung verfolgte von ihrem Platz hinter der Theke das Geschehen aufmerksam. Womöglich hatte sie den einen oder anderen verräterischen Begriff aufgeschnappt, der ihr Interesse geweckt hatte.

„Was ist daran so komisch?“

„Lilli geht niemals mit diesem alten Sack ins Bett.“

„Doch.“ Der Privatdetektiv zündete sich eine Zigarette an, ohne sein Gegenüber aus den Augen zu lassen.

Der Sohn der erhängten Verhaltensforscherin schüttelte ungläubig den Kopf. „Sie müssen sich irren, Herr Bloch. Sie wurden belogen. Wer hat Ihnen diesen Blödsinn erzählt? Wer hat Sie auf den Arm genommen?“

„Lilli Wagner persönlich.“

Der junge Mann zuckte zusammen. Einen Moment lang hatte es den Anschein, als wolle er sich sein halb volles Glas schnappen und es an die Wand hinter dem Privatdetektiv schmeißen.

Bloch legte seine Hand auf den Arm seines Gegenübers. „Machen Sie keinen Unsinn. Ich will hier nämlich noch öfter herkommen."

„Dieses Dreckstück!", zischte Benjamin Unger. „Dieses elende Dreckstück!"

„Ich stelle Ihnen jetzt ein paar recht delikate Fragen. Und Sie versprechen mir, keinen Ärger zu machen, okay?"

Der junge Mann nickte mürrisch.

Darauf zog Bloch seine Hand zurück und griff nach der Zigarette im Aschenbecher. Er inhalierte tief und blies den Rauch zur Decke. Dann fragte er ruhig: „Seit wann besteht Ihre Beziehung zu Lilli Wagner?"

„Beziehung würde ich das nicht gerade nennen."

„Aber Sie schlafen mit ihr? Manchmal, öfter, regelmäßig?"

„Manchmal."

„Lässt sich das vielleicht quantifizieren?"

„Herr Bloch!"

„Beantworten Sie einfach meine Frage. Ich muss mir eine Vorstellung von dem machen können, was zwischen Lilli Wagner und Ihnen läuft."

Benjamin Unger trank einen Schluck Bier. „Vielleicht zwanzig Mal", murmelte er dann.

„Seit wann?"

„Dürfte etwa ein Jahr her sein. Eher sogar etwas länger."

„Von wem ging die Initiative aus?"

„Von dem geilen Dreckstück."

„Wo haben Sie sich getroffen? In Frau Wagners Wohnung auf dem Gut im Sensbachtal wohl kaum, oder?"

„Meistens bei mir in Bad König." Er lächelte gequält. „Manchmal haben wir auch einen kleinen Ausflug gemacht."

Benjamin Unger fixierte den Privatdetektiv. „Jetzt hätte ich mal ein paar Fragen an Sie."

„Nur zu."

„Wie haben Sie von der Beziehung zwischen meinem Stiefvater und dieser Schlampe erfahren?"

„Als ich Ihren Stiefvater nach seinem Alibi fragte, hat er mich ein bisschen verarschen wollen. Er hat behauptet, in der fraglichen Nacht von Sonntag auf Montag mit Lilli Wagner im Bett gewesen zu sein. Erst in seinem Haus und anschließend in der Wohnung seiner Angestellten. Im Verlauf des Gesprächs hat er diese Behauptung dann als Unsinn abgetan und vorgegeben, nie etwas mit der Dame zu tun gehabt zu haben. Später habe ich dann Frau Wagner darauf angesprochen. Ich war so dreist, ihr ein Verhältnis mit ihrem Chef zu unterstellen. Ein Schuss ins Blaue, wenn Sie so wollen. Zunächst hat sie, wie in solchen Fällen üblich, alles geleugnet. Aber auf meine Nachfragen hin hat sie es schließlich zugegeben."

„Als meine Mutter erhängt wurde, waren die beiden aber nicht zusammen?"

„Nein. Ihr Vater hat erklärt, allein in seinem Haus gewesen zu sein. Wo sich Frau Wagner aufgehalten hat – ob in ihrer Wohnung in einem Nebengebäude des ethologischen Instituts oder anderswo –, wollte sie mir nicht sagen. Aber sie hat bestätigt, in dieser Nacht nicht mit Ihrem Stiefvater im Bett gewesen zu sein. Wo auch immer."

„Seit wann treiben es die beiden miteinander? Hat sie das auch gesagt?"

„Frau Wagner behauptet, seit etwa einem halben Jahr", antwortete der Privatdetektiv aus Heubach.

„Ich kann es nicht glauben. Ich kann es einfach nicht glauben."

„Frauen, Herr Unger. Daran werden wir nie etwas ändern können. Nie und nimmer.“ Bloch schwenkte sein Glas ein wenig, um mit Hilfe der Zitronenscheibe etwas Schaum zu produzieren, und trank dann einen Schluck des Weizenbieres.

Der Gedanke an seine untreue Assistentin, die diesem widerlichen Andreas den Vorzug vor ihrer gemeinsamen Ermittlungsarbeit gegeben hatte, versetzte ihm einen Stich. Um sich davon nicht aus der Fassung bringen zu lassen, fragte der Privatdetektiv: „Hat es in dem zurückliegenden Jahr, in dem Sie sich gelegentlich mit Frau Wagner getroffen haben, irgendwelche Anzeichen dafür gegeben, dass noch ein anderer Mann im Spiel sein könnte? Zwischen Ihren Treffen hat es ja augenscheinlich immer mal wieder größere Pausen gegeben.“

„Für wie blöd halten Sie mich eigentlich? Wenn ich auch nur den leisesten Verdacht gehabt hätte, wäre sofort Schluss gewesen. Das können Sie mir glauben.“

„Hätten Sie wirklich kampflos aufgegeben, Herr Unger? Bedeutet Ihnen Frau Wagner wirklich so wenig?“

„Lassen Sie mich mit diesem Scheiß in Ruhe, ja?“

„Ich kann also davon ausgehen, dass Ihre Beziehung zu dieser Dame ab sofort beendet ist.“

„Ich spreche kein Wort mehr mit dem Dreckstück!“

„Und wenn sie bei Ihnen anruft, um eine Verabredung zu vereinbaren, werden Sie ihr bei dieser Gelegenheit nicht sagen wollen, was Sie inzwischen wissen? Werden Sie sie nicht wenigstens ein bisschen beschimpfen?“

Der Sohn der am Beerfelder Galgen erhängten Charlotte Unger schüttelte energisch den Kopf. „Nein, den Gefallen tue ich ihr nicht. Ich lege sofort auf.“

Tobias Bloch spielte mit dem Bierdeckel. „Wann haben Sie die Dame eigentlich das letzte Mal gesehen?“

„Das ist bestimmt zwei Wochen her.“

„Wo war das bitte?"

„In meiner Wohnung in Bad König."

Der Privatdetektiv aus Heubach lehnte sich seufzend zurück. „Lilli Wagner ist nicht zufällig einer der beiden Namen, die in Ihrem Kopf herumspuken, wenn Sie an den Mord an Ihrer Mutter denken?"

„Nein."

„Hat sich das jetzt vielleicht geändert, nachdem Sie wissen, dass sie ein Verhältnis mit Ihrem Stiefvater hat?"

Benjamin Unger sah ihn nachdenklich an.

„Sicher, es ist kaum vorstellbar, dass eine Frau etwas so Grauenhaftes getan hat", fuhr der Privatdetektiv fort. „Aber wäre es nicht denkbar, dass sie im Hintergrund die Fäden gezogen hat, dass sie jemanden mit der Ausführung der Tat beauftragt hat oder dass sie – in welcher Form auch immer – Beihilfe zu diesem scheußlichen Verbrechen geleistet hat? Können Sie das ausschließen?"

„Suggestivfragen beantworte ich grundsätzlich nicht, Herr Bloch. Und außerdem: Herauszufinden, ob und – wenn ja – welche Rolle die elende Schlampe bei dieser ganzen Sache spielt, ist nach wie vor Ihre Aufgabe."

„Aber das hindert Sie doch sicherlich nicht daran, sich Ihre eigenen Gedanken über Frau Wagners Rolle zu machen?"

„Suggestivfrage, siehe oben."

Der Privatdetektiv aus Heubach lächelte unschuldig. „Wo waren Sie, als Ihre Mutter in Beerfelden ermordet wurde?"

„Können Sie ein Geheimnis für sich behalten?"

„Nein. Ich würde es sofort meiner Assistentin verraten."

„Sehen Sie, das unterscheidet uns voneinander. Ich kann es nämlich."

Bloch verzog das Gesicht. „Was haben Sie der Kommissarin auf diese Frage geantwortet?"

„Das Übliche. Ich war den ganzen Abend und die darauf folgende Nacht zu Hause. Kein Besuch, kein Anruf …"

„Und das hat Ihnen Frau Hagedorn so ohne Weiteres abgenommen?"

„Ich brauche kein Alibi, Herr Bloch. Verstehen Sie? Ich bin nämlich unschuldig."

„Darf ich Sie nach Ihrer beruflichen Tätigkeit fragen?"

„Das dürfen Sie gern. Aber Sie erhalten darauf keine Antwort."

„Warum diese ganze Geheimniskrämerei? Dadurch machen Sie sich doch nur verdächtig."

„Mein Gewissen ist rein, Herr Bloch."

„Ach du Scheiße", murmelte der Privatdetektiv.

„Bitte? Ich habe Sie nicht richtig verstanden."

„Geld scheinen Sie ja genug zu haben."

Benjamin Unger leerte sein Glas. „Ich beglückwünsche Sie zu dieser brillanten Schlussfolgerung. Und weil dem so ist, werde ich jetzt unsere Rechnung bezahlen." Er erhob sich. „Ich habe nämlich noch andere Dinge zu erledigen. Sie doch sicher auch?"

„Suggestivfrage", antwortete Tobias Bloch. „Siehe oben." Ein letztes Mal schwenkte er sein Glas und trank den Rest des kaum noch schäumenden Weizenbieres. Er schnappte sich die Tüte mit Muzels Roulade und folgte dem Sohn der ermordeten Verhaltensforscherin. Dieser beglich an der Theke die Rechnung, während der Privatdetektiv sich von der jungen Kellnerin mit dem hennafarbenen Haar verabschiedete.

„Sie beehren uns hoffentlich bald mal wieder!", rief sie ihm lächelnd zu.

Bloch hob beim Hinausgehen den rechten Arm. „Worauf Sie sich verlassen können!"

Wem hatte er das zuletzt versprochen?

Kapitel 10

Rausschmiss

Lindenfels, die an der Nibelungenstraße zwischen Michelstadt und Bensheim gelegene Stadt, ist der einzige staatlich anerkannte heilklimatische Kurort im Odenwald. Das Wahrzeichen der Stadt ist die Ruine einer ehemals als starke Festung und als weithin sichtbares Zeichen der Macht errichteten Burg, deren heutige Grundform vermutlich aus dem zwölften Jahrhundert stammt.

Als Vogtei des Klosters Lorsch gegründet, hatte die jetzt im westlichen Teil von Lindenfels auf einer steilen Bergkuppe thronende Burg in der Folgezeit etliche bedeutende Herren. Unter ihnen befand sich etwa der angesehene Pfalzgraf Konrad von Hohenstaufen, der Bruder des noch viel berühmteren römisch-deutschen Kaisers Friedrich I. Barbarossa. Die mächtige Burg gehörte dann über mehrere Jahrhunderte zur Kurpfalz, nachdem der Wittelsbacher Pfalzgraf Ludwig II., genannt der Strenge, das Bauwerk im Jahr 1277 erworben hatte.

Trotz einiger Belagerungen wurde das Bollwerk, das selbst den Dreißigjährigen Krieg von 1618 bis 1648 überdauerte, bis zum Ende des siebzehnten Jahrhunderts niemals von feindlichen Angreifern in seinen Grundfesten erschüttert oder gar zerstört. Allerdings verlor die Burg – nicht zuletzt wegen der immer stärkeren Verbreitung von Feuerwaffen – zunehmend an militärischer Bedeutung und wurde mehr und mehr dem natürlichen Verfall preisgegeben. Im 18. Jahrhundert wurde sie folgerichtig nur noch von einigen kurpfälzischen Beamten und einer kleinen Garnison bewohnt.

Der Tatsache, dass Burg Lindenfels in immer stärkerem Maße als Steinbruch für Neubauten genutzt wurde – unter anderem für die katholische Kirche, das Pfarrhaus und das Rentamt der Stadt –, zollte man im Jahr 1779 schließlich Rechnung, indem man sie mit behördlicher Erlaubnis zum endgültigen Abbruch freigab. Erst etwa einhundert Jahre später entschloss man sich dann doch zu einigen Sicherungs- und Erhaltungsarbeiten, um die noch verbliebenen Teile der Burgruine vor dem weiteren Verfall zu schützen.

Als die kurpfälzischen Lande Anfang des 19. Jahrhunderts aufgeteilt wurden, fielen Stadt und Burg Lindenfels an den Landgrafen von Hessen-Darmstadt, den späteren Großherzog Ludwig X.. Für die wirtschaftliche Entwicklung und später auch die touristische Erschließung des heutigen Kurortes von ausschlaggebender Bedeutung war dann der Bau der sogenannten Nibelungenstraße im Jahr 1840, die von Worms nach Bensheim und weiter durch das Lautertal über Lindenfels nach Michelstadt führt.

Aus Beerfelden kommend, war Tobias Bloch die letzten Kilometer bis zu seinem Ziel auf ebendieser Straße gefahren. Nun fragte er sich im beschaulichen Lindenfels zur Kappstraße durch, in der er – wegen des Überraschungseffekts – Sibylle Schuster einen unangemeldeten Besuch abstatten wollte. Der Frau also, bei der die am Galgen erhängte Charlotte Unger angeblich ihr letztes Wochenende verbracht hatte.

Zwar ging der Privatdetektiv aus Heubach das Risiko ein, die Bekannte oder Freundin der toten Verhaltensforscherin – welche Rolle sie tatsächlich im Leben von Frau Unger gespielt hatte, konnte er noch nicht einschätzen – gar nicht in ihrer Wohnung oder ihrem Haus anzutreffen, aber in diesem Fall würde ihn eine Besichtigung der bekannten Burgruine für seine Fahrt hierher entschädigen.

Dass er zwei Fliegen mit einer Klappe schlagen würde, ahnte Bloch zu diesem Zeitpunkt noch nicht.

Er blieb vor dem zweigeschossigen Fachwerkhaus stehen, dessen schwarzes Balkengefüge einen auffälligen Kontrast zu den weiß getünchten, mit Rauputz versehenen Fächern bildete, und musterte die Fassade des Hauses, in dem Sibylle Schuster im Parterre wohnte. Der Privatdetektiv trat gerade einen Schritt vor, um auf die bronzene Klingel zu drücken, als rechts von ihm ein Fenster geöffnet wurde. Er zuckte zusammen.

„Wollen Sie zu mir?", fragte eine Frau, deren schwarzes Haar mit grauen Strähnen durchzogen war. Sie blickte ihn mit neutralem Gesichtsausdruck an.

„Wenn Sie Sibylle Schuster sind – dann ja."

„Sind Sie der Privatdetektiv aus Heubach, den Benjamin engagiert hat?"

Spielen wir hier *Wer bin ich?*, dachte Bloch.

Er nickte. „Wenn Sie ein wenig Zeit hätten, würde ich mich gern mit Ihnen über Charlotte Unger unterhalten. Darf ich reinkommen?"

„Nein." In ihren Mundwinkeln bildeten sich feine Lachfältchen. „Ich lasse keine attraktiven jungen Männer herein, wenn ich allein zu Hause bin."

„Gut. Dann unterhalten wir uns hier." Bloch zog ein Zigarettenpäckchen aus der Brusttasche seines Hemdes und begann, sich in der Kappstraße häuslich einzurichten.

Sibylle Schuster verzog keine Miene. Schweigend schloss sie das Fenster und zog die Gardine vor. Der Privatdetektiv zündete sich eine Zigarette an.

Gefühlte drei Minuten später, Bloch hatte sich keinen Zentimeter von der Stelle entfernt, wurde die schwere hölzerne Haustür nach innen geöffnet und vor ihm stand eine schlanke, mittelgroße Frau, die es sich trotz ihrer mehr als fünfzig Lebensjahre erlauben konnte, eine enge schwarze Jeans und eine locker fallende anthrazitfarbene Bluse zu tragen, deren oberste zwei Knöpfe offen waren.

„Lassen Sie uns einen kleinen Spaziergang machen, Herr Bloch." Sie schloss die Haustür und ging an ihm vorbei. Der Privatdetektiv ließ seine fast bis zum Filter gerauchte Zigarette auf den Boden fallen und trat sie aus. Dann folgte er ihr.

„Woher wissen Sie, wer ich bin?"

„Erstens habe ich mit Benjamin telefoniert …"

„Wer hat wen angerufen?", hakte der Privatdetektiv ein.

„Er mich. Und zweitens ist ihr Konterfei seinerzeit durch die Weltpresse gegangen. Sie erinnern sich hoffentlich noch daran?"

„Ungern", murmelte Bloch. „Die Fotografin hat uns damals nicht gut getroffen. Muzel dagegen hat Glück gehabt. Aber sie war schon immer sehr fotogen."

„Wo ist Ihre Assistentin übrigens?"

Sie bogen mehrere Male nach links in kleinere Gassen ein, um vom östlichen in den westlichen Teil von Lindenfels zu gelangen.

„Bin ich Ihnen nicht genug?", bemerkte er ausweichend.

Sibylle Schuster warf ihm einen kurzen Seitenblick zu. „Doch, doch. Keine Sorge."

Sie kamen in die Burgstraße, folgten dieser in südlicher Richtung und erreichten so die Burgruine der einstmals mächtigen Festung von Lindenfels. Durch ein Tor am Ende dieser Straße gelangten sie in den äußeren Burgbereich.

„Kommen Sie, ich zeige Ihnen eine Stelle, von der aus man eine fantastische Aussicht hat", sagte seine Fremdenführerin.

Sie stiegen die Vorburg hinauf und betraten durch ein weiteres Tor die Ruinen der eigentlichen Kernburg. In der Mitte des Hofes deuteten die runden Mauern des Fundamentes die Stelle an, an der sich einst der mächtige Bergfried der Burg Lindenfels erhoben hatte. Auch von dem mehrgeschossigen Palas, dem Hauptgebäude der mittelalterlichen Burg, mit seiner hohen, spitz zulaufenden Giebelwand waren nur noch Überreste vorhanden. Gleichwohl vermochten sie noch immer einen Eindruck davon zu vermitteln, wie imposant dieses Gebäude und die es umgebende Anlage in ihrer Blütezeit gewesen sein mussten.

Dann führte Sibylle Schuster ihn auf den Wehrgang einer die Burg umfassenden Mauer, bis sie schließlich die Nische in einem Erker erreichten. Schweigend genossen die beiden Besucher den außergewöhnlichen Ausblick auf Lindenfels.

„Benjamin Unger hat Sie also nach der grauenhaften Ermordung seiner Mutter am Beerfelder Galgen angerufen", sagte Tobias Bloch. Sie waren inzwischen von der Burgruine heruntergestiegen und saßen nun auf einer Parkbank im Kurgarten. „Wann war das genau?"

„Am Dienstagabend."

„Und bei dieser Gelegenheit haben Sie erfahren, dass ich mit den Ermittlungen in diesem Fall betraut bin?"

Sibylle Schuster nickte.

„Wusste Benjamin, dass seine Mutter an dem fraglichen Wochenende bei Ihnen in Lindenfels war?"

„Nein. Er sagte mir, er habe davon erst bei der Vernehmung durch die Kriminalpolizei erfahren."

„War er schon einmal in Ihrer Wohnung in Lindenfels? Wusste er also, dass Sie in der Kappstraße im Erdgeschoss wohnen?"

„Ja. Er war drei- oder viermal mit seiner Mutter bei mir. Aber das liegt schon geraume Zeit zurück."

Bloch lehnte sich zurück. Er ärgerte sich darüber, dass er so dumm gewesen war, auf ihren Vorschlag einzugehen, sich nach der Besichtigung der Burgruine in den darunter liegenden Kurgarten zu begeben. Nun saßen sie nebeneinander auf der Parkbank – was an sich keineswegs unangenehm war –, ihn aber der Möglichkeit beraubte, ihr direkt ins Gesicht zu sehen, wenn sie seine Fragen beantwortete.

Andererseits konnte man aus ihrer Vorgehensweise einschließlich der Weigerung, ihn zu Hause zu empfangen, die Schlussfolgerung ziehen, dass Sibylle Schuster genau dies beabsichtigt hatte. Der Privatdetektiv erwog die Möglichkeit, sich von der Bank zu erheben, scheinbar in Gedanken versunken ein paar Schritte auf dem Weg zu gehen, zu ihr zurückzukehren und sie dann von Angesicht zu Angesicht anzusprechen. Rasch verwarf er dieses viel zu durchsichtige Vorgehen.

„Frau Schuster", begann Bloch, „von wann bis wann war Charlotte Unger bei Ihnen? Sagen Sie es mir bitte so genau wie möglich. Und sagen Sie mir auch, wann Frau Unger am letzten Wochenende die Gelegenheit gehabt hat, sich für einen längeren Zeitraum aus Lindenfels zu entfernen, ohne dass Sie es hätten bemerken können."

„Sie ist am Freitagabend zu mir gekommen. Gegen halb neun oder neun. Ich habe nicht auf die Uhr geschaut. Da ich alles andere als eine begnadete Köchin bin, sind wir in das Ristorante gegangen, das sich hier ganz in der Nähe befindet." Sie deutete von ihrem Sitzplatz im Kurgarten nach oben zur Burgstraße. „Wir haben dort eine ganze Weile gesessen, bestimmt mehr als zwei Stunden. Anschließend haben wir noch einen kleinen Verdauungsspaziergang gemacht, haben uns die beleuchtete Burgruine angeschaut und sind dann in meine Wohnung zurückgekehrt. Zu Hause haben wir noch eine Flasche Rosé aufgemacht und weiter über die guten alten Zeiten geplaudert. Schätze, dass wir gegen zwei Uhr zu Bett gegangen sind."

„Die guten alten Zeiten?", fragte der Privatdetektiv.

„Ja. Als ich noch am Institut für Ethologie im Sensbachtal angestellt war."

Bloch horchte auf, versuchte aber, seine nächste Frage möglichst gleichmütig zu stellen. „Warum arbeiten Sie nicht mehr dort?"

„Weil man mich rausgeschmissen hat."

„Wer ist man?"

„Der reizende Leo Unger."

„Sie haben sich mit ihm gestritten? Auf fachlicher oder auf privater Ebene?"

„Auf beiden."

„Könnten Sie mir das bitte näher erläutern, Frau Schuster?"

„Sie wissen, dass wir uns im Institut mit der Kommunikation zwischen Säugetieren befassen?"

„Ja. Hat mir Ihr früherer Chef recht anschaulich erklärt."

„Ich finde dieses Thema höchst interessant und habe sehr gern daran gearbeitet. Aber ich habe nie verstanden, warum Leo darauf beharrte, eine aus meiner Sicht künstliche Schranke zwischen Säugetieren und Menschen zu errichten. Es gibt auf dem Gebiet der Kommunikation beispielsweise eine Menge Parallelen zwischen den Pongidae und uns."

„Pongidae?", fragte Bloch.

„Die Großen Menschenaffen. Vier Arten in drei Gattungen."

„Vier?"

„Orang-Utan, Gorilla und Schimpansen", sagte die Verhaltensforscherin. „Das sind die drei Gattungen. Ist Ihnen bei meiner Aufzählung etwas aufgefallen?"

„Ja. Bei den ersten beiden Gattungen haben Sie den Singular gewählt, bei der dritten aber den Plural. Schimpansen."

„Sehr aufmerksam." Sie lächelte ihn kurz von der Seite an. „Uns fehlt schließlich noch eine Art, richtig? Also: Der Schimpanse und der Zwergschimpanse, auch Bonobo genannt."

Der Privatdetektiv nickte. „Der Rammler unter den Menschenaffen."

„Genau. Er bestärkt bestehende Verbindungen innerhalb der Gruppe und löst oder entschärft viele Konflikte und Spannungen durch ausgiebigen Geschlechtsverkehr. Nicht die schlechteste Lösung, was meinen Sie?"

„Kein Kommentar", sagte Bloch.

„Es gibt noch zwei Besonderheiten bei den Bonobos. Erstens: Sie leben im Matriarchat. Und zweitens: Im Gegensatz zu allen anderen Menschenaffen haben sie Sex auch von Angesicht zu Angesicht. Das ist sehr ungewöhnlich."

Um wieder auf sichereres Terrain zu gelangen, fragte er: „Sie wollten also die Forschungen des ethologischen Instituts auf die Kommunikation zwischen Menschen ausweiten? Aber Leo Unger war dagegen?"

„Und zwar strikt. Was mich allerdings nicht davon abgehalten hat, diesen Aspekt weiterhin im Blick zu behalten. Aber ich habe einen Fehler gemacht."

„Nur einen?"

„Einen entscheidenden, Herr Bloch. Ich habe über dieses Thema Aufsätze in Fachzeitschriften veröffentlicht. Das hat Leo gar nicht gefallen. Erstens, weil ich sie als Mitarbeiterin seines Instituts publizierte. Und zweitens, weil er generell auf jeden Angestellten seiner Einrichtung eifersüchtig ist, der auch nur ein paar Zeilen an die Öffentlichkeit gelangen lässt."

„Das allein hat aber noch nicht ausgereicht, Sie rauszuschmeißen?", fragte der Privatdetektiv aus Heubach.

„Nein. Nach der dritten Veröffentlichung hat er mich dringend aufgefordert, so etwas in Zukunft zu unterlassen. Er war stinksauer, aber er hat mich nicht gefeuert."

„Womit wir auf der privaten Ebene angelangt sind. Lassen Sie mich raten: Sie wollten nicht mit Ihrem Chef schlafen?"

Sibylle Schuster lachte. „Du meine Güte! So weit wäre es nie im Leben gekommen. Nein, nein. Ich habe ihm angedroht, ihn wegen sexueller Belästigung am Arbeitsplatz zu verklagen, nachdem er mich – na ja, wie sagt man so schön? – unsittlich berührt hatte."

„Sie wollten ihn aber nicht wirklich verklagen?"

„So ist es, Herr Bloch. Ich wollte nur, dass er endlich damit aufhört."

„Aber das hat er nicht getan."

„Doch."

„Dann verstehe ich nicht …?"

Die Verhaltensforscherin berührte kurz seinen linken Unterarm. „Sie hatten recht. Ich habe nicht nur einen Fehler gemacht. Ich habe nämlich seiner Frau davon erzählt. Und Charlotte hat ihn natürlich darauf angesprochen. Wie ich vermute, in nicht sehr freundlichem Ton. Das hat dann das Fass endgültig zum Überlaufen gebracht. Na ja, und jetzt wohne und arbeite ich nicht mehr im Sensbachtal, sondern sitze hier in Lindenfels und langweile mich ein bisschen."

„Keine Chance auf eine Anstellung an einem anderen Institut für Verhaltensforschung?", fragte Tobias Bloch.

„Doch, wahrscheinlich schon. Aber ich habe mich noch bei keiner anderen Einrichtung beworben."

„Verstehe ich nicht."

„Ich möchte im Odenwald bleiben. Aber hier gibt es leider kein zweites ethologisches Institut. Und in den hohen Norden oder in den tiefen Süden zieht es mich nicht. Noch nicht, jedenfalls. Vielleicht ändert sich das mit der Zeit."

„Wann hat Unger Sie entlassen?"

„Vor vier Monaten."

Der Privatdetektiv aus Heubach bot ihr eine Zigarette an und gab ihr Feuer. Dann steckte er sich selbst eine an und rückte ein bisschen von ihr ab. So konnte er sie wenigstens im Profil sehen. „Können wir auf Charlotte Ungers Besuch bei Ihnen zurückkommen, Frau Schuster? Was haben Sie beide am letzten Samstag gemacht?"

„Lange geschlafen. Das ist übrigens einer der Vorzüge, den die Arbeitslosigkeit hat. Wir haben gemütlich gefrühstückt, so um die Mittagszeit. Ich hatte anschließend noch ein paar Kleinigkeiten in der Stadt zu erledigen …"

„Frau Unger hat Sie nicht begleitet?"

Die entlassene Verhaltensforscherin schüttelte den Kopf.

„Wie lange waren Sie in der Stadt unterwegs?"

„Eine gute Stunde vielleicht. Ich habe nicht auf die Uhr gesehen." Da Bloch auf diese Bemerkung nicht einging, fuhr sie fort: „Am Nachmittag haben wir dann einen Ausflug nach Bensheim gemacht. Genauer gesagt sind wir zum Auerbacher Schloss gefahren."

„Hatten Sie das Gefühl, verfolgt beziehungsweise beobachtet zu werden?"

„Wo?"

„Bei Ihrem Gang durch Lindenfels. Auf der Fahrt nach Auerbach. Bei der Besichtigung des Schlosses."

„Nein. Aber ich habe natürlich zum Beispiel überhaupt nicht darauf geachtet, wer jeweils hinter mir gefahren ist."

„Haben Sie oder Frau Unger in dem Schloss einen Bekannten getroffen? Oder jemanden gesehen, den Sie kannten?"

„Nein." Sie zog an ihrer Zigarette.

„Was haben Sie nach der Besichtigung des Schlosses gemacht?"

„Wir sind auf einem Rundwanderweg in der Nähe spazieren gegangen. Ziemlich lange, ich schätze, wir waren mindestens zwei Stunden unterwegs." Sie wandte sich ihm kurz zu. „Wieder keine besonderen Vorkommnisse. Das gilt übrigens für das ganze Wochenende, Herr Bloch. Ich habe nach dem Gespräch mit der Erbacher Kriminalpolizei lange darüber nachgedacht. Aber mir ist während des gesamten Besuches von Charlotte nichts Besonderes oder Außergewöhnliches aufgefallen."

„Hat Frau Unger telefoniert oder einen Anruf erhalten?"

„Nicht dass ich wüsste. Aber es ist natürlich möglich. Als ich allein in der Stadt einkaufen war. Als ich am Samstagabend in der Badewanne lag. Als ich am Sonntag einen Mittagsschlaf gemacht habe. Es gab mehrere Gelegenheiten, bei denen sie hätte telefonieren können."

„War sie während ihres Aufenthalts bei Ihnen nervös, besorgt, angespannt? Welchen Eindruck hat sie auf Sie gemacht?"

Sibylle Schuster nahm einen letzten Zug, dann drückte sie die Zigarette auf dem Boden mit dem Absatz ihres schwarzen Wildlederschuhs aus.

„Einen ganz normalen. Wir haben uns gut unterhalten, viel gelacht, reichlich gegessen und getrunken."

„Das klingt mir viel zu klischeehaft", sagte Bloch ruhig.

„Aber so war es. Charlotte hat mir kein aufregendes Geheimnis enthüllt. Sie hat nicht davon gesprochen, dass sie von jemandem bedroht werden würde. Sie hatte keine Todesangst. Im Gegenteil. Sie war entspannt und witzig. Auch wenn Ihnen das nicht gefällt."

Der Privatdetektiv aus Heubach verzog keine Miene. Er schaute auf seine Zigarette, die bis zum Filter heruntergebrannt war und ließ sie einfach fallen. „Erzählen Sie weiter", bat er.

„Nach dem Spaziergang in der Umgebung des Auerbacher Schlosses sind wir nach Bensheim gefahren ..."

„In welchem Wagen?", unterbrach er sie. „Wer ist gefahren?"

„Sie wollen es aber ganz genau wissen, Herr Bloch", sagte sie schmunzelnd.

„Ja."

„Ich bin in meinem Auto gefahren. Charlottes Wagen stand seit ihrer Ankunft am Freitagabend die ganze Zeit über vor meinem Haus."

„Das können Sie doch gar nicht wissen."

Sibylle Schuster sah ihn fragend an.

„Sie muss ja nicht selbst gefahren sein. Nach dem, was Sie mir bis jetzt erzählt haben, hätte eine andere Person Frau Ungers Wagen sowohl am Freitagabend als auch am Samstag während Ihres Ausflugs benutzen können. Zeit dazu war jedenfalls reichlich vorhanden. Besonders am Samstag." Er streckte seine Beine aus. „Aber ich wollte Sie nicht unterbrechen ..."

„Wir sind also nach Bensheim gefahren und haben in einem griechischen Restaurant, das ich übrigens nie wieder betreten werde, zu Abend gegessen."

„Gab es Streit mit dem Personal?"

„Nein. Das Essen war einfach grauenhaft."

„Es geht doch nichts über die bodenständige Odenwälder Küche", sagte der Privatdetektiv aus Heubach in Erinnerung an Nierenspieß und Rinderroulade. Beides ausgewiesene Spezialitäten der Region.

„Na ja, wenn Sie meinen. Ich habe da schon einige seltsame Erfahrungen gemacht."

„Weil Sie zu anspruchsvoll sind, Frau Schuster. Ich könnte Ihnen zum Beispiel einen Imbiss in Michelstadt empfehlen oder eine Gaststätte mit gutbürgerlicher Küche in Beerfelden …"

Bei der Erwähnung von Beerfelden zuckte die Verhaltensforscherin kurz zusammen.

„Darf ich fortfahren?", fragte sie.

„Bitte."

„Den Rest des Samstags haben wir dann bei mir in Lindenfels verbracht."

„Ich nehme an, dass es wieder spät geworden ist."

„Sie sind ein Hellseher, Herr Bloch."

„Man tut, was man kann."

„Hoffentlich. Über den Sonntag kann ich Ihnen leider nichts Aufregendes berichten. Wir waren beide ein bisschen angeschlagen, haben uns ausgeruht, auf der Terrasse gesessen und gelesen. Ich habe zwischendurch, wie gesagt, ein Mittagsschläfchen gehalten."

„Kein Besuch, kein Anruf?"

„Nichts dergleichen."

Tobias Bloch nickte. „So, nun wird es interessant."

„Wenn Sie das sagen."

„Wie hatten Ihre ursprünglichen Planungen ausgesehen? Wie lange wollte Frau Unger bei Ihnen bleiben?"

„So etwas legten wir nie vorher fest."

„Wirklich nicht?"

„Man muss kein Verhaltensforscher sein, um zu wissen, dass wir Frauen gelegentlich etwas spontaner sind als unsere männlichen Pendants. Jedenfalls hatten Charlotte und ich es offengelassen, wann sie ins Sensbachtal zurückfahren würde. Mir wäre es egal gewesen, wenn sie auch noch am Sonntag bei mir übernachtet hätte. Ich hatte am Montag ja nichts Besonderes vor. Also lag es einzig und allein an Charlotte …"

„Und sie hat sich entschlossen, schon am Sonntag zurückzufahren", sagte der Privatdetektiv. „Wann hat sie Ihre Wohnung verlassen?"

„Gegen 19 Uhr ist sie zurück ins Sensbachtal gefahren."

„Nein."

„Wie bitte?" Sibylle Schuster drehte sich zu ihm um. „Sie glauben mir nicht?"

„Das steht hier doch gar nicht zur Debatte. Wir wissen nur, dass Charlotte Unger um zirka neunzehn Uhr Ihre Wohnung verlassen hat, in ihr Auto gestiegen und davongefahren ist. Immer vorausgesetzt, dass Sie die Wahrheit sagen. Haben Sie gesehen, dass Frau Unger weggefahren ist?"

„Ja." Zum ersten Mal wurde die Stimme der Verhaltensforscherin brüchig. „Ich habe ihr noch nachgewunken."

„Gut. Aber wohin sie von der Kappstraße aus gefahren ist, wissen wir nicht, oder? Bis zu ihrer Ermordung am Beerfelder Galgen blieben noch mindestens fünf Stunden, vielleicht sogar mehr. Das hängt unter anderem davon ab, wie lange es gedauert hat, sie an den Galgen zu hängen, und wie lange es gedauert hat, bis sie erstickt war. In diesem Zeitraum – von der Abfahrt bis zu ihrem Tod – kann noch eine ganze Menge passiert sein." Er lehnte sich zurück. „Hatten Sie verabredet, dass Frau Unger kurz bei Ihnen anrufen würde, wenn sie im Sensbachtal angekommen wäre? Um Bescheid zu sagen, dass alles glatt gelaufen war."

Sibylle Schuster bedeckte ihr Gesicht mit den Händen und schluchzte. Sie schüttelte leicht den Kopf.

Kapitel 11

Rückkehr

Die Frau gab ihm Rätsel auf. Erstens schien sie überhaupt nicht davon überrascht gewesen zu sein, dass er sie unangemeldet in Lindenfels besucht hatte. Es machte eher den Eindruck, als habe sie ihn erwartet. Und zweitens – und das war viel schwerwiegender – hatte sie während ihres Gesprächs im Kurgarten der Stadt keinerlei Anzeichen von Trauer über den Tod von Charlotte Unger gezeigt. Um dann am Ende ihrer Unterhaltung unvermittelt zu weinen.

Als er ihr angeboten hatte, sie nach Hause zu bringen, hatte sie unwirsch abgelehnt und darauf beharrt, allein im Kurgarten zurückzubleiben. Tobias Bloch war noch eine Weile neben der immer hemmungsloser weinenden Verhaltensforscherin sitzen geblieben und hatte über die offensichtlichen Schwierigkeiten der zwischenmenschlichen Kommunikation nachgedacht. Vergeblich hatte er darauf gewartet, dass Sibylle Schuster ihre Meinung ändern und seinen Vorschlag doch noch annehmen würde.

Schließlich hatte er leicht ihre Schulter getätschelt und sich von ihr verabschiedet. Ihr zu sagen, dass er sie möglicherweise schon bald wieder aufsuchen würde, erschien ihm in diesem Moment völlig unangebracht.

Es war Abend geworden, als er an diesem Mittwoch durch seinen Heimatort fuhr, um am Rand von Heubach über eine steile Auffahrt zu seinem Haus zu gelangen. Kaum war er aus seinem schwarzen Renault gestiegen, erschien auch schon seine dreifarbige Katze auf der Bildfläche. Muzel musste die Ankunft ihres Herrchens sehnlichst erwartet haben, denn sie war völlig außer sich. Mit hochgerecktem Schwanz umkreiste sie ihn langsam und markierte seine Hosenbeine mit feinen, für das menschliche Auge kaum sichtbaren Urinspritzern – Kommunikation zwischen Säugetieren und Botschaft für alle anderen Katzen, die in nächster Zeit an ihrem Herrchen schnuppern sollten: Der gehört mir – und ließ sich dann, auf dem Rücken liegend, ausgiebig ihren schneeweißen Bauch streicheln.

„Du hast abgenommen", stellte Tobias Bloch fest. „Es wird höchste Zeit, dass du etwas Gescheites zu futtern bekommst."

Er kehrte zu seinem Wagen zurück und holte die Plastiktüte mit der Beerfelder Rinderroulade vom Beifahrersitz. Als er mit der Tüte raschelte, rastete seine Katze schier aus. Um sie nicht länger auf die Folter zu spannen, öffnete er die Verpackung an Ort und Stelle und stellte sie neben die Haustür. Gierig stürzte sich Muzel auf das gebratene Fleisch.

„Langsam, langsam", murmelte Bloch, obwohl er wusste, dass das völlig zwecklos war.

Er schloss die Haustür auf und ging direkt in die Küche, um sich ein Bier zu holen. Dann setzte er sich vor die Tür und schaute seiner Katze beim Fressen zu. Sie hatte gerade erhebliche Schwierigkeiten, ein größeres Stück der Rinderroulade zu verschlingen, deshalb ging er noch einmal in die Küche. Mit einem Messer zerteilte er dann mühelos das zarte Fleisch.

Der Privatdetektiv aus Heubach wollte sich eine Zigarette anzünden, als im Flur das Telefon klingelte.

„Immer wenn es am schönsten ist", murrte er.

Seelenruhig trank er einen Schluck Bier, wischte sich den Mund ab und erhob sich.

„Hallo Tobias", sagte Susanne Kramer, nachdem er den Hörer abgenommen und sich gemeldet hatte. „Ich möchte …"

Weiter kam die untreue Wiebelsbacher Grafikerin und Kinderbuch-Illustratorin nicht, denn Bloch hatte schon aufgelegt.

„Das darf ja wohl nicht wahr sein!", zischte er, als er sich wieder vor die Haustür setzte.

Das Telefon im Flur klingelte erneut, aber der Privatdetektiv schenkte ihm keine Beachtung. Muzel hatte inzwischen mehr als die Hälfte der Roulade verspeist und lag nun erschöpft neben der geöffneten Plastikverpackung, um die herum Soßenspritzer das Pflaster bedeckten.

„Braves Mädchen", sagte er. „Auf dich ist wenigstens Verlass."

Das Telefon klingelte immer noch.

„Herrgott noch mal!"

Der Privatdetektiv ging in den Flur, hob den Hörer kurz ab und legte ihn dann sofort wieder auf.

Bloch füllte die Reste von Muzels Mahlzeit in der Küche in einen Napf und machte es sich anschließend in der lauen Abendluft auf der Steinterrasse an der Rückseite seines Hauses bequem. Versonnen sah er in dem schwächer werdenden Licht auf die Talsenke, in der sich der Pferdsbach, an einigen Stellen gesäumt von Weiden und Erlen, durch die Wiesen schlängelte. Seine Gedanken kreisten um Sibylle Schuster.

Etwas an ihrer Schilderung von dem mit Charlotte Unger verbrachten Wochenende überzeugte ihn nicht. Eine innere Stimme sagte ihm, dass die ermordete Verhaltensforscherin ursprünglich überhaupt nicht die Absicht gehabt hatte, Lindenfels bereits am Sonntagabend zu verlassen. Er erinnerte sich daran, was Leo Unger über diesen Abend berichtet hatte. Aus seinen Äußerungen war eindeutig hervorgegangen, dass er am Sonntag nicht mit einer Rückkehr seiner Ehefrau gerechnet hatte.

Was hatte Charlotte Unger dazu bewogen, Lindenfels vorzeitig zu verlassen? Im Laufe dieses Wochenendes musste etwas vorgefallen sein, dass sie dazu veranlasste, ihre Pläne kurzfristig zu ändern. Während Sibylle Schuster die Geschehnisse des Freitags und des Samstags ziemlich ausführlich geschildert hatte, waren ihre Auskünfte über das, was die beiden Frauen am Sonntag gemacht hatten, sehr dürftig ausgefallen. Das musste einen Grund haben.

Das näher kommende Geräusch eines Autos riss ihn aus seinen Gedanken. Er hörte, wie der Wagen vor seinem Haus abgestellt wurde. Eine Autotür wurde geöffnet und zugeschlagen. Sekunden später klingelte es im Haus. Drei Mal, vier Mal.

Bloch rührte sich nicht von der Stelle.

„Muzel!“, hörte er dann eine vertraute Frauenstimme an der Vorderseite seines Hauses. „Wo ist denn dein Herrchen?“

Scheiße, dachte Bloch. Wenn du mich verrätst, spüle ich den Rest der Rinderroulade in der Toilette runter. Darauf kannst du Gift nehmen.

„Tobias?“, rief Susanne Kramer. „Bist du auf der Terrasse? Nicht erschrecken, ich komme!“

Zuerst bog Muzel mit steil aufgerichtetem Schwanz – Kommunikation zwischen Säugetier und Mensch: follow me! – um die Hausecke, ihr folgte eine Frau, die Mitte dreißig war und kurzes, hellblondes Haar hatte. Sie trug helle, verwaschene Jeans und einen dünnen dunkelblauen Pullover, der bis zu ihren Oberschenkeln reichte.

Muzel ließ sich zu seinen Füßen nieder und maunzte zufrieden. Am liebsten hätte er ihr einen Tritt verpasst. Diese direkte Form der körperlichen Kommunikation hätte die Katze auf Anhieb verstanden. Es juckte in seinem rechten Bein, aber er beherrschte sich. Unverwandt starrte er ins Tal, von den beiden Damen auf seiner Terrasse nahm er keine Notiz.

„Tobias, ich möchte mich bei dir entschuldigen. Ich war neulich ziemlich unhöflich."

Neulich? dachte Bloch. Weiber und ihr Zeitbegriff. Ein ungelöstes Rätsel der Weltgeschichte.

„Darf ich mich setzen?" Ihre Stimme klang rau, als hätte sie eine Nacht durchgemacht – oder als hätte sie geweint. Konnte natürlich auch beides der Fall gewesen sein.

Da der Privatdetektiv aus Heubach schwieg, schob Susanne Kramer – die tatsächlich ein verheultes und verquollenes Gesicht hatte, das erkannte Bloch aus den Augenwinkeln – einen der drei Holzstühle zu sich heran und setzte sich ihm gegenüber. Das verstand Muzel als Aufforderung, ebenfalls auf einem Stuhl Platz zu nehmen. Von ihrer erhöhten Aussichtsplattform aus musterte sie ihr Herrchen aufmerksam.

Dafür wirst du einen hohen Preis zahlen, Muzel, dachte Bloch. Und zwar einen sehr hohen.

„Das Arschloch ist wieder in Erbach", sagte sie. „Auf Nimmerwiedersehen, das schwöre ich dir."

Der Privatdetektiv schenkte sich Bier nach und trank einen kräftigen Schluck.

„Gilt dein Angebot von neulich noch?", fragte die Wiebelsbacher Grafikerin und Kinderbuch-Illustratorin zaghaft.

Er zündete sich demonstrativ gelassen eine Zigarette an, inhalierte tief und schickte den Rauch dann Richtung Muzel. Die Katze schloss die Augen und wandte den Kopf ab.

Das ist erst der Anfang, dachte Bloch.

„Tobias, kannst du bitte meine Frage beantworten? Gilt dein Angebot noch? Ich könnte sofort anfangen."

„Und dein toller Großauftrag?", fragte der Privatdetektiv. Als sie nach seinem langen Schweigen die Stimme ihres Herrchens vernahm, spitzte Muzel die Ohren, öffnete die Augen und sah ihn verwundert an.

„War eine Lüge“, sagte Susanne Kramer leise.

Tobias Bloch schnaubte verächtlich.

„Ich könnte etwas Abwechslung dringend gebrauchen. In meiner Wohnung in Wiebelsbach fällt mir die Decke auf den Kopf.“

„Entschuldige, das ist nicht mein Problem.“

„Ich weiß selbst nicht, wieso ich so blöd war, mich noch einmal mit Andreas einzulassen.“

Bloch streifte die Asche seiner Zigarette ab. „Ich möchte diesen Namen in meinem Haus, auf meinem Grundstück und in einem Umkreis von mindestens fünfhundert Kilometern nicht mehr hören, verstanden?“

Kommunikation zwischen Säugetieren: Dies ist mein Revier. Und es ist verdammt groß. Darin gibt es keinen Platz für irgendwelche Arschlöcher, die meiner Assistentin an die Wäsche gehen.

Susanne Kramer erhob sich, ging direkt auf ihn zu und drückte ihm einen verschämten Kuss auf die Stirn.

„Judas!“, sagte der Privatdetektiv.

Die Frau, die fast vier Jahre jünger als ihr zeitweiliger Chef war, lächelte. „So gefällst du mir. Ich fahre rasch nach Hause und hole ein paar Klamotten. Wir schlagen das Hauptquartier doch wieder hier bei dir auf, oder?“

„Ein Koffer muss dieses Mal reichen“, sagte er.

„Klar. Kein Problem.“

Susanne Kramer verließ die Steinterrasse. Und Muzel folgte ihr auf dem Fuß.

„Du hast auch schon mal besser ausgesehen“, stellte Tobias Bloch nüchtern fest.

Sie saßen zu dritt im Wohnzimmer. Der Privatdetektiv in seinem Ledersessel, Muzel auf ihrem Stammplatz neben ihm auf der breiten Sessellehne. Ihnen gegenüber Susanne Kramer auf dem braunen Büffelledersofa.

„Hab ein paar harte Tage hinter mir“, sagte seine Assistentin.

„Davon will ich nichts hören. Kein Wort, klar?“

Sie nickte.

„Brauchst du einen Vorschuss?“

„Nein, nein. Nicht nötig.“

„Lügnerin!“

Seiner Brieftasche entnahm er einen Umschlag – den er während ihrer Rückfahrt nach Wiebelsbach vorbereitet hatte – und schob ihn ihr über den schwarzen Couchtisch zu.

„Danke, Chef!“

Bloch winkte ab. Man sah ihm an, dass er – nun, nachdem dieses Arschloch, dessen Namen keiner der Beteiligten je wieder in den Mund nehmen durfte, in die Wüste geschickt worden war – seine Rolle als Alphatier genoss.

„Was weißt du über dreischläfrige Galgen?“, fragte er mit großer Selbstverständlichkeit.

„Nichts.“

„Ist dir der Galgen von Beerfelden ein Begriff?“

„Erst, seit ich in der Zeitung von dem Mord an Charlotte Unger gelesen habe.“

„Du warst also noch nie dort?“

„Nein“, gestand seine Assistentin.

Bloch schüttelte den Kopf. „Das fängt ja gut an!“

„Ich könnte gleich morgen früh …“, bot sie an.

Er nickte. „Tu das.“

„Kommst du mit?“

„Nein.“

„Aber du könntest mir doch sicher an Ort und Stelle ein paar wichtige Informationen über diesen dreischläfrigen Galgen geben. Du könntest mir genau erklären, wie eine Hinrichtung vonstatten geht, wo Charlotte Unger erhängt wurde ..."

„Dein Versuch, mir zu schmeicheln, ist missglückt, Susanne. Ich werde morgen in aller Ruhe ausschlafen, während du dich nach Beerfelden auf den Weg machst." Bevor sie etwas einwenden konnte, hob er die rechte Hand und fuhr fort: „Ich erzähle dir heute Abend ein paar Details meiner bisherigen Ermittlungsarbeit. Das muss vorerst reichen."

„Wie du meinst."

„Ich dulde keinen Widerspruch", sagte er.

„Wie lange hältst du dieses autoritäre Gehabe denn durch?"

„Das ist kein Gehabe. So bin ich nun einmal. Hart und unerbittlich. Was bei diesem verzwickten Mordfall auch dringend nötig ist."

„Dann muss dir die Sache mit An ..."

„Susanne!", rief er. Sein Gesicht verfärbte sich.

„Schon gut." Sie hob beschwichtigend die Arme. „Kommt nicht wieder vor."

„Das will ich hoffen." Er trank einen Schluck und holte tief Luft. „Also", begann er. „Du weißt, wann der Mord an Charlotte Unger begangen wurde ..."

Gut eineinhalb Stunden später war Susanne Kramer in groben Zügen über das grausame Verbrechen und die wichtigsten Fakten, auf die Bloch bei seinen bisherigen Ermittlungen gestoßen war, informiert. Sie wusste jetzt, was ein dreischläfriger Galgen war, welchem Beruf die Ermordete nachgegangen war, welchen Idioten und Schürzenjäger – Vergleiche mit einem gewissen A... verboten sich von selbst – sie aus für Außenstehende unerfindlichen Gründen zum Ehemann hatte. Die Assistentin des Privatdetektivs aus Heubach konnte jetzt Namen wie Franziska Rauscher, Lilli Wagner oder Sibylle Schuster einordnen. Den Heimatforscher Maximilian Haussmann, den Bloch wegen des Beerfelder Galgens konsultiert hatte, kannte sie ja schon von einem früheren Fall, den sie gemeinsam gelöst hatten.

„Während ich in Ruhe ausschlafe", schloss der Privatdetektiv seine Ausführungen, „verschaffst du dir auf der Anhöhe oberhalb von Beerfelden einen Eindruck von dem Tatort. Wenn du hungrig geworden bist, fährst du am besten zurück in die Stadt. Dort kann ich dir eine ausgezeichnete Gastwirtschaft empfehlen." Er beschrieb ihr den Weg dorthin. „Die Rinderroulade hat Muzel und mir hervorragend geschmeckt. Moment mal!" Bloch erhob sich und ging in die Küche.

„Mist!", hörte Susanne ihn kurz darauf lautstark fluchen. „Verdammter Mist!"

„Was ist denn passiert?", fragte die Assistentin ihren Chef, als dieser ins Wohnzimmer zurückkehrte.

„Muzel hat den Rest der Roulade gefressen!", sagte er empört.

Als ihr Name fiel, hob die dreifarbige Katze den Kopf, verharrte einen Moment unschlüssig in dieser Position. Dann gähnte sie herzhaft und legte ihren Kopf wieder auf ihre ausgestreckten Vorderpfoten.

„Was soll daran denn schlimm sein?"

„Sie hatte ihn nicht verdient. Eine gerechte Strafe wäre nur recht und billig gewesen."

„Was hat die Kleine denn angestellt?", fragte Susanne.

„Sie hat dich heute Abend zu mir auf die Terrasse geführt. Das war ein unverzeihlicher Verrat."

Die Wiebelsbacher Grafikerin schüttelte lächelnd den Kopf. „Für diese Heldentat werden wir ihr später noch sehr, sehr dankbar sein." Sie trank einen Schluck Pils. „Außerdem hätte ich sowieso auf der Terrasse nachgesehen. Schließlich stand dein Auto vor dem Haus."

„Das spielt überhaupt keine Rolle", widersprach er.

„Wenn ich mir also das Hochgericht in Beerfelden angesehen und in dieser Gastwirtschaft zu Mittag gegessen habe – ich mag übrigens weder Rinder- noch Schweinerouladen –, kehre ich zu dir nach Heubach zurück ..."

„Nein."

„Sondern?"

„Dann fährt du ins südöstlich von Beerfelden gelegene Sensbachtal und nimmst das Institut für Ethologie des fabelhaften Leo Unger ein wenig unter die Lupe. Sprich mit ihm und frage nach engen Mitarbeitern seiner ermordeten Frau."

„Soll ich mir auch Lilli Wagner noch einmal vorknöpfen?"

Tobias Bloch zuckte die Achseln. „Wüsste nicht, was das bringen sollte ..."

„Du weißt schon: von Frau zu Frau."

„Hört sich nach Zeitverschwendung an. Aber bitte, tu dir keinen Zwang an."

„Und du? Was machst du, wenn du morgen ausgeschlafen hast?"

„Ich nehme ein Bad. Mache einen Spaziergang unten im Tal. Und dann treffe ich einen guten alten Bekannten."

„Kenne ich ihn?"

„Nein. Aber seinen Namen hast du schon mal gehört. Während du in Wiebelsbach deine Klamotten geholt hast, habe ich ihn angerufen und mich für morgen mit ihm verabredet."

„Aha."

Kapitel 12

Mein Gewissen ist rein

Das Telefon klingelte unerbittlich. Wütend schlug Tobias Bloch die Bettdecke zurück, begrub dabei seine Katze unter ihr und stand auf. Muzel rührte sich nicht von der Stelle, sie schlief gern in einem solchen schützenden Versteck. Der Privatdetektiv aus Heubach stieg barfuß die Holztreppe herunter und nahm im Flur des Erdgeschosses den Telefonhörer ab.

„Bloch!", meldete er sich mit krächzender Stimme. Er hustete.

„Na endlich! Tobias, es ist etwas Schreckliches passiert!"

Sofort war der Privatdetektiv hellwach. „Wo bist du?"

„Ich rufe aus Beerfelden an", sagte Susanne Kramer. „Benjamin Unger ist tot. Er wurde ermordet."

Bloch fragte gepresst: „Am Galgen? Erhängt?"

„Ja. Genau wie seine Mutter. Tobias, was machen wir jetzt?"

„Lass mich nachdenken. Ich schätze, am Tatort wimmelt es jetzt nur so von Polizei und Erkennungsdienst."

„Ja. Die Richtstätte ist weiträumig abgesperrt worden. Und die Landstraße von Beerfelden nach Airlenbach haben sie auf Höhe des Galgens ebenfalls gesperrt. Außerdem laufen hinter den Absperrungen jede Menge Schaulustige herum."

„Hmm", murmelte der Privatdetektiv. Dann hatte er eine Idee. „Komm zurück nach Heubach. Wir müssen einen Mann ausfindig machen."

„Okay. Bin schon unterwegs." Susanne legte den Hörer auf und verließ die Telefonzelle im Zentrum von Beerfelden. Dann stieg sie in ihren grünen Fiat, den sie im Halteverbot abgestellt hatte. Die Gefahr, einen Strafzettel zu erhalten, war bei der Aufregung, die in dem Ort herrschte, denkbar gering gewesen.

Als die Assistentin des Privatdetektivs aus Heubach am Morgen gegen halb zehn Beerfelden erreicht hatte, spürte sie sofort, dass etwas nicht stimmte. An Straßenecken und vor Geschäften standen Passanten in kleinen Gruppen oder zu zweit zusammen und unterhielten sich mit ernsten Mienen. Einige gestikulierten wild mit den Händen oder zeigten nach rechts oben, wo – wie Susanne später erfahren sollte – die Straße von Beerfelden zu der Anhöhe führte, auf der das berühmte Hochgericht stand.

Als sie auf dieser Straße in Richtung des Galgens fuhr, kam sie nur langsam voran, weil augenscheinlich eine kleine Völkerwanderung zu der Richtstätte unterwegs war. Bereits weit vor der eigentlichen Absperrung des Tatortes hatte die Verkehrspolizei eine erste Absperrung für Fahrzeuge eingerichtet.

Ein Polizist bedeutete ihr mit energischen Gesten, unverzüglich zu wenden und zurück nach Beerfelden zu fahren.

Sie kurbelte ihr Seitenfenster herunter und fragte: „Was ist denn passiert?"

„Die Straße nach Airlenbach ist gesperrt", sagte er mit ausdruckslosem Gesicht. „Fahren Sie bitte zurück nach Beerfelden."

„Ein Verkehrsunfall?"

„Fahren Sie bitte!"

Susanne nickte. In Beerfelden angekommen, parkte sie ihr Auto im Halteverbot und ging zu Fuß die Straße hinauf, die zu dem dreischläfrigen Galgen führte. Dem Getuschel der Leute konnte sie bald entnehmen, dass ein schreckliches Verbrechen geschehen war. Die Passanten sprachen unverhohlen von Mord.

Eine im Vorbeigehen aufgeschnappte Bemerkung – „Wie die Mutter“ – ließ sie abrupt innehalten.

„Benjamin Unger?“, fragte sie den Mann, der dies gesagt hatte.

„Ja“, antwortete er. „Er wurde am Galgen erhängt. Wie seine Mutter.“

Susanne nickte stumm und ging weiter, bis sie die zweite, näher am Tatort befindliche Absperrung erreichte, an der Fußgänger am weiteren Aufstieg zu der Anhöhe gehindert wurden. Die Assistentin des Privatdetektivs erkannte rasch, dass sie von hier aus nichts würde sehen können, was ihr weitere Informationen verschaffte, denn die Einsatzkräfte hatten den sechs Meter hohen, aus drei Säulen aus rotem Sandstein bestehenden Galgen mit mehreren großen Plastikplanen vor den Augen der neugierigen Passanten verborgen.

Um sicherzugehen, dass es sich bei dem Ermordeten tatsächlich um Benjamin Unger handelte, fragte sie noch zwei weitere Zuschauer, die ihr die traurige Nachricht bestätigten. Dann ging Susanne mit raschen Schritten zurück in den Ort und fragte nach einer Telefonzelle.

„Er wohnt in Affhöllerbach“, sagte Tobias Bloch. „Ich konnte aber leider nur noch mit seiner Frau sprechen, weil ihn die Kriminalpolizei bereits abgeholt hatte, um ihn in der Erbacher Polizeidirektion zu vernehmen. Bei denen muss jetzt die Hölle los sein. Zwei Morde innerhalb von vier Tagen!“ Er schüttelte den Kopf.

Mein Gewissen ist rein, Herr Bloch.

Und was hatte er zu dieser Feststellung von Benjamin Unger gesagt?

Ach du Scheiße.

Nachdem seine Assistentin gegen Mittag nach Heubach zurückgekehrt war, hatte er ihr von Markus Weidinger, dem leiblichen Vater des toten jungen Mannes, berichtet. Seine Anfrage bei der Telefonauskunft hatte eine Liste von bundesweit neun Männern mit diesem Namen erbracht. Aber nur einer wohnte im Odenwald.

Obwohl sich Bloch gut vorstellen konnte, dass der Mann nach der Trennung von Charlotte Unger das Weite gesucht hatte, um möglichst viel Abstand zu seiner Exfrau zu gewinnen, hatte er die Affhöllerbacher Telefonnummer als erste gewählt und prompt einen Treffer gelandet. Der ihnen im Moment aber nicht wirklich weiterhalf.

„Ist Markus Weidinger arbeitslos oder krankgeschrieben?", fragte Susanne jetzt. „Oder findest du es nicht auch ungewöhnlich, dass er an einem Werktag vormittags zu Hause ist?"

„Er könnte Urlaub haben, Schichtarbeiter sein, Frührentner – was weiß ich? Das werden wir noch früh genug erfahren. Ich war jedenfalls taktvoll genug, seine Frau nicht danach zu fragen. Die war sowieso schon mit den Nerven am Ende."

„Schon gut. Ist mir eben nur aufgefallen."

Bloch zündete sich eine Zigarette an.

Sie saßen in der Küche seines Heubacher Domizils und standen beide noch ein bisschen unter Schock. Der Privatdetektiv, weil er mit dem jungen Mann, dessen Mutter so grausam umgebracht worden war, zweimal länger gesprochen hatte und deshalb ein Bild von ihm im Gedächtnis bewahrte. Und seine Assistentin, weil sie noch niemals so kurz nach einem Verbrechen in der Nähe des Tatortes gewesen war.

„Die Passanten, die du in Beerfelden beziehungsweise an der Absperrung vor dem Galgen befragt hast, haben übereinstimmend behauptet, Benjamin Unger sei ermordet worden?"

„Ja. Wie seine Mutter."

Er zog an seiner Zigarette. „Ich frage mich, ob dies der Wahrheit entspricht."

„Weil der Schluss, dass es ihm wie seiner Mutter ergangen sei, so nahe liegt? Zu nahe?"

„Genau. Die Leute hören, dass schon wieder jemand am Hochgericht hängt. Als sich dann auch noch herumspricht, um wen es sich dabei handelt, zählen sie natürlich zwei und zwei zusammen. Aber wer kann denn ausschließen, dass er Selbstmord begangen hat?"

„Das könnte die Kriminalpolizei unter Umständen sehr schnell herausbekommen."

Tobias Bloch nickte. „Ich weiß. Wenn der Tatort wieder so aufgeräumt ist wie bei Benjamins Mutter. Wenn keine Stehleiter oder kein Podest zurückgelassen wurde. Andererseits ist dies vielleicht genau der springende Punkt."

Susanne sah ihn fragend an.

„Überlege doch mal. Wenn der oder die Täter bei den Ermittlern zumindest den Verdacht aufkommen lassen wollen, Unger habe sich selbst umgebracht, was werden sie dann auf jeden Fall tun?"

„Die Leiter oder das Podest unter dem Galgen stehen lassen", sagte seine Assistentin.

„Ein anderer Aspekt dürfte auch nicht uninteressant sein", spann Bloch seine Gedanken weiter. „Und zwar an welcher der drei Eisenstangen des Hochgerichts Benjamin Unger zu Tode gekommen ist."

Susanne trank einen Schluck Mineralwasser. „Lass uns noch mal auf die Frage zurückkommen, ob er Selbstmord begangen haben könnte. Du hast ihn kennengelernt. Wie hat er auf den gewaltsamen Tod seiner Mutter reagiert? Machte er einen niedergeschlagenen und deprimierten Eindruck?"

„Dass er nicht mit strahlendem Gesicht durch die Gegend gelaufen ist, versteht sich ja wohl von selbst. Aber besonders bedrückt oder gar verzweifelt schien er nicht zu sein. Auf mich wirkte er vielmehr sehr entschlossen."

„Hast du dich mal gefragt, wieso er dich damit beauftragt hat, den Mörder seiner Mutter zu finden? Ich meine nicht dich persönlich. Dass du als Ermittler eine Granate bist, hat sich ja mittlerweile im ganzen Odenwald herumgesprochen. Nein, mir geht es darum, dass er überhaupt jemanden engagiert hat. Warum hat er sich nicht damit zufriedengegeben, dass die Kriminalpolizei ihre Ermittlungen durchführt?"

„Worauf willst du hinaus?", fragte der Privatdetektiv aus Heubach.

„Ich sehe da mindestens zwei mögliche Motive. Von dem offensichtlichen abgesehen, dass er wirklich ernsthaft daran interessiert war, dass der Mörder möglichst schnell gefunden wird."

„Reicht das denn nicht aus?"

„Seit wann gibst du dich mit den einfachen und nahe liegenden Schlussfolgerungen zufrieden, Tobias?"

Bloch lächelte. „Ich höre."

„Erstens. Er könnte ein schlechtes Gewissen gehabt haben. Er könnte sich eine Mitschuld an dem Tod seiner Mutter gegeben haben. Vielleicht hat er mitbekommen, dass sie in Schwierigkeiten steckte oder dass sie mit jemandem im Streit lag. Er könnte sich den Vorwurf gemacht haben, ihr nicht geholfen, sie nicht unterstützt zu haben."

„Den Eindruck hatte ich nicht."

„Würdest du so etwas dem Privatdetektiv, den du mit den Ermittlungen beauftragt hast, auf die Nase binden?", fragte Susanne.

„Er hat immerhin gesagt, dass er zwei Personen die Tat zutrauen würde. Komischerweise schien ihn das fast ein wenig zu amüsieren."

„Aber Namen hat er keine genannt?"
„Nein."
„Was bezweckte Benjamin Unger mit diesem Versteckspiel?"
Bloch zuckte die Achseln.
„Sei mir nicht böse, aber es sieht doch ganz so aus, als hätte er dich an der Nase herumgeführt. Er hat dir nicht gesagt, wo er zur Tatzeit war. Er verschweigt, was er beruflich macht. Er läuft mit ziemlich viel Geld in der Gegend herum …"
„Er verschwieg, er lief", unterbrach sie der Privatdetektiv aus Heubach. „Der Junge ist immerhin tot."
„Entschuldige. Jedenfalls war er nicht sehr auskunftsfreudig, richtig?" Sie lehnte sich zurück und streckte ihre Beine aus. Muzel, die unter dem Küchentisch lag, sah kurz auf, als Susannes Schuhe sich ihr immer weiter näherten. Als sie aber bemerkte, dass ihr Ruheplatz nicht gefährdet war, schloss sie wieder die Augen. „Was mich zu dem zweiten möglichen Motiv für seinen Auftrag bringt."
„Er engagiert mich, um damit von sich abzulenken. Meinst du das?"
„Ja. Verdächtigt man jemanden, der augenscheinlich großes Interesse daran hat, dass der Fall schnellstmöglich aufgeklärt wird?", fragte seine Assistentin.
Mein Gewissen ist rein, Herr Bloch.
„Warum bringt ein Sohn seine Mutter auf so grauenhafte Weise um?"
„Mir hast du erzählt, dass er den Tod durch den Strang bei eurem zweiten Gespräch nicht mehr ganz so scheußlich fand. Sprach er aus der Sicht des Täters? Wollte er seine Schuld relativieren?" Susanne trank einen Schluck Wasser, dann zündete sie sich eine Zigarette an. „Woher kam dieser Sinneswandel?"

„Man kann das alles natürlich auch aus einem ganz anderen Blickwinkel sehen und deshalb ganz anders interpretieren, als du das im Moment tust. Sieh es doch einmal so: Die Vorstellung, dass seine Mutter einen fürchterlichen und qualvollen Tod gestorben ist, raubt ihm fast den Verstand. Folglich entwickelt er Schutzmechanismen. Benjamin Unger versucht sich einzureden, alles sei gar nicht so schlimm gewesen, er macht sich selbst etwas vor, indem er versucht, ihr Leiden am Galgen zu relativieren. Das wäre doch durchaus verständlich, oder?"

„Darf ich mich auf die Couch legen, Herr Doktor?"

Als das Telefon klingelte, erhob sich Tobias Bloch ungewohnt schnell und ging sofort in den Flur.

„Das war Torsten Finke", erklärte er nach seiner Rückkehr.

„Unser Torsten Finke?"

„Richtig. Der Lokalredakteur des Odenwald Kurier. Ich war mit ihm in einer Stunde in Höchst verabredet. Er musste leider absagen, aus verständlichen Gründen. Nach dem zweiten Toten am Galgen hat er alle Hände voll zu tun." Der Privatdetektiv aus Heubach setzte sich erst gar nicht wieder. „Bist du bereit?"

„Wozu?", fragte seine Assistentin.

„Wir fahren ins Sensbachtal. Zum Institut für Verhaltensforschung. Wir müssen dringend ein paar Gespräche führen. Mit Lilli Wagner zum Beispiel. Aber auch mit dem einen oder anderen engen Mitarbeiter von Charlotte Unger. Also, können wir?"

Sie erhob sich. „Muss nur noch mal schnell auf die Toilette, Chef."

Kapitel 13

Stichwort Maulesel

„Wo können wir uns ungestört unterhalten?“, fragte Tobias Bloch.

Er stand mit seiner Assistentin vor dem Empfang im Haupthaus des ethologischen Instituts.

„Ich kann hier nicht weg“, sagte die Frau mit dem dunkelblonden Haar. Heute trug sie eine weinrote Bluse, die die Blässe ihres Gesichts unvorteilhaft hervorhob.

„Doch, das können Sie, Frau Wagner“, sagte der Privatdetektiv. „Oder möchten Sie, dass wir auf der Stelle kehrtmachen und Frau Hagedorn in Erbach besuchen? Die Kommissarin wird sicher sehr daran interessiert sein, einige pikante Details aus Ihrem reichhaltigen Liebesleben zu erfahren, meinen Sie nicht?“

„Ich verstehe nicht recht, worauf Sie hinauswollen“, antwortete die Empfangsdame.

„Weiß die Erbacher Kriminalpolizei, dass Sie ein Verhältnis mit Benjamin Unger hatten?“, fragte Susanne Kramer.

„Sie sind ja verrückt!“, rief die Angestellte des ethologischen Instituts. „Wer behauptet denn solchen Schwachsinn?“

Bloch beugte sich vor. „Dieses Spiel haben wir beide doch schon einmal gespielt. Erinnern Sie sich noch daran, wer damals verloren hat? Also bitte: Sorgen Sie dafür, dass ein anderer Mitarbeiter Ihres Hauses für Sie einspringt. Wir müssen in Ruhe mit Ihnen sprechen. Und zwar jetzt gleich.“

Lilli Wagner musterte ihn skeptisch.

„Leo Unger wird bestimmt sehr erfreut sein, wenn er von uns erfährt, dass Sie auch mit seinem Stiefsohn im Bett waren", half Susanne ein wenig nach. „Ich könnte mir vorstellen, dass es Ihnen dann wie Frau Schuster ergeht."

Bei der Nennung dieses Namens zuckte die Empfangsdame zusammen.

„Wir können sehr diskret sein, Frau Wagner", versprach der Privatdetektiv aus Heubach.

Seine Assistentin lächelte. „Aber wir können natürlich auch anders."

Die Angestellte des Instituts für Verhaltensforschung griff nach dem Hörer der Telefonanlage, drückte auf eine zweistellige Kurzwahltaste und sagte nach kurzem Warten: „Kannst du bitte mal herunterkommen, Monika? Ja, es ist dringend. Danke."

Die füllige Dame, die wenig später am Empfang erschien, musterte die beiden Besucher mit kritischem Blick. Sie setzte sich hinter den Tresen und beobachtete neugierig, wie Lilli Wagner ihre Gäste in einen Nebenraum führte.

„Danke, wir möchten nichts trinken", sagte Bloch, nachdem sie in der Sitzgruppe Platz genommen hatten.

„Entschuldigung." Sie machte Anstalten, sich zu erheben.

Susanne hob abwehrend die Hand. „Wir möchten wirklich nichts."

Lilli Wagner sank zurück in ihren eierschalenfarbenen Ledersessel.

„Hat die Kriminalpolizei schon mit Ihnen gesprochen?", fragte der Privatdetektiv aus Heubach.

Die Empfangsdame nickte. „Aber nur kurz."

„Wann wurde Benjamin Unger am Beerfelder Galgen erhängt?"

„Die Kriminalpolizei hat mir gegenüber nicht von Mord gesprochen. Wenn ich es richtig verstanden habe, soll erst die Obduktion Klarheit über die tatsächliche Todesursache erbringen."

„Für welche Zeit interessierte sich die Polizei?", fragte Susanne.

„Nach ersten Erkenntnissen der Gerichtsmedizin starb Benjamin zwischen Mittwoch um Mitternacht und Donnerstag früh um zwei Uhr."

Bloch warf seiner Assistentin einen kurzen Seitenblick zu.

„Haben Sie wieder kein Alibi, Frau Wagner?", fragte er dann.

„Doch", sagte sie und senkte den Kopf.

„Lassen Sie mich raten", schaltete sich Susanne ein. „Sie waren nicht zufällig mit Ihrem Chef zusammen?"

Beredtes Schweigen.

„Wo?", fragte der Privatdetektiv.

„In seinem Haus."

„Von – bis?"

„Wir haben in einem Restaurant in Ober-Sensbach zu Abend gegessen. Ich schätze, dass wir gegen halb elf hierher zurückgekehrt sind."

„Ist Ihnen bei Ihrer Rückkehr auf das Gut jemand begegnet?", fragte die Assistentin des Privatdetektivs.

„Ich habe niemanden gesehen."

„Aber Sie könnten aus dem Fenster eines Nachbargebäudes beobachtet worden sein?"

Lilli Wagner zuckte unschlüssig die Achseln. „Wir haben uns bemüht, sehr leise zu sein."

„Und wann sind Sie in Ihre Wohnung zurückgekehrt?", fragte Tobias Bloch.

„Gegen zwei, halb drei."

Der Privatdetektiv erhob sich und ging zum Fenster. Er wandte der Empfangsdame den Rücken zu.

Kommunikation zwischen Säugetieren: Von mir hast du nichts zu befürchten. Ich genieße lediglich die schöne Aussicht auf dieses prächtige Stück Land.

„Ich entwerfe jetzt ein zugegeben sehr gewagtes Szenario, Frau Wagner", sagte er. Er stützte sich mit beiden Händen auf der marmornen Fensterbank ab. „Benjamin Unger hat Sie zusammen mit seinem verhassten Stiefvater gesehen. Wo das passiert ist, ist im Grunde eher unerheblich. Es kann bei Ihrer Abfahrt nach Ober-Sensbach gewesen sein oder bei Ihrer Rückkehr gegen halb elf. Er hat erst vor Kurzem die für ihn unglaubliche Information erhalten, dass Sie seit einem halben Jahr mit seinem Stiefvater ein Verhältnis haben."

„Von wem? Von Ihnen?"

„Das tut nichts zur Sache." Bloch sprach weiter mit der Fensterscheibe. „Jedenfalls weiß er es. Definitiv. Über diesen ungeheuerlichen Verrat ist er – verständlicherweise – tief erschüttert. Außerdem steht er nach der wenige Tage zuvor erfolgten Ermordung seiner Mutter sowieso noch unter großer nervlicher Anspannung. Er ist verzweifelt, zutiefst enttäuscht und von großer Trauer erfüllt." Der Privatdetektiv drehte sich um und fixierte die Empfangsdame. „Also fährt er – nachdem er sich wahrscheinlich in seiner Wohnung in Bad König eine Leiter und einen Strick besorgt hat – nach Beerfelden und erhängt sich am dreischläfrigen Galgen."

Lilli Wagner schüttelte fassungslos den Kopf.

„Moment. Ich bin noch nicht fertig. Zeitlich passt das alles gut zusammen. Und eines würde mich wirklich nicht wundern: Dass er sich genau an der Querstange des Hochgerichts erhängt hat, an der wenige Tage vorher seine Mutter qualvoll erstickt ist." Er kehrte an seinen Platz zurück. „Hat die Kriminalpolizei erwähnt, wo Benjamin Unger genau gehangen hat?"

„Nein."

„Aber aus der Tatsache, dass erst die Obduktion Aufschluss über die Todesursache geben kann, geht doch hervor, dass die Polizei Selbstmord zumindest nicht von vornherein ausschließt", sagte Susanne Kramer. „Das lässt zwei Schlüsse zu. Erstens: Benjamin Ungers Hände waren nicht auf seinem Rücken gefesselt. Zweitens: Die Leiter oder das Podest, das es ihm überhaupt erst ermöglichte, in den Tod zu stürzen, muss noch unter dem Galgen gestanden haben. Vermutlich hat die Polizei Ihnen gegenüber dazu keine Angaben gemacht."

Die Empfangsdame nickte.

Sekundenlang herrschte in dem Raum betretenes Schweigen.

„Könnte ich jetzt vielleicht doch etwas zu trinken haben?", fragte der Privatdetektiv aus Heubach.

„Was möchten Sie?"

„Ein kleines Pils. Wäre das möglich?"

„Selbstverständlich."

„Für mich bitte auch", sagte Susanne Kramer.

Nachdem alle mit Getränken versorgt waren – sich selbst gönnte Lilli Wagner ein zu einem Viertel gefülltes Glas Campari –, fuhr Bloch, an die Angestellte des Instituts gewandt, fort: „Sie haben da ja ein interessantes Doppelspiel gespielt. Ziemlich riskant, oder?"

Die Empfangsdame zündete sich eine Zigarette an. Der Privatdetektiv und seine Assistentin taten es ihr gleich.

Kommunikation zwischen Säugetieren: Lernen durch Nachahmung.

„Es war nur noch eine Frage der Zeit, wann es zwischen mir und Benjamin aus gewesen wäre."

„Das lässt sich jetzt natürlich sehr leicht behaupten“, wandte Susanne ein.

„Aber es entspricht der Wahrheit. Es machte keinen Spaß mehr.“

„Ihm oder Ihnen?“

„Mir.“

„Ahnte Leo Unger vielleicht etwas von Ihrer Beziehung zu seinem Stiefsohn?“, fragte Bloch.

Lilli Wagner streifte die Asche ihrer Zigarette ab. Sie schüttelte den Kopf. „Kann ich mir beim besten Willen nicht vorstellen. Wir haben uns nie hier getroffen, sondern immer nur bei ihm in Bad König oder an irgendwelchen Ausflugszielen im Odenwald.“

„Ihr Chef könnte Ihnen bei einer dieser Gelegenheiten nachgefahren sein“, sagte die Assistentin des Privatdetektivs.

„Und als er es herausbekam, hat er überhaupt nichts dagegen unternommen? Er hat sich weiterhin mit mir getroffen, als wäre alles in bester Ordnung? Das glauben Sie doch selbst nicht.“

„Vielleicht hat Charlotte Unger etwas geahnt“, sagte Bloch. „Ihr Sohn könnte sich ihr anvertraut haben.“

Die Empfangsdame trank einen Schluck Campari. „Sie müssen mir glauben, dass ich nichts mit ihrem Tod zu tun habe. Absolut nichts. Und mit Benjamins Tod auch nicht.“

„Aber wenn er Selbstmord begangen haben sollte, hätten Sie doch indirekt …“, sagte Susanne.

„Benjamin hat sich nicht erhängt. Niemals. Weder wegen mir noch aus einem anderen Grund.“

„Sind Sie sich da wirklich sicher?“, fragte Tobias Bloch zweifelnd.

„Absolut.“

Der Privatdetektiv aus Heubach leerte sein Glas. Er erhob sich. „Wir möchten jetzt mit den engsten Mitarbeitern von Frau Unger sprechen. Könnten Sie uns bitte zu ihnen führen?"

„Sie haben sich doch eben Ihrer Diskretion gerühmt", sagte Lilli Wagner. „Wäre es folglich nicht vernünftiger, wenn Sie einfach hier sitzen bleiben würden, während ich vom Empfang aus telefoniere?"

„Nein", erwiderte Bloch. „Ich möchte nicht, dass irgendjemand von Ihnen vorgewarnt wird."

Die Empfangsdame rümpfte die Nase. „Sie trauen mir ja allerhand zu."

„Wundert Sie das?"

Sie verließen den Nebenraum und gingen – von der vollschlanken Monika aufmerksam beobachtet – am Empfang vorbei zu der Marmortreppe, die nach oben führte. Im ersten Stock klopfte Lilli Wagner an die Tür mit der Nummer 13. Als sie aufgefordert wurde, einzutreten, öffnete sie die Tür und sagte: „Bitte entschuldigen Sie die Störung, Frau Doktor. Ich habe hier zwei Besucher, die gern mit Ihnen über Frau Doktor Unger sprechen möchten. Hätten Sie vielleicht ein wenig Zeit?"

„Sind die Herrschaften von der Kriminalpolizei?", fragte eine ältere weibliche Stimme.

„Nein, es handelt sich um einen Privatdetektiv und seine Assistentin", erklärte die Empfangsdame. „Sie wurden von dem verstorbenen Benjamin Unger damit beauftragt, den Mörder seiner Mutter zu finden."

Miststück, dachte Bloch. Du nimmst uns das Überraschungsmoment.

„Ach du meine Güte!", stieß die Doktorin hervor. „Wie entsetzlich!"

Er drängte sich an Lilli Wagner vorbei und betrat den Raum. Susanne folgte ihm auf dem Fuß. Eine Frau, die vorsichtig geschätzt jenseits der sechzig war, erhob sich hinter ihrem Schreibtisch. Ihr Gesicht war vor Schreck verzerrt.

„Bitte bleiben Sie doch sitzen, Frau Doktor Wedekind“, sagte der Privatdetektiv. Ihren Namen – Maria Wedekind – hatte er auf dem Türschild gelesen. Er trat auf sie zu und reichte ihr die Hand. „Mein Name ist Tobias Bloch. Und das ist meine Assistentin Susanne Kramer. Vielen Dank, dass Sie für uns Zeit haben, Frau Doktor.“

„Brauchen Sie mich noch?“, fragte Lilli Wagner in seinem Rücken.

Der Privatdetektiv drehte sich zu ihr um. „Nein, im Moment nicht. Wir wenden uns wieder an Sie, wenn wir unser Gespräch mit Frau Doktor Wedekind beendet haben. Vielen Dank, Frau Wagner.“

Die Empfangsdame verließ das Zimmer und schloss von außen die Tür.

„Bitte nehmen Sie doch Platz“, sagte Maria Wedekind und deutete auf die beiden Stühle, die vor ihrem Schreibtisch standen. Die Doktorin der Verhaltensforschung hatte kurzes graues Haar, war sehr schlank und höchstens einen Meter fünfundsechzig groß. Sie trug trotz der angenehmen Temperatur im Raum einen dicken schwarzen Pullover, einen schwarzen Rock und schwarze Strümpfe.

Tobias Bloch und seine Assistentin nickten dankbar und setzten sich.

„Ich verstehe nicht recht, warum Sie mit mir sprechen wollen“, sagte Frau Doktor Wedekind. „Jetzt, da Benjamin tot ist, müsste sich Ihr Auftrag doch erledigt haben, oder?“

„Keineswegs“, antwortete der Privatdetektiv. „Wir haben ihm versprochen, den Mörder seiner Mutter zu finden. Und daran halten wir uns. So einfach ist das.“

„Aha. Werden Sie auch seinen Mörder suchen?“

„Es steht noch nicht fest, ob Benjamin Unger wirklich erhängt wurde“, sagte Susanne. „Zum jetzigen Zeitpunkt ist auch ein Selbstmord nicht auszuschließen. Wir müssen abwarten, was die Obduktion ergibt“, fügte sie hinzu, als sei sie die Erbacher Kriminalkommissarin höchstpersönlich.

„Der arme Junge!“, seufzte Maria Wedekind.

Bloch ignorierte ihre Bemerkung und kam auf den eigentlichen Anlass ihres Besuches zu sprechen. „Sie haben eng mit Frau Doktor Unger zusammengearbeitet?“, fragte er.

Sie nickte. „Zusammen mit dem Kollegen Hasselbach haben wir gewissermaßen ein kleines Team gebildet. Haben Sie schon mit ihm gesprochen?“

„Nein. Aber dazu werden wir später sicher noch Gelegenheit haben.“

Maria Wedekind blickte auf ihre goldene Armbanduhr. „Das bezweifle ich. Herr Hasselbach wollte heute eigentlich etwas früher nach Hause gehen.“

„Könnten Sie kurz mit ihm telefonieren und ihn bitten, etwas länger zu bleiben?“, fragte Susanne. „Danke, das wäre sehr freundlich.“

Frau Doktor stutzte. „Wenn Sie meinen.“

„Es ist sehr wichtig“, unterstrich der Privatdetektiv aus Heubach.

Frau Wedekind griff zum Telefonhörer und gab eine dreistellige Nummer ein. „Hallo, Konrad. Maria hier. Könntest du bitte noch etwas länger im Büro bleiben? Wir haben zwei private Ermittler hier, die versuchen, den Mord an Charlotte aufzuklären. Sie handeln im Auftrag von Benjamin. Ja, sehr tragisch.“ Sie wandte sich an Bloch. „Wie lange soll er warten? Wie lange wird unser Gespräch etwa dauern?“

„Wir sind spätestens in einer halben Stunde bei ihm. Und richten Sie ihm bitte unseren Dank aus.“

Das tat die Verhaltensforscherin und legte anschließend auf. „Sie finden ihn in Zimmer 11", sagte sie.

Bloch nickte. „Pflegten Sie auch privaten Kontakt zu Charlotte Unger?", fragte er.

„Ich weiß nicht, ob man das so nennen kann. Gut, wir sind mal zusammen essen gegangen oder haben uns auf einen Kaffee bei ihr zu Hause getroffen. Aber das kam doch eher selten vor, und außerdem sind wir dann ziemlich schnell wieder bei beruflichen Themen gelandet."

„Haben Sie sich bei Ihren Untersuchungen zu der Kommunikation zwischen Säugetieren auf eine bestimmte Tierart spezialisiert?", fragte die Assistentin des Privatdetektivs.

„Nein. Das wäre nun wirklich zu eindimensional. Aber wir haben uns – neben vielen anderen Gattungen – natürlich eingehend mit den Menschenaffen beschäftigt."

Susanne reagierte prompt auf den belehrenden Seitenhieb der Verhaltensforscherin. „Könnten Sie uns Laien in einfachen Worten den Unterschied zwischen einer Art und einer Gattung erklären?"

„Sicher. Bei einer Art sprechen wir von einer Ordnungseinheit, die eine natürliche Fortpflanzungsgemeinschaft bildet. Die Angehörigen einer Art sind dazu in der Lage, miteinander fruchtbare Nachkommen zu erzeugen. Durch die sogenannten Artmerkmale, darunter verstehen wir gemeinsame erbliche Merkmale, unterscheiden sie sich von anderen Arten. Die Fähigkeit, fruchtbare Nachkommen hervorbringen zu können, ist dabei von ganz entscheidender Bedeutung. Denn Artbastarde, die aus der Kreuzung von zwei Tierarten hervorgehen, sind oft nicht fortpflanzungsfähig."

„Stichwort Maulesel", sagte Tobias Bloch.

Seine Assistentin sah ihn erstaunt an.

„Richtig“, bestätigte Maria Wedekind. „Eine Kreuzung von Pferd und Esel.“

„Mutter: Esel. Vater: Pferd“, sagte der Privatdetektiv.

„Möchten Sie meinen Part übernehmen, Herr Bloch?“

„Auf keinen Fall!“

„Also, wir waren beim Maulesel stehen geblieben. Bei der umgekehrten Variante – dem Maultier oder Muli – handelt es sich um den Nachkommen eines weiblichen Pferdes und eines männlichen Esels. Sowohl beim Maulesel als auch beim Maultier sind die Männchen immer und die Weibchen häufig unfruchtbar.“

„Sehr interessant“, konstatierte Susanne Kramer. „Und was unterscheidet nun eine Gattung von einer Art?“

„Bei einer Gattung handelt es sich in der biologischen Systematik um die Gesamtheit von miteinander nah verwandten Arten“, erklärte die Verhaltensforscherin.

„Stichwort Große Menschenaffen“, sagte Tobias Bloch, der sich an sein Gespräch mit Sibylle Schuster erinnerte. „Vier Arten in drei Gattungen. Die Arten: Orang-Utan, Gorilla, Schimpanse, Zwergschimpanse oder Bonobo. Die Gattungen: Orang-Utan, Gorilla, Schimpansen. Plural.“

„Unterschlagen Sie mir bloß nicht die Kleinen Menschenaffen!“

Der Privatdetektiv aus Heubach, der sehr stolz auf sein Wissen war, sah die Doktorin der Verhaltensforschung verblüfft an. „Von denen habe ich noch nichts gehört“, murmelte er.

„Aber Sie haben sie bestimmt schon gesehen. Ich spreche von den Kleinen Menschenaffen oder Gibbons. Mit nur einer Gattung und fünf Arten. Die größte ist der Siamang. Diese Affenart kommuniziert sehr gern über Duettgesänge.“

„Was unterscheidet die Kleinen von den Großen Menschenaffen? Abgesehen von der Größe natürlich.“

„Gibbons sind zudem auch viel schlanker. Aber das wesentliche Unterscheidungsmerkmal ist die Intelligenz. Im Gegensatz zu den Großen Menschenaffen verfügen sie nicht über eine hohe Intelligenz, die es ihnen erlaubt, besondere Fähigkeiten zu entwickeln, die oftmals an solche des Menschen erinnern."

Susanne Kramer, die sich zunehmend ausgegrenzt fühlte, kam auf den eigentlichen Grund ihres Gespräches zurück. „Könnten wir jetzt bitte wieder über Charlotte Unger sprechen, Tobias?", sagte sie gereizt.

„Aber natürlich, meine Liebe."

„Frau Doktor Wedekind, wie würden Sie als Verhaltensforscherin das Verhältnis zwischen Leo und Charlotte Unger beschreiben?", fragte die Assistentin des Privatdetektivs.

„Ich möchte wirklich nicht indiskret erscheinen ..."

„Wir können schweigen", versicherte Susanne.

„Aber mit dieser Ehe war es in letzter Zeit nicht immer zum Besten bestellt. Vorsichtig ausgedrückt. Es hätte mich tatsächlich nicht gewundert, wenn es in nächster Zeit zu einer Trennung gekommen wäre."

„Wer hat denn Ihrer Meinung nach darauf hingearbeitet?", fragte Tobias Bloch. „Von wem wäre die Initiative zu einer Scheidung ausgegangen?"

Maria Wedekind schüttelte den Kopf. „Von einer Scheidung habe ich nicht gesprochen. Das hätte nämlich mit ziemlicher Sicherheit das Ende unseres Instituts bedeutet. Und daran konnten weder Dr. Unger noch Charlotte ein Interesse haben. Nein, ich meinte eine formlose Trennung von Tisch und Bett."

„Von wem wäre die Initiative dazu ausgegangen?", wiederholte der Privatdetektiv aus Heubach seine Frage.

„Eindeutig von Dr. Unger", sagte die Verhaltensforscherin unmissverständlich.

„Hat er eine andere?", fragte Susanne.

„Das kann ich Ihnen beim besten Willen nicht sagen. Aber es würde mich wirklich nicht überraschen, wenn dem so wäre."

„Könnte seine neue Freundin aus dem Institut kommen? Hat er in dieser Hinsicht Signale ausgesendet?"

Maria Wedekind lächelte matt. „Mich hat er jedenfalls in Ruhe gelassen."

„Können Sie uns Namen nennen?", fragte Bloch.

„Sibylle Schuster. Sie wissen, dass er sie vor etwa vier Monaten entlassen hat?"

„Ja."

„Und Sie kennen auch den Grund?"

„Ich denke schon. Wobei ich allerdings eher von mehreren Gründen sprechen würde."

Frau Doktor winkte ab. „Das mit den Publikationen war meiner Meinung nach nur vorgeschoben. Recht besehen konnte er doch überhaupt nichts dagegen haben, dass auf diese Weise indirekt Werbung für sein Institut gemacht wurde."

„Aber er ist in dieser Hinsicht ein eifersüchtiger Gockel", sagte Susanne.

„Ja. Leider."

„Also ging es im Wesentlichen um die angebliche sexuelle Belästigung am Arbeitsplatz", sagte der Privatdetektiv.

„Wieso angeblich? Ich habe mit eigenen Augen gesehen, dass …" Sie verstummte.

„Aber Sie haben mit Frau Dr. Unger nicht darüber gesprochen. Im Gegensatz zu Sibylle Schuster."

„So ist es, Herr Bloch."

„Fallen Ihnen weitere Namen von Mitarbeiterinnen des Instituts ein?", fragte er. „Frauen, bei denen er vielleicht noch ein bisschen weiter gegangen ist, der gute Doktor?"

„Nein“, antwortete Maria Wedekind rasch.

„Sie können sich uns ruhig anvertrauen“, sagte die Assistentin des Privatdetektivs.

„Von einer Beziehung zu einer Angestellten des Instituts weiß ich nichts. Aber ich könnte mir durchaus vorstellen, dass er außerhalb unserer Einrichtung fündig geworden ist.“

Du lenkst vom Thema ab, dachte Bloch.

„Hat er hier im Institut Besuch von einer Ihnen fremden Frau bekommen?“, fragte Susanne. „Zum Beispiel als seine Gattin nicht anwesend war?“

„Nicht dass ich wüsste. Aber woher soll ich wissen, was sich hier an den Wochenenden abgespielt hat?“

„Sie wohnen nicht auf dem Gut?“

„Nein. Ich habe ein Häuschen in Schöllenbach gemietet.“

„Und Charlotte Unger?“, fragte der Privatdetektiv. „Ging sie fremd?“

„Charlotte? Niemals!“, rief Maria Wedekind.

„Was macht Sie da so sicher? Sie war doch nach allem, was ich gehört und gelesen habe, eine sehr gut aussehende Frau. Zwar schon Anfang fünfzig – aber was bedeutet das denn heutzutage?“

„Sie kannten Charlotte nicht.“

„Das haben mir auch schon andere gesagt.“

„Wer?“, fragte die Verhaltensforscherin.

„Ihr Mann. Und ihr verstorbener Sohn.“

Frau Doktor stöhnte. „Der arme Junge! Am Galgen zu enden wie seine Mutter, das ist doch grausam!“

In diesem Augenblick klingelte das Telefon. Maria Wedekind nahm den Hörer ab. Nachdem sie ihren Namen genannt hatte, lauschte sie eine Weile, ohne ein Wort zu sagen. Dann nickte sie leicht und antwortete: „Ja, ich komme sofort, Herr Doktor.“ Sie legte auf und sah ihre beiden Besucher an. „Tut mir leid, ich fürchte, wir müssen unser Gespräch beenden. Herr Dr. Unger ist von seiner Befragung bei der Erbacher Kriminalpolizei zurück und möchte mich unbedingt sprechen. Er sagte, es sei sehr dringend." Die Verhaltensforscherin erhob sich. „Wenn Sie mich also bitte entschuldigen würden?"

Tobias Bloch und seine Assistentin standen ebenfalls auf. Bevor er sich zur Tür wandte, fragte der Privatdetektiv: „Hat er angedeutet, worum es geht?"

„Nein. Nur dass es dringend sei."

„Klang er besorgt?"

Frau Doktor Wedekind zuckte die Achseln. „Eher ein wenig gehetzt. Aber das kann man angesichts der Umstände ja durchaus nachvollziehen."

Bloch wandte sich zur Tür. „Zimmer 11 sagten Sie?"

„Ja", bestätigte die Verhaltensforscherin.

Nacheinander traten sie auf den Flur hinaus.

Maria Wedekind verabschiedete sich von ihren Besuchern und sagte: „Zweite Tür links. Dort finden Sie Herrn Hasselbach." Sie selbst wandte sich nach rechts und ging davon.

„Langsam", flüsterte Bloch.

Er ging zusammen mit Susanne zu der fraglichen Tür, entnahm dem links von ihr angebrachten Schild, dass Konrad Hasselbach keinen Doktortitel hatte, klopfte aber noch nicht an.

Aus den Augenwinkeln beobachtete der Privatdetektiv aus Heubach, wie die Verhaltensforscherin vor dem Zimmer des Institutsleiters stehen blieb, kurz an die Tür klopfte und dann eintrat.

Susanne sah ihn fragend an.

„Wollte nur sichergehen", erklärte er.

Er klopfte an die Tür von Hasselbachs Zimmer, erhielt aber keine Antwort. Er versuchte es noch einmal, wieder ohne Ergebnis.

„Ist wohl doch schon gegangen“, mutmaßte Susanne. „Vielleicht hatte er einen wichtigen Termin.“

Bloch drückte die Türklinke herunter. Der Raum war abgeschlossen.

„Könnte er auch zu Dr. Unger gerufen worden sein?“, überlegte seine Assistentin.

„Dann hätte er wohl kaum sein Zimmer verschlossen.“

„Wieso denn nicht? Wenn er wusste, dass er danach sowieso nach Hause gehen würde …“

„Das haben wir gleich.“

Er ging zum Zimmer 18 und klopfte an.

„Ich möchte im Moment nicht gestört werden!“, antwortete Doktor Leo Unger unwirsch. „Kommen Sie später wieder!“

Der Privatdetektiv öffnete trotzdem die Tür einen Spaltbreit und lugte in den Raum.

„Haben Sie nicht gehört?“

„Doch. Ich wollte mich nur danach erkundigen, ob Herr Hasselbach bei Ihnen ist, Herr Doktor.“

„Ist er nicht, wie Sie sehen. Wenn Sie uns jetzt bitte …“

„Haben Sie ihn nicht in seinem Zimmer angetroffen?“, fragte Maria Wedekind.

„Nein. Die Tür war abgeschlossen.“

„Komisch.“

„Wo wohnt Herr Hasselbach?“

„Das kann Ihnen Frau Wagner unten am Empfang sagen“, antwortete der Leiter des ethologischen Instituts. „Gehen Sie jetzt bitte.“

Bloch nickte und schloss die Tür.

„Ist Herr Hasselbach vor Kurzem hier bei Ihnen vorbeigekommen?“, fragte er die Empfangsdame, als sie im Erdgeschoss eingetroffen waren.

„Nein. Das ist schon eine Weile her. Bestimmt fünfzehn Minuten, schätze ich. Wieso fragen Sie nach ihm?“

„Wir waren zu einem Gespräch verabredet.“

„Dann dürfte ihm etwas dazwischengekommen sein.“

„Wo wohnt Herr Hasselbach?“, fragte Susanne.

„Hier auf dem Institutsgelände. Soll ich ihn anrufen?“

„Ja, bitte.“

Lilli Wagner wählte ohne zu zögern eine fünfstellige Telefonnummer und wartete. Sie ließ es bestimmt zehnmal klingeln. „Scheint nicht da zu sein.“ Sie hielt den Hörer weiter ans Ohr.

Bloch bedeutete ihr, den Versuch zu beenden.

„Wohnt Herr Hasselbach allein?“

„Ja.“

„Kommt er morgen wieder zur Arbeit?“

„Ich denke schon.“

„Gut. Dann melden wir uns wieder. Vielen Dank, Frau Wagner. Und einen schönen Abend.“

„Gleichfalls.“

Kapitel 14

Schwarze Tagliolini

„Könnte es sein, dass der liebe Konrad vor uns Reißaus genommen hat?“, fragte Susanne Kramer.

„Durchaus möglich.“ Bloch nickte und griff nach seinem Weizenbier. Er trank einen kräftigen Schluck und unterdrückte einen Rülpser. „Aber das wird ihm natürlich nichts nützen.“

Der Kellner des Amalfi, der einzigen Heubacher Pizzeria, trat an ihren Tisch und fragte: „Haben Sie schon gewählt?“

„Ja“, antwortete der Privatdetektiv.

„Einen Moment noch, bitte“, sagte seine Assistentin. „Ich habe mich noch nicht entschieden.“

„Gut, dann komme ich später noch einmal.“ Der Kellner deutete eine Verbeugung an.

„Vielen Dank.“ Susanne nickte ihm zu.

Bloch, der die Szene schweigend beobachtet hatte, schüttelte den Kopf. Als der Angestellte der Pizzeria – ein junger italienischer Lackaffe wie aus dem Bilderbuch – außer Hörweite war, sagte er: „Der Kerl macht dir schöne Augen. Das gefällt mir überhaupt nicht.“

Seine Assistentin lächelte geschmeichelt. „Ist mir gar nicht aufgefallen.“

„Lügnerin!“

Sie hob die Augenbrauen.

„Du lässt ihn absichtlich noch mal antanzen, obwohl du dich längst entschieden hast.“

„Stimmt doch gar nicht.“ Susanne widmete sich wieder der Speisekarte. „Kannst du mir die Dorade empfehlen? Oder soll ich nicht doch lieber die Seezunge nehmen?“

Dass sie sich für die beiden teuersten Fischgerichte auf der Karte interessierte, wunderte ihn kein bisschen.

„Keine Ahnung. Hab hier noch nie Fisch gegessen. Frag doch deinen heißblütigen Gigolo. Der wird dir den Mund schon wässrig machen.“

„Du bist wirklich keine große Hilfe, Tobias.“ Sie klappte die Speisekarte zu und hob den rechten Arm, um die Aufmerksamkeit des Lackaffen zu erregen. Was ihr prompt gelang.

„Ich nehme das Seezungenfilet mit feinen Kräutern“, sagte sie kurz darauf zu dem Kellner.

Dieser zog die Stirn in Falten und machte ein bekümmertes Gesicht. „Wir haben leider keine Seezunge mehr, Signora. Eigentlich sollte heute eine frische Lieferung kommen, aber da muss etwas schiefgegangen sein …“

Bloch lehnte sich entspannt zurück.

„Schade. Dann bringen Sie mir bitte eine Dorade in Weißweinsauce.“

„Sehr gern.“ Der Lackaffe strahlte. „Mit hausgemachten schwarzen Tagliolini?“

„Ja.“

Er wandte sich an den Privatdetektiv. „Und der Herr wünschen?“

„Ich hätte gern einen kleinen italienischen Salat.“

„Ohne Tomaten, richtig?“ Verschwörerisches Grinsen.

Kommunikation zwischen Männern: Du hast eine tolle Frau. Keine Sorge, ich mache sie dir bestimmt nicht abspenstig. Ich flirte nur ein bisschen. Das ist doch erlaubt, Signore? Grazie.

„So ist es. Und eine mittlere Pizza Rustica mit etwas mehr Hackfleischsoße."

„Salat und Pizza zusammen, richtig?"

„Ja."

„In Ordnung. Wird gemacht." Der Kellner nahm die beiden Speisekarten vom Tisch und entfernte sich.

„Schwarze Tagliolini?", fragte Bloch entgeistert. „Nudeln mit Tintenfischsekret? Das ist ja ekelhaft!"

„Schmecken wirklich sehr lecker. Erst neulich habe ich welche in Erbach ..." Susanne verstummte.

Er sah sie scharf an. „Ich will davon nichts mehr hören. Nie mehr, verstanden?"

Seine Assistentin nickte und trank einen Schluck Frascati. „Um noch mal auf Konrad Hasselbach zu sprechen zu kommen." Mit einem abrupten Themenwechsel versuchte sie die Situation zu entschärfen.

„Ja?" Bloch klang noch immer wütend.

„Warum hat er nicht einfach auf uns gewartet? Durch seinen vorzeitigen Abgang lenkt er doch nur die Aufmerksamkeit auf sich."

„Tut er das?"

„Klar. Wir werden doch jetzt ganz anders mit ihm reden als wir es zuvor getan hätten."

„Ich nicht."

„Mensch, Tobias." Sie versuchte seinen Arm zu tätscheln, aber Bloch zog ihn rasch zurück. Dabei hätte er fast sein Weizenbierglas umgeworfen.

„Pass doch auf!", beschwerte er sich. Er zündete sich eine Zigarette an. „Jedenfalls hat diese Frau Doktor Wedekind ihn auf geschickte Weise vorgewarnt."

„Wie kommst du denn darauf? Schließlich habe ich sie gebeten, bei ihrem Kollegen anzurufen, um ihn zu bitten, noch etwas länger im Institut zu bleiben.“

„Falsch. Sie hat das Gespräch so geschickt in diese Richtung gelenkt, dass es unweigerlich zu deiner – oder meiner – Bitte kommen musste. Ist dir das nicht aufgefallen? Sie hat Hasselbach ins Gespräch gebracht, ohne dass wir nach ihm gefragt hatten. Sie hat uns darüber informiert, dass er heute früher nach Hause gehen würde.“ Er zog an seiner Zigarette. „Das muss doch überhaupt nicht der Wahrheit entsprechen. Sie wollte vielleicht lediglich einen Vorwand finden, um ihn anrufen – und damit warnen zu können. Kapiert?“

„So habe ich das noch gar nicht gesehen“, sagte Susanne. „Aber warum sollte Frau Wedekind ein Interesse daran gehabt haben, dass Hasselbach zumindest heute nicht mit uns sprechen würde?“

„Wieder falsch. Um sie geht es doch gar nicht. Es geht um Konrad Hasselbach. Der musste offensichtlich noch etwas Dringendes erledigen, bevor er sich mit uns unterhalten konnte.“

„Und das wäre? Beweismittel verstecken oder vernichten? Tobias! Wir wären lediglich in sein Büro gegangen und hätten ein paar Minuten mit ihm geplaudert. Wir hätten doch überhaupt nicht die Möglichkeit oder die Absicht gehabt, nach etwas zu suchen. Oder nach bestimmten Unterlagen zu fragen.“ Sie trank von ihrem Wein. „In dieser Hinsicht könnte ihm doch lediglich die Kriminalpolizei gefährlich werden. Und die ist ja wohl kaum mit einem Durchsuchungsbefehl bei ihm aufgetaucht.“

Plötzlich lächelte der Privatdetektiv aus Heubach versonnen. „Ich hab's!“, stellte er seelenruhig fest. Da er sah, dass sich der italienische Gigolo mit einem Tablett ihrem Tisch näherte, fügte er nur noch hinzu: „Nach dem Essen."

„Dorade mit schwarzen Tagliolini?", fragte der Kellner rhetorisch.

„Die ist für mich", scherzte Bloch.

„Himmlisch!", seufzte Susanne. „So gute Nudeln habe ich schon lange nicht mehr gegessen."

Der Privatdetektiv leerte sein Weizenbierglas und machte dem Kellner ein Zeichen.

„Hat es Ihnen geschmeckt?", sagte dieser mit einem Blick auf ihre leeren Teller.

„Es war wunderbar", lobte Susanne. „Der Fisch war ausgezeichnet. Und die Nudeln waren einfach sensationell. Richten Sie das bitte dem Koch aus."

Der Gigolo nickte zufrieden. „Mache ich. Haben Sie noch einen Wunsch?"

„Ich hätte gern ein Pils", mischte sich Bloch ein, um zu zeigen, wer hier Herr am Tisch war.

Der Kellner ließ Susanne nicht aus den Augen. „Sehr wohl. Und Sie, Signora? Was darf ich Ihnen bringen?"

Kommunikation zwischen Mann und Frau: Der Kerl, der dir da gegenübersitzt, kann uns doch völlig schnuppe sein, oder? Bauerntölpel bleibt eben Bauerntölpel. Schließlich sind wir hier im Odenwald und nicht im feinen Italien. Leider. Ich könnte dir Geschichten aus meiner Heimat erzählen …

„Ich hätte gern einen doppelten Espresso und einen Kognak."

„Sehr wohl."

„Nehme ich auch", sagte Bloch.

Der Kellner sah ihn irritiert an. „Espresso und Kognak?"

„Nein, natürlich nicht. Nur einen Kognak. Aber bitte einen doppelten.“ Als der Gigolo die leeren Teller und Gläser geschickt auf seinem Tablett arrangierte, fügte der Privatdetektiv noch beiläufig hinzu: „Mir hat es übrigens auch sehr gut geschmeckt.“

„Freut mich zu hören.“

Nachdem der Kellner gegangen war, fragte Susanne: „Willst du dich hier unbeliebt machen? Du hast ja wohl nicht vergessen, dass das die einzige Pizzeria in Heubach ist?“

„Das muss ich mir von dir sagen lassen? Einer Bewohnerin von Wiebelsbach? Wie sieht denn euer gastronomisches Angebot aus, hmm?“ Der Privatdetektiv winkte ab. „Ich habe dem Kerl nur gezeigt, wo seine Grenzen sind.“

„Kommunikation zwischen Säugetieren. Zwischen männlichen Säugetieren.“

„Außerdem weiß dein Freund sehr wohl, wer hier die Rechnung zahlt. Und ein großzügiges Trinkgeld gibt. Alles andere ist dem doch sowieso scheißegal.“

Der Kellner, der gerade in den höchsten Tönen gelobt worden war, brachte ihre Getränke. Bloch registrierte, dass beide Kognaks großzügig eingeschenkt waren, sprach diesen erfreulichen Umstand gegenüber seiner Assistentin aber nicht an. Er trank einen Schluck, ohne ihr zuzuprosten.

„Konrad Hasselbach“, begann Susanne, nachdem sie an ihrem Espresso vorsichtig genippt hatte. „Du wolltest mir zu dem Thema noch etwas sagen.“ Sie zündete sich eine Zigarette an und lehnte sich erwartungsvoll zurück. „Sprich dich ruhig aus, Tobias. Ich bin ganz Ohr.“

„Das alles ist ein gigantisches Ablenkungsmanöver“, konstatierte der Privatdetektiv kühl. „Frau Doktor Wedekind und ihr mysteriöser Kollege Hasselbach wollen uns auf eine falsche Fährte locken. Sie inszenieren diesen Blödsinn mit seiner

Flucht vor unserem Gespräch, um uns glauben zu machen, Konrad habe etwas zu verbergen. Hat er aber gar nicht!"

„Meine Rede", sagte seine Assistentin. „Zumindest was den letzten Teil angeht."

„Und weißt du, was ich darüber hinaus noch glaube? Auch die Sache mit dem ach so dringenden Gespräch zwischen Dr. Leo Unger und Frau Wedekind war getürkt. Sie haben uns das alles nur vorgespielt. Der arme Doktor macht einen gehetzten Eindruck, er will auf keinen Fall gestört werden … Das stinkt doch zum Himmel!" Er trank einen Schluck Pils. „Ich wette, Leo Unger hat nach seiner Rückkehr aus Erbach am Empfang von Lilli erfahren, dass wir im Institut sind und herumschnüffeln. Also hat er gleich bei Frau Doktor Wedekind angerufen und sie zu sich gebeten. Obwohl er überhaupt nichts mit ihr zu besprechen hatte."

„Wovon wollen die Herrschaften ablenken? Warum ziehen Hasselbach und Unger unsere Aufmerksamkeit auf sich?"

„Frau Doktor Wedekind nicht zu vergessen, Susanne. Welcher Eindruck entsteht denn, wenn ihr Chef sie direkt nach seiner Befragung durch die Kriminalpolizei zu einem dringenden Gespräch bittet?"

„Dass sie sein Vertrauen genießt. Dass er sich auf sie verlassen kann beziehungsweise auf sie setzt, wenn er sich in einer schwierigen Situation befindet oder vor einer schweren Entscheidung steht."

„Richtig." Tobias Bloch zog ein letztes Mal an seiner Zigarette und drückte sie dann im Aschenbecher aus. „Warum will uns Leo Unger suggerieren, er sei in Schwierigkeiten, nachdem sein Stiefsohn entweder umgebracht wurde oder Selbstmord begangen hat? Warum sollen wir annehmen, Konrad Hasselbach fürchte sich vor einem Gespräch mit uns und wolle diesem unbedingt aus dem Weg gehen?"

„Wir sollen uns auf diese beiden Personen – und auch auf Frau Wedekind – konzentrieren und dabei andere Beteiligte in unseren Ermittlungen vernachlässigen."

„Als da wären?", fragte der Privatdetektiv seine Assistentin.

„Lilli Wagner."

„Die ein Verhältnis mit Doktor Unger hat. Und eines mit seinem toten Stiefsohn hatte."

„Sibylle Schuster."

„Die er unter recht fragwürdigen Umständen aus seinem Institut entlassen hat. Das mit der sexuellen Belästigung am Arbeitsplatz klingt doch reichlich komisch. Und weil sie dies ihrer Chefin, der erhängten Charlotte Unger, unter die Nase gerieben hat, schmeißt er sie raus? Da stimmt doch etwas nicht."

Susanne trank von ihrem Kognak. „Das Verhältnis zwischen Charlotte und Leo Unger scheint zu diesem Zeitpunkt schon ziemlich zerrüttet gewesen zu sein. Warum sollte er auf die Vorhaltungen seiner Frau so drastisch reagieren und Sibylle Schuster feuern?"

„Ein Bauernopfer?", schlug Bloch vor. „Um von Lilli Wagner abzulenken?"

„Nämliche Lilli hat dir gegenüber aber angedeutet, dass Charlotte Unger von deren Verhältnis mit ihrem Mann etwas gewusst, zumindest aber geahnt haben könnte. Also hätte ihm dieses Ablenkungsmanöver mit Frau Schuster eigentlich gar nichts mehr nützen können."

Der Privatdetektiv aus Heubach leerte sein Bierglas und hielt es kurz in die Höhe. Keine fünf Sekunden später nickte ihm der italienische Gigolo weise lächelnd zu.

Der Kerl beobachtet uns, dachte Bloch. Zumindest Susanne lässt er nicht aus den Augen.

„Wir müssen eine weitere Person in Betracht ziehen", sagte er.

Seine Assistentin sah ihn fragend an.

„Markus Weidinger. Der Vater des verstorbenen Benjamin. Vielleicht erfahren wir von ihm mehr über seinen Sohn. Denn von dem wissen wir ja nun wirklich noch nicht viel. Wo war er in der Nacht, als seine Mutter am Beerfelder Galgen erhängt wurde? Was hat Benjamin Unger beruflich gemacht? Woher hatte er das Geld? Sein Stiefvater hat ja von all diesen Dingen angeblich überhaupt keine Ahnung."

„Hat Benjamin dir gegenüber seinen leiblichen Vater erwähnt?", fragte Susanne.

„Nein."

„Können wir daraus schließen, dass er keinen Kontakt mehr zu ihm hatte?"

„Nein."

„Wir sollten morgen mit Markus Weidinger sprechen."

„Nein. Nicht wir. Nur du. Ich habe Wichtigeres zu tun."

„Aha."

Susanne war gleich nach der Rückkehr in das Heubacher Haus ihres Chefs schlafen gegangen. Waren eben ziemlich anstrengend gewesen, die letzten Tage. Also machte es sich der Privatdetektiv mit seiner dreifarbigen Katze im Wohnzimmer gemütlich. Muzel schnurrte neben ihm auf der breiten Armlehne seines Ledersessels, während er seinen Gedanken nachhing.

War es Zufall, dass Benjamin Unger in der gleichen Zeitspanne – zwischen Mitternacht und zwei Uhr morgens – zu Tode gekommen war wie seine Mutter? Er in der Nacht von Mittwoch auf Donnerstag, sie von Sonntag auf Montag. Eine Mutter und ihr Sohn sterben innerhalb von gerade mal vier Tagen. Das war nicht nur ungewöhnlich, das war geradezu irrational.

Wenn Benjamin ermordet worden war, handelte es sich um denselben Täter, der auch seine Mutter erhängt hatte?

Warum musste auch noch ihr Sohn sterben?

Bloch erinnerte sich daran, was Benjamin ihm über den möglichen Mörder seiner Mutter gesagt hatte.

In meinen Kopf spuken zwei Namen herum.

Die Sie mir nicht nennen wollen.

Hatte der junge Unger einen Fehler gemacht? Hatte er jemandem – direkt oder indirekt – seinen Verdacht mitgeteilt? Hatte er auf eigene Faust Nachforschungen angestellt?

Ich habe nämlich noch andere Dinge zu erledigen.

Oder hatte Benjamin etwas mit dem Tod seiner Mutter zu tun und musste deshalb sterben? War es überhaupt vorstellbar, dass er seine Mutter erhängt hatte und sie einen qualvollen Erstickungstod sterben ließ?

Der Privatdetektiv streckte sich und gähnte herzhaft.

Wer außer Markus Weidinger konnte ihnen mehr über das Leben von Benjamin erzählen?

Lilli Wagner. Wie war ihr Verhalten gegenüber ihrem Chef und dessen Stiefsohn zu erklären?

Bloch kam ein ganz anderer Aspekt in den Sinn. Profitierte sie von dem Tod von Charlotte Unger? Kam ihr der Tod von Benjamin Unger gelegen?

Es machte keinen Spaß mehr.

Kapitel 15

Abschiedsbrief

„Fährst du nach Erbach?", fragte Susanne Kramer am nächsten Vormittag beim Frühstück.

„Wie kommst du auf die Idee?"

„Tobias, ich kenne dich doch. Mir kannst du nichts vormachen."

Der Privatdetektiv kniete auf dem Küchenboden und hielt seiner Katze den fast leeren Joghurtbecher hin. Nachdem Muzel die aufgeklappte Unterseite des Deckels abgeleckt hatte, war sie nun mit dem Inneren des Bechers beschäftigt. Systematisch leckte sie die Reste des Zitronenjoghurts auf.

„Mach es nicht so spannend."

„Sara Hagedorn hat mich um meinen fachmännischen Rat gebeten. Da konnte ich ja schlecht Nein sagen, oder?"

Seine Assistentin schnitt ihr zweites Croissant auf und bestrich es mit Butter. „Wieso glaube ich dir das nicht?"

„Weil du die attraktive Kriminalkommissarin aus Erbach nicht ausstehen kannst."

„Pah!"

Die Katze war inzwischen mit dem Joghurtbecher fertig und begann sich zu putzen. Bloch erhob sich.

„Wird ihr Assistent Melzig bei dem Gespräch dabei sein?"

„Weiß ich nicht. Ist mir letztendlich aber egal."

„Mich wundert nur, dass die Dame so kurzfristig Zeit für dich hat. Sie hat doch im Moment bestimmt jede Menge zu tun."

„Sie wird von meinen Informationen profitieren", sagte der Privatdetektiv aus Heubach unbescheiden. „So, ich muss jetzt los. Kann später werden."

„Übertreibst du nicht ein bisschen? Frau Hagedorn wird doch nicht stundenlang mit dir sprechen wollen."

„Ich treffe mich später noch mit Finke in Höchst. Und das kann erfahrungsgemäß dauern."

Er ging in den Flur. Das war auch für Muzel das Signal zum Aufbruch. Aufgeregt trippelte sie hinter ihm her und konnte es kaum erwarten, nach draußen zu schlüpfen.

„Stell ihr bitte einen Napf auf die Terrasse!", rief Bloch seiner Assistentin zu. Dann schloss er die Tür hinter sich.

„Es war eindeutig Mord", fasste Sara Hagedorn das Ergebnis der Obduktion kurz und bündig zusammen.

Sie saßen in der Erbacher Polizeidirektion im geräumigen Büro der Kriminalkommissarin. Die mittelgroße, schlanke Frau trug über ihrer Jeans ein T-Shirt, das genauso pechschwarz war wie ihr Haar. Neben ihr hatte in der ledernen Sitzgruppe ihr vollschlanker Assistent Melzig Platz genommen, dessen Vornamen Bloch nicht kannte. Der Privatdetektiv saß ihnen gegenüber.

„Aber Sie hatten anfangs Ihre Zweifel?"

„Das Arrangement war anders", erklärte Melzig.

„Wurde eine Stehleiter oder ein Podest benutzt?"

„Eine Leiter."

„Und Benjamin Unger war nicht gefesselt?"

„Nein", bestätigte die Kriminalkommissarin.

„War er ähnlich übel zugerichtet wie seine Mutter?"

„Ja. Obwohl man ihm ein schwarzes Tuch über den Kopf gestülpt hatte. Aber das hat die Raben natürlich nicht davon abgehalten, das zu tun, was sie in solchen Fällen immer gern machen."

Bloch stutzte. „Moment. Das verstehe ich nicht. Benjamin trug ein Tuch über dem Kopf und trotzdem schlossen sie einen Selbstmord nicht aus?"

„Wieso sollten wir?", fragte Melzig zurück. „Stellen Sie sich folgendes Szenario vor: Der junge Mann steigt auf die Leiter, legt sich die Schlinge um den Hals, stülpt sich dann ein Tuch über den Kopf und springt in den Tod."

„Außerdem war an der Leiter ein Abschiedsbrief befestigt", sagte Sara Hagedorn.

Der Privatdetektiv aus Heubach wurde hellhörig.

„Handschriftlich verfasst?", fragte er.

„Nein."

„Aber mit seiner Unterschrift versehen?"

„Ja. Allerdings nur der Vorname."

„Könnten Sie mir in groben Zügen sagen, was darin stand?"

„Nein." Die Kriminalkommissarin schüttelte den Kopf. „Ich möchte nicht, dass ich morgen etwas in der Zeitung lesen muss, was außer uns nur der Täter wissen kann."

„Ich bin für meine Diskretion bekannt."

„Nein. Keine Chance, Herr Bloch."

„Wird in dem Brief Lilli Wagner erwähnt?"

„Lilli Wagner?" Melzig runzelte die Stirn. „Wieso sollte die Angestellte des ethologischen Instituts in einem Abschiedsbrief von Benjamin Unger vorkommen?"

„Sibylle Schuster?", konterte der Privatdetektiv.

„Sie haben meine Frage nicht beantwortet, Herr Bloch."

„War nur eine vage Vermutung."

„Das glaube ich Ihnen nicht", sagte die Erbacher Kriminalkommissarin. „Was wissen Sie über Lilli Wagner?"

„So gut wie nichts. Ich habe natürlich mit ihr gesprochen, nachdem ich von Benjamin Unger den Auftrag erhalten hatte, den Mörder seiner Mutter zu finden. Gehen Sie eigentlich von einem Einzeltäter aus oder können Sie sich vorstellen, dass zwei Personen die Verbrechen begangen haben?"

„Sie lenken vom Thema ab", stellte Melzig fest.

„Aber das ist doch eine hochinteressante Frage. Ist es denn möglich, dass ein Mann …"

„Wieso sollten Lilli Wagner oder Sibylle Schuster in dem angeblichen Abschiedsbrief Erwähnung finden? Wieso? Weil eine von beiden ein Liebesverhältnis mit dem Ermordeten hatte?"

„Liebesverhältnis ist ein schönes Wort. Klingt so romantisch."

„Herr Bloch!" Sara Hagedorn beugte sich vor. „Für alberne Spielchen haben wir keine Zeit, das wissen Sie. Also verkaufen Sie uns bitte nicht für dumm. Bestand eine Beziehung zwischen Lilli Wagner und Benjamin Unger?"

Beziehung würde ich das nicht gerade nennen.

„Nein."

„Warum fragen Sie dann nach ihr?"

„Weil ich ein neugieriger Mensch bin. Weil ich Ihnen den einen oder anderen Namen entlocken wollte, der mir vielleicht weiterhelfen kann."

„Wir sind Ihnen jedenfalls sehr dankbar für Ihren Hinweis", sagte die Kriminalkommissarin lächelnd. „Wir werden das auf jeden Fall überprüfen."

Der Privatdetektiv aus Heubach verzog keine Miene.

Ich könnte mir in den Hintern beißen, dachte Bloch.

„Wird in dem fingierten Abschiedsbrief der Tod seiner Mutter als Motiv für Benjamin Ungers angeblichen Selbstmord angegeben?"

„Da Sie uns möglicherweise sehr geholfen haben, möchte ich Ihnen auch einen bescheidenen Hinweis geben, Herr Bloch. Weder von Lilli Wagner noch von Sibylle Schuster ist in dem Abschiedsbrief die Rede. Ich kann sogar noch einen Schritt weitergehen: Es kommt überhaupt keine Frau darin vor."

„Aber ein Mann?"

„Was soll denn das jetzt schon wieder?", sagte Melzig ungehalten.

„Vielleicht war Benjamin Unger homosexuell."

„Das glauben Sie doch selbst nicht!"

Im Moment bin ich für jedes Ablenkungsmanöver dankbar, dachte Bloch.

„Starb Benjamin an einem Genickbruch oder ist er erstickt?", fragte er.

„Letzteres", sagte die Kriminalkommissarin. „Leider. Und jetzt würde ich gern Ihnen ein paar Fragen stellen, wenn wir Sie schon einmal hier haben."

„Bitte."

„Warum, glauben Sie, hat Benjamin Unger Sie engagiert?"

„Weil er von der Effektivität und der Professionalität der polizeilichen Arbeit zutiefst überzeugt war?"

„Vorsicht, Herr Bloch!", mahnte Melzig. „Nicht übermütig werden."

„Er hat von der Geschichte im Felsenmeer gehört. Und da lag es doch auf der Hand ..."

„Hat er Sie auf eine bestimmte Fährte angesetzt? Hat er einen konkreten Verdacht geäußert?"

„Nein."

„Wollte er mit Ihrem Engagement vielleicht von seiner eigenen Schuld oder Mitschuld ablenken?", fragte die Erbacher Kriminalkommissarin.

„Diese Frage habe ich mir natürlich auch schon gestellt."

„Und?"

Tobias Bloch zuckte die Achseln. „Glaube ich eher weniger."

„Aber Sie schließen es nicht aus?"

„Was muss passiert sein, dass ein Sohn seine Mutter auf so grausame Art und Weise umbringt?"

„Er muss es ja nicht selbst tun", wandte Melzig ein.

„Trotzdem, ich halte das für sehr unwahrscheinlich. Außerdem legt seine Ermordung für mich nicht gerade den Schluss nahe, dass er für den Tod seiner Mutter in irgendeiner Weise verantwortlich ist."

„Das kann man natürlich auch genau umgekehrt sehen", sagte Sara Hagedorn. „Benjamin Unger bringt seine Mutter um oder gibt ihre Ermordung in Auftrag. Jemand kommt ihm auf die Schliche. Und rächt sich an ihm. Benjamin muss ebenfalls am Beerfelder Galgen sterben. Wie seine Mutter."

„Er hing an derselben Eisenstange wie sie?"

„Ja."

„Man kann sogar noch einen Schritt weitergehen", sagte der vollschlanke Assistent der Kriminalkommissarin. „Wenn man von einem Auftragsmord ausgeht, könnte sich Folgendes abgespielt haben: Derjenige, der Charlotte Unger erhängt hat, bringt drei Tage später den Mitwisser an dieser Tat um, um alle Spuren, die zu ihm, dem Mörder, führen könnten, zu vernichten."

„Interessante Theorie", räumte Bloch ein. „Sehr spekulativ, aber interessant. Mir stellt sich in diesem Zusammenhang allerdings eine Frage: Bestimmt ein Auftragsmörder nicht in der Regel selbst, auf welche Art und Weise er sein Opfer umbringt? Und: Passt dieses – vorsichtig ausgedrückt – sehr spektakuläre Vorgehen am Beerfelder Galgen in das übliche Schema eines Auftragsmörders? Ich habe da meine Zweifel."

Melzig erhob sich. „Möchten Sie auch etwas trinken?“ Er sah erst seine Chefin und dann Bloch an. Beide nickten. „Wasser?“ Erneutes Nicken. Er ging zu dem Einbaukühlschrank, der dezent in einer Ecke der großflächigen Schrankwand untergebracht war.

Nachdem sie sich eingeschenkt hatten, nahm Bloch die Zigarettenpackung aus der linken Brusttasche seines Hemdes. „Ich darf doch?“

„Klar“, sagte Sara Hagedorn.

Er bot ihr eine Zigarette an.

„Nein danke.“

„Haben Sie es sich abgewöhnt?“

„Wie käme ich dazu?“

Der Privatdetektiv nahm eine Zigarette heraus, zündete sie an und legte die Packung dann auf den Tisch. „Sie können sich jederzeit bedienen“, bot er an.

„Danke. Aber ich habe meine eigenen. Was haben Sie bei Ihren bisherigen Ermittlungen herausgefunden, Herr Bloch? Von der Tatsache einmal abgesehen, dass Lilli Wagner ein Verhältnis mit Benjamin Unger hatte.“

Der Angesprochene lächelte. „Ich bewundere Ihre Kombinationsgabe.“

„Na, hören Sie! Wieso sollte ihr Name denn sonst in dem angeblichen Abschiedsbrief auftauchen?“

„Frau Wagner sagt, das Verhältnis wäre wohl schon sehr bald beendet worden. Und zwar von ihr.“

„Glauben Sie das?“, fragte Melzig. Er trank einen Schluck Wasser.

„Schwer zu beurteilen. Selbst Benjamin Unger hat mir gegenüber eingeräumt, dass von einer richtigen Beziehung wohl kaum die Rede sein könne.“

„Was haben Sie sonst noch herausgefunden?", wiederholte die Kriminalkommissarin ihre Frage.

„Nicht viel", log Bloch. „Ich stehe erst am Anfang meiner Ermittlungen. Und der nun nach der Obduktion feststehende Mord an Benjamin Unger – bisher hatte ich immer auch einen Selbstmord als Möglichkeit ins Kalkül gezogen – bringt mich, ehrlich gesagt, ein bisschen aus dem Konzept." Er zog an seiner Zigarette. „Ich nehme an, bei der Obduktion wurden eindeutige Spuren einer Fremdeinwirkung gefunden?"

„So ist es."

„Über deren Art Sie allerdings aus ermittlungstaktischen Gründen keine Auskunft geben können?"

„Sie hätten Hellseher werden sollen."

„Helfen Ihnen die bei der Obduktion gewonnenen Erkenntnisse weiter? Lassen Sie Rückschlüsse auf den Täter zu?"

„Kein Kommentar."

„Ich gehe davon aus, dass auch bei Charlotte Unger eine Obduktion vorgenommen wurde?"

Melzig nickte. „Logisch. Die Ergebnisse waren eindeutig."

„Eine Besonderheit müsste Ihnen bei der toten Verhaltensforscherin aber aufgefallen sein."

„Worauf wollen Sie hinaus?"

„Ich beziehe mich auf ihre Kleidung."

Sara Hagedorn und ihr Assistent wechselten einen kurzen Seitenblick.

„Ich verstehe nicht recht", sagte die Kriminalkommissarin.

„Haben Sie sich bei Ihren Ermittlungen auch allgemein über Hinrichtungsmethoden informiert? Und im Speziellen über den Tod am Strang?"

„Hätten wir denn Anlass dazu gehabt?"

„Ja. Sehr sogar."

„Warum?", fragte Melzig.

Stellt euch nicht dümmer als ihr seid, dachte Bloch.

„Sie wissen, dass es früher eher unüblich war, Frauen am Galgen zu richten? Man hat zum Tode Verurteilte eher lebendig begraben oder sie gefesselt in ein Fass oder einen Sack gesteckt, um sie in einem Fluss oder einem See zu ertränken."

„Wir leben im 21. Jahrhundert."

„Handeln wir auch so?", fragte der Privatdetektiv aus Heubach. „Worauf ich hinauswill: Frauen trugen damals Röcke, keine Hosen."

„Was tut das zur Sache?"

„Gegenfrage: Was trug Charlotte Unger, als sie erhängt wurde?"

„Einen Rock", sagte Sara Hagedorn. „Das stand in allen Zeitungen."

„War dort auch zu lesen, dass es sich um einen langen braunen Rock handelte?"

„Kann ich Ihnen im Moment nicht genau sagen."

„Natürlich können Sie es. Aber Sie wollen es nicht. Das ist Ihr gutes Recht. Es stand nirgendwo." Er drückte seine Zigarette aus und trank einen Schluck Wasser. „Jetzt kommen wir zum Thema Anstand und Sitte. Man hat in der Vergangenheit Frauen eher selten gehängt, weil man nicht wollte, dass die zahlreichen Zuschauer, die einer solch spektakulären Hinrichtung beiwohnten, den Delinquentinnen unter den Rock schauen konnten. Was hat man also gemacht, wenn dennoch eine Frau zum Tod durch den Strick verurteilt wurde?"

„Keine Ahnung", murmelte Melzig.

„Sie haben auch schon mal überzeugender gelogen. Um Anstand und Sitte zu wahren, hat man den Täterinnen an den Fußknöcheln den Rock zusammengebunden. Und das war bei Charlotte Unger auch der Fall. Interessantes Detail, oder? Könnte Rückschlüsse auf den Täter zulassen."

„Woher wissen Sie das?", rief die Kriminalkommissarin.

„Das ist doch völlig nebensächlich. Ich weiß es eben."

„Von wem?"

„Ist Ihnen der Begriff Quellenschutz geläufig?"

„Wer außer Ihnen und Ihrer Assistentin weiß noch davon? Wem haben Sie das erzählt?"

„Niemandem."

„Sicher?"

„Absolut."

„Das muss auch so bleiben, Herr Bloch. Verstehen Sie? Das könnte ein entscheidender Baustein bei der Überführung des Täters sein. Wer das weiß ..."

„Schon klar. Bin schließlich auch schon ein paar Tage im Geschäft." Der Privatdetektiv aus Heubach zündete sich eine weitere Zigarette an und blies den Rauch Richtung Decke.

Sara Hagedorn ging an ihren Schreibtisch, um ihre Packung zu holen. Sie hatte jetzt auch das Bedürfnis, eine Zigarette zu rauchen.

„Was ich allerdings nicht weiß", fuhr Bloch fort. „Womit hat man Charlotte Unger den Rock zusammengebunden? Das werden Sie mir natürlich nicht verraten."

„Stimmt genau", sagte Melzig.

„Daran schließt sich für mich folgende Frage an: Wie schafft man es, eine Frau, deren Hände auf dem Rücken gefesselt sind und deren Füße an den Knöcheln zusammengebunden sind, eine Stehleiter hinaufzubefördern? Schafft das ein Täter alleine?"

„Das hängt wohl vom Bewusstseinszustand des Opfers ab", meinte die Erbacher Kriminalkommissarin.

Bloch nickte. „Haben Sie beziehungsweise der am Tatort arbeitende Gerichtsmediziner Anzeichen dafür gefunden, dass sich Charlotte Unger vor dem Erhängen gewehrt hat?

Fanden sich an ihren Handgelenken oder ihren Fußknöcheln Spuren von Abschürfungen? Oder an ihrem Hals?"

„Kein Kommentar."

„Nehmen wir einmal an, die Verhaltensforscherin war zu dem Zeitpunkt, als man daran ging, sie am Beerfelder Galgen zu erhängen, bewusstlos. Oder sie war zumindest so stark betäubt, dass sie nicht mehr mitbekam, was mit ihr geschah. Durch welches oder welche Mittel auch immer. Es kommen da ja einige Varianten in Betracht."

Sara Hagedorn und ihr Assistent musterten ihn mit ausdruckslosen Mienen.

„In diesem Fall kann ich mir durchaus vorstellen, dass man von einem Einzeltäter ausgehen kann." Der Privatdetektiv aus Heubach trank einen Schluck Wasser. „Wie schwer war Charlotte Unger?"

Melzig zuckte wortlos die Achseln.

„Danke für Ihre Hilfe. Ich hoffe, ich habe schon bald die Gelegenheit, mich zu revanchieren. Gehen wir also davon aus, dass Charlotte Unger nicht gerade übergewichtig war …"

„Wir?", murmelte der vollschlanke Assistent.

Bloch lächelte. „Lassen Sie es mich anders ausdrücken, Herr Melzig. Die Aussicht, dass Sie einmal an einem Galgen enden, ist meiner bescheidenen Meinung nach eher gering. Es sei denn, Sie zeigen sich kooperativ. Aber ich komme vom Thema ab …" Er zog ein letztes Mal an seiner Zigarette und drückte sie dann im Aschenbecher aus. „Dem Täter ist es – auf welche Art auch immer – gelungen, sein Opfer bewusstlos zu machen oder es zu betäuben. Also fällt es ihm am Boden unter dem Galgen nicht schwer, die wehrlose Frau an Händen und Füßen zu fesseln."

„Wieso erst am Tatort in Beerfelden?", fragte die Erbacher Kriminalkommissarin. „Warum nicht schon früher? Wie soll denn ein möglichst unauffälliger und geräuschloser Transport vonstattengegangen sein, wenn Frau Unger auf der Fahrt zum Galgen noch bei Bewusstsein war?"

Der Privatdetektiv aus Heubach rieb sich nachdenklich das Kinn. „Täusche ich mich, oder wollen Sie mich bei meinen Überlegungen in eine bestimmte Ecke manövrieren? Mich auf eine Fährte ansetzen, die andere Möglichkeiten von vornherein ausschließt?"

„Ich verstehe nicht, was Sie meinen, Herr Bloch", sagte Sara Hagedorn mit Unschuldsmiene.

„Dann will ich es Ihnen gern erklären. Wer sagt mir denn, dass Charlotte Unger an den Tatort gebracht wurde? Sie kann sich doch auch freiwillig dort eingefunden haben."

„Zwischen Sonntag um Mitternacht und zwei Uhr am Montag früh?", wandte Melzig ein.

„Wieso denn nicht? Wer hätte sie denn in diesem Zeitraum wo vermisst? In Lindenfels soll Frau Unger laut Aussage von Sibylle Schuster gegen neunzehn Uhr aufgebrochen sein. Die beiden hatten keinen Rückruf vereinbart, also musste Frau Schuster davon ausgehen, dass ihre Wochenendbesucherin zurück ins Sensbachtal fuhr. Interessanterweise gibt uns aber Leo Unger zu verstehen, dass er seine Frau am Abend oder in der Nacht des Sonntags überhaupt nicht zurückerwartet hat. Er ging offensichtlich davon aus, dass sie erst am Montag von ihrem Besuch in Lindenfels zurückkommen würde. Folglich hatte Charlotte Unger in der Zeit zwischen neunzehn Uhr und mindestens Mitternacht fünf Stunden lang vollkommen freie Hand! Was wissen Sie denn über diesen Zeitraum? Wurde die Verhaltensforscherin beziehungsweise ihr Wagen irgendwo gesehen? Gibt es Zeugen dafür, dass sie auf der Rückfahrt von Lindenfels ins Sensbachtal beispielsweise eine Gaststätte aufgesucht hat?"

„Worauf wollen Sie hinaus?“, fragte die Erbacher Kriminalkommissarin.

„Es ist doch durchaus denkbar, dass Frau Unger sich mit jemandem am Beerfelder Galgen verabredet hat. Und zwar mit genau der Person, die sie später so grausam ermordet hat. Der Treffpunkt ist doch nun wirklich nicht schlecht gewählt.“

„Mitten in der Nacht fährt Charlotte Unger an diesen abgelegenen Ort?“ Melzig leerte sein Glas. „Klingt für mich nicht überzeugend.“

„Vielleicht lag es ja in ihrem ureigensten Interesse, einen möglichst geheimen Treffpunkt zu wählen. Verstehen Sie? Sie wollte nicht gesehen werden.“

„Sie denken an ein nächtliches Rendezvous mit einem Liebhaber?“

„Das ist eine von vielen Möglichkeiten. Es könnte natürlich auch um Erpressung gegangen sein. Um die Übergabe von Geld oder von Dokumenten.“ Tobias Bloch lehnte sich zufrieden zurück.

„Und die notwendigen Vorbereitungen waren bereits getroffen, als die Verhaltensforscherin auf dem Parkplatz neben dem Galgen eingetroffen ist?“, fragte Sara Hagedorn.

„Ist dafür denn wirklich ein so großer Aufwand nötig? Eine Stehleiter, ein langer, fester Strick mit einem soliden Henkersknoten, Hand- und Fußfesseln – das alles lässt sich doch mühelos in jedem x-beliebigen Kombi unterbringen, ohne dass Charlotte Unger etwas davon bemerkte. Nachdem sie dann außer Gefecht gesetzt und gefesselt worden war, konnte doch alles sehr schnell arrangiert werden. Der Täter hat die Stehleiter unter den dreischläfrigen Galgen gestellt und ist mit dem Strick auf ihr hochgeklettert, um ihn an einer der drei Eisenstangen zu befestigen. Wieder unten, hat er die nicht übermäßig schwere Frau über seine Schulter gelegt und sie so Stufe für Stufe nach oben getragen. Dort hat er ihr den Strick um den Hals gelegt, ist wieder nach unten gestiegen und hat die Leiter, auf der Charlotte Unger stand, mit einem kräftigen Ruck oder Tritt umgestoßen. Fertig." Der Privatdetektiv aus Heubach zündete sich eine Zigarette an und inhalierte tief. „In dem Augenblick, in dem das Opfer an dem Strang nach unten stürzte, hat es das Bewusstsein wiedererlangt und ist in den folgenden Minuten qualvoll erstickt."

„Es kann natürlich auch alles ganz anders gewesen sein", sagte Melzig.

„Natürlich", antwortete Tobias Bloch. „Der spätere Mörder kann sie auch an einem anderen abgelegenen Ort getroffen haben. Nachdem er sie auf welche Weise auch immer außer Gefecht gesetzt hat, ist er dann nach Beerfelden gefahren, um die Tat zu begehen. Ich will nur darauf hinweisen, dass es diesen Umweg überhaupt nicht gegeben haben muss. Es kann sich alles direkt am Tatort abgespielt haben."

„Und die Geschichte mit dem Rock?", fragte die Erbacher Kriminalkommissarin.

„Wie bitte?" Bloch sah sie irritiert an.

„Schon vergessen? Sie waren doch so furchtbar stolz auf Ihre Informationen über Hinrichtungsmethoden bei Delinquentinnen. Dass man ihnen früher den Rock an den Fußknöcheln zusammengebunden hat, damit niemand ihr Höschen – oder was auch immer die Damen damals darunter getragen haben – sehen konnte. Woher wusste der Mörder, dass Charlotte Unger einen Rock und keine Hose anhatte?"

Der Privatdetektiv aus Heubach zog an seiner Zigarette. „Muss er doch gar nicht. Er hatte eben für alle Fälle auch eine Fußfessel dabei. Denn er wollte nun einmal stilgerecht arbeiten. Er wollte Anstand und Sitte wahren, wie es sich für einen ordentlichen Scharfrichter gehört. Ich glaube sogar, dass es ihm sehr gefallen hat, dass sein Opfer einen Rock trug."

Melzig streckte die Beine aus. „Haben wir es bei Charlotte und Benjamin Unger mit demselben Mörder zu tun? Und wenn das zutreffen sollte, warum hat er seine Vorgehensweise so frappierend geändert? Warum lässt er beim zweiten Mal die Leiter stehen? Warum verzichtet er auf das Fesseln der Hände? Warum benutzt er ein schwarzes Tuch?"

„Weil er will, dass Sie sich genau diese Frage stellen?", schlug Tobias Bloch vor.

„Warum dieses miese Spielchen mit dem vermeintlichen Abschiedsbrief?" Auch die Erbacher Kriminalkommissarin beteiligte sich jetzt an der allgemeinen Fragerunde. „Dem Täter muss doch klar gewesen sein, dass wir spätestens nach der Obduktion wissen würden, dass auch Benjamin ermordet worden war. Warum dieses Ablenkungsmanöver?"

„Er möchte Zweifel säen. Er möchte Sie in Ihrer Arbeit verunsichern."

„Und wenn es zwei verschiedene Mörder waren?", bemerkte der Assistent der Kriminalkommissarin.

„Glaube ich nicht", sagte Bloch.

„Warum schließen Sie das aus?"

„Tue ich doch gar nicht. Ich halte es nur für eher unwahrscheinlich. Nehmen Sie beispielsweise die Sache mit der Eisenstange. Warum wird Benjamin an derselben Stelle des dreischläfrigen Galgens erhängt wie seine Mutter?"

„Könnte natürlich auch purer Zufall sein", wandte Sara Hagedorn ein.

„Was ist mit dem Knoten des Stricks?", fragte der Privatdetektiv aus Heubach. „Wurde er auf die gleiche Art geknüpft wie beim ersten Mal?"

„Kein Kommentar."

„Aus der Tatsache, dass Sie zumindest in Erwägung ziehen, es könne sich um zwei Mörder handeln, schließe ich, dass die Knoten nicht identisch sind. Der Täter nimmt bewusst eine Abweichung vor, um die Unterschiede zwischen den beiden Morden zu vergrößern. Um überhaupt Unterschiede hervorzurufen."

„Warum wählt er dann in etwa die gleiche Tatzeit?", fragte Melzig. „Frau Unger und ihr Sohn wurden jeweils zwischen Mitternacht und zwei Uhr früh erhängt. Das ist doch eine erstaunliche Übereinstimmung."

Der Privatdetektiv nickte. „Es handelt sich dabei allerdings um eine Tatsache, die allgemein bekannt war. Wenn ich Verwirrung stiften wollte, hätte ich es genauso gemacht." Er schenkte sich Wasser nach und trank einen kräftigen Schluck. „Was ist mit dem angeblichen Abschiedsbrief? Lässt sein Inhalt bestimmte Rückschlüsse zu?"

Sara Hagedorn und ihr Assistent schwiegen.

„Also eher nicht", folgerte Bloch. „Was ist mit der Unterschrift unter dem Brief? Sieht sie Benjamins Handschrift ähnlich? Kannte der Mörder sie?"

„Ihnen ist der Begriff Täterwissen bekannt?", sagte die Erbacher Kriminalkommissarin.

Bloch winkte ab. „Wenn Sie mir nicht vertrauen, schaden Sie sich nur selbst."

„Tatsächlich?" Sie schenkte ihm ein bezauberndes Lächeln. „Immer noch von seinen herausragenden Fähigkeiten überzeugt, der Herr Privatdetektiv aus Heubach?"

„Unerschütterlich." Er deutete auf Melzig. „Ich weiß zum Beispiel ganz genau, warum Sie mir vorhin die Frage gestellt haben, ob es sich bei beiden Mordfällen um denselben Täter handelt oder nicht."

„Ach ja?"

„Eine Ihrer brillanten Theorien, von der Sie partout nicht abrücken wollen, lässt sich so beschreiben: Benjamin Unger könnte seine Mutter umgebracht haben. Dann müssen es folgerichtig zwei Täter gewesen sein. Sie haben dem Jungen nämlich von Anfang an nicht geglaubt, richtig?"

„Er hatte kein Alibi", sagte Sara Hagedorn.

„Da geht es ihm genauso wie zum Beispiel seinem reizenden Stiefvater. Haben Sie sich über dessen Rolle bei der ganzen Geschichte schon mal Gedanken gemacht?"

„Natürlich. Worauf wollen Sie hinaus?"

„Täusche ich mich – oder ist nicht er der Gewinner bei dieser Sache?"

„Gewinner?", fragte Melzig mit gefurchter Stirn. „Seine Frau wird ermordet. Sein Stiefsohn wird ermordet. So jemanden bezeichnen Sie als Gewinner, Herr Bloch?" Der vollschlanke Assistent der Kriminalkommissarin schüttelte den Kopf. „Ich muss schon sagen …"

„Punkt eins. Sie haben bei Ihren ausführlichen Befragungen sicherlich herausgefunden, dass das Verhältnis der Eheleute Unger wirklich nicht mehr gut war. Wenn man überhaupt noch von einem Verhältnis sprechen kann. Wie hat der aalglatte Leo denn auf die grausame Ermordung seiner Frau reagiert? Hat er auch nur eine Träne vergossen?"

„Auf uns hat er einen niedergeschlagenen Eindruck gemacht", sagte die Kriminalkommissarin. „Es stimmt zwar, dass er nicht in Tränen ausgebrochen ist, aber das bedeutet doch noch lange nicht, dass ihn das alles kaltgelassen hat."

Der Privatdetektiv winkte ab. „Der Kerl ist ein arrogantes Arschloch. Das wissen Sie so gut wie ich. Aber ich war noch nicht fertig. Punkt zwei. Zu seinem Stiefsohn hatte er praktisch keinen Kontakt mehr. Und ich bin mir ziemlich sicher, dass ihn dessen Tod nicht aus der Bahn geworfen hat. Er hat ihn vielleicht bedauert. Aber doch nur, weil er nun noch mehr in Bedrängnis kommt."

„Wir haben Doktor Leo Unger als Zeugen vernommen", erklärte Melzig. „Nicht als Verdächtigen."

„Zurück zum Thema Gewinner", fuhr Bloch fort, ohne auf diese Bemerkung einzugehen. „Nach dem Tod seiner Frau und dem ihres Sohnes ist er doch jetzt der alleinige Besitzer des ethologischen Instituts im Sensbachtal. Oder gibt es noch andere erbberechtigte Angehörige?"

„Nein", sagte Sara Hagedorn.

„Deshalb bezeichne ich ihn als Gewinner."

„Sie sind voreingenommen, Herr Bloch", bemerkte der Assistent. „Sie können den Mann nicht leiden."

„Das spielt doch überhaupt keine Rolle."

„Tut es aber sehr wohl."

„Ich stelle mir lediglich die naheliegende Frage: Cui bono? Sie ist wirklich nicht sonderlich originell. Aber selbst Sie müssen zugeben, dass dieser Ansatz schon bei vielen Ermittlungen auf die richtige Spur geführt hat. Wer also hat von dem Tod der beiden einen eindeutigen und nicht zu gering einzuschätzenden Vorteil?"

Die Erbacher Kriminalkommissarin erhob sich.

Kommunikation zwischen Säugetieren: Und tschüs!

„Danke, dass Sie Zeit für uns hatten, Herr Bloch", sagte sie mit einem matten Lächeln. „Unser Gespräch war sehr aufschlussreich."

„Das glauben Sie doch selbst nicht!"

„Und ob."

Nachdem er die Erbacher Polizeidirektion verlassen hatte, suchte Tobias Bloch in der Innenstadt eine funktionierende Telefonzelle. Er hatte schon beim zweiten Anlauf Erfolg. Aus seiner Brieftasche nahm er einen Zettel, auf dem er mehrere Telefonnummern und die dazugehörigen Namen und Anschriften notiert hatte. Er tippte die Nummer des Instituts für Verhaltensforschung im Sensbachtal ein.

„Frau Wagner? Einen schönen guten Tag. Ich habe gerade hier in Erbach mit der Kriminalkommissarin und ihrem Assistenten gesprochen. Ganz Ihrer Meinung, Frau Wagner. Wirklich eine blöde Zicke, die Frau. Folgendes: Man wird Sie nach Ihrem Verhältnis mit Benjamin Unger befragen. Woher ich das weiß? Die Herrschaften haben mir gegenüber ein paar sehr merkwürdige Andeutungen gemacht. Frau Wagner, leugnen Sie nichts, sagen Sie denen die Wahrheit. Aber stellen Sie auch klar, dass es sich eher um eine lose Beziehung gehandelt hat. Wer Frau Hagedorn und ihren Assistenten auf diese Idee gebracht hat? Keine Ahnung. Irgendjemand muss etwas ausgeplaudert haben. Ja, das ist sehr ärgerlich. Aber leider nicht mehr zu ändern. Frau Wagner, vergessen Sie nicht zu erwähnen, dass Sie sowieso mit Benjamin Schluss machen wollten. Jetzt kommt aber endlich die gute Nachricht. Von Ihrem Verhältnis mit Leo Unger haben diese beiden Dilettanten nicht den geringsten Schimmer! Ist das nicht wunderbar? Sehe ich genauso. Die dürfen kein Sterbenswörtchen davon erfahren. Noch etwas, Frau Wagner: Warnen Sie Ihren Chef vor! Falls er gefragt werden sollte – was ich eigentlich nicht glaube –, soll er unter allen Umständen die Klappe halten. Bitte, bitte, gern geschehen. Nein, das ist doch eine Selbstverständlichkeit. Doch, für mich schon. Machen Sie es gut, Frau Wagner!“

Der Privatdetektiv aus Heubach legte den Hörer auf und schnaufte tief durch. Jetzt brauchte er unbedingt eine Stärkung. Und außerdem musste er noch eine private Angelegenheit klären.

Kapitel 16

Entschuldigung

„Sie bekommen noch Geld von mir zurück“, sagte sie, nachdem sie die Scheibe geräuschvoll beiseitegeschoben hatte. Ohne auf seine Reaktion zu achten, drehte sie ihm den Rücken zu, öffnete eine Schublade, entnahm ihr etwas Kleingeld und knallte dann drei Münzen auf die breite Holzfensterbank vor ihrem Schnellimbiss.

Sie sah durch ihn hindurch. „So, jetzt sind wir quitt.“

Bloch machte keine Anstalten, das Kleingeld an sich zu nehmen. „Der Pullover steht Ihnen ausgesprochen gut. Ist der neu?“

Die Inhaberin des Imbisses in der Michelstädter Altstadt hob die Augenbrauen. „Hören Sie, für solche Mätzchen habe ich keine Zeit. Also?“

„Ich möchte mich für mein Verhalten am Mittwoch entschuldigen“, sagte der Privatdetektiv aus Heubach. „War wohl ein bisschen durcheinander.“

„Schlechte Ausrede“, antwortete sie unbeeindruckt.

„Darf ich Sie zum Essen einladen?“

Sie wich instinktiv ein wenig zurück. Kommunikation zwischen Säugetieren: Komm mir bloß nicht zu nahe!

„Wie bitte?“ Sie runzelte die Stirn.

„Ich habe mich vorgestern idiotisch verhalten“, sagte Bloch. „Und um das wieder einigermaßen gutzumachen, möchte ich Sie bitten, mit mir essen zu gehen. Sie bestimmen den Ort und die Zeit. Von mir aus können wir schon heute Abend …“

„Da habe ich schon was vor.“

„Schade."

Die rothaarige Frau schüttelte den Kopf. „Ich glaub's einfach nicht. Welches dämliche Spiel spielen Sie denn hier mit mir? Glauben Sie etwa, Sie könnten einfach …"

Der Privatdetektiv unterbrach sie mit einer abwehrenden Handbewegung. „Überlegen Sie es sich einfach in aller Ruhe, einverstanden? Und eines müssen Sie mir wirklich abnehmen: Ich spiele nicht mit Ihnen. Ich meine es ernst."

„Ach du meine Güte! Haben Sie schlecht geträumt?"

„Anke, so kommen wir nicht weiter", sagte Bloch. „Denken Sie noch einmal darüber nach, ja? Und wenn Sie zu dem Schluss kommen, dass Sie meine ehrlich gemeinte Einladung nicht annehmen wollen, dann können Sie es mir offen ins Gesicht sagen. Sollte beispielsweise Ihr Mann etwas dagegen haben …"

„Werden Sie jetzt bloß nicht unverschämt!", rief sie. An ihrem schlanken Hals bildete sich ein roter Fleck.

„Bitte regen Sie sich nicht auf, Anke."

„Wer gibt Ihnen eigentlich das Recht, mich mit meinem Vornamen anzureden?"

„Niemand", sagte Bloch. „Darf ich jetzt etwas bestellen?"

„Nierenspieße habe ich keine mehr."

„Das sehe ich." Sein Blick ruhte auf der dampfenden Aluminiumwanne, in der mindestens fünfzehn Spieße in einer köstlich duftenden dunkelbraunen Soße lagen. „Ich wollte ohnehin etwas anderes essen."

Sie sah ihn schweigend an.

„Ich hätte gern eine Rindscurrywurst mit Pommes."

„Mit viel Curry und wenig Ketchup", stellte sie ungerührt fest.

„Genau. Aber üben Sie bitte keine Rache. Übertreiben Sie es nicht mit dem Curry."

Die Inhaberin des Michelstädter Schnellimbisses hatte seinen letzten Worten scheinbar keine Beachtung geschenkt, sondern war zur Tat geschritten. Routiniert entkorkte sie eine Flasche Pils und stellte sie vor ihm auf die Fensterbank.

Bloch lächelte.

Es wird alles wieder gut, dachte er.

Nachdem sie sein Essen fertig gemacht hatte, nahm er es dankend entgegen und trug es zu einem der kleinen Holztische vor dem Imbiss. Er trank einen kräftigen Schluck, dann begann er, langsam zu essen. Anke mochte noch immer sauer auf ihn sein oder wollte zumindest diesen Anschein erwecken – aber bei der Currywurst war sie fair geblieben. Die Wurst schmeckte ausgezeichnet. Und die Pommes waren auch nicht versalzen.

Als der Privatdetektiv sich anschickte zu zahlen, berechnete sie ihm nur die Wurst.

„Sie haben das Pils vergessen", sagte er.

„Nein." Sie blickte auf die Münzen, die noch immer auf der Fensterbank lagen.

Bloch reichte ihr einen Schein. „Stimmt so."

Als sie mit dem Wechselgeld zurückkehrte, hatte Bloch sich bereits halb umgedreht. „Bis bald", verabschiedete er sich. „Und überlegen Sie es sich bitte noch einmal. Ich würde mich sehr freuen."

„Und wenn Ihre Frau etwas dagegen hat?"

„Ich bin ein freier Mann", sagte der Privatdetektiv aus Heubach.

Anke stöhnte. „Nur gut, dass uns keiner zuhört. Das ist ja grauenhaft."

„Finde ich ganz und gar nicht." Zum Abschied winkte er ihr kurz zu. Dann ging er zurück zu seinem Wagen.

Kapitel 17

Der verlorene Sohn

„Sie haben doch nichts dagegen, wenn ich mich zunächst allein mit Ihrem Mann unterhalte?“, fragte Susanne Kramer die zierliche Frau mit den verweinten Augen, die ihr die Haustür geöffnet und sie ins Wohnzimmer des Hauses in Affhöllerbach geführt hatte. Karin Weidinger schüttelte wortlos den Kopf. Die Assistentin des Privatdetektivs aus Heubach war angesichts der verloren wirkenden Frau versucht, ihr in einer aufmunternden Geste sanft die Schulter zu tätscheln, war sich aber gleichzeitig der Tatsache bewusst, dass ihr ein solches Verhalten nicht zustand.

„Wir gehen am besten in den Garten“, sagte Markus Weidinger. Er erhob sich vom Sofa. Als er seine Frau erreichte, flüsterte er ihr etwas zu, dann bedeutete er Susanne, ihm nach draußen zu folgen. Wie Karin Weidinger mochte er auf die sechzig zugehen, im Gegensatz zu seiner verhärmten Ehefrau wirkte er allerdings deutlich jünger. Auch an ihm waren die Spuren der vergangenen Tage nicht spurlos vorübergegangen – sein blasses Gesicht stand in augenfälligem Kontrast zu den dunklen Ringen unter seinen Augen –, aber er versuchte zumindest Haltung zu bewahren.

Als sie an der Küche vorbeikamen, fragte er höflich: „Darf ich Ihnen etwas zu trinken anbieten? Kaffee, Tee?“

„Etwas Kaltes wäre mir lieber“, sagte Susanne. „Vielleicht ein Wasser?“

„Selbstverständlich.“ Der Mann, dessen Sohn und dessen erste Ehefrau in den vergangenen Tagen am Beerfelder Galgen erhängt worden waren, deutete auf die geöffnete Terrassentür. „Gehen Sie ruhig schon vor. Wir setzen uns unter den Kirschbaum.“

Willst du noch etwas mit deiner Frau besprechen?, fragte sich Susanne. Dafür hättest du doch vorher ausreichend Zeit gehabt. Oder ist dir in letzter Minute noch etwas Wichtiges eingefallen?

Als sie in den Garten ging, wurde sie augenblicklich von einer zotteligen hellbraunen Promenadenmischung begrüßt, die ihre Schuhe beschnüffelte. Die Assistentin des Privatdetektivs beugte sich zu dem Hund herunter und kraulte ihm den Nacken. Das zutrauliche Tier genoss das sichtlich, wälzte sich nach wenigen Sekunden aber auf den Rücken und präsentierte seinen Bauch.

„Lass das, Hugo!“, rief Markus Weidinger, der inzwischen ebenfalls in den Garten gekommen war.

So schnell sich die Promenadenmischung zuvor auf den Rücken gelegt hatte, so schnell erhob sie sich jetzt und richtete ihre ganze Aufmerksamkeit auf ihr sich näherndes Herrchen.

„So ist es brav.“

Er stellte das Tablett auf dem Gartentisch ab, griff in seine rechte Hosentasche und warf dem Hund ein Bröckchen Trockenfutter zu. Hugo zerbiss es krachend.

„Setzen Sie sich doch, Frau Kramer.“ Er füllte ihr Glas und stellte einen Aschenbecher vor ihr auf den Tisch. „Falls Sie rauchen möchten.“

„Vielen Dank. Sehr aufmerksam.“

Sich selbst schenkte er aus einem Krug Orangensaft ein. Dann setzte er sich ihr gegenüber.

„Sie haben es schön hier“, sagte Susanne und ließ ihren Blick über den Garten schweifen.

„Danke. Wir geben uns Mühe."

„Das sieht man."

„Frau Kramer, ich möchte nicht unhöflich erscheinen. Aber könnten wir jetzt bitte zum Wesentlichen kommen? Ich möchte meine Frau nicht zu lange allein lassen. Es geht ihr überhaupt nicht gut."

Die Assistentin des Privatdetektivs nickte. Sie zögerte, weil ihr kein passender Einstieg in das Gespräch einfallen wollte.

„Stellen Sie ruhig Ihre Fragen", half er ihr auf die Sprünge. „Schlimmer als die der Kriminalpolizei können sie bestimmt nicht sein."

Da wäre ich mir nicht so sicher, dachte Susanne.

„Wann haben Sie Charlotte Unger zum letzten Mal gesehen?"

Ihr Gegenüber lächelte matt. „Sie wissen, dass ich nur mit Ihnen spreche, weil Sie beziehungsweise Ihr Chef von meinem Sohn mit den Nachforschungen zur Ermordung meiner früheren Ehefrau beauftragt wurden?"

Die Assistentin des Privatdetektivs nickte. „Dafür sind wir Ihnen sehr dankbar."

Markus Weidinger winkte milde ab. „Es liegt in meinem ureigensten Interesse, dass Sie oder die Kriminalpolizei den oder die Täter ermitteln, das ist Ihnen doch klar? Gestatten Sie mir eine Frage: Warum ist Ihr Chef eigentlich nicht auch hier?"

„Er hat einen dringenden Gesprächstermin bei der Kriminalpolizei in Erbach. Da wir aber gleichzeitig so schnell wie möglich mit Ihnen sprechen wollten, sind wir getrennte Wege gegangen. Oder möchten Sie lieber mit meinem Chef sprechen?"

„Nun seien Sie doch nicht gleich beleidigt, Frau Kramer."

„Bin ich doch gar nicht!"

„Unter erfreulicheren Umständen würde ich Ihnen jetzt ein Kompliment machen. In meinem Alter darf man das bei einer so hübschen jungen Frau wie Ihnen. Sie sehen hinreißend aus, wenn Sie beleidigt sind, Frau Kramer."

Susanne spürte, wie ihr die Röte ins Gesicht stieg.

„Bezaubernd. Wirklich bezaubernd." Er ließ nicht locker.

„Sie nehmen also mit mir vorlieb?"

„Aber natürlich." Er trank von seinem Orangensaft.

„Könnten Sie dann bitte meine Frage beantworten?"

„Lassen Sie mich genau nachdenken. Ich würde schätzen, vor etwa einem halben Jahr."

„Wo haben Sie sich getroffen?"

„Charlotte hat uns hier in Affhöllerbach besucht."

„Weil Sie sich weigerten, ins Sensbachtal zu kommen?"

„Nein. Sie hat von sich aus vorgeschlagen, hierher zu fahren. Mir hätte es überhaupt nichts ausgemacht, sie in dem ethologischen Institut zu treffen."

„Kennen Sie Doktor Leo Unger? Sind Sie ihm schon einmal begegnet?"

„Nein."

„Verstehe ich Sie recht: Charlotte Unger hat also um dieses Gespräch gebeten?"

„So ist es. Sie machte sich große Sorgen um Benjamin. Da man so etwas schlecht am Telefon besprechen kann, hielten wir es beide für sinnvoller, ein persönliches Gespräch zu führen."

„Unter vier Augen?", fragte die Assistentin des Heubacher Privatdetektivs.

Markus Weidinger schüttelte den Kopf. „Nein. Ich habe darauf bestanden, dass Karin bei dem Treffen zugegen war. Ich habe vor ihr nichts zu verheimlichen und wollte dies durch ihre Anwesenheit bei diesem Treffen unterstreichen."

„Frau Unger war sofort damit einverstanden?"

„Ihr blieb keine andere Wahl. Selbst wenn wir uns im Sensbachtal oder an einem neutralen Ort getroffen hätten, wäre meine Frau dabei gewesen."

Susanne nahm die Zigarettenpackung aus der linken Brusttasche ihrer Jeansjacke. Sofort erhob sich ihr Gastgeber, zückte ein goldenes Feuerzeug und beugte sich zu ihr vor. Geduldig wartete er ab, bis Susanne sich eine Zigarette genommen hatte, dann gab er ihr Feuer.

„Danke." Sie blies den Rauch in Richtung des Kirschbaums.

Markus Weidinger ließ das Feuerzeug neben dem Aschenbecher liegen. „Schenke ich Ihnen."

„Wie bitte?"

„Damit Sie immer an mich denken." Er lächelte. „Und mich in guter Erinnerung behalten."

Die Assistentin des Privatdetektivs schob das goldene Feuerzeug – und dass es sich wirklich um Gold handelte, konnte man auf den ersten Blick erkennen – so weit wie möglich von sich.

„Das ist jetzt aber nicht sehr freundlich", sagte Markus Weidinger. Der schlanke, groß gewachsene ältere Mann, dessen volles graues Haar akkurat gescheitelt war, deutete einen Schmollmund an.

„Es mag ja nett gemeint sein", sagte Susanne. „Aber das kann ich wirklich nicht annehmen."

„Ich habe mehrere davon. Wurden mir zu irgendwelchen wichtigen oder unwichtigen Anlässen geschenkt. Frau Kramer, Sie würden mir wirklich eine Freude machen."

„Tut mir leid. Mein Chef würde sich totlachen, wenn ich mit diesem Feuerzeug bei ihm aufkreuzen würde. Und das können wir doch beide nicht wollen?"

„Ich kenne Herrn Bloch nicht. Also kann ich Ihre Frage nicht aufrichtig beantworten."

„Keine Sorge, es ergibt sich sicher bald eine Gelegenheit."

Markus Weidinger drehte sein Glas ein wenig, bevor er daraus trank. „Ich kann es wirklich kaum erwarten." Er lächelte. „Gestatten Sie mir eine private Frage, Frau Kramer?"

„Ungern."

„Ist Ihre Beziehung zu Herrn Bloch ausschließlich beruflicher Natur?"

„Nein."

Er nickte zufrieden.

„Wir sind befreundet, Herr Weidinger. Mehr nicht."

„Aber wenn es nach Ihnen ginge …"

„Werden Sie bitte nicht unverschämt."

„Schon gut." Er hob die Hand. „Entspannen Sie sich."

Arrogantes Arschloch, dachte Susanne.

Laut fragte sie: „Warum machte sich Charlotte Unger so große Sorgen um ihren Sohn?"

„Ihr gefiel der Lebenswandel des Jungen nicht. Außerdem war sie beunruhigt, weil er in letzter Zeit ziemlich viel Geld hatte."

„Augenscheinlich aber keiner beruflichen Tätigkeit nachging."

„So würde ich das nicht unbedingt nennen, Frau Kramer. Benjamin war mit Sicherheit nicht untätig. Aber er ging keiner geregelten Arbeit im herkömmlichen Sinn nach. Das ist völlig richtig. Er arbeitete – wie soll man es ausdrücken? – eher freiberuflich."

„In welchem Bereich?" Die Assistentin des Privatdetektivs trank einen Schluck Wasser. Von der Kohlensäure war nicht mehr viel übrig geblieben. „Lassen Sie mich raten. Drogenhandel, Prostitution, Hehlerei, Autoschieberei? Etwas in dieser Richtung?"

Markus Weidinger lachte herzhaft. „Sie haben die Kinderpornografie völlig außer Acht gelassen. Die soll ja, wie man hört, sehr einträglich sein.“ Er lehnte sich zurück. „Nein, im Ernst. Benjamin war ein wenig in der Computerbranche tätig.“

„Wäre Computerkriminalität nicht vielleicht der treffendere Ausdruck?“

„Sie sind ja fast genauso schlimm wie Charlotte. Und unterstellen dem Jungen Sachen, an die er nicht mal im Traum gedacht hat.“

„Ihr erhängter Sohn war also ein Musterknabe?“

„Ich verbitte mir diesen Ton, Frau Kramer! Sonst können Sie gleich wieder nach Hause fahren.“

„Hat Benjamin mit dieser Computerarbeit – ich nehme an, es ging wohl in Richtung Programmierung – wirklich so viel Geld verdient?“

„Nein. Natürlich nicht. Ich habe ihm gelegentlich finanziell unter die Arme gegriffen. Er war schließlich mein Sohn.“

„Und das wusste seine Mutter nicht? Deshalb hat sie sich wegen der unklaren Herkunft des Geldes Sorgen gemacht.“

„So ist es. War doch sonnenklar, dass Benjamin das nicht an die große Glocke hängen würde. Es war ihm schlicht und einfach peinlich. Das kann man doch nachvollziehen, oder?“

Susanne holte dieses Mal vorsichtshalber zuerst ihr Plastikfeuerzeug aus der Jeansjacke und nahm sich erst dann eine Zigarette. Markus Weidinger beobachtete ihr Tun amüsiert.

„Sie konnten also bei dem Gespräch, das Sie vor etwa einem halben Jahr hier in Affhöllerbach in Ihrem Haus geführt haben, Ihre frühere Ehefrau bezüglich Ihres gemeinsamen Sohnes beruhigen? Sie war erleichtert, als sie Sie wieder verlassen hat?“

Markus Weidinger nickte. „Es war alles in Butter."

„Eines verstehe ich trotzdem nicht. Benjamin muss doch bemerkt haben, dass sich seine Mutter große Sorgen machte. Warum hat er nicht wenigstens angedeutet, dass er von Ihnen finanziell unterstützt wurde?"

„Der Junge hatte eben auch seinen Stolz. Herrgott, er ist gerade mal Mitte zwanzig." Plötzlich zuckten seine Mundwinkel nervös, weil er in der Gegenwartsform von seinem ermordeten Sohn gesprochen hatte. Einen Augenblick schien es, als könne Markus Weidinger die Fassung verlieren, aber dann hatte er sich wieder – zumindest äußerlich – unter Kontrolle.

„Haben Sie auch Benjamins Wohnung in Bad König finanziert?"

Diese Frage schien Markus Weidinger zu gefallen. „Das Haus, in dem er wohnte, gehört mir. So einfach ist das. Sollte ich als halbwegs wohlhabender Vater von meinem Sohn Miete kassieren? Ich bitte Sie!"

„Darf man fragen, womit Sie Ihr Geld verdienen oder verdienten?"

Er griff nach seinem Glas mit Orangensaft, stellte es dann aber wieder ab, ohne daraus getrunken zu haben. „Ich könnte jetzt etwas Stärkeres vertragen. Möchten Sie auch einen Kognak?"

Die Assistentin des Privatdetektivs schüttelte den Kopf. „Aber ein Pils wäre nicht schlecht."

„Wird gemacht." Ihr Gastgeber erhob sich. Das war das Signal für die hellbraune Promenadenmischung, die die ganze Zeit über dösend neben ihrem Herrchen auf dem gepflegten Rasen gelegen hatte, es diesem gleichzutun und ihm ins Haus zu folgen.

Kurze Zeit später kehrte Markus Weidinger zusammen mit seiner Frau und seinem Hund in den Garten zurück.

„Ich muss darauf bestehen, dass meine Frau von jetzt an unserem Gespräch beiwohnt“, sagte er mit Nachdruck. Um rein rhetorisch hinzuzufügen: „Sie haben doch nichts dagegen, Frau Kramer?“

Susanne zuckte die Achseln. „Sie bestimmen hier die Regeln. Welchen Eindruck diese Vorsichtsmaßnahme bei mir hinterlässt, können Sie sich sicher denken.“

„Wir haben keine Geheimnisse voreinander“, sagte Karin Weidinger.

Sie goss sich ein Glas Orangensaft ein, während ihr Mann erst Blochs Assistentin bediente, um sich dann selbst einen Schluck Kognak zu gönnen.

„Also, wo waren wir stehen geblieben?“, fragte er.

„Bei den Finanzen.“

„Richtig. Ich kann mir seit einem Jahr den Luxus erlauben, nicht mehr arbeiten zu müssen. Im Grunde hätte ich das auch schon etwas früher tun können, aber da hat es mir noch Spaß gemacht, Geld zu verdienen.“

„Womit?“, fragte Susanne.

„Ich möchte nicht überheblich klingen, aber ich glaube kaum, dass Sie mit den Feinheiten des Investmentbankings vertraut sind. Deshalb müssen wir es wohl bei diesem Schlagwort belassen. Denn ich habe wirklich keine Lust, Sie in die Einzelheiten des Finanzsektors einzuweihen.“

„Arbeiteten Sie als Angestellter oder freiberuflich?“

„Ich war Manager bei der deutschen Niederlassung einer recht großen spanischen Bank. Deren Name wird Ihnen nichts sagen.“

„In Frankfurt, nehme ich an.“

„Richtig.“

„Ständig zwischen Affhöllerbach und Frankfurt zu pendeln, stelle ich mir nicht unbedingt als Vergnügen vor.“

„Sind Sie wirklich so naiv, Frau Kramer? Erstens hatte ich einen Fahrer und zweitens eine Stadtwohnung in Sachsenhausen. Wenn viel zu tun war und es spät wurde, habe ich dort übernachtet."

„Aber lieber war es Ihnen, abends in den Odenwald zurückzukehren?" Die Assistentin des Privatdetektivs aus Heubach trank einen Schluck Pils.

„Logisch. Aber wenn ein größeres Geschäft abgewickelt werden musste, war meine Anwesenheit in Frankfurt zwingend erforderlich. In einer solchen Situation konnte es schon einmal vorkommen, dass ich eine ganze Woche nicht zu Hause war."

„Sie waren also beruflich offenkundig sehr erfolgreich. Hat die spanische Bank Sie denn so einfach ziehen lassen, als Sie das Gefühl hatten, genug Geld verdient zu haben?"

„Man hat mich natürlich gebeten zu bleiben. Ich bin wirklich kein Angeber, aber ich kann Ihnen versichern, dass mich der Vorstand regelrecht angefleht hat, meine Entscheidung noch einmal zu überdenken. Mein Entschluss stand allerdings fest. Was nicht heißt, dass ich jetzt völlig untätig bin. Bei komplizierten Geschäften und in kniffligen Situationen stehe ich meinem früheren Arbeitgeber gelegentlich noch beratend zur Seite."

„Sie befinden sich in einer beneidenswerten Situation, Herr Weidinger."

Der ehemalige Bankmanager sah sie durchdringend an. „Kann man durchaus so sehen."

„Könnten wir jetzt wieder zu unerfreulicheren Dingen kommen?", lenkte Susanne Kramer das Gespräch in andere Bahnen.

„Deshalb sind Sie ja hier." Er warf seiner Frau, die rechts von ihm saß, einen kurzen Seitenblick zu und tätschelte ihr beruhigend den Unterarm.

„Ich nehme an, dass Sie für beide Morde ein Alibi haben?"

Markus Weidinger entschloss sich, eine Kunstpause einzulegen und einen Schluck zu trinken, ehe er ruhig antwortete: „So ist es, Frau Kramer. Ich war in den beiden betreffenden Nächten zu Hause. Das kann Ihnen meine Frau bestätigen. Und was die Nacht von Sonntag auf Montag angeht, also die Zeit, als Charlotte in Beerfelden umgebracht wurde, gibt es einen weiteren Zeugen für meine Anwesenheit hier in Affhöllerbach. An dem fraglichen Abend war ein früherer Geschäftsfreund bei uns zu Gast."

„Die Kriminalpolizei hat dies sicherlich bereits überprüft", stellte Blochs Assistentin fest. Sie spielte mit dem Aschenbecher. „Wer hat Charlotte Unger und ihren Sohn umgebracht?", fragte sie dann direkt.

„Ich wäre der Letzte, der eine vage Vermutung in die Welt setzen würde, das können Sie mir glauben …"

„Aber?"

„Es gab beträchtliche Spannungen zwischen Charlotte, Leo Unger und meinem Sohn. In diesem komplizierten Dreiecksverhältnis kann sich etwas entwickelt haben, das außer Kontrolle geraten ist. Ich sage ausdrücklich kann."

Susanne beugte sich ein wenig vor. „Es gab Spannungen zwischen Ihrer früheren Ehefrau und Ihrem Sohn? Sie haben zwar gesagt, dass sich Charlotte Unger Sorgen um ihn gemacht hat, aber die konnten Sie doch bei dem Gespräch mit ihr vor etwa einem halben Jahr ausräumen."

Markus Weidinger leerte sein Glas. „Dies war nur ein Teil des gesamten Komplexes", erklärte er. „Die Sache ging viel tiefer und reicht in die Vergangenheit zurück. Benjamin hat es nie verwunden, dass wir uns damals getrennt haben."

„Wann war das genau?"

Er sah seine Frau fragend an. „Vor sieben Jahren?"

„Eher siebeneinhalb", korrigierte Karin Weidinger ihren Mann.

„Und er hat es Charlotte nie verziehen, dass sie mich verlassen hat", fügte Markus Weidinger ergänzend hinzu.

„Weil sie Leo Unger kennenlernte?"

„So ist es. Haben Sie mit diesem Herrn schon gesprochen, Frau Kramer?"

„Nein. Aber ich habe bereits viel von ihm gehört. Recht unangenehme Dinge, wie ich zugeben muss."

„Da geht es Ihnen wie mir."

„Sie haben die Informationen über Leo Unger von Ihrem Sohn erhalten?", fragte die Assistentin des Privatdetektivs.

„Ja", bestätigte er. „Und er hat sie mir ungefragt geliefert. In aller Ausführlichkeit."

„Dass sich ein Stiefsohn und ein Stiefvater nicht vertragen, soll schon des Öfteren vorgekommen sein", sagte Susanne. „Könnte Benjamin eifersüchtig auf ihn gewesen sein?"

Markus Weidinger zuckte die Achseln. „So weit würde ich nicht unbedingt gehen. Aber, wissen Sie, ich bin kein Psychologe. Deshalb weiß ich nicht, was sich in dem Jungen angestaut haben könnte. Glücklich war er mit der gesamten Situation jedenfalls nicht."

„Aber Benjamin hatte doch, nach allem was ich bisher von Herrn Bloch erfahren habe, praktisch keinen Kontakt mehr zu seinem Stiefvater. Und mit seiner Mutter hat er sich den Umständen entsprechend doch anscheinend ganz gut arrangiert."

Der frühere Ehemann von Charlotte Unger lächelte. „Aus den Augen, aus dem Sinn. Meinen Sie, so einfach sei das im Leben?"

Die Assistentin des Privatdetektivs zündete sich eine Zigarette an. Dabei fiel ihr Blick auf das goldene Feuerzeug. „Ich möchte nicht unhöflich erscheinen, Herr Weidinger. Und verstehen Sie meine Frage bitte nicht falsch …"

„Nun sagen Sie schon!"

„Wissen Sie, für mich passt das nicht zusammen. Ein erfolgreicher Bankmanager und eine möglicherweise eher idealistische Verhaltensforscherin. Das sind doch zwei grundverschiedene berufliche Ebenen."

„Na und? Wir waren viele Jahre glücklich verheiratet, bis Doktor Leo Unger auftauchte und ihr den Floh mit dem eigenen Institut für Verhaltensforschung ins Ohr setzte. Von diesem Moment an war Charlotte wie verwandelt. Man kann sagen, sie war regelrecht von dieser Idee besessen und setzte alles daran, sie in die Tat umzusetzen."

„Aus ihrer beruflichen Sicht kann man diese Begeisterung doch eigentlich nachvollziehen", sagte Susanne.

„Mein Mann sprach von Besessenheit", rief ihr Karin Weidinger in Erinnerung.

„Wo hat Ihre frühere Ehefrau gearbeitet, bevor sie mit Leo Unger im Sensbachtal das ethologische Institut aufbaute?"

„Sie hatte eine gut bezahlte Dozentenstelle bei einer biologischen Forschungseinrichtung in Darmstadt."

„Und dort hat sie ihren späteren Ehemann kennengelernt?"

„Richtig. Bis zu diesem Zeitpunkt hatte sich Charlotte in ihrer Arbeit nicht auf ein spezielles Thema wie die Verhaltensforschung bei Tieren und hier im Besonderen die Kommunikation zwischen Säugetieren konzentriert, sondern sich mit einem viel breiteren Themenspektrum auseinandergesetzt. Aber dann kam eben Leo …"

Susanne drückte ihre Zigarette aus. „Lassen Sie mich noch einmal kurz auf das zurückkommen, was Sie das – vorsichtig ausgedrückt – problematische Dreiecksverhältnis zwischen Charlotte, Leo und Benjamin Unger genannt haben."

„Nur zu, Frau Kramer.“

„Gesetzt den Fall, dass in den Beziehungen dieser drei Menschen zueinander etwas außer Kontrolle geraten ist, wollen Sie damit andeuten, dass Leo Unger der Mörder seines Stiefsohnes gewesen sein könnte? Und dass er zuvor möglicherweise auch seine Ehefrau am Beerfelder Galgen erhängte?“

Markus Weidinger verschränkte die Arme und sah nachdenklich auf die Tischplatte. „Diese Schlussfolgerung haben Sie gezogen. Wissen Sie, was mich in dieser Angelegenheit am meisten wundert?“

Die Assistentin des Privatdetektivs aus Heubach sah ihn fragend an.

„Dass Charlotte und Benjamin am Galgen endeten, während Leo Unger bislang ungeschoren davongekommen ist.“

„Bislang?“

„Wenn mir am vergangenen Montag jemand mitgeteilt hätte, ein Mitglied der Familie Unger sei erhängt worden, hätte ich ohne das geringste Zögern auf Leo getippt. Aber Charlotte? Und später auch noch Benjamin? Das hätte ich nie im Leben für möglich gehalten. Das wäre für mich völlig unvorstellbar gewesen.“

„So kann man sich täuschen“, sagte Susanne Kramer.

Kapitel 18

Bier und Eis

Auf der Fahrt von Michelstadt nach Höchst hatte Tobias Bloch das Autoradio in voller Lautstärke aufgedreht, trotzdem verschaffte ihm dies nicht die erhoffte Ablenkung. Wie an jedem Freitagnachmittag quälte sich der Verkehr schon weit vor Höchst in Richtung der Stadt – mit dem Bau einer Umgehungsstraße war gerade erst begonnen worden –, so dass der Privatdetektiv aus Heubach selbst relativ kurz vor seinem Ziel noch ausreichend Zeit hatte, über Anke nachzudenken.

Wann habe ich zum letzten Mal eine Frau, von Susanne einmal abgesehen, zum Essen eingeladen?, fragte er sich. Und wann habe ich bei einer solchen Gelegenheit zuletzt einen Korb bekommen?

Bloch schüttelte den Kopf. Verdammt lang her. Als kurz vor den Nachrichten Werbung ausgestrahlt wurde, schaltete er das Radio aus. Ihm war klar, dass er etwas Abstand vom Michelstädter Schnellimbiss und dessen Inhaberin gewinnen musste. In nächster Zeit würden keine Nierenspieße mehr auf dem Speiseplan stehen. Zumindest keine von Anke. Auch gut.

In der Höchster Innenstadt um diese Tageszeit – noch dazu an einem Freitag – einen Parkplatz zu suchen, glich einem aussichtslosen Unterfangen. Deshalb bog Bloch schon in dem Kreisel am Ortseingang nach rechts in die Straße ab, die nach Rimhorn führte, und stellte seinen Renault in einiger Entfernung von der Durchgangsstraße ab. Die Hände in den Taschen seiner Jeans vergraben, schlenderte er in die Höchster Innenstadt. An der Fußgängerampel musste er nicht auf grünes Licht warten, weil der Autoverkehr ohnehin stand und er so mühelos die Straße überqueren konnte.

Direkt vor der Pilsstube in der Nähe des großen Kaufhauses parkte ein dunkelgrauer VW. Torsten Finke hatte also wieder mal unverschämtes Glück gehabt. Bloch betrat das schummerige Lokal, bestellte an der Theke ein Pils und ging dann zu dem Ecktisch, an dem ihn der Lokalredakteur des Odenwald Kurier bereits erwartete.

„Der berühmte Privatdetektiv aus Heubach!“, begrüßte ihn Finke. Der untersetzte, höchstens einsfünfundsechzig große Mann schien augenscheinlich bester Laune zu sein. „Ist mir ein Vergnügen.“ Er erhob sich und schüttelte Bloch die Hand. „Dieses Mal dürfen Sie mich ausnahmsweise zum Essen einladen. Ich habe nämlich einen Bärenhunger.“

„Freut mich zu hören. Andere sind da leider etwas zurückhaltender.“ Der Privatdetektiv setzte sich.

„Lassen Sie mich raten, Herr Bloch. Sie wollten einen wichtigen Zeugen oder – noch besser – eine wichtige Zeugin mit einer exquisiten Einladung zum Essen ködern und diese unverschämte Person hat Ihnen eine Abfuhr erteilt, richtig?“

Der Privatdetektiv schüttelte den Kopf. „Viel schlimmer.“

„Oh, dann wechseln wir besser das Thema. In Ihr Liebesleben möchte ich mich nämlich keinesfalls einmischen.“

„Das wäre mir sehr recht.“

Die Bedienung, die eine enge schwarze Jeans und eine weiße Bluse trug, brachte sein Pils. Bloch bedankte sich und nickte seinem Gegenüber dann aufmunternd zu.

„Ich hätte gern ein Jägerschnitzel mit Bratkartoffeln und einem grünen Salat“, sagte Finke.

Die Bedienung wandte sich an Bloch. „Möchten Sie auch etwas essen?“, fragte sie ihn mit einem routinierten Lächeln. „Ich bringe Ihnen gern die Karte.“

„Nein danke."

Nachdem sie wieder allein waren, sagte der Lokalredakteur: „Dieses Mal zählen Sie ja erfreulicherweise nicht zu den Verdächtigen. Warum interessieren Sie sich also für die beiden Morde am Beerfelder Galgen?"

„Mein Mandant wurde erhängt", erklärte der Privatdetektiv knapp.

„Sie ermitteln im Auftrag von Benjamin Unger?"

Bloch nickte. „Unmittelbar nach dem grausamen Tod seiner Mutter hat er mich gebeten, ihren Mörder zu finden."

„Wenn Sie damals gewusst hätten, dass ihn das gleiche Schicksal ereilen würde, hätten Sie den Auftrag dann auch angenommen?"

„Seien Sie mir nicht böse, Herr Finke. Aber das ist eine ziemlich blöde Frage."

„Schon gut. Aber eine irrwitzige Konstellation ist das doch schon, oder?"

„Da kann ich Ihnen wirklich nicht widersprechen." Der Privatdetektiv aus Heubach trank einen Schluck. „Darf ich Ihnen jetzt ein paar Fragen stellen?"

„Deswegen sitzen wir ja hier."

„Welchen Ruf genießt Leo Unger in höheren Odenwälder Kreisen?"

„Den eines eitlen Emporkömmlings, der sich mit seinem Projekt im Sensbachtal gewaltig verhoben hat. Die Sache ist ihm schlicht und einfach über den Kopf gewachsen."

„Er steckt also in finanziellen Schwierigkeiten?", fragte Bloch.

„Das können Sie laut sagen. Sein ethologisches Institut steht zwar nicht unmittelbar vor der Insolvenz, aber er hätte in nächster Zeit seine Personalkosten drastisch reduzieren müssen."

„Hätte?"

„Man munkelt, dass die Banken nach dem Tod von Charlotte Unger seinem Kreditwunsch jetzt viel aufgeschlossener gegenüberstehen. Vorher waren sie in dieser Frage – vorsichtig ausgedrückt – ausgesprochen zurückhaltend."

„Und worauf gründet dieser plötzliche Sinneswandel?"

Bevor Torsten Finke zu einer Antwort ansetzen konnte, erschien die Bedienung mit seinem Essen. Bloch wünschte seinem Gegenüber einen guten Appetit und ging dann zu dem Zeitungsständer neben der Eingangstür der Pilsstube. Die Auswahl war zwar kümmerlich, aber irgendwie musste er die Zeit ja überbrücken. An den Tisch zurückgekehrt, blätterte er unkonzentriert in der Boulevardzeitung und überflog völlig nebensächliche Meldungen. Der Lokalredakteur hatte mit der Bemerkung von seinem Bärenhunger wirklich nicht übertrieben, er aß mit einer Geschwindigkeit, als habe er seit Tagen nichts Warmes zu essen bekommen.

„Berufskrankheit", sagte Torsten Finke, nachdem er sich mit der Papierserviette den Mund abgewischt und diese zusammengefaltet auf seinen leeren Teller gelegt hatte. „Aber es hat trotzdem sehr gut geschmeckt."

Als die aufmerksame Kellnerin kurz darauf erschien um abzuräumen, bestellten beide noch ein Pils.

Der Lokalredakteur zündete sich eine Eckstein an. „Beweisen kann man es natürlich nicht", knüpfte er an ihr unterbrochenes Gespräch an, „aber es liegt nahe, dass Leo Unger nach dem Tod seiner Ehefrau die Auszahlung einer nicht unbeträchtlichen Lebensversicherung erwarten kann. Das würde erklären, warum mindestens eine größere Bank jetzt bereit ist, ihm zur Überbrückung seines finanziellen Engpasses unter die Arme zu greifen."

„Interessant", sagte der Privatdetektiv aus Heubach. „Ein klassisches Motiv." Er griff nach seinem Zigarettenpäckchen.

Nachdem er sich daraus bedient hatte, fügte er hinzu: „Aber vielleicht ein bisschen zu naheliegend, hmm?“ Er zog an seiner Zigarette und blies den Rauch zur Seite. „Es könnte doch auch so sein, dass Charlotte Ungers Lebensversicherung – sofern überhaupt eine vorhanden ist – ihren Sohn Benjamin als Begünstigten vorsieht. Und der wird ja wohl kaum seinen geliebten Stiefvater als Erben eingesetzt haben.“

„Ich schildere Ihnen nur, dass sich Leo Ungers finanzielle Situation nach allem, was man so hört, quasi über Nacht entscheidend verbessert hat. Da kann man schon auf gewisse Gedanken kommen.“

„Sicher“, bestätigte Bloch. „Was wissen Sie über Benjamin Unger? Ist er schon mal in den Spalten Ihrer Zeitung aufgetaucht?“

„Nein. Im Archiv habe ich nichts über ihn gefunden. Für mich ist er ein vollkommen unbeschriebenes Blatt.“

„Was natürlich überhaupt nichts besagen muss.“

„Herr Bloch, ich überschätze meine Verbindungen in dieser Region bestimmt nicht, aber wenn Benjamin Unger Dreck am Stecken gehabt hätte, wäre ich darüber spätestens nach seiner Ermordung informiert worden. Wahrscheinlich sogar schon nach dem gewaltsamen Tod seiner Mutter.“

„Sie haben gute Kontakte zur Odenwälder Unterwelt?“

Finke lächelte. „Wenn jemand ein Interesse daran gehabt hätte, den Jungen anzuschwärzen, hätte er sicher versucht, sich meiner Person zu bedienen. Um Gerüchte zu streuen, andere Personen aus seinem Umfeld in Misskredit zu bringen oder Ähnliches. Dafür sind wir Journalisten ja schließlich da, oder? Auch wenn ich ehrlicherweise zugeben muss, auf einer ziemlich kleinen Bühne zu spielen.“

„Bühne bleibt Bühne. Auch wenn sie wie in Ihrem Fall in der Provinz steht.“

„So ist es, Herr Bloch.“

Als die Bedienung ihr Pils brachte, prosteten sie sich zu und tranken beide einen kräftigen Schluck.

„Bleibt aber immer noch die Frage, womit Benjamin Unger sein Geld verdiente“, sagte der Privatdetektiv.

„Ich dachte mir schon, dass Sie nicht billig sind.“

„Qualität hat eben ihren Preis.“

„Das klingt so herrlich abgedroschen.“

„Ist es ja auch.“

„Über Benjamins Geldquellen habe ich leider noch nichts herausfinden können“, sagte Torsten Finke. „Aber was nicht ist …“

„Sehe ich auch so.“ Bloch lehnte sich zurück. „Aber Sie wissen oder ahnen mehr, als Sie mir bis jetzt gesagt haben. Das rieche ich förmlich.“

„Chemische Kommunikation, was? Wenn Sie mir noch einen ordentlichen Nachtisch spendieren, werde ich sicherlich etwas gesprächiger.“

„Sie können bestellen, was Sie wollen, Herr Finke. Ich zahle alles.“

„Hört man gern.“ Der Lokalredakteur des Odenwald Kurier machte der Kellnerin ein Zeichen. „Ich nehme an, Sie haben bereits das Vergnügen gehabt, mit Sara Hagedorn und ihrem reizenden Assistenten zu sprechen?“

Der Privatdetektiv aus Heubach nickte.

Die Bedienung kam an ihren Tisch. Finke bestellte einen großen Eisbecher mit Schlagsahne. Als sich die Kellnerin an Bloch wandte, schüttelte dieser den Kopf.

„In einer Frage hat sich die Erbacher Kriminalpolizei in ihrer bisherigen Öffentlichkeitsarbeit auffallend zurückgehalten“, fuhr Finke fort. „Auch auf Nachfrage haben sie nichts Konkretes über den Verbleib der beiden Autos gesagt.“

Bloch tippte sich an die Stirn. „Darauf hätte ich wirklich früher kommen können, ich Trottel."

„Haben Sie mit der Kriminalpolizei nicht darüber gesprochen?"

„Nein. Obwohl Sara Hagedorn mich praktisch mit der Nase auf dieses Thema gestoßen hat."

„Inwiefern?"

„Sie hat versucht, mir den Gedanken schmackhaft zu machen, dass Charlotte Unger in der Nacht von Sonntag auf Montag gar nicht freiwillig zu dem abgelegenen Beerfelder Galgen gefahren ist, sondern wohl eher dorthin verschleppt wurde."

„Die Kriminalkommissarin wollte Sie testen, Herr Bloch."

„Sieht ganz so aus." Er trank einen Schluck. „Wir wissen also nicht, ob der Wagen von Charlotte Unger auf dem großen Parkplatz neben dem Galgen oder an einem anderen Ort gefunden wurde."

„Oder ob er überhaupt noch nicht wieder aufgetaucht ist", ergänzte der Lokalredakteur. „Das Gleiche gilt natürlich auch für Benjamins Auto."

Die Bedienung brachte seinen Eisbecher. Wieder schlug Finke hemmungslos zu.

„Bier und Eis", murmelte der Privatdetektiv aus Heubach mit skeptischer Miene. „Ich weiß ja nicht …"

„Man gewöhnt sich an alles, Herr Bloch."

„Wenn Sie es sagen."

„Was vermuten Sie, wovon sind Sie bisher ausgegangen?"

„Ich habe es mir wahrscheinlich zu einfach gemacht", gestand der Privatdetektiv. „Ich bin eigentlich wie selbstverständlich davon ausgegangen, dass Charlotte Unger – ob aus freien Stücken oder gezwungenermaßen, weil man sie mit irgendetwas unter Druck gesetzt hatte – mit ihrem eigenen

Auto nach Beerfelden gefahren ist.“ Er zündete sich eine Zigarette an. „Moment mal. Wenn die Kriminalpolizei ihr Auto suchen würde, hätte sie sich doch sicherlich an die Presse gewandt, oder?“

„Normalerweise ja.“ Finke kratzte das letzte Stück Zitroneneis aus seinem Becher. „Und was ist mit Benjamin Unger? Ist er mit seinem Wagen in der Nacht von Mittwoch auf Donnerstag am Galgen aufgetaucht?“

„Für mich stand das nie in Frage.“

„Mir liegt es fern, Ihre Arbeit zu kritisieren, Herr Bloch. Aber waren Sie da nicht ein bisschen naiv?“

„Ersetzen Sie ein bisschen bitte durch sehr. Menschenskind, gut, dass Sie mich auf diesen Punkt aufmerksam gemacht haben. Allein dafür hat sich unser Gespräch schon gelohnt.“

Der Lokalredakteur lächelte. „Man tut, was man kann.“ Nach dem Nachtisch wurde es jetzt höchste Zeit für eine weitere Eckstein. „Werden Sie Frau Hagedorn und Herrn Melzig noch einmal darauf ansprechen?“

Der Privatdetektiv aus Heubach zuckte die Achseln. „Ich weiß nicht, ob das Sinn macht. Meinen Sie, die Herrschaften erzählen mir mehr als Ihnen?“

„Könnte trotzdem einen Versuch wert sein. Sie müssen sie ja nicht direkt mit dieser Frage konfrontieren. Dann blocken die garantiert sofort ab. Versuchen Sie es auf Umwegen, machen Sie rätselhafte Andeutungen, stellen Sie Behauptungen auf, streuen Sie Vermutungen – irgendetwas in der Art eben.“

„Zum Beispiel?“

„Ihnen wird sicher etwas einfallen, Herr Bloch.“

„Da wäre ich mir nicht so sicher“, sagte der Privatdetektiv zweifelnd. „Aber ich habe ja immerhin noch meine Assistentin.“

„Sieht übrigens sehr gut aus, die Dame. Wenn ich mir die Bemerkung erlauben darf. Ich habe Frau Kramer zwar noch nicht von Angesicht zu Angesicht gesehen, aber auf den in der Presse veröffentlichten Fotos machte sie einen durchaus attraktiven Eindruck."

„Ist mir noch gar nicht aufgefallen", sagte Bloch lächelnd. „Ich muss das nächste Mal wohl etwas genauer hinschauen."

„Tun Sie das. Aber bitte keine sexuelle Belästigung am Arbeitsplatz, ja?"

„An welchem Arbeitsplatz denn? In meinem Haus kann ich schließlich tun und lassen, was ich will."

„Wir kommen vom Thema ab", stellte Finke fest.

„Wer hat denn bitte schön damit angefangen?" Der Privatdetektiv trank einen Schluck Pils. „Sagt Ihnen der Name Sibylle Schuster etwas?"

Der Lokalredakteur dachte einen Moment lang nach. „Nein. Ist das eine Mitarbeiterin des ethologischen Instituts?"

Bloch nickte. „Allerdings eine ehemalige. Sie wurde vor vier Monaten von Leo Unger entlassen."

„Unterstellen Sie ihr Rachemotive?"

„Auf die Idee bin ich noch gar nicht gekommen."

Finke schwieg.

„Frau Schuster ist aus einem anderen Grund interessant. Zumindest was den ersten Mord angeht. Sie ist möglicherweise – von dem oder den Tätern abgesehen – die Person, die Charlotte Unger zuletzt lebend gesehen hat."

Der Lokalredakteur sah ihn fragend an.

„Die in Beerfelden erhängte Verhaltensforscherin hat ihr letztes Wochenende bei Sibylle Schuster verbracht. Jedenfalls behauptet diese das."

„Wo?"

„In Lindenfels. Frau Schuster erklärt, ihre Freundin sei am Sonntagabend gegen neunzehn Uhr aufgebrochen. Einige Stunden später war sie dann tot."

„Die entscheidende Frage ist also, was Charlotte Unger zwischen ihrer Abfahrt aus Lindenfels und ihrer Ermordung in Beerfelden gemacht hat?", fragte Torsten Finke.

„Richtig. Der Kriminalpolizei scheinen über diesen Zeitraum keine Erkenntnisse vorzuliegen."

„Jedenfalls dürfte sie nicht direkt zum Galgen gefahren sein. Wenn Frau Schusters Zeitangabe stimmt."

„Warum sollte sie lügen, Herr Finke?"

Der Lokalredakteur zuckte die Achseln. „Hat Charlotte Unger gegenüber ihrer Freundin angedeutet, dass sie noch etwas zu erledigen hatte, bevor sie ins Sensbachtal zurückkehrte?"

„Nein. Mir hat Frau Schuster jedenfalls nichts davon gesagt. Offensichtlich ging sie davon aus, dass ihre Freundin von Lindenfels aus direkt nach Hause fuhr."

„Das kann sie ja auch gemacht haben, Herr Bloch. Charlotte Unger kommt also wie geplant zu Hause an. Dort passiert dann im Laufe des Abends etwas, dass sie dazu veranlasst, nach Beerfelden zu fahren. Sie findet eine Nachricht vor, sie erhält einen Telefonanruf – was weiß ich."

„Ihr Mann behauptet allerdings, dass sie an dem fraglichen Abend beziehungsweise in der fraglichen Nacht nicht in ihrem Haus auf dem Gelände des Instituts aufgetaucht ist", sagte der Privatdetektiv aus Heubach.

„Das könnte der springende Punkt sein. Herr Unger sagt vielleicht nicht die Wahrheit."

„Aber er muss doch davon ausgehen, dass die Rückkehr seiner Ehefrau nicht unbemerkt geblieben ist", wandte Bloch ein.

„Wenn Sie meine bescheidene Meinung hören wollen", sagte der Lokalredakteur. „Einer von beiden lügt oder sagt nicht die ganze Wahrheit. Entweder ist Charlotte Unger nicht schon um neunzehn Uhr aus Lindenfels abgefahren, sondern erst ein paar Stunden später. Oder sie ist doch zu dem von Frau Schuster angegebenen Zeitpunkt gefahren und tatsächlich nach Hause zurückgekehrt, obwohl ihr Ehemann das leugnet."

Tobias Bloch leerte sein Glas. „Es gibt natürlich noch eine Menge anderer Möglichkeiten", stellte er fest. „Sie kann von Lindenfels aus an einen ganz anderen, uns bis jetzt unbekannten Ort gefahren sein, um sich dort mit jemandem zu treffen."

„Sicher. Sie kann auf der Heimfahrt natürlich auch abgefangen und verschleppt worden sein. Aber mein Gefühl sagt mir, dass an der Lindenfelser Geschichte etwas faul ist. Frau Schuster kommt diese große zeitliche Lücke doch sehr gelegen, nicht? Sie entlastet sie, weil sich jeder Ermittler – ob privat oder polizeilich – die Frage stellen muss, was mit Charlotte Unger bis zu ihrer Ermordung am Beerfelder Galgen passiert ist. Möglicherweise lenkt ihn aber genau diese Frage vom Kern des Ganzen ab." Der Lokalredakteur des Odenwald Kurier sah auf seine Uhr. „Ich muss jetzt langsam los."

„Können Sie mir einen Gefallen tun?", fragte Bloch.

„Ja?"

„Sehen Sie in Ihrem Archiv doch bitte einmal nach, ob Sie etwas über Sibylle Schuster finden."

Finke lächelte. „Das hätte ich sowieso gemacht. Wenn ich etwas herausbekomme, gebe ich Ihnen Bescheid."

„Sie sind ein Schatz."

Der kleine, fast glatzköpfige Mann erhob sich. „Das hat noch kein Mann zu mir gesagt."

„Dann wurde es aber allerhöchste Zeit."

Kapitel 19

Ärger

Der Privatdetektiv aus Heubach erwog nach seinem Gespräch mit Torsten Finke auf dem Weg zu seinem Wagen kurz, noch einmal nach Lindenfels zu fahren, um erneut mit der Freundin der erhängten Verhaltensforscherin zu sprechen, entschloss sich dann aber, nach Hause zurückzukehren. Im Moment war es wichtiger zu erfahren, was seine Assistentin bei Markus Weidinger, dem Vater des ermordeten Benjamin Unger, herausbekommen hatte.

Tobias Bloch spürte bei der Rückkehr zu seinem am Ortsrand von Heubach gelegenen Haus schon vor dem Aussteigen aus dem Auto instinktiv, dass etwas nicht stimmte. Erstens wartete Muzel nicht vor dem Haus auf ihn. Gut, es war natürlich möglich, dass sie zu einem längeren Streifzug ins Tal aufgebrochen war. Dennoch war der Privatdetektiv davon überzeugt, dass seine dreifarbige Katze hier irgendwo in unmittelbarer Nähe in einem Versteck Posten bezogen hatte.

Die Erklärung dafür war denkbar einfach. Vor seinem Haus parkte ein feuerroter Alfa Romeo mit Erbacher Kennzeichen, den Bloch hier in der Gegend noch nie gesehen hatte. Auf dem Fahrersitz saß ein Mann, der Bloch im Rückspiegel beobachtete, als dieser seinen schwarzen Renault hinter dem fremden Auto abstellte. Kaum war der Privatdetektiv ausgestiegen, verließ auch der Unbekannte rasch seinen Wagen und versperrte Bloch den Weg zur Haustür.

„Wo ist Susanne?“, fragte der Mann mit dem kurzen dunkelbraunen Haar, der wie Bloch gut einen Meter neunzig groß sein mochte. Aber er war eindeutig kräftiger als der Privatdetektiv.

„Reden Sie mit mir?", fragte Bloch.

„Wo ist Susanne?"

„Ich kenne keine Susanne." Der Privatdetektiv ging direkt auf den Mann zu.

„Bleiben Sie stehen."

Bloch ging weiter.

Das Arschloch aus Erbach baute sich drohend vor ihm auf.

Visuelle Kommunikation zwischen männlichen Säugetieren: Die primitivste Form von Imponierverhalten. Verbunden mit einem drohenden Blick, der einschüchtern sollte.

In diesem Augenblick erfuhr die sich anbahnende Auseinandersetzung zwischen den beiden Männern eine unerwartete Wendung. Denn Muzel erschien auf dem Plan. Sie schoss aus einer Hecke hervor, sprang auf den Fremden zu und fauchte ihn kampflustig an. Der Mann versuchte nach der dreifarbigen Katze zu treten, diese wich ihm jedoch geschickt aus. Sie sträubte ihr größtenteils weißes Fell und legte die Ohren ganz flach nach hinten.

Das unmissverständliche Signal: Ich bin zu allem bereit.

„Schaffen Sie die Scheißkatze weg!"

„Selbst wenn ich wollte – und ich will eindeutig nicht –, würde Muzel jetzt nicht auf mich hören. Sie hat sich nämlich voll und ganz auf Sie konzentriert."

„Muzel?" Das Arschloch lachte höhnisch. „Soll das etwa ein Name sein?"

Bloch ignorierte ihn. Während seine Katze den Kerl in Schach hielt, ging der Privatdetektiv ruhig zwischen seinem Wagen und dem Alfa hindurch, umrundete die italienische Scheißkarre und setzte seinen Weg zur Haustür fort. Als der Mann sich umdrehte und Anstalten machte, ihm zu folgen, beließ es Muzel nicht länger bei Furcht einflößendem Fauchen, sondern schritt entschlossen zur Tat.

Ansatzlos sprang sie ihm an die rechte Wade und krallte sich mit ihren Vorderpfoten daran fest. Der Mann schrie auf und versuchte dann, mit ungestümen Beinbewegungen die Katze abzuschütteln. Vergeblich.

Der Privatdetektiv beobachtete die beiden, ohne mit der Wimper zu zucken. Dass Muzel eine außergewöhnliche Katze war, stand schon lange außer Zweifel. Aber was sie hier veranstaltete, hätte ihr Herrchen ihr niemals zugetraut.

Tobias Bloch ließ noch einige Zeit verstreichen, dann rief er: „Muzel! Genug gespielt. Wir gehen jetzt ins Haus."

Die Katze ließ von ihrem Opfer ab, sprang zu Boden und lief tänzelnd an dem Eindringling vorbei, der es unvorsichtigerweise gewagt hatte, ihr Revier zu betreten.

Der Mann jaulte und griff sich mit der Hand an die schmerzende Wade. Muzels scharfe Krallen hatten sich mühelos ihren Weg durch seine Stoffhose gebahnt und auf dem hinteren Teil seines Unterschenkels sicherlich eindrucksvolle Spuren hinterlassen.

„Das werden Sie mir büßen!" Er richtete sich mit vor Schmerz verzerrtem Gesicht wieder auf, wobei er sein Gewicht auf das linke Bein verlagerte. „Ich werde hier so lange warten, bis Susanne auftaucht. Und dann wollen wir doch mal sehen …"

„Ja?", fragte der Privatdetektiv. „Was passiert dann?"

Bevor das Arschloch aus Erbach etwas erwidern konnte, wurde im Nachbarhaus die Tür geöffnet.

„Soll ich die Polizei anrufen, Herr Bloch?", fragte die ältere Frau mit besorgter Miene.

„Nein, nicht nötig. Das mache ich schon selbst. Aber trotzdem vielen Dank, Frau Schneider."

„Sind Sie wirklich sicher?"

Der Privatdetektiv nickte. „Ich werde mich gleich darum kümmern."

„Wenn Sie meinen." Die Frau drehte sich zögernd um und ging zurück in ihr Haus.

„Das mit der Polizei meinen Sie jetzt aber nicht ernst, oder?", fragte der Fremde in deutlich gemäßigterem Tonfall.

„Hatten Sie in letzter Zeit Ärger? Haben Sie schon öfter andere Leute belästigt?" Bloch schloss die Tür auf und gab Muzel so die Gelegenheit, ins Haus zu schlüpfen. Der kleine Kampf hatte sie hungrig gemacht, deshalb flitzte sie gleich in die Küche. Sekunden später war ihr Schmatzen bis nach draußen zu hören.

Der Mann stand noch immer unschlüssig am Straßenrand.

„Hören Sie", sagte der Privatdetektiv. „Wir vergessen das Ganze am besten, und Sie verschwinden jetzt. Wenn Sie allerdings auch nur noch eine Minute hier warten, rufe ich bei der Polizei an."

Das vergesse ich mein ganzes Leben nicht, dachte Bloch.

Er ging ins Haus und beobachtete vom Küchenfenster aus den Exfreund von Susanne. Als der feuerrote Alfa Romeo auf der schmalen Straße wendete und zurück nach Heubach fuhr, schnaufte der Privatdetektiv tief durch.

„Braves Mädchen", sagte er zu seiner Katze. „Du hast dir eine Belohnung verdient." Muzel spitzte die Ohren. Dann maunzte sie mitleiderregend. Ihr Herrchen öffnete den Kühlschrank – immer ein gutes Zeichen – und entnahm ihm das Päckchen mit der Gelbwurst. Nacheinander entfernte er von vier Scheiben die Pelle und zerteilte die Wurst auf einem Unterteller in kleinere Stücke. Den stellte er vor der Katze auf den Küchenboden. Und diese ließ sich nicht zweimal bitten.

„Jemand hat nach dir gefragt", sagte Bloch.

„Ach ja?" Susanne Kramer ließ von ihrem blutigen Rumpsteak ab.

Der Privatdetektiv aus Heubach schaute rasch von ihrem Teller weg und trank einen Schluck Weizenbier. Sie saßen im Amalfi an Blochs Lieblingstisch. Zu seiner großen Erleichterung hatte er bei ihrem Eintreffen registriert, dass heute Abend nicht der Lackaffe bediente, sondern seine reizende Schwester. Nach all dem Ärger, den er an diesem Tag erlebt hatte, stimmte ihn das fast ein bisschen milde. Aber nur fast.

„Nach dem Essen", sagte Bloch. „Ich will mir nämlich von diesem Arschloch aus Erbach nicht den Appetit verderben lassen."

„O je!", stöhnte seine Assistentin.

„Das kannst du laut sagen." Er widmete sich wieder seiner Lasagne.

Nachdem sie in aller Ruhe zu Abend gegessen hatten – Bloch hatte keine einzige bissige Bemerkung über Susannes unmögliche Speisewahl fallen lassen (Rumpsteak mit Kroketten und einem großen Tomatensalat) –, fragte der Privatdetektiv aus Heubach möglichst gleichmütig: „Woher hat das Schwein meine Adresse?"

„Aus dem Telefonbuch?", schlug seine Assistentin vor.

„Glaube ich nicht."

„Sondern?"

Blochs rechter Zeigefinger durchbohrte die Luft. „Du hast sie ihm irgendwann mal unvorsichtigerweise gegeben."

„Tobias, nicht aufregen. Das ist der Mistkerl doch gar nicht wert."

Der Privatdetektiv trank einen Schluck. „Immerhin hätte mich das Arschloch beinahe zusammengeschlagen. Wenn ich gewusst hätte, mit welchem fetten Hornochsen du dich eingelassen hast …" Er machte eine Kunstpause. „Na ja, über Geschmack lässt sich bekanntlich nicht streiten."

„Nicht persönlich werden, bitte."

„Ach ja? Ich nehme das allerdings sehr persönlich. Der unverschämte Kerl taucht einfach so vor meinem Haus auf, stellt seine Scheißkarre auf meinem Parkplatz ab und bedroht mich unverfroren." Bloch schüttelte den Kopf. Langsam kam er in Fahrt. „Du hast dich mit einem Typ abgegeben, der einen feuerroten Alfa fährt. Das ist doch nicht zu fassen!"

„Mir gefällt das Auto."

Der Privatdetektiv zündete sich eine Zigarette an. „Lenk nicht vom Thema ab. Du hast ja keine Ahnung, was sich vor meinem Haus abgespielt hat. Jedenfalls drohte die Sache schon kurz nach meiner Ankunft zu eskalieren. Frau Schneider wollte sogar die Polizei anrufen, solche Angst hat sie um mich gehabt!"

„Übertreibst du jetzt nicht ein bisschen?"

„Ich will dir mal was sagen. Wenn Muzel mir nicht zu Hilfe gekommen wäre, läge ich jetzt im Krankenhaus in Groß-Umstadt."

Dass er den zeitlichen Ablauf der Ereignisse ein wenig durcheinanderbrachte, störte Bloch nicht im Mindesten.

Susanne nippte an ihrem Frascati. „Muzel?", fragte sie dann argwöhnisch. „Was hat die denn wieder angestellt?"

„Sie hat mir zur Flucht verholfen, weil sie diesen Scheißtyp außer Gefecht gesetzt hat."

„Muzel hat was …?"

Der Privatdetektiv lächelte voller Stolz. „Erst hat sie ein bisschen gefaucht. Und als der Kerl keine Ruhe geben wollte, ist sie in Aktion getreten." Er nahm einen kräftigen Schluck, bevor er zum Höhepunkt seiner Schilderung kam. „Sie hat diesen Alfa-Arsch angesprungen und sich in seiner Wade festgekrallt. Lang genug sind ihre Krallen ja. Und scharf genug auch." Bloch lehnte sich zurück. „Von diesen Schmerzensschreien werde ich die ganze Nacht träumen."

„Das hast du dir jetzt aber ausgedacht, oder?"

„So etwas kann man gar nicht erfinden. So etwas muss man einfach erlebt haben." Bloch zog an seiner Zigarette. „Diese Katze ist wirklich einmalig."

„Und dann hat sich An…, dann hat er sich also verzogen?"

„Wenn ich diesen Namen noch einmal höre, kannst du auf der Stelle nach Wiebelsbach zurückfahren und Elche zeichnen. Aber an diesem Fall arbeitest du dann nicht mehr mit, ist das klar?"

„Er ist also gefahren, nachdem Muzel es ihm so richtig gezeigt hatte?"

„Klar hat ihn das schwer beeindruckt", sagte der Privatdetektiv zufrieden. „Damit rechnet doch kein Mensch. Aber entscheidend war letztlich, dass ich dem Hornochsen mit der Polizei gedroht habe. Da hat er plötzlich Muffensausen bekommen, dieses Weichei. Ich sage dir, der Kerl hat Dreck am Stecken." Bloch sah seine Assistentin streng an. „Du bist ja wohl hoffentlich sauber?"

„Bin ich, Chef."

„So, jetzt kommt der entscheidende Teil", verkündete er.

„Ich bin ganz Ohr."

„Wer garantiert mir, dass mich dieser Verbrecher aus Erbach nicht noch einmal bedroht? Immer kann Muzel mich schließlich auch nicht retten. Also, wer garantiert mir, dass ich ab jetzt wieder konzentriert an unserem Fall arbeiten kann und nicht ständig mit der Angst leben muss, von diesem unberechenbaren Idioten krankenhausreif geschlagen zu werden?"

„Keine Sorge, Tobias." Sie tätschelte seine Hand. Er ließ es geschehen, ohne den Blick von ihr zu wenden. „Darum werde ich mich kümmern, sobald wir zu Hause sind. Dieser Arsch wird weder dich noch mich jemals wieder behelligen. Darauf kannst du dich verlassen. Es wird in Zukunft einfach so sein, als würde er gar nicht existieren."

Bloch lächelte. „Das wollte ich hören."

Er machte der Kellnerin ein Zeichen und deutete dann auf ihre Gläser. Die reizende Italienerin nickte ihm verständnisvoll zu.

„Maria ist wirklich ein Schatz", sagte der Privatdetektiv.

„Maria?", fragte Susanne erstaunt.

Er nickte. „Wir kennen uns schon länger."

„Ach so."

„Das ist meine Privatangelegenheit", fügte er geheimnisvoll hinzu.

„Verstehe."

„Und jetzt erzählst du mir bitte, was du von Markus Weidinger in Affhöllerbach erfahren hast."

Während seine Assistentin ihn ins Bild setzte, hörte Bloch ihr schweigend zu, ohne sie ein einziges Mal zu unterbrechen.

Als sie ihren Vortrag beendet hatte, nickte der Privatdetektiv aus Heubach nachdenklich. „Welchen Eindruck hat Karin Weidinger auf dich gemacht?", fragte er.

„Von den wenigen Personen aus dem Umfeld von Benjamin Unger, die ich bisher kennengelernt habe, scheint sie sein Tod am meisten getroffen zu haben. Sie wirkte tief erschüttert. Gesagt hat sie leider nicht sehr viel, aber ihr verweintes Gesicht sprach Bände."

„Hast du gefragt, seit wann Karin und Markus Weidinger verheiratet sind?"

Susanne schüttelte den Kopf.

„Haben sie Kinder?"

„Keine Ahnung."

„Was macht oder machte Karin Weidinger beruflich?“

„Danach habe ich nicht gefragt, weil es mir nicht wichtig erschien. Gleiches gilt für deine beiden ersten Fragen.“ Sie deutete an, aufstehen zu wollen. „Aber ich kann natürlich gern noch einmal hinfahren, Chef. Soll ich jetzt gleich los?“

Bloch winkte ab. „Mir fällt auf, dass du in letzter Zeit sehr schnell beleidigt bist. Das müssen die Nachwirkungen deiner unappetitlichen Affäre mit dem Alfa-Arsch sein.“ Er lehnte sich zurück. „Aber lassen wir das jetzt mal beiseite.“

„Sehr großzügig von dir.“

„Die entscheidende Frage bezüglich Markus Weidinger scheint mir die folgende zu sein: Hat der erfolgreiche Bankmanager seinen Sohn freiwillig finanziell unterstützt? Oder konnte Benjamin ihn mit irgendetwas unter Druck setzen?“

„Du denkst, Benjamin hat seinen Vater erpresst?“

„Wäre doch möglich“, sagte der Privatdetektiv. „So etwas soll in den besten Familien vorkommen.“

„Markus Weidinger hat also deiner Meinung nach eine Leiche im Keller. Sein Sohn weiß davon. Wer noch?“

„Charlotte Unger?“, schlug Bloch vor. „Und seine jetzige Ehefrau Karin vielleicht auch. Obwohl die Sache wahrscheinlich schon länger zurückliegt und eher im Zusammenhang mit Weidingers erster Ehe zu sehen ist.“

„Interessante Theorie“, sagte seine Assistentin.

„Mit anderen Worten: Du hältst sie für schwachsinnig.“

„Nein, nein. So weit würde ich niemals gehen. Nehmen wir einmal an, du hast recht. Dann hatte Markus Weidinger also durchaus ein Motiv, seine erste Ehefrau und seinen Sohn zum Schweigen zu bringen. Aber warum erst jetzt? Warum so spät?“

„Weil sich die Sachlage entscheidend verändert hat, weil sich Weidingers Position in einer Weise verschlechtert hat, die ihm keine andere Wahl ließ.“

Susanne sah ihn fragend an.

„Möglichkeit Nummer eins: Benjamin ließ sich die ganze Zeit über sein Schweigen großzügig honorieren. Nun aber drohte er damit, seine Mutter einzuweihen. Oder er hatte sie bereits informiert. Jedenfalls stellte er nun höhere Forderungen."

„Möglichkeit Nummer zwei", sagte seine Assistentin. „Benjamin und Charlotte Unger wussten beide seit längerer Zeit von Weidingers Fehlverhalten. Um es möglichst neutral auszudrücken. Nun aber kam entweder sein Sohn oder seine frühere Ehefrau auf die verlockende Idee, auch Karin Weidinger einzuweihen. Das konnte Markus Weidinger nicht zulassen."

„Stellt sich die Frage nach der Reihenfolge. Warum erhängt er zuerst Charlotte und dann Benjamin? Warum macht er es nicht umgekehrt?"

„Du erinnerst dich aber schon daran, dass er für beide Mordnächte ein Alibi hat?", warf Susanne ein.

„Was zählt denn schon die Aussage einer Ehefrau, die ihren Mann schützen beziehungsweise retten will? Und dieser angebliche Geschäftsfreund, der während Charlottes Ermordung in Affhöllerbach gewesen sein soll?" Bloch winkte ab. „Erstens kann es sich um eine Falschaussage handeln. Vielleicht schuldete der betreffende Herr Markus Weidinger noch einen Gefallen. Zweitens kann er ja durchaus bei ihm zu Besuch gewesen sein. Aber dann fragt sich doch: Von wann bis wann? Und selbst wenn er bis zum frühen Morgen geblieben ist, schließt das ja noch lange nicht aus, dass Weidinger zwischendurch einen Abstecher nach Beerfelden gemacht hat."

„Klingt für mich nicht sehr plausibel, Tobias." Sie trank einen Schluck Frascati. „Das Alibi für die zweite Mordnacht, in der nur seine Frau mit ihm zusammen gewesen sein soll, ist nicht gerade überzeugend, das gebe ich zu. Aber ob in der Nacht von Sonntag auf Montag ein Geschäftsfreund bei Weidinger war, wird die Kriminalpolizei sicher genau überprüft haben. Durch die Befragung seiner Nachbarn beispielsweise. Irgendwo muss der Besucher ja seinen Wagen abgestellt haben."

„Bleibt natürlich immer noch die Möglichkeit, dass beide Alibis wasserdicht sind und er einen Killer beauftragt hat." Der Privatdetektiv aus Heubach zündete sich eine Zigarette an. „Weißt du, was mich wundert? Dass es keinerlei Verbindung zwischen Leo Unger und Markus Weidinger geben soll. Dass sie sich nie getroffen haben. Leo behauptet ja sogar, dass er nicht einmal weiß, wie Weidinger aussieht. Das ist doch vollkommen unglaubwürdig. Er wird doch zumindest mal ein Foto gesehen haben, auf dem Charlotte mit ihrem früheren Ehemann abgebildet ist."

„Freunde fürs Leben werden die beiden trotzdem nicht mehr."

„Aber es ist doch auffällig, wie sehr sie auf Distanz zueinander gehen. Als hätten sie etwas zu verbergen."

„Könnte es sein, dass du in diese Sache etwas hineingeheimnisst, das überhaupt nicht vorhanden ist? Vielleicht hatten die beiden wirklich nie Kontakt zueinander. Und dass sich Leo Unger auf Fotos gestürzt hat, die seine Ehefrau mit ihrem früheren Mann gezeigt haben, ist ja wohl auch eher unwahrscheinlich. Oder würdest du dir vielleicht ein Foto von mir und …?" Sie hob abwehrend die Hand. „Entschuldige, war nicht so gemeint."

„Erst denken, dann reden."

„Ist ja schon gut."

„Ich werde diesen Punkt auf jeden Fall im Auge behalten", beharrte der Privatdetektiv. „Mein Gefühl sagt mir, dass da etwas nicht stimmt."

„Damit wäre dieses Thema also vorläufig beendet, ja?"

„Wie du meinst."

„Weißt du, was mich zum Schluss meines Gesprächs mit Markus Weidinger irritiert hat? Dass er nicht überrascht gewesen wäre, wenn Leo Unger am Beerfelder Galgen gehangen hätte."

„In diesem Fall wäre sogar ein Selbstmord plausibel gewesen", sagte Bloch. „Torsten Finke hat mir nämlich erzählt, dass Leo vor der Ermordung seiner Frau in großen finanziellen Schwierigkeiten steckte und bei den Banken mit seinem Wunsch nach einem Kredit auf taube Ohren stieß. Nach Charlottes Tod sollen sie sich plötzlich viel entgegenkommender verhalten haben."

„Geht es um eine Lebensversicherung?"

„Das weiß Finke leider nicht. Aber vielleicht bekommt er es ja noch heraus." Der Privatdetektiv zog an seiner Zigarette. „Er hat mich übrigens auf einen Punkt aufmerksam gemacht, den wir beide bisher überhaupt nicht berücksichtigt haben." Er machte eine Kunstpause. „Was ist eigentlich mit den Autos von Charlotte und Benjamin Unger? Warum wissen wir und mit uns die interessierte Öffentlichkeit nichts über deren Verbleib? Warum mauern Hagedorn und Melzig in dieser Frage so hartnäckig?"

„Du hast doch mit der Frau gesprochen, die Charlottes übel zugerichtete Leiche entdeckt hat", sagte Susanne. „Hat sie ein Auto auf dem Parkplatz neben dem Galgen gesehen?"

„Nein, hat Franziska Rauscher nicht. Aber das bedeutet gar nichts. Charlottes Wagen könnte hinter einer Hecke gestanden haben. Der Parkplatz ist ziemlich groß und von der Einfahrt aus nur teilweise einzusehen. Außerdem hatte Frau Rauscher nach der Entdeckung der Erhängten wirklich andere Sorgen. Wieso sollte sie sich also für den Parkplatz und für möglicherweise dort abgestellte Autos interessieren?“

„Warum hält sich die Erbacher Kriminalpolizei in dieser Frage so auffallend zurück? Das muss doch einen wichtigen Grund haben.“

„Keine Ahnung“, sagte Bloch. Er drückte seine Zigarette aus. „Jedenfalls bleibt so die Frage offen, ob die späteren Mordopfer selbst zum Galgen gefahren sind oder dorthin gebracht wurden.“

„Ist wirklich nicht böse gemeint, Tobias. Aber in dieser Frage denkst du ein bisschen zu eindimensional. Du vergisst, welche Rolle der Täter bei dieser Sache gespielt haben könnte. Er kann die Wagen beispielsweise nach vollendeter Tat weggefahren haben. Und selbst wenn die Autos jeweils auf dem Parkplatz am Galgen abgestellt wurden, heißt das noch lange nicht, dass sie von Charlotte und Benjamin dorthin gefahren wurden. Der Täter kann die Autos nämlich auch später dorthin gebracht haben, um den falschen Eindruck zu erwecken, beide Mordopfer seien mit ihnen nach Beerfelden gekommen.“

Der Privatdetektiv aus Heubach stöhnte. „Das ist jetzt aber sehr um die Ecke gedacht.“ Er machte der Bedienung ein Zeichen. „Maria, ich möchte gern zahlen!“

„Du bist ein sehr schlechter Verlierer, Tobias.“

„Und du weißt immer alles besser.“

„Stimmt doch gar nicht!“

Glücklicherweise erschien in diesem Augenblick die Kellnerin an ihrem Tisch und machte Bloch schöne Augen. Das erstickte die drohende Auseinandersetzung im Keim.

Kapitel 20

Rock oder Hose

Auf dem Heimweg von der Pizzeria zu seinem Haus am Ortsrand von Heubach hatte der Privatdetektiv eine Eingebung. Deshalb schenkte er seiner dreifarbigen Katze, die ihn bereits sehnsüchtig vor der Haustür erwartete, keine Beachtung, schloss auf und ging direkt in den Flur zum Telefon.

„Kümmere dich bitte um Muzel", sagte er zu seiner Assistentin, während er den Hörer abnahm. „Ich habe zu tun."

„Du bist nicht nur ein schlechter Verlierer, sondern auch ganz schön undankbar. Schließlich hat die Katze dir heute Nachmittag praktisch das Leben gerettet." Susanne ging in die Küche zu dem Futternapf, vor dem Muzel bereits erwartungsvoll hockte.

„Guten Abend, Frau Schuster", hörte sie den Privatdetektiv sagen. „Ich hoffe, ich störe Sie nicht. Ist leider schon ein bisschen spät. Aber mir ist da gerade etwas Wichtiges eingefallen. Können Sie mir bitte sagen, welche Kleidung Charlotte Unger trug, als sie am Sonntagabend aus Lindenfels wegfuhr?"

Es folgte eine Pause.

„Danke", sagte Bloch dann. „Sie haben mir sehr geholfen. Schönen Abend noch."

Mit einem triumphierenden Grinsen ging der Privatdetektiv wenig später in das Wohnzimmer, in dem Susanne bereits Platz genommen hatte. Mit demonstrativer Gelassenheit blätterte seine Assistentin in einer Zeitschrift und sah nicht auf, als er den Raum betrat.

„Wir machen Fortschritte“, verkündete Bloch.

„Wir?“

„Ganz recht, meine Liebe.“

„Du weißt, dass ich diesen Ausdruck nicht ausstehen kann.“

„Deshalb verwende ich ihn ja.“ Er setzte sich in seinen Ledersessel und schlug die Beine übereinander. „Als ich heute Nachmittag mit dem Lokalredakteur des Odenwald Kurier in der Höchster Pilsstube sprach …“

„Geht es auch weniger umständlich?“

Der Privatdetektiv ließ sich davon nicht beeindrucken. „Jedenfalls haben wir beide uns die Frage gestellt, was in der Zeit zwischen Charlotte Ungers Abfahrt aus Lindenfels und ihrer Ankunft am Beerfelder Galgen geschehen sein könnte. Torsten Finke ist der Meinung, dass entweder Sibylle Schuster oder Leo Unger gelogen haben.“

Susanne Kramer erhob sich, um aus der Vitrine ein Glas zu holen.

„Finke sieht zwei Möglichkeiten. Charlotte Unger ist gar nicht um 19 Uhr von ihrer Freundin weggefahren, sondern erst später. Folglich lügt Sibylle Schuster uns was vor. Oder sie ist doch um 19 Uhr gefahren …“

„Beim wievielten Pils war das?“, fragte seine Assistentin spöttisch. Sie schenkte sich ein Glas Mineralwasser ein.

„Oder sie hat sich doch zu der von Frau Schuster angegebenen Zeit von ihrer Freundin verabschiedet und ist direkt nach Hause ins Sensbachtal gefahren. Dann lügt Leo Unger.“

„Und was hat das alles mit Charlotte Ungers Kleidung zu tun?“

Bloch lächelte glücklich. „Als Charlotte Lindenfels verließ, trug sie eine hellblaue Stoffhose.“

„O ha!“

„Du sagst es, meine Liebe.“

Am späten Vormittag des nächsten Tages fuhren Tobias Bloch und seine Assistentin gut gelaunt ins Sensbachtal, weil sie glaubten, auf eine interessante Spur gestoßen zu sein. Der Privatdetektiv saß am Steuer seines schwarzen Renault, Susanne kümmerte sich um die Musikauswahl. Selbst diese Tatsache konnte Blochs Stimmung nicht trüben. Denn er war noch immer stolz auf seine Eingebung.

Da das Institut für Ethologie am Samstag geschlossen war, hatten sie sich mit Leo Unger in dessen Privathaus verabredet, einem östlich des Haupthauses gelegenen Neubau. Der Verhaltensforscher war von dieser Idee alles andere als begeistert gewesen, hatte aber schließlich zugestimmt, als Bloch ihm eröffnete, sie hätten bei ihren Ermittlungen wichtige neue Erkenntnisse gewonnen, die auch den Ehemann der ermordeten Charlotte Unger mit Sicherheit interessieren würden.

„Wir stören wirklich nur ungern, Herr Unger", sagte der Privatdetektiv, nachdem sie der Leiter des ethologischen Instituts auf die Terrasse seines Hauses geführt hatte. Bevor er Platz nahm, nickte er Lilli Wagner freundlich zu. Die dunkelblonde Empfangsdame schien von schwarzer Trauerkleidung nichts mehr zu halten, denn sie trug heute eine zitronengelbe Bluse, die locker über den Bund ihrer weißen Leinenhose fiel.

Die schöne Lilli übernahm sofort mit allergrößter Selbstverständlichkeit die Rolle der Gastgeberin und versorgte Bloch und seine Assistentin mit kalten Getränken.

Als sie sich schließlich wieder zu ihnen an den Tisch gesetzt hatte, fragte der Privatdetektiv ruhig: „Herr Unger, was trug Ihre Frau, als sie am Sonntagabend aus Lindenfels zurückkehrte?"

„Wohin zurückkehrte?"

„Hierher. Wie lange hat sie übrigens für die Fahrt ins Sensbachtal gebraucht?"

„Charlotte ist leider am Sonntag nicht nach Hause gekommen. Das sagte ich Ihnen bereits. Für mich war das nicht weiter überraschend, weil ich sie sowieso erst am Montag zurückerwartete."

„Wie erklären Sie sich dann die Tatsache, dass Ihre Frau bei ihrer Abfahrt aus Lindenfels eine hellblaue Stoffhose anhatte, am Galgen in Beerfelden aber einen langen braunen Rock trug?", fragte Susanne.

Lilli Wagner hob die Augenbrauen.

„Sie wird sich unterwegs umgezogen haben."

„Weshalb sollte sie das tun?", fragte Bloch.

„Verstehen Sie immer, was Frauen tun oder lassen?" Der Verhaltensforscher lächelte Lilli an. „Ich habe es längst aufgegeben, für ihr Verhalten logische Gründe zu suchen. Das führt nämlich zu nichts."

„Wo hat sich Ihre Frau umgezogen? Im Auto, auf einem Parkplatz, auf der Toilette einer Gaststätte? Was meinen Sie?"

„Charlotte war nicht besonders schüchtern. Im Auto wäre es ihr viel zu umständlich gewesen. Und auf der Toilette einer Gaststätte? Ich bitte Sie, Herr Bloch. Was hätte man denn von ihr gehalten?"

„Vielleicht war ihre Hose ja verschmutzt", sagte Susanne. „Dann hätte sich in der Gaststätte niemand über ihr Verhalten gewundert."

„Denken Sie an Blutflecke?", fragte der Leiter des Instituts für Ethologie.

„Fangen Sie bitte nicht schon wieder mit Ihren geschmacklosen Witzen an", sagte der Privatdetektiv. „Dafür haben wir jetzt wirklich keine Zeit."

„Darf ich Ihnen eine Frage stellen, Herr Bloch?"

„Nur zu."

„Angenommen, Charlotte wäre tatsächlich nach Hause gekommen, hätte sich umgezogen und wäre dann zum Galgen nach Beerfelden gefahren, um sich dort mit ihrem späteren Mörder zu treffen. Warum hätte sie sich denn die Mühe machen sollen, statt der Hose einen Rock anzuziehen? Das verstehe ich nicht." Leo Unger stutzte. „Moment. Bei einem Rock kommt man schneller ans Ziel, hmm?"

Der Privatdetektiv schüttelte den Kopf. „Was geschah, nachdem Ihre Frau aus Lindenfels hierher zurückgekehrt war? Was veranlasste sie, so spät noch einmal das Haus zu verlassen? War am Samstag Post für sie gekommen? Erhielt sie am Sonntagabend einen Anruf?"

„Sie sind auf dem Holzweg, Herr Bloch."

„Hatten Sie am Sonntagabend Streit mit Ihrer Frau?", fragte Susanne.

„Liebes Fräulein", antwortete Unger. „Sie verschwenden Ihre und meine Zeit."

An Lilli Wagner gewandt, sagte der Privatdetektiv aus Heubach: „Sie haben mitbekommen, dass Frau Unger am Sonntagabend auf das Gelände des Instituts gefahren ist, nicht wahr? Um wie viel Uhr war das?"

Die Empfangsdame kniff ihre graugrünen Augen ein wenig zusammen. „Ich weiß nicht, wovon Sie reden. Wie sollte ich sie denn gesehen haben, wenn sie gar nicht hier angekommen ist? Was reimen Sie sich denn da zusammen? Und für die Tatsache, dass Frau Unger die Kleidung gewechselt hat, könnte es doch einen ganz einfachen Grund geben. Sie ist nach ihrer Abfahrt aus Lindenfels an einen anderen Ort gefahren, um sich dort mit jemandem zu treffen. Bevor sie dann nach Beerfelden fuhr, hat sie sich umgezogen, weil …"

„Weil ihre hellblaue Hose ein bisschen viel Sperma abgekommen hatte", ergänzte Leo Unger. „Oder waren es nur ganz gewöhnliche Grasflecke, die dem heftigen Vorspiel zu verdanken waren?"

„Haben Sie sich mit Sibylle Schuster abgesprochen, was den Zeitpunkt der Abfahrt Ihrer Frau angeht?", fragte Bloch.

„Wie bitte? Ich habe seit Frau Schusters Rausschmiss kein Wort mehr mit ihr gewechselt. Und habe das auch in Zukunft nicht vor."

„So kommen wir in der Tat nicht weiter", stellte der Privatdetektiv fest. „Also muss ich wohl oder übel andere Saiten aufziehen. Tut mir leid, Frau Wagner."

Die dunkelblonde Frau erstarrte. „Bitte", murmelte sie. „Das dürfen Sie nicht tun."

„Dann sagen Sie endlich die Wahrheit, verdammt noch mal!"

Sie warf Leo Unger einen unsicheren Seitenblick zu. „Sie lassen mir die Wahl zwischen Pest und Cholera, Herr Bloch."

„Da müssen wir jetzt beide durch. Wann ist Charlotte Unger am Sonntagabend ins Sensbachtal zurückgekehrt?"

„Das kann ich Ihnen nicht genau sagen. Aber als ich um kurz vor neun hier vorbeifuhr, stand Charlottes Wagen auf einem der Parkplätze vor dem Haus."

„Miststück!", schrie Leo Unger. Er griff nach seinem Glas.

„Vorsicht", sagte der Privatdetektiv. Er beugte sich rasch vor und legte seine rechte Hand auf Ungers Arm. „Tun Sie bitte nichts Unüberlegtes."

„Woher kamen Sie, Frau Wagner?", fragte Susanne.

„Ich hatte einen Ausflug nach Hirschhorn gemacht und dort noch zu Abend gegessen. In dem Restaurant mit der schönen Aussichtsterrasse."

„Kenne ich", sagte Bloch.

Lilli Wagner erhob sich. „Ich gehe jetzt besser."

„Du bleibst!“, schrie Leo Unger. „Setz dich!“

Sitz und Platz, dachte Bloch. Funktionierte das auch bei Frauen?

Die (ehemalige?) Empfangsdame des Instituts für Verhaltensforschung wandte sich an den Privatdetektiv. „Würden Sie mich bitte zur Tür begleiten? Ich möchte Ihnen noch etwas sagen.“

„Natürlich.“

Man sah Leo Unger an, dass er vor Wut schäumte.

Seelenruhig zündete sich Susanne eine Zigarette an.

„Geben Sie mir auch eine!“, zischte der Institutsleiter.

„Sehr gern.“ Sie schob ihm das Päckchen und das Feuerzeug zu.

An der Haustür angekommen, sagte Lilli Wagner: „Bitte erzählen Sie ihm nichts von Benjamin. Versprechen Sie mir das?“

Bloch nickte.

Sie griff nach der Türklinke. „Ich bin froh, dass ich Ihnen das mit Charlottes Wagen gesagt habe.“

„Ich auch.“ Er lächelte. „Aber die Kriminalpolizei muss davon vorläufig noch nichts erfahren. Sind wir uns da einig?“

„Ja.“ Sie öffnete die Tür.

„Passen Sie gut auf sich auf, Frau Wagner. Wenn Leo irgendwelche Schwierigkeiten macht, können Sie sich jederzeit an mich wenden.“

Als der Privatdetektiv aus Heubach an den Tisch auf der Terrasse zurückkehrte, fragte Leo Unger sofort: „Lilli hat sich also für die Pest entschieden. Was wäre denn bitte die Cholera gewesen? Womit haben Sie ihr gedroht?“

„Könnte ich bitte ein Pils haben, Herr Unger?“

„Erst beantworten Sie meine Frage.“

„Nein.“

„Dann gibt's auch kein Bier zu trinken."

„Auch gut", sagte Bloch achselzuckend und griff nach der Wasserflasche.

„Und nichts mehr zu rauchen", sagte Susanne lächelnd. „Oder haben Sie Zigaretten im Haus, Herr Unger?"

Der Verhaltensforscher brummte etwas Unverständliches, das Scheißweiber bedeuten mochte, und erhob sich.

„Für mich bitte auch eins", sagte Susanne.

„Auf Ihr Spezielles, Dr. Unger", sagte Tobias Bloch wenig später und hob sein Glas.

„Sie können mich mal", entgegnete der Leiter des ethologischen Instituts und trank von seinem Whisky. Dann steckte er sich eine weitere von Susannes Zigaretten an.

„Da wir nun also den Holzweg endlich verlassen und die Orientierung wiedergefunden haben, können Sie uns ja endlich die ganze Wahrheit sagen. Wann kam Ihre Frau am Sonntagabend nach Hause?"

„Muss um kurz nach acht gewesen sein."

„Dann stimmt die Zeitangabe von Sibylle Schuster", stellte die Assistentin des Privatdetektivs fest. „Und wann ist sie wieder weggefahren?"

„Dass sie später noch mal das Haus verlassen hat, habe ich gar nicht mitbekommen."

„Herr Unger, fangen Sie bitte nicht wieder mit diesen blöden Spielchen an", sagte Bloch.

„Aber das ist die Wahrheit. Ich habe am Sonntagabend erst ferngesehen und dann noch gelesen. Der Fernseher war laut, und die Musik, die ich beim Lesen gehört habe, war es auch."

„Und als Sie ins Bett gegangen sind, haben Sie sich da nicht gewundert, dass Ihre Frau nicht im Schlafzimmer war?", fragte Susanne. „Wann war das übrigens?"

„Schätzungsweise um Viertel nach eins. Oder etwas in der Richtung. Ich habe nicht auf die Uhr geschaut. Dass Charlotte noch nicht im Bett lag, war nichts Ungewöhnliches. Sie hat gern nachts gearbeitet. Also habe ich angenommen, dass sie sich in ihrem Arbeitszimmer hier im Haus aufhielt."

„Und Sie haben ihr keine gute Nacht gewünscht?"

„Das war bei uns schon länger nicht mehr üblich."

„Welchen Eindruck machte Ihre Frau bei ihrer Rückkehr um kurz nach acht auf Sie?", fragte der Privatdetektiv aus Heubach.

Leo Unger zögerte. „Kann ich nicht genau sagen."

„Warum?"

Der Leiter des ethologischen Instituts seufzte.

„Haben Sie ein schlechtes Gewissen?", fragte Blochs Assistentin.

„Wie kommen Sie denn darauf?" Leo Unger sah sie durchdringend an.

Susanne hielt dem Blick stand. „Es war das letzte Mal, dass Sie Ihre Frau gesehen haben, bevor sie wenige Stunden später am Beerfelder Galgen gehängt wurde. Und wie haben Sie sich am Sonntagabend bei ihrer Rückkehr verhalten? Abweisend, anmaßend, unverschämt? Was waren die letzten Worte, die Sie an Ihre Frau gerichtet haben? Erinnern Sie sich noch daran? Oder waren Sie bereits zu betrunken?"

„Das muss ich mir von Ihnen nicht bieten lassen!", schrie Unger.

Susanne zuckte die Achseln und trank einen Schluck. Ein eindeutiges Signal an Bloch, jetzt zu übernehmen.

„Ist Ihnen etwas Ungewöhnliches am Verhalten Ihrer Frau aufgefallen? Hat sie irgendetwas gesagt, das Sie stutzig gemacht hat?", fragte der Privatdetektiv.

Wieder ließ sich Leo Unger reichlich Zeit, bevor er antwortete.

„Sie wirkte unbeschwert", sagte er dann. „Augenscheinlich hatte ihr der Wochenendausflug nach Lindenfels gutgetan."

„Waren Sie überrascht, dass sie bereits am Sonntagabend zurückkehrte und nicht erst am folgenden Montag?"

„Das war mir ehrlich gesagt ziemlich egal. Gut, wenn sie bereits am Samstag zurückgekommen wäre, dann hätte ich gewusst, dass zwischen ihr und Frau Schuster etwas vorgefallen war. Gewusst ist vielleicht ein bisschen übertrieben. Jedenfalls hätte es mich schon verwundert. Aber ob nun Sonntag oder Montag – das machte für mich keinen großen Unterschied."

„Hat sie etwas erzählt von ihrem Aufenthalt in Lindenfels?"

„Nein. Schließlich wusste sie, dass ich auf Frau Schuster nicht gut zu sprechen war. Man kann also sagen, sie war rücksichtsvoll genug, mich nicht unnötig zu reizen, indem sie mir irgendetwas vorschwärmte."

„Herr Unger, Ihre Frau ist zwischen Mitternacht und zwei Uhr früh ermordet worden", sagte Susanne. „Haben Sie vor dem Zubettgehen oder danach wirklich nichts Verdächtiges gehört? Schritte im Flur, das Schließen der Haustür, das Anlassen des Autos, nichts dergleichen?"

Der Verhaltensforscher schüttelte den Kopf.

„Und am Montagmorgen? Als Sie aufwachten und das Bett Ihrer Frau unberührt war? Hat Sie das nicht argwöhnisch gemacht?"

„Ich wurde vom stürmischen Klingeln der Kriminalpolizei aus dem Schlaf gerissen", antwortete Leo Unger. „Danach überschlugen sich die Ereignisse …"

Der Privatdetektiv aus Heubach nickte. „Haben Sie an dem Wochenende Anrufe für Ihre Frau entgegengenommen?"

„Ich wollte ungestört sein. Deshalb hatte ich den Anrufbeantworter eingeschaltet."

„Und? Sind irgendwelche Nachrichten für Ihre Frau aufgezeichnet worden?"

„Sie können sich doch sicher vorstellen, dass sich die Polizei sofort auf das Gerät gestürzt hat und alle Anrufer und alle Telefonnummern überprüft hat."

„Aber dabei ist nichts herausgekommen", sagte Blochs Assistentin.

„Glauben Sie im Ernst, Charlottes Mörder war so blöd, hier anzurufen?"

„Was ist mit der Post?", fragte der Privatdetektiv aus Heubach.

„Sollte der Henker ihr etwa eine Ansichtskarte schicken? Womöglich mit einem schönen Foto vom berühmten Beerfelder Galgen?" Der Leiter des Instituts für Verhaltensforschung lachte bitter. „Allmählich zweifele ich wirklich an Ihren Fähigkeiten."

Das lassen wir jetzt aber nicht auf uns sitzen, dachte Bloch.

Er schenkte sich nach, wartete geduldig bis sich der Schaum gesetzt hatte und trank einen Schluck von dem leider nicht sehr kalten Bier.

„Uns ist zu Ohren gekommen, dass Sie in beträchtlichen finanziellen Schwierigkeiten stecken", sagte der Privatdetektiv ruhig.

„Wer behauptet denn solchen Schwachsinn?"

Ohne darauf einzugehen, fuhr Bloch ungerührt fort: „Das an sich wäre ja noch nicht sonderlich aufregend. Aber wir haben erfahren, dass sich Ihre Situation quasi über Nacht grundlegend geändert hat. Nach dem Tod Ihrer Frau haben sich die Banken plötzlich sehr zuvorkommend verhalten."

Leo Unger schüttelte den Kopf. „Was reimen Sie sich denn da für einen Mist zusammen?"

„Ihre Frau hatte nicht zufällig eine hohe Lebensversicherung zu Ihren Gunsten abgeschlossen?“, fragte Susanne.

„Entschuldigung, Sie sind ja noch dümmer, als ich gedacht habe. Als ich es mir in meinen kühnsten Träumen vorstellen konnte.“

„Sollte sich allerdings herausstellen, dass Sie etwas mit der Ermordung Ihrer Frau zu tun haben, könnte es mit der Auszahlung schwierig werden.“

Der Verhaltensforscher starrte Blochs Assistentin wütend an.

„Die Versicherung wird jedenfalls so lange nicht zahlen, wie die polizeilichen Ermittlungen andauern“, sagte der Privatdetektiv aus Heubach. „Deshalb wundert es uns ja, dass die Banken Sie mit einem Mal so freundlich behandeln. Die normalerweise eher misstrauischen Herren des Geldes scheinen von Ihrer Unschuld überzeugt zu sein. Und davon, dass der Fall bald aufgeklärt wird. Denn sollten sich die Ermittlungen in die Länge ziehen, was ja durchaus möglich ist, sehen Sie so schnell kein Geld von der Versicherung.“

„Ich weiß wirklich nicht, wovon Sie sprechen.“ Leo Unger nahm sich eine weitere von Susannes Zigaretten und zündete sie mit ihrem Feuerzeug an.

Dafür sind wir also gut genug, du Arschloch, dachte Bloch.

„Einmal angenommen, die Lebensversicherung Ihrer ermordeten Frau sieht Ihren ebenfalls ermordeten Stiefsohn als Begünstigten vor – wer würde denn dann die eigentlich Benjamin zustehende Versicherungssumme erben?“, fragte er.

„Ich jedenfalls nicht“, antwortete Leo Unger. Er zog an seiner Zigarette und legte sie dann im Aschenbecher ab. „Merken Sie denn nicht, dass Sie sich in eine völlig irrsinnige Idee verrennen? Plötzlich bringen Sie auch noch seinen leiblichen Vater, diesen Markus Weidinger, ins Spiel. Er ist ja jetzt wohl nach Charlottes Tod Benjamins nächster Familienangehöriger.“

„Deshalb tippen wir ja eher auf Sie als Nutznießer dieser ganzen Geschichte“, sagte Susanne trotzig.

Der Verhaltensforscher winkte müde ab. „Träumen Sie ruhig weiter. Den Fall werden Sie so allerdings niemals lösen.“

„Die Fälle“, korrigierte Tobias Bloch. Er leerte sein Glas und erhob sich. „Eine Frage hätte ich dann doch noch. Und die dürfte wirklich nicht schwer zu beantworten sein.“

Leo Unger sah ihn nun, da sich das Ende ihrer Unterredung abzeichnete, erleichtert an.

„Haben Sie eigentlich den Wagen Ihrer Frau schon von der Kriminalpolizei zurückbekommen?“

Der Ehemann der ermordeten Verhaltensforscherin runzelte die Stirn. „Ist er denn schon wieder aufgetaucht? Dann wissen Sie aber mehr als ich.“

„Welches Auto fuhr Ihre Frau denn?“, hakte Susanne nach.

Leo Unger grinste. „Aha, jetzt begreife ich, worauf Sie hinauswollen. Sie müssen nach einem dunkelblauen Toyota suchen. Nach einem Kombi neueren Baujahrs. Und dabei wünsche ich Ihnen viel Spaß.“

Der Privatdetektiv stützte sich auf die Rückenlehne seines Stuhls. „Die Kriminalpolizei hat Ihnen also gesagt, dass der Wagen Ihrer ermordeten Frau spurlos verschwunden ist?“

„Nein.“

Bloch sah ihn irritiert an.

„Dieses Thema ist bei meinen Gesprächen mit der Erbacher Kommissarin und ihrem merkwürdigen Assistenten überhaupt nicht behandelt worden. Frau Hagedorn hat den Toyota nicht erwähnt – und ich habe nicht nach dem Auto gefragt. Glauben Sie wirklich, dass mich Charlottes Wagen unter diesen Umständen auch nur die Bohne interessiert? Der ist mir scheißegal.“

„Woher wissen Sie dann, dass der Toyota nicht am Galgen oder an irgendeinem anderen Ort aufgefunden wurde?", fragte der Privatdetektiv aus Heubach.

„Könnte man es vielleicht Kombinationsgabe nennen, Herr Bloch? Aber das ist für Sie ja wohl ein Fremdwort."

„Könnte es sein, dass Sie sich soeben in einen Widerspruch verwickelt haben, Herr Unger?", fragte Susanne Kramer lächelnd. „Könnte es sein, dass Sie sich sehr unbedacht geäußert haben, als sie fragten, ob der Wagen Ihrer Frau schon wieder aufgetaucht sei? Dass Sie sich regelrecht verplappert haben?"

„Sie belieben zu scherzen, gnädiges Fräulein."

„Nicht mit Ihnen, Herr Unger." Blochs Assistentin steckte ihr Zigarettenpäckchen und ihr Feuerzeug in die Brusttasche ihrer Jeansjacke und stand auf.

„Sie erkundigen sich ja gar nicht nach Benjamins Auto!", rief der Verhaltensforscher fast ein wenig enttäuscht.

„Was soll denn damit sein?", fragte der Privatdetektiv scheinbar desinteressiert.

„Der Wagen befindet sich noch bei der Kriminalpolizei, weil ich es strikt abgelehnt habe, ihn zurückzunehmen."

Susanne zuckte die Achseln. „Sie könnten ihn doch einfach verschenken."

„Nein, das kommt für mich überhaupt nicht in Frage. Zu wissen, wer mit dem Auto meines ermordeten Stiefsohnes in der Gegend herumfährt? Unmöglich. Soll ihn doch die Polizei versteigern."

„Klingt zwar sehr pietätvoll", sagte die Assistentin des Privatdetektivs, „aber wir wissen ja alle, dass Sie ein schlechter Schauspieler sind, Herr Unger. Ein sehr schlechter."

Susanne und ihr Chef wandten sich zum Gehen.

„Eine letzte Bemerkung noch", sagte Tobias Bloch. „Lassen Sie die Finger von Lilli."

„Wie meinen Sie das? Wollen Sie mir etwa verbieten, mit ihr zu schlafen?“

Der Privatdetektiv aus Heubach lächelte. „Sie wissen genau, was ich meine.“ Er holte seinen Autoschlüssel aus der Hosentasche. „Ich habe Sie gewarnt, Herr Unger.“

„Starker Abgang, Chef“, sagte Susanne, als sie durch das Sensbachtal Richtung Norden fuhren. „Lilli muss es dir ja wirklich angetan haben.“ Sie seufzte. „Ich frage mich die ganze Zeit, was sie bloß an diesem alten Kotzbrocken findet.“

„Der reizende Doktor Unger hat Macht. Es soll Frauen geben, die auf so etwas stehen. Ich könnte dir mühelos einige wirklich abschreckende Beispiele nennen. Dagegen sind Lilli und Leo ein wahres Traumpaar.“

„Was hat sie dir eigentlich noch gesagt, als du sie zur Tür begleitet hast?“, fragte die Assistentin des Privatdetektivs.

„Was wohl?“

„Ich will es vom Meister persönlich hören.“

„Dass ich dem Alten nichts von Benjamin erzähle. Sie bat mich, ihr das zu versprechen.“

„Und? Du hast doch nicht etwa Ja gesagt?“

„Nein, habe ich nicht.“

„Das war auch besser so.“

„Aber ich habe genickt“, sagte Tobias Bloch versonnen.

„Es darf nicht wahr sein!“, stöhnte Susanne. Sie streckte die Beine aus.

„Kannst du bitte mal den Sender wechseln? Das ist ja grauenhaft.“ Er warf ihr einen kurzen Seitenblick zu. „Und außerdem könntest du mich ruhig ein bisschen loben.“

Seine Assistentin beugte sich nach vorn und drückte ein paar Mal auf den linken kleinen Knopf am Autoradio.

„Besser?“, fragte sie nach dem dritten Anlauf.

„Geht so."

„Wofür soll ich dich denn bitte schön loben?"

„Dafür, dass ich das mit dem verschwundenen dunkelblauen Toyota von Charlotte Unger herausbekommen habe. Das wissen außer der Erbacher Kriminalpolizei nicht viele."

„Hilft uns denn die Information, dass ihr Wagen nicht auf dem Parkplatz neben dem Beerfelder Galgen stand, wirklich weiter?", fragte Susanne skeptisch.

„Diese Tatsache erweitert unseren Horizont."

„Meinen nicht unbedingt."

„Das kommt noch, bei dir dauert es eben immer ein bisschen länger. Aber ich kann dir natürlich auch ein wenig auf die Sprünge helfen." Bloch lächelte. „Allerdings nur, wenn du es wünschst."

„Ich kann mich hier im Auto leider nicht hinknien. Geht es auch ohne Unterwerfungsgeste?"

„Weil du es bist, Susanne. Also, die entscheidende Frage ist doch die folgende: Warum sucht die Erbacher Kriminalpolizei nicht über die Medien nach dem dunkelblauen Kombi?"

„Sie halten das für aussichtslos, weil zu viele Toyotas in der Gegend herumfahren?"

Der Privatdetektiv aus Heubach schüttelte den Kopf. „Die Wahrheit ist viel einfacher", erklärte er. „Die schöne Frau Hagedorn und ihr nicht ganz so schöner Assistent sind aller Wahrscheinlichkeit nach zu dem Schluss gekommen, dass sie Charlotte Ungers Wagen gar nicht mehr brauchen oder ihnen sein Auffinden bei ihren Ermittlungen nicht wirklich weiterhelfen würde."

„Wie bitte?", fragte Susanne Kramer staunend. „An oder in dem Toyota können doch wichtige Spuren gefunden werden, die Rückschlüsse auf den Täter beziehungsweise dessen Vorgehen zulassen. Haare, Schuppen, Fasern, vielleicht sogar Fingerabdrücke."

„Vollkommen richtig."

„Dann verstehe ich deine Argumentation nicht."

„Die Erbacher Kriminalpolizei scheint davon auszugehen, dass der dunkelblaue Kombi längst entsorgt worden ist. In einem Fluss, einem See, einem Staubecken – Möglichkeiten gibt es doch wirklich genug. Oder der Wagen wurde an einer abgelegenen Stelle einfach angezündet. Was ich persönlich allerdings für eine dumme, weil riskante Lösung halte, immerhin kann man mit einem brennenden Auto beträchtliches Aufsehen erregen. Jedenfalls werden bei beiden Vorgehensweisen alle relevanten Spuren vernichtet."

Um dem kleinen Vortrag ihres Chefs ein wenig von seiner Bedeutung zu nehmen, sagte Susanne: „Seit wann lösen sich beispielsweise Stehleitern im Wasser auf?" Sie grinste. „Kleiner Scherz am Rande, nichts für ungut."

„Du bist ja nur neidisch", brummte der Privatdetektiv.

„Interessant ist auf jeden Fall wieder die Abweichung zwischen den beiden Mordfällen", stellte seine Assistentin fest. „Charlottes Auto verschwindet scheinbar spurlos. Benjamins Wagen aber wird von dem Täter zurückgelassen. Wir sind uns doch einig, dass er auf dem Parkplatz neben dem Galgen stand?"

„Nein. Er kann sein Auto beispielsweise in Beerfelden abgestellt haben und ist dann zu Fuß zur Anhöhe über dem Ort gegangen, um nur ja kein Aufsehen zu erregen. Oder er hat seinen Wagen in der Nähe des Galgens auf einem Feld- oder Waldweg geparkt."

„Wieso kannst du mir nicht ein einziges Mal recht geben?", murrte Susanne.

„Tue ich doch praktisch andauernd."

„Tatsächlich? Wieso fällt es mir dann überhaupt nicht auf?"

Kapitel 21

Tatort

„Weißt du, an welchem der drei Querbalken Charlotte und ihr Sohn erhängt wurden?", fragte seine Assistentin leise, um die anderen Besucher des Beerfelder Hochgerichts nicht auf sich aufmerksam zu machen.

Der Privatdetektiv aus Heubach deutete unauffällig auf die vordere Eisenstange, die Franziska Rauscher bei seinem ersten Besuch der Richtstätte als den Teil des Galgens angegeben hatte, an dem die Verhaltensforscherin ermordet worden war. Später hatte er von der Erbacher Kriminalpolizei erfahren, dass ihr Sohn nur wenige Tage darauf an demselben eisernen Querbalken erhängt worden war.

„Charlotte und Benjamin hingen beide hier oben an dieser Stange", sagte Bloch, während er scheinbar interessiert eine der drei Säulen aus Buntsandstein genauer betrachtete.

„Merkwürdiger Zufall. In den Medien ist meines Wissens nicht darüber berichtet worden, an welcher Stelle des Hochgerichts Frau Unger getötet wurde. Oder habe ich da etwas nicht mitbekommen?"

„Dir dürfte in der Anfangsphase des Falles eine ganze Menge entgangen sein", antwortete der Privatdetektiv in bitterem Tonfall. „Aber dieses beschissene Kapitel haben wir ja hoffentlich abgeschlossen."

Susanne nickte heftig. „Und zwar ein für allemal."

„Ich habe jedenfalls in den Medien nichts davon gehört, gesehen oder gelesen", fuhr Bloch fort. „Und an einen Zufall glaube ich nicht so recht. Obwohl ein solcher natürlich nicht auszuschließen ist."

„Wer außer dem Mörder von Charlotte, wer außer Franziska Rauscher, der Kriminalpolizei und deiner Wenigkeit weiß um dieses Detail?", fragte seine Assistentin.

„Wenn Frau Rauscher es auch nur einem einzigen Beerfelder Einwohner gegenüber erwähnt hat, dann ist es im ganzen Ort bekannt. Und davon gehe ich stark aus, schließlich hat sie es ja mir – einem Wildfremden – auch sofort erzählt."

Sie verließen ihren Platz in der Mitte des dreischläfrigen Galgens, um einer mehrköpfigen und sehr geschwätzigen Touristengruppe, die zweifellos aus Bayern stammte, eine bessere Sicht auf die spektakuläre Richtstätte zu ermöglichen. Eine üppige Frau in einem prächtigen Dirndl nickte ihnen dankbar zu.

„Die Stadt sollte Eintritt verlangen", murmelte Tobias Bloch, als sie sich von dem Beerfelder Galgen entfernten und zu dem Gedenkstein mit seiner dunklen Bronzeplatte gingen.

Als sie die ersten Zeilen der Inschrift gelesen hatte, sagte Susanne: „Das verstehe ich nicht. Der Galgen wurde um 1550 errichtet und schon knapp fünfzig Jahre später erneuert? Das ergibt doch keinen Sinn."

„Doch. Das Hochgericht mit seinen Säulen aus Buntsandstein, das du dir eben so genau angeschaut hast, stammt aus dem Jahr 1597. Vorher stand hier fast ein halbes Jahrhundert lang ein dreischläfriger Galgen aus Holz."

„Besserwisser", sagte die Assistentin des Privatdetektivs. Dann las sie konzentriert weiter. „Damals hängte man jemanden wegen des Diebstahls eines Huhnes und zweier Laibe Brot auf?"

„Laut Überlieferung hat die Frau die Sachen für ihr krankes Kind gestohlen“, sagte Bloch.

„Nicht zu fassen.“

„Möglicherweise doch. Erstens handelte es sich um eine Zigeunerin. Ich denke, dass man bei einer Einheimischen unter Umständen ein weniger drastisches Urteil gefällt hätte. Und zweitens hat mir Maximilian Haussmann erklärt, dass die arme Frau nicht unbedingt allein wegen dieses Diebstahls zum Tod durch den Strang verurteilt worden sein muss. Seiner Ansicht nach ist es durchaus denkbar, dass sie sich bereits in der Vergangenheit einiges hatte zuschulden kommen lassen. Wenn man dieser Sichtweise folgt, war dies nur der Schlusspunkt unter eine schon länger andauernde Entwicklung. Haussmann sprach von einem vollen beziehungsweise überzogenen Sündenkonto.“

Bei seinen letzten Bemerkungen zuckte Susanne Kramer unwillkürlich zusammen. Dann straffte sie sich. „Komm, lass uns einen kleinen Spaziergang machen.“ Sie drehte den Kopf kurz zu den wenige Meter hinter ihnen stehenden Besuchern um. „Muss ja keiner hören, was für tolle Ideen ich manchmal habe.“

Bloch verließ mit seiner Assistentin die mehr als vierhundert Jahre alte Richtstätte oberhalb von Beerfelden. Sie überquerten die Landstraße, die nach Airlenbach führte, und bogen nach wenigen Metern in einen Feldweg ein.

„Also“, begann Susanne eilfertig. „Folgende Überlegung: Warum musste Charlotte Unger sterben? Wir haben die ermordete Verhaltensforscherin meiner Meinung nach bisher aus einem zu eingeschränkten Blickwinkel betrachtet. Wir haben sie nämlich nur als Opfer gesehen.“

Tobias Bloch ging schweigend neben ihr her. Er musste einer fetten orangefarbenen Nacktschnecke ausweichen, dabei berührte er leicht die Schulter seiner Assistentin.

„Was aber, wenn Charlotte Unger nicht nur Opfer, sondern auch Täterin gewesen ist?“, sagte Susanne. „Wenn sie – wie die Zigeunerin – aus der Sicht ihres späteren Mörders ihr Sündenkonto überzogen hatte? Und analog zu Maximilian Haussmanns Bemerkung muss es sich ja nicht um ein einziges Delikt – oder wie immer man das nennen will – gehandelt haben. Die Verhaltensforscherin kann ja über einen längeren Zeitraum hinweg jemanden schwer gekränkt oder verletzt haben. Oder sich bestimmter Vergehen schuldig gemacht haben. Bis das Fass schließlich übergelaufen ist.“

„Niemand hat sich bisher negativ über die Erhängte geäußert“, nahm der Privatdetektiv aus Heubach den Faden auf. „Ihr Ehemann, ihr Sohn und auch Maria Wedekind, ihre enge Mitarbeiterin, haben übereinstimmend davon gesprochen, dass wir Charlotte Unger nicht kannten. Wir haben daraus – wohl viel zu voreilig – geschlossen, dass sie im positiven Sinne eine bemerkenswerte, ja eine einzigartige Person gewesen sein musste. Dass diese Aussage aber auch ganz anders und zwar negativ interpretiert werden kann, ist von uns nicht ausreichend berücksichtigt worden.“

„Charlotte muss etwas getan haben, was den späteren Mörder dazu veranlasst hat, sich an ihr zu rächen. Und zwar auf sehr grausame Art und Weise“, sagte seine Assistentin. „Er wollte mit der öffentlichen Hinrichtung am Beerfelder Galgen weithin sichtbar zeigen, dass diese Frau ein solches Ende in jeder Hinsicht verdient hatte.“

„Wie passt die wenige Tage später erfolgte Ermordung ihres Sohnes in dieses Bild?“, fragte Bloch. „Was hat Benjamin Unger sich zuschulden kommen lassen, um wie seine Mutter am Galgen zu enden?“

„Ihn haben wir jedenfalls nicht so positiv wie Charlotte gesehen“, sagte Susanne. „Wir haben ihm mindestens die

Erpressung seines leiblichen Vaters zugetraut. Wenn nicht noch viel mehr."

„Ich habe ihn als ziemlich abgezockten Typ erlebt. Jedenfalls hat er sich große Mühe gegeben, diesen Eindruck zu vermitteln."

„Aber als du ihn mit der Tatsache konfrontiert hast, dass Lilli Wagner auch mit seinem Stiefvater schläft, ist er deiner Schilderung zufolge fast ausgeflippt."

„Ja. Was aber zumindest aus männlicher Sicht absolut nachvollziehbar ist." Tobias Bloch hielt inne. „Lass uns bitte umkehren, Susanne. Ich habe nämlich Hunger."

„Bekommen wir denn um diese Zeit hier in der Gegend noch etwas Vernünftiges zu essen? Oder willst du mich zu einem deiner sehr speziellen Schnellimbisse schleifen? Du weißt genau, dass ich solche ausgefallenen Speisen wie Nierenspieß oder Currywurst überhaupt nicht mag."

Ohne sie eines Blickes oder gar einer Antwort zu würdigen, machte der Privatdetektiv aus Heubach kehrt und nahm mit schnellen Schritten Kurs auf den Galgen.

„Tobias, warte doch mal!", rief seine Assistentin. „Ich komme ja mit." Sie eilte ihm hinterher. „Du weißt doch, ich bin ein anspruchsloses Mädchen. Mir genügt schon eine einfache Portion Pommes."

Als sie ihn schließlich eingeholt hatte, klopfte sie ihm besänftigend auf die Schulter.

„Rühr mich nicht an!"

„Habe ich was Falsches gesagt?"

Bloch warf ihr einen zornigen Seitenblick zu. „Du redest in letzter Zeit ziemlich viel Mist, weißt du das?", zischte er.

„O je!", seufzte sie theatralisch. „Du hast Ärger mit deiner Angebeteten in Michelstadt, richtig?"

„Von wem redest du überhaupt?"

Susanne lächelte. „Weibliche Intuition, gepaart mit exzellenter Kombinationsgabe“, verkündete sie stolz. „Die Mutter aller Odenwälder Nierenspieße ist sauer auf dich. Oder du bist sauer auf sie. Jedenfalls ist euer früher so herzliches Verhältnis im Moment reichlich getrübt.“

Der Privatdetektiv aus Heubach schüttelte wütend den Kopf.

„Volltreffer“, stellte seine Assistentin sachlich fest. Sie tätschelte vorsichtig seinen Oberarm. „Das wird schon wieder, Tobias. Keine Sorge, alles wird gut.“

„Halt endlich die Klappe!“

Als sie hintereinander die Landstraße nach Airlenbach überquert hatten und auf den Natur-Parkplatz Galgen zusteuerten, blieb Bloch auf Höhe des Eingangs zur Beerfelder Richtstätte so abrupt stehen, dass Susanne fast mit ihm zusammengestoßen wäre. Ohne auf seine Assistentin zu achten, die einen leisen Fluch ausstieß, ging er langsam ein paar Schritte in Richtung des dreischläfrigen Galgens, um sich Gewissheit zu verschaffen.

Susanne machte Anstalten, ihm zu folgen.

„Du bleibst hier!“, befahl er barsch.

So beobachtete die Assistentin des Heubacher Privatdetektivs aus einiger Entfernung, wie ihr Chef sich angeregt mit einer alten Frau mit gebeugtem Rücken unterhielt. Gerade zeigte Franziska Rauscher – um wen konnte es sich sonst handeln? – auf seine Begleiterin, aber Bloch schüttelte nur den Kopf und winkte unwirsch ab. Susanne spürte, wie ihr die Röte ins Gesicht stieg, und sie verfluchte ihre nicht sehr einfühlsamen Bemerkungen über die Qualität der Speisen in Odenwälder Schnellimbissen im Allgemeinen und über eine ganz bestimmte Imbisswirtin in Michelstadt im Besonderen, mit denen sie sich den Zorn ihres Chefs zugezogen hatte. Sie hätte eigentlich wissen müssen, dass Tobias Bloch auf Anspielungen zu diesem Thema sehr empfindlich reagieren konnte.

„Worüber habt ihr euch denn unterhalten?", fragte Susanne einige Zeit später vorsichtig, als sich die Wogen wieder etwas geglättet hatten. Gleichwohl war ihr bewusst, dass auch nur ein einziges falsches Wort sofort wieder einen Sturm der Entrüstung bei ihrem Gegenüber auslösen konnte.

Sie saßen am frühen Nachmittag in dem Gasthaus mit gutbürgerlicher Küche im Zentrum von Beerfelden, das zu Blochs Erstaunen, als er hier am Mittwoch mit Benjamin Unger gesprochen hatte, durchgehend warme Küche von elf bis 23 Uhr anbot.

Der Privatdetektiv aus Heubach war gerade damit beschäftigt, langsam den Schaum seines kristallklaren Weizenbieres abzutrinken, weshalb er sich außerstande sah, die ihm gestellte Frage zu beantworten.

Susanne beobachtete seine konzentrierten Bemühungen in aller Seelenruhe.

„Haben Sie schon gewählt?"

Auf leisen Sohlen hatte sich ihnen die junge Bedienung mit den gefärbten hennafarbenen Haaren genähert. Sie bedachte Bloch mit einem wissenden Blick.

„So schnell sieht man sich wieder", sagte sie lächelnd.

Susanne räusperte sich. „Ich hätte gern eine gegrillte Regenbogenforelle mit Petersilienkartoffeln. Dazu nehme ich einen großen grünen Salat."

„Welches Dressing möchten Sie? Joghurt, Knoblauch, Sahne …?"

Susanne sah die Bedienung leicht verwirrt an.

„Essig und Öl", soufflierte der Privatdetektiv.

„Knoblauch", antwortete seine Assistentin.

Die junge Frau, die heute eine schwarze Bluse und anthrazitfarbene Jeans trug, nahm nickend die Speisekarte entgegen und warf Bloch einen kurzen Blick zu.

„Wann haben Sie noch mal Ruhetag?", fragte er. „Nicht Sie persönlich natürlich ..."

Susanne verdrehte die Augen.

„Montags."

„Hatte ich es also doch richtig in Erinnerung. Gut." Der Privatdetektiv aus Heubach beugte sich ein wenig zu der Bedienung vor, als müsse er ihr eine höchst wichtige, nur für ihre Ohren bestimmte Nachricht übermitteln. „Bitte bringen Sie mir ein Jägerschnitzel. Nicht paniert."

„Mit frischen Champignons oder mit frischen Steinpilzen?"

Bloch stutzte. „Mit beiden?"

„Klar. Kein Problem."

„Dazu hätte ich gern Bratkartoffeln und einen normalen grünen Salat. Als Dressing bitte Essig und Öl."

„Wird gemacht." Die junge Frau nahm auch seine Speisekarte entgegen und entfernte sich Richtung Theke.

„Reizende Person", sagte der Heubacher Privatdetektiv. „Und so geduldig."

Susanne seufzte. „Mit dir kann man sich ja bald überhaupt nicht mehr in der Öffentlichkeit sehen lassen. Du benimmst dich unmöglich."

Tobias Bloch nahm einen kräftigen Schluck von seinem kristallklaren Weizenbier, den hatte er sich nach dieser anstrengenden Bestellung wahrlich verdient. Dann zündete er sich eine Zigarette an, inhalierte tief und blies den Rauch über seine Assistentin hinweg.

„Du sitzt übrigens auf Benjamins Platz", sagte er.

„Deine Überleitungen sind einfach genial."

Bloch zuckte die Achseln. „Es war sogar ungefähr um die gleiche Zeit. Am Mittwoch, meine ich. Auch nach vierzehn Uhr. Deshalb hatte ich schon befürchtet, nichts Warmes mehr zu essen zu bekommen. Aber diese Gaststätte hier hat durchgehend warme Küche. Von elf bis elf. So etwas findest du heutzutage nur noch im Odenwald."

„Dummschwätzer."

„Warte nur ab, bis das Essen kommt. Dann wirst du mir sehr dankbar dafür sein, dass ich diese Gaststätte vorgeschlagen habe. Mein neuester Geheimtipp."

Die Assistentin des Heubacher Privatdetektivs nippte an ihrem trockenen Weißwein.

„Hier hast du Benjamin Unger also eröffnet, dass die flotte Lilli etwas mit seinem Stiefvater hat", stellte sie fest.

„Du siehst das nicht in seiner vollen Dimension, Susanne. Hier habe ich überhaupt erst davon erfahren, dass Benjamin ein Verhältnis mit Lilli Wagner gehabt hat. Durch puren Zufall!"

„An den du ja angeblich nicht glaubst."

„Ausnahmen bestätigen die Regel. Oder so ähnlich. Jedenfalls ist mir erst durch seine vehemente Reaktion auf meine Information über das Liebesleben seines Stiefvaters klar geworden, dass auch Benjamin mit der Empfangsdame des ethologischen Instituts schläft." Tobias Bloch zog an seiner Zigarette. „Geschlafen hat", korrigierte er sich.

„Weil er keinen halben Tag später am Beerfelder Galgen hing."

„Nein. Diese Beziehung war hier, genau hier in der Minute zu Ende, als ich ihm das für ihn Unglaubliche erzählt habe. Er wollte absolut nichts mehr von Lilli wissen. Mit einem Schlag war alles vorbei."

Die junge Frau mit dem gefärbten hennafarbenen Haar brachte ihr Essen und wünschte einen guten Appetit.

„Worüber habt ihr euch denn unterhalten?", fragte Susanne nach dem vorzüglichen Essen ein zweites Mal. „Oder darf ich das nicht erfahren?" Sie trank von ihrem Espresso. „Nicht mal vorgestellt hast du mich der alten Dame."

„Den Ausdruck Dame würde Franziska Rauscher wahrscheinlich entrüstet zurückweisen. Und zwar zu Recht." Bloch lehnte sich entspannt zurück und verschränkte die Arme. „Wieder so ein komischer Zufall, dass ich sie ausgerechnet zu diesem Zeitpunkt am Galgen gesehen habe. Ich meine, wir waren doch schon fast auf dem Parkplatz angekommen, als ich plötzlich im Augenwinkel eine Gestalt gesehen habe …"

„Dein sechster Sinn?", schlug seine Assistentin vor.

„Quatsch."

„Könntest du jetzt endlich meine Frage beantworten?"

„Ihr ist noch etwas eingefallen. Etwas, das für sie in dem Augenblick, als sie die übel zugerichtete Charlotte Unger am Galgen entdeckte, völlig bedeutungslos geworden war. Obwohl es eigentlich genau umgekehrt hätte sein müssen."

„Deine Rede klingt verworren."

„Ist sie aber keineswegs", erwiderte der Privatdetektiv. „Als Franziska Rauscher an diesem frühen Montagmorgen von Beerfelden aus auf die Anhöhe stieg, ist ihr kurz vor dem Ortseingang ein Auto entgegengekommen. An und für sich natürlich überhaupt nichts Besonderes …"

„Aber?"

„Der Fahrer oder die Fahrerin benahm sich sehr merkwürdig."

Susanne Kramer schenkte der brennenden Zigarette in dem Aschenbecher keine Beachtung mehr.

„Frau Rauscher kam es so vor, als wollte sich der Fahrer vor ihr verstecken. Sie hat es zwar nur undeutlich gesehen – sie ist kurzsichtig –, aber ihr schien es, als habe sich die Person im Wagen plötzlich geduckt, um nur ja nicht erkannt zu werden. Was Frau Rauscher allerdings sowieso niemals möglich gewesen wäre. Jedenfalls sagt sie, dass das Auto einen kleinen Schlenker gefahren ist …"

„Hat sie die Automarke erkannt?", fragte seine Assistentin.

Der Privatdetektiv aus Heubach lächelte. „Sie kennt sich auf diesem Gebiet zwar nicht besonders gut aus, aber ihr kam der Wagentyp bekannt vor, weil einer ihrer Enkel auch ein solches Auto fährt."

„Es war ein Toyota? Ein Kombi?"

Bloch nickte.

„Farbe?"

„Da ist sich Frau Rauscher nicht ganz sicher. Sie meint, dass es ein dunkles Auto war. Will sich aber nicht darauf festlegen, ob es schwarz, anthrazitfarben oder dunkelblau war."

„Und das Kennzeichen? Wenigstens die ersten Buchstaben für den Landkreis?"

„Keine Chance. Erstens hätte sie das Nummernschild auf die Entfernung wohl kaum entziffern können. Und zweitens hat sie überhaupt nicht darauf geachtet, weil sie durch das merkwürdige Verhalten des Fahrers irritiert war."

„Sie glaubt, einen Mann gesehen zu haben?"

Der Privatdetektiv zuckte die Achseln. „Frau Rauscher hält es jedenfalls für möglich. Aber sie hat die Person am Steuer leider nur sehr kurz gesehen."

„Hat sie dem Wagen nachgeschaut? Hat sie den Hinterkopf der Person gesehen, als diese sich wieder aufgerichtet hat?

Konnte sie aufgrund der Frisur oder der Länge der Haare einen Rückschluss auf ihr Geschlecht ziehen?"

„Susanne, die Frau ist kurzsichtig." Er deutete auf den Aschenbecher. „Drückst du deine Zigarette aus, bevor der Filter brennt?"

„Schon gut." Mit einem anderen, etwas längeren Zigarettenstummel aus dem Aschenbecher drückte sie fest auf ihre fast bis zum Filter heruntergebrannte Zigarette. „Ein dunkler Toyota fährt am frühen Montagmorgen auf der an dem Galgen vorbeiführenden Landstraße nach Beerfelden", sinnierte Susanne. „Es hat den Anschein, als wolle der Fahrer – wenn es denn keine Fahrerin war – sein Gesicht vor einer ihm zufällig entgegenkommenden Spaziergängerin verbergen."

„Er kann sich natürlich auch aus einem ganz anderen, völlig harmlosen Grund kurz gebückt haben."

„Trotzdem, die Vorstellung, dass jemand Stunden nach der Ermordung von Charlotte Unger ganz in der Nähe des Tatortes ihr Auto fährt, ist doch aberwitzig. Es ist immerhin bereits helllichter Tag. Wie groß ist denn da die Chance, nicht gesehen zu werden?"

„Es muss sich ja gar nicht um den Täter gehandelt haben", wandte Tobias Bloch ein.

„Sondern?"

„Der Toyota könnte vom Parkplatz neben der Richtstätte gestohlen worden sein."

„Und der Dieb sieht nicht, dass jemand am Galgen hängt?", fragte seine Assistentin. „Das glaubst du doch selbst nicht!"

„Natürlich ist das alles ziemlich unwahrscheinlich. Ich sehe dennoch zwei denkbare Möglichkeiten. Erstens. Ein zufällig an dem Naturparkplatz vorbeikommender morgendlicher Spaziergänger sieht den verlassenen Kombi, der möglicherweise nicht einmal abgeschlossen ist."

Susanne schüttelte den Kopf. „Zufälligerweise steckt auch noch der Zündschlüssel im Schloss, hmm?"

„Einen Wagen ohne Schlüssel zu starten, ist nun wirklich ein Kinderspiel."

„Sagt der begabteste Automechaniker des gesamten Odenwaldes."

Ohne auf ihre spitze Bemerkung einzugehen, fuhr der Privatdetektiv aus Heubach fort: „Möglichkeit Nummer zwei. Noch tollkühner. Der Täter kehrt an den Ort seines Verbrechens zurück. So etwas soll schon vorgekommen sein."

„Zu Fuß? Oder kommt er in seinem eigenen Wagen und stellt diesen nun auf dem Parkplatz ab?"

Wenn sich Tobias Bloch erst einmal an einem bestimmten Szenario festgebissen hatte, ließ er sich auch von den sinnvollsten Einwänden und den logischsten Fragen nicht beirren. Also sagte er: „Er kann sein Auto in der Nähe im Wald versteckt haben. Er kann in einem Taxi gekommen sein. Was ich ihm persönlich nicht geraten hätte."

„Du bist manchmal sehr einfühlsam, Tobias."

„Es gibt natürlich auch noch eine dritte Möglichkeit."

„Natürlich. Gibt es die nicht immer?"

„Der Mörder von Charlotte Unger hat sich von einem Freund oder einem Komplizen zum Beerfelder Galgen fahren lassen. Er, ich spreche jetzt wieder vom Täter, will noch einmal sein Werk bewundern. Er will bei Tageslicht mit eigenen Augen sehen, was er in der Nacht angerichtet hat und welche Folgen seine Tat inzwischen nach sich gezogen hat. Er will seinen Erfolg genießen, er will ihn sich für immer ins Gedächtnis einbrennen."

Susanne Kramer seufzte schwer.

Was ihren Chef unbeeindruckt ließ. „Das Auto der Ermordeten zu stehlen, hatte er ursprünglich überhaupt nicht vor.

Aber nun denkt er sich, dass dies eigentlich eine günstige Gelegenheit ist, um bei der Erbacher Kriminalpolizei ein bisschen Verwirrung über den tatsächlichen Tathergang zu stiften."

„Warum hat er den Wagen dann nicht schon in der Mordnacht weggeschafft?", fragte seine Assistentin.

„Da hatte unser Mann ganz andere Prioritäten."

„Entschuldigung. Das hatte ich ganz vergessen." Sie leerte ihr Glas. „Können wir jetzt bitte gehen? Deine Märchenstunden haben auf mich immer eine sehr einschläfernde Wirkung."

Bloch war noch nicht ganz fertig. „Es kann natürlich auch alles ganz anders gewesen sein. Der betreffende Toyota ist schwarz oder anthrazitfarben und hat keine Erbacher Autonummer. Auf seinem Weg zur Arbeit kommt der Fahrer zufällig am Galgen und später an Franziska Rauscher vorbei. Kurz vor dem Ortseingang rutscht ihm das auf dem Beifahrersitz liegende Feuerzeug herunter, er bückt sich, was Frau Rauscher zu dem falschen Schluss kommen lässt, er wolle sein Gesicht vor ihr verbergen …"

„Das reicht jetzt wirklich!" Susanne machte der Bedienung ein Zeichen.

Als die junge Frau kurz darauf an ihren Tisch kam, fragte sie den Privatdetektiv lächelnd: „Möchten Sie auch wieder etwas für Ihre Katze mitnehmen?"

Bloch strahlte. „Eine hervorragende Idee! Sehr aufmerksam von Ihnen. Wenn ich mir die Bemerkung erlauben darf: Sie sind ein Schatz!"

Seine Assistentin wünschte sich an einen Ort, weit, weit von diesem Beerfelder Gasthaus entfernt.

Die junge Bedienung schien sich allerdings an diesem Kompliment zu erfreuen. „Schon wieder eine Rinderroulade ist wahrscheinlich übertrieben."

Er nickte. „Sie haben vollkommen recht. Muzel liebt die Abwechslung."

„Muzel? Ein schöner Name. Ob sie vielleicht ein Jägerschnitzel mag? Natürlich nicht paniert."

„Ein dünnes, etwas kleineres Schnitzel würde ihr wahrscheinlich gefallen. Aber ohne Pilze."

„Ein Sahneschnitzel?", schlug die hennafarbene Bedienung vor.

Bloch warf ihr einen anerkennenden Blick zu. „Das ist es. Das ist genau das Richtige."

Kapitel 22

Täuschung

Sie trafen sich in einem einsamen Waldstück abseits der markierten Wanderwege. Als Orientierungspunkt diente ihnen eine mächtige alte Buche, in die im vergangenen Herbst der Blitz eingeschlagen hatte, was zur Folge hatte, dass der Stamm des Baumes von der Krone abwärts auf einer Länge von mehr als drei Metern fast senkrecht gespalten worden war. An den dadurch entstandenen offenen Innenseiten des Stammes hatten sich inzwischen zahlreiche Pilze angesiedelt.

„Lange mache ich bei diesem ganzen Theater nicht mehr mit", sagte sie. „Was müssen die Leute denn von mir denken?"

Der Mann, der sich mit dem Rücken an den glatten Stamm der Buche gelehnt hatte, lächelte spöttisch. „Du machst deine Sache ganz hervorragend. Fast könnte man wirklich glauben ..." Er vollendete den Satz nicht.

„Was nützt uns das ganze Täuschungsmanöver, wenn die Kriminalpolizei überhaupt nichts davon erfährt?", fragte sie zweifelnd.

Er winkte verächtlich ab. „Diese Kommissarin und ihren fetten Assistenten kannst du getrost vergessen. Die haben keinen blassen Schimmer davon, was hier wirklich läuft. Nein, wir spielen dieses nette Spiel für zwei andere Zuschauer, das weißt du ganz genau. Und die scheinen die Geschichte ja gefressen zu haben. Das ist doch die Hauptsache."

„Hält deine Freundin denn dicht?"

„Darüber brauchst du dir keine Sorgen zu machen“, antwortete er gelassen. „Die habe ich vollkommen in der Hand.“

„Und niemand ahnt etwas von eurer Beziehung?“

„Wenn sich keiner von uns verplappert, wird es ein süßes Geheimnis bleiben.“

Sie schüttelte den Kopf. „Du klingst ja richtig verliebt. Und das in deinem Alter.“

„Darauf habe ich sehr lange warten müssen. Und deshalb genieße ich es jetzt richtig. Auch wenn wir uns nur in aller Heimlichkeit treffen können. Ob du es glaubst oder nicht – das macht die ganze Sache noch reizvoller.“

„Alter Lustmolch.“

„Du bist ja nur neidisch.“

„Auf wen? Auf deine neue Freundin? Nein, wirklich nicht.“ Sie zündete sich eine Zigarette an. „Das mit dem Auto gefällt mir nicht. Wenn die alte Frau etwas gesehen hat ...“

„Hat sie aber nicht“, widersprach er. „Sonst hätte sich die Kriminalpolizei längst an die Öffentlichkeit gewandt.“

„Es war aber trotzdem sehr riskant.“

Er stieß sich von der alten Buche ab und zuckte die Achseln. „Das alles ist riskant. Aber das wussten wir doch schon vorher. Du hattest lange genug Zeit, dir zu überlegen, ob du mitspielen würdest. Und du hast dich eindeutig für unseren Plan entschieden.“

„Von zusätzlichen gewagten Abenteuern war aber nie die Rede.“

„Das ist doch Schnee von gestern. Warum sollen wir uns jetzt noch darüber streiten?“

„Das war aber die Ausnahme, ja?“, sagte sie. „Versprich mir, in Zukunft kein unnötiges Risiko mehr einzugehen.“

Er sah sie einige Sekunden lang durchdringend an. „Ich kann dir überhaupt nichts versprechen. Denn ich weiß wirklich nicht, was noch auf mich zukommt. Und was ich mir dann als Reaktion darauf einfallen lassen muss."

„Das hat sich aber vor ein paar Minuten noch ein bisschen anders, ein bisschen selbstbewusster angehört."

„Du verstehst mich nicht. Oder willst mich nicht verstehen. Ich gebe dir ein einfaches Beispiel. Wenn du morgen auf die Idee kommen würdest, zur Kriminalpolizei nach Erbach zu gehen, um ein wenig aus dem Nähkästchen zu plaudern. Oder wenn du dich diesem Arschloch namens Bloch oder seiner Assistentin anvertrauen würdest, wäre ich gezwungen, angemessen darauf zu reagieren. Richtig?"

„Soll das eine Drohung sein?", fragte sie.

Er seufzte. „Ich gebe dir ein zweites Beispiel. Wenn du mir jetzt sagen würdest, dass du vorhast, wem auch immer von unserem hübschen kleinen Täuschungsmanöver zu erzählen, wäre ich gezwungen, unverzüglich zu handeln. Das ist doch absolut nachvollziehbar."

„Was würdest du denn dann tun?", fragte sie, um eine feste Stimme bemüht.

„Das weißt du ganz genau."

„Ich will es aber von dir hören. Jetzt."

„Ich würde dich auf der Stelle töten. Ohne zu zögern." Er verschränkte die Arme und lächelte kalt. „Anschließend würde ich dann vielleicht ein wenig improvisieren. Ein kleines Abenteuer riskieren. Ich würde etwas machen, das du für viel zu gefährlich halten würdest – wenn ich es mit einer anderen Person als dir anstellen würde."

„Jetzt zeigst du dein wahres Gesicht."

Er ging nicht auf ihre Bemerkung ein, sondern fuhr ungerührt fort: „Ich würde deine Leiche noch heute Nacht zum Beerfelder Galgen bringen und sie an derselben Eisenstange aufhängen, an der auch die beiden sterben mussten." Plötzlich schien ihm eine witzige Idee eingefallen zu sein, denn über sein Gesicht huschte ein zufriedenes Lächeln. „Moment, fast hätte ich ein wichtiges Detail vergessen. Ich hätte dich natürlich vorher noch umgezogen. Vor dem Eintreten der Totenstarre."

„Du bist ein ekelhaftes Schwein", sagte sie mit brüchiger Stimme.

Er ging nicht auf ihre schmeichelhafte Bemerkung ein. „Das ist doch alles nur graue Theorie. Denn ich weiß genau, dass ich mich auf dich verlassen kann. Wir sind einen weiten Weg zusammen gegangen, jetzt gibt es kein Zurück mehr. Für niemanden von uns."

„Warum mussten wir uns hier treffen?"

„Weil wir uns keinen Fehler mehr erlauben dürfen", sagte er.

Sie sah ihn verblüfft an. „Ich habe keinen Fehler gemacht. Oder habe ich mich gegenüber der Kriminalpolizei oder gegenüber diesen privaten Ermittlern falsch verhalten?"

„Nein, du warst großartig. Und du wirst wahrscheinlich schon bald Gelegenheit dazu haben, noch mehr von deinem schauspielerischen Können zu zeigen."

„Wann?"

„Kann ich noch nicht sagen. Das hängt von der weiteren Entwicklung ab."

„Aber ich werde rechtzeitig informiert?"

„Selbstverständlich."

„Kannst du mir mehr über den Fehler erzählen, den du gemacht hast?", fragte sie.

„Es muss gar kein Fehler gewesen sein, aber es könnte sich leider herausstellen, dass es einer war. Aber keine Sorge, noch bleibt mir Zeit einzugreifen und den Kurs zu korrigieren."

„Bist du sicher?"

„Inzwischen müsstest du mich eigentlich ganz gut kennen." Er sah sie nachdenklich an.

„Was ist? Irgendetwas stimmt doch nicht."

„Ich habe einer Person vielleicht zu viel Vertrauen geschenkt", sagte er. „Und es könnte sein, dass sie sich dieses Vertrauens nicht würdig zeigt."

Sie hob die Augenbrauen. „Wird es eine weitere Hinrichtung am Beerfelder Galgen geben?"

Er zögerte mit der Antwort. „Ausschließen kann ich das nicht. Wenn es sich nicht vermeiden lässt ..."

„Um wen geht es?"

„Ich möchte dein Gewissen nicht unnötig belasten." Er lächelte. „Du wirst es jedenfalls sofort erfahren, weil die Kriminalpolizei gleich nach der Entdeckung der Leiche vor deiner Tür stehen wird."

„Bist du im Begriff, mir eine Falle zu stellen?"

„Das würde mir nie in den Sinn kommen."

„Aber wenn du nur so deine Haut retten könntest?"

„Dann würde ich es mir vielleicht noch einmal überlegen."

Kapitel 23

Miriam

Als Tobias Bloch und seine Assistentin am frühen Samstagabend nach Heubach zurückkehrten, war von der dreifarbigen Katze des Privatdetektivs weit und breit nichts zu sehen. Sie stiegen aus dem schwarzen Renault, sahen sich kurz um und gingen dann ins Haus. In der Küche packte Bloch das für Muzel vorgesehene Sahneschnitzel aus, schnitt es in kleine Stücke und füllte diese in einen sauberen Napf. Während er durch das Wohnzimmer auf die dahinter liegende Steinterrasse zusteuerte, ging Susanne ins Bad.

Der Privatdetektiv öffnete die Terrassentür und stellte den Napf auf den Boden. Er bewegte ihn geräuschvoll ein paar Mal vor und zurück. Wenn seine Katze hier irgendwo in dem weitläufigen verwilderten Garten war, würde sie es hören und gleich erscheinen.

Doch nichts geschah.

Normalerweise machte sich Bloch keine großen Sorgen um Muzel. Sie hatte schon öfter durch längere Abwesenheit geglänzt und war schließlich nach mehr als einem Tag und einer Nacht wieder aufgetaucht. In der Regel in erbarmungswürdigem Zustand, denn meist hatte sie sich bei ihren ausgedehnten Jagdausflügen völlig übernommen.

Aber nachdem dieser Erbacher Alfa-Arsch gestern hier aufgetaucht war und in eine einseitige und für ihn sehr schmerzhafte Auseinandersetzung mit Blochs Katze geraten war, war sein Glaube an Muzels Unverwundbarkeit ein wenig ins Schwanken geraten. Mochte Susanne noch so sehr betonen, dass diese Angelegenheit nun ein für allemal erledigt war, trotzdem war nicht auszuschließen, dass sich ihr Exfreund bei passender Gelegenheit an der Katze rächen könnte.

Ein zartes, feines Fiepen ließ Bloch erstarren.

Er ging in die Hocke und spähte in den ziemlich steil abfallenden Garten hinunter. Sein Blick wanderte von der die rechte Seite begrenzenden Thujahecke über den mittleren Teil, der früher einmal die Bezeichnung Rasen verdient hatte, bis zu den ausladenden Sträuchern und den kleinen Obstbäumen am linken Rand.

Unter einem mehrere Meter entfernten Busch meinte Bloch im Schatten einen länglichen weißen Fleck zu erkennen.

„Tobias, wo bist du denn?", hörte er Susannes Stimme aus dem Wohnzimmer. „Setzen wir uns noch ein bisschen raus?"

Er drehte sich um und richtete sich ein wenig auf.

Als sie ihn erblickte, legte er den Zeigefinger auf seinen Mund. Er bedeutete ihr, vorsichtig näher zu kommen.

„Hol aus der Küche ein Messer", flüsterte er. Er hielt beide Handflächen auseinander, um ihr zu signalisieren, dass es mit einem kleinen Messer zum Zwiebelschneiden nicht getan sein würde.

Kurze Zeit später kehrte seine Assistentin mit dem längsten und schärfsten Messer zurück, das sie in der Besteckschublade gefunden hatte. Susanne selbst hatte sich ebenfalls bewaffnet. Sie schob das für Bloch bestimmte Messer leise über den Boden der Steinterrasse. Als seine Assistentin Anstalten machte, ebenfalls herauszukommen, schüttelte der Privatdetektiv den Kopf.

„Bleib hinter mir."

In diesem Augenblick ertönte erneut das zarte Fiepen.

„Muzel?", rief Bloch.

Aus dem Fiepen wurde ein leises klägliches Maunzen.

„Muzel, komm her!"

Er wartete ein paar Sekunden, dann richtete er sich zu voller Größe auf und ging – das Messer neben dem rechten Bein senkrecht nach unten haltend – ein paar Schritte den Abhang hinunter. Bloch steuerte geradewegs auf den weißen Fleck unter dem Busch zu, wohl wissend, dass es sich um eine Falle handeln konnte und dass sich ihm ein potenzieller Angreifer unbemerkt von der Seite nähern konnte. Es blieb ihm nichts anderes übrig, als auf Susannes Hilfe zu vertrauen.

Wenige Meter vor dem Strauch erkannte er eine auf dem Boden sitzende Gestalt, die seine Katze mit einem geschickten Griff im Genick festhielt und flach auf die Erde drückte.

Wütend schwang Bloch das lange Messer.

„Lassen Sie sofort die Katze los!", schrie er.

Der Unbekannte, der geduckt unter dem Busch saß, rutschte ein wenig nach vorn, so dass nun sein Gesicht zu sehen war. Der Mann sah völlig fertig aus. Schweiß lief ihm in Strömen über die Wangen, sein schwarzgraues Haar war klatschnass. Unter den braunen Augen waren dunkle Ringe zu sehen, sein Gesicht war kalkweiß. Sein erbärmlicher Anblick beruhigte Bloch ein wenig.

„Lassen Sie die Katze endlich los", sagte er.

„Sie tun mir auch nichts?"

„Ist mit der Katze alles in Ordnung?"

Der Fremde nickte. Dann lockerte er seinen Griff um Muzels Genick langsam und sobald diese die Chance erkannte, fliehen zu können, entwand sie sich seiner rechten Hand und stob davon. Bloch sah ihr nach, wie sie mit unglaublicher Geschwindigkeit durch den Garten Richtung Tal raste, durch eine Lücke im Maschendrahtzaun sprang und schließlich im hohen Gras der angrenzenden Wiese verschwand.

„Die sehen wir so schnell nicht wieder", murmelte er, einerseits erleichtert, andererseits betrübt.

„Was haben Sie verdammt noch mal mit der Katze gemacht?", zischte Susanne. Sie war inzwischen von der Terrasse heruntergekommen und funkelte den Eindringling wütend an. „Wenn das meine Katze wäre, dann …"

„Ich musste sie mir schnappen, damit sie die Nachbarn nicht durch ihr Fauchen auf mich aufmerksam machen konnte. Nach einer Weile konnte ich sie ein wenig beruhigen. Dann habe ich sie mit dem Schinkenspeck, den ich noch übrig hatte, angelockt. Das hat allerdings seine Zeit gedauert. Letztendlich konnte sie dem verführerischen Duft allerdings nicht widerstehen. Als sie sich nahe genug herangeschlichen hatte, um an den Schinkenspeck zu kommen, habe ich sie am Genick gepackt."

„Sie kennen sich mit Katzen aus", stellte der Privatdetektiv fest, dem der fachmännische Haltegriff nicht entgangen war.

Der Unbekannte nickte.

„Wie lange haben Sie sie festgehalten, Sie verdammtes Arschloch!" Susanne kochte noch immer vor Zorn.

„Weiß ich nicht." Er zuckte die Achseln. „Ich hab ihr doch gar nichts getan."

„Nein?"

Die Assistentin des Privatdetektivs ging schnell einen Schritt vor, holte schwungvoll aus und verpasste dem Fremden eine schallende Ohrfeige. Dicke Schweißperlen flogen durch die Luft.

„Susanne!" Bloch griff nach ihrem Handgelenk, als sie erneut ausholen wollte. „Das reicht."

„Niemals!"

Der Privatdetektiv fixierte den Fremden. „Wie heißen Sie? Und was wollen Sie hier?"

„Ich bin Konrad Hasselbach. Ich möchte ein Geständnis ablegen."

Nun blieb auch Susanne die Spucke weg.

„Verstehe ich Sie richtig", sagte der Privatdetektiv aus Heubach. „Die am Beerfelder Galgen erhängte Frau war Ihrer Meinung nach nicht Charlotte Unger?" Sein angespanntes Gesicht spiegelte Verwirrung und Ungläubigkeit wider.

„Nein. Auf keinen Fall."

„Sind Sie sicher?", fragte Susanne, die wie ihr Chef bei den ersten Andeutungen von Konrad Hasselbach aus allen Wolken gefallen war.

„Absolut." Der Verhaltensforscher, der Mitte vierzig sein mochte, deutete auf das Zigarettenpäckchen auf dem schwarzen Couchtisch. „Darf ich?"

Seit einigen Minuten saßen sie zu dritt in Blochs Wohnzimmer. Nachdem Konrad Hasselbach seine Kleidung einigermaßen gesäubert hatte und für kurze Zeit im Bad verschwunden war, um sich Gesicht und Hände zu waschen, hatte er ihnen erklärt, er befinde sich seit zwei Tagen auf der Flucht, weil er um sein Leben fürchte. Wo er sich in den vergangenen Tagen aufgehalten hatte, wo er übernachtet hatte, wo er etwas gegessen und getrunken hatte, wollte der völlig verängstigte Mann nicht verraten.

Der Verhaltensforscher, ein enger Mitarbeiter der ermordeten Charlotte Unger, die nach seiner Behauptung überhaupt nicht Charlotte Unger war, trank einen Schluck Kognak und schüttelte sich leicht.

„Kann ich bei Ihnen bleiben?", fragte er hoffnungsvoll. „Mir reicht schon eine Ecke im Keller."

„Nein", sagte Tobias Bloch ohne zu zögern.

„Aber wenn die mich aufspüren …“ Hasselbachs Stimme brach.

„Wir finden schon einen sicheren Platz für Sie. Ich habe einen Bekannten, den ich nachher um einen Gefallen bitten werde. Ein Anruf müsste genügen.“

Seine Assistentin, die in einigem Abstand zu dem noch immer nach Angstschweiß riechenden Hasselbach auf dem Sofa saß, sah ihren in seinem braunen Ledersessel sitzenden Chef fragend an.

„Das klären wir später. Herr Hasselbach, warum sind Sie am Donnerstagnachmittag, als wir im ethologischen Institut waren, vor uns geflohen?“, fragte der Privatdetektiv. „Wir hätten uns in aller Ruhe unterhalten können, und anschließend hätten wir uns um Sie gekümmert.“

„Das wäre mein Todesurteil gewesen.“

„Seitdem scheint sich Ihre Lage ja entscheidend verbessert zu haben“, sagte Susanne sarkastisch. „Und wir haben wertvolle Zeit verloren. Herzlichen Dank für Ihre Unterstützung.“

Konrad Hasselbach zog an seiner Zigarette. Tränen rannen ihm übers Gesicht, die garantiert nicht vom Zigarettenrauch hervorgerufen worden waren.

„Ich bin am Ende“, wimmerte er.

„Sind Sie nicht“, sagte Bloch mit ruhiger Stimme. „Wenn Sie bei der Aufklärung der beiden Verbrechen behilflich sein können, wird man das bei der Kriminalpolizei wohlwollend zur Kenntnis nehmen. Sie selbst waren an den beiden Morden doch nicht direkt beteiligt, oder?“

„Ich habe Miriam auf dem Gewissen!“, stöhnte der Verhaltensforscher. „Ich hätte ihren Tod verhindern können, wenn ich rechtzeitig eingegriffen hätte.“

„Aber Sie waren eindeutig zu feige“, stellte die Assistentin des Privatdetektivs schonungslos fest. „Sie wollten Ihren schönen Job nicht verlieren, deshalb haben Sie geschwiegen. So einfach ist das.“

„Sie machen sich keine Vorstellung von meiner Situation. Man hat mich massiv unter Druck gesetzt.“ Hasselbach wischte sich mit dem linken Handrücken über sein Gesicht.

Susanne schüttelte heftig den Kopf. „Sie wollen unser Mitleid erregen. Sie winseln um Gnade. Das ist doch erbärmlich. Sie hätten jederzeit zur Polizei gehen können. Man hätte Ihnen Personenschutz gewährt. Aber selbst nach der Ermordung von Charlotte Unger …“

„Miriam“, wandte er leise ein.

„Selbst nach dem ersten Mord am Beerfelder Galgen haben Sie weiter geschwiegen. Sie haben nicht nur diese ominöse Miriam auf dem Gewissen, sondern auch den unschuldigen Benjamin Unger.“

„Benjamin? Unschuldig? Dass ich nicht lache!“

Der Privatdetektiv aus Heubach trank einen kräftigen Schluck Pils, stellte sein Glas auf dem Couchtisch ab und beugte sich dann zu Konrad Hasselbach vor.

„So kommen wir nicht weiter. Wir verheddern uns immer weiter und werden so nie einen vernünftigen Überblick über die zurückliegenden Ereignisse gewinnen“, sagte er. „Fangen wir also ganz von vorn an. Sie behaupten, die Frau, die am Montagmorgen erhängt am Galgen entdeckt wurde, sei nicht Charlotte Unger gewesen. Es handelt sich nach Ihrer Aussage um Frau Miriam …“

„Miriam Wenzel.“

„Warum sollte das der Erbacher Kriminalpolizei entgangen sein? Warum sind Frau Hagedorn, ihr Assistent und alle anderen Mitarbeiter felsenfest davon überzeugt, dass es sich bei der Toten um Charlotte Unger handelt?“, fragte Susanne Kramer. „Die Polizeibeamten haben doch nichts dem Zufall überlassen. Und wir reden hier nicht über einfache äußere Anzeichen, die über die wahre Identität der Erhängten hinwegtäuschen könnten. Wir sprechen von glasklaren wissenschaftlichen Beweisen wie beispielsweise einer DNA-Analyse.“

„Weil Miriam Wenzel bereits vor etlichen Jahren, bevor das Institut für Verhaltensforschung überhaupt gegründet wurde, die Identität der verstorbenen Charlotte Unger angenommen hatte. Als die ehrenwerte Familie Unger dann im Sensbachtal aufgetaucht ist, hatte natürlich niemand Zweifel, dass es sich bei Leos Frau um Charlotte Unger handelte. Denn eine Miriam Wenzel war hier niemandem bekannt und konnte folglich auch von niemandem erkannt werden. Die Kriminalpolizei hat DNA-Proben der angeblichen Charlotte Unger mit der DNA der Ermordeten verglichen, verstehen Sie? Also bestand für die Erbacher Kriminalkommissarin und ihren Assistenten kein Zweifel an der Identität der Toten.“

„Frau Unger alias Frau Wenzel besaß also einwandfreie Papiere“, sagte Bloch. „Hervorragende Fälschungen, wie ich annehme.“

Der Verhaltensforscher nickte. Nachdem er nun den Eindruck hatte, dass man seinen Ausführungen zumindest die nötige Aufmerksamkeit schenkte, beruhigte er sich sichtlich. Er wischte sich mit einem fleckigen Taschentuch das Gesicht ab und atmete tief durch.

„Woher wissen Sie, dass die echte Charlotte Unger ermordet wurde?“, fragte die Assistentin des Privatdetektivs.

„Das habe ich doch gar nicht behauptet!“

„Aber sie ist zweifelsfrei tot?“

„Ja. Sie ist vor einigen Jahren bei einem Autounfall ums Leben gekommen.“

„Sind Sie sicher?“ Bloch ließ ihn nicht aus den Augen.

Konrad Hasselbach nickte. „Ich war schließlich dabei.“

Für einige Sekunden senkte sich Schweigen über den Raum.

„Wenn es außer Ihnen noch weitere Zeugen für den tödlichen Unfall gab, wenn die Insassen des anderen an dem Zusammenstoß beteiligten Fahrzeugs gesehen haben, was geschehen war …“

„Es gab zwar einen Zusammenstoß, aber nicht mit einem anderen Fahrzeug, sondern mit einem Baum. Zusammenstoß ist nicht der richtige Ausdruck, es war eher ein seitlicher Aufprall, als der Wagen ins Schleudern geriet. Und es passierte mitten in der Nacht auf einer einsamen Landstraße in der Nähe von Darmstadt. Unser Auto wurde auch nicht großartig beschädigt, es bekam lediglich ein paar Dellen ab.“

Konrad Hasselbach senkte den Kopf und schluchzte. „Aber Charlotte hatte das Pech, auf dem falschen Platz, nämlich hinten rechts, zu sitzen. Als der Wagen gegen den Stamm prallte, muss ihr Kopf massiv nach hinten geschleudert worden sein. Sie starb an einem Genickbruch. Sie war sofort tot. Wir anderen blieben von ein paar lächerlichen blauen Flecken oder Beulen abgesehen praktisch unverletzt. Von einer Sekunde zur nächsten hatte sich für uns alles verändert.“

„Haben Sie direkt nach dem Unfall beschlossen, ihre Leiche verschwinden zu lassen?“, fragte Susanne.

„Natürlich nicht. Wir standen unter Schock und fuhren einfach weiter, als sei nichts geschehen, um nur ja kein Aufsehen zu erregen. Ich hatte jedes Zeitgefühl verloren und kann gar nicht sagen, wie lange wir noch unterwegs waren. Aber an eines erinnere ich mich sehr genau. Nachdem wir festgestellt hatten, dass Charlotte tot war, sagte für lange Zeit niemand etwas. Es fiel kein einziges Wort."

Tobias Bloch erhob sich seufzend. Er streckte sich.

„Wir müssen etwas essen, sonst halten wir nicht mehr lange durch. Was dagegen, wenn ich für alle Pizza bestelle?"

Selbst Susanne, die sonst gern den einen oder anderen Sonderwunsch äußerte, nickte nur dankbar.

„Du weißt ja, was für mich infrage kommt", sagte sie.

„Ich kann es mir denken. Und Sie, Herr Hasselbach?"

„Ich nehme das Gleiche", antwortete er tonlos.

Während sie darauf warteten, dass ihr Essen von dem Pizzaservice der einzigen Heubacher Pizzeria geliefert wurde, ging der Privatdetektiv auf die nun im Dämmerlicht liegende Steinterrasse und rief mehrmals nach seiner Katze. Er sah auf den bis zum Rand mit Schnitzelstückchen gefüllten Napf und schüttelte enttäuscht den Kopf.

Dann ging er den zum Tal abfallenden Garten hinunter, bis er die Grundstücksgrenze erreicht hatte. Bloch lehnte sich gegen den Maschendrahtzaun und spähte hinunter zum Pferdsbach. Für einen Moment glaubte er, auf der hinter dem Bach ansteigenden Anhöhe eine flache helle Gestalt über die Wiese huschen zu sehen. Aber das war wohl ein Trugbild. Muzel war garantiert nicht in der Nähe, sondern hatte das Weite gesucht.

Als der Pizzaservice an der Haustür klingelte, war der Privatdetektiv längst wieder im Wohnzimmer.

„Wer hat den Wagen damals gefahren?", fragte Susanne nach dem Essen.

Erstaunlicherweise hatten alle drei ihre Pizza fast vollständig gegessen, von ein paar trockenen Kantenstücken abgesehen. Sie hatten wohl gespürt, dass sie sich für eine anstrengende Nacht wappnen mussten.

„Sibylle Schuster“, antwortete Hasselbach, als wäre dies eine Selbstverständlichkeit.

Als er die Reaktion seiner beiden Gesprächspartner erfasste, fragte er: „Interessant, oder?“

Kapitel 24

Beerdigung

Bloch wäre vor Schreck fast die Zigarette aus den Fingern gerutscht. Seine zuckende Handbewegung sorgte immerhin dafür, dass reichlich Asche auf den Parkettboden fiel. Susanne hatte weniger Glück. Sie verschluckte sich an ihrem Bier und hustete keuchend. Ihre geröteten Augen tränten stark. Als sich der Hustenanfall dann allmählich legte, schnappte sie nach Luft.

Sibylle Schuster hatte damals den Unglückswagen gefahren.

Sibylle Schuster, die von Dr. Unger entlassene, jetzt in Lindenfels lebende Verhaltensforscherin, bei der Charlotte Unger alias Miriam Wenzel ihr letztes Wochenende verbracht hatte, bevor sie am Galgen von Beerfelden auf brutale Art und Weise ermordet wurde.

Diese schockierende Nachricht sorgte dafür, dass Bloch und seine Assistentin eine Zeit lang hilflos schwiegen.

„Wer saß sonst noch im Auto?“ Es war der Privatdetektiv aus Heubach, der zumindest nach außen hin so tat, als habe er die Fassung wiedergewonnen.

„Wir waren zu viert. Sibylle am Steuer, ich neben ihr auf dem Beifahrersitz. Leo und Charlotte im Fond.“

„Waren Sie zu dieser Zeit mit Frau Schuster befreundet?“

„Wir waren kein Paar, wenn Sie das meinen. Aber wir haben uns sehr gut verstanden, das ja.“

„Sie waren alle an dieser biologischen Forschungseinrichtung in Darmstadt angestellt?“

Hasselbach nickte. „Und träumten davon, im Odenwald ein ethologisches Institut aufzubauen."

„Wie kommt nun Miriam Wenzel ins Spiel?", fragte Susanne.

„Sie arbeitete auch bei uns in Darmstadt", antwortete der Verhaltensforscher. „Aber sie war in der fraglichen Nacht nicht mit uns unterwegs."

„Sicher?"

„Ich war zwar wie alle anderen betrunken, aber doch nicht so sehr, dass mir die Anwesenheit einer fünften Person entgangen wäre."

„Sibylle Schuster hätte also gar nicht mehr fahren dürfen?"

„Nein. Auf keinen Fall. Aber niemand von uns hat sie davon abgehalten."

„Also haben Sie, während Sie sich immer weiter von dem Unfallort entfernten, gemeinsam den Entschluss gefasst, die Leiche von Charlotte Unger verschwinden zu lassen?" Der Privatdetektiv füllte sein Glas und sah Hasselbach herausfordernd an.

„Gemeinsam? Würde ich nicht unbedingt sagen. Sibylle war vollkommen hysterisch. Ein Wunder, dass sie keinen weiteren Unfall gebaut hat. Ich war wie gelähmt. Nur Leo hat als Erster einen klaren Gedanken fassen können."

„Aber wie wollten Sie Charlottes Tod vor ihren anderen Bekannten, Freunden und Verwandten verheimlichen? Würde niemand sie vermissen? Würde niemand nach ihr fragen?"

„Damit hat sich in dieser Phase keiner von uns beschäftigt", antwortete der Mitarbeiter des ethologischen Instituts. „Jedenfalls hat es keiner angesprochen. Wir wussten nur eines, wir waren schuld an ihrem Tod. Wir hätten ihn verhindern können, wir hätten ihn verhindern müssen. Und deshalb mussten wir den Unfall vertuschen. Charlotte musste verschwinden."

Susanne musterte Konrad Hasselbach skeptisch. „Klingt für mich zu sehr nach tränenreichem Selbstmitleid. Schließlich hat ja niemand Charlotte Unger gezwungen, sich von einer Betrunkenen fahren zu lassen. Sie hätte sich doch weigern können, ins Auto zu steigen, und stattdessen ein Taxi rufen können."

Bloch schüttelte den Kopf. „Noch nie etwas vom manchmal völlig irrationalen Schuldgefühl der Überlebenden gehört? Die sich sogar für etwas schuldig fühlen, das sie gar nicht zu verantworten haben. Ich weiß, in diesem Fall verhält es sich etwas anders. Sibylle Schuster trug Verantwortung, weil sie im betrunkenen Zustand Auto gefahren ist. Und die anderen beiden Mitfahrer auch, weil sie Sibylle nicht daran gehindert haben. Aber der Unfall selbst? Das war doch nur verdammtes Pech. Ein leichter Unfall, bei dem es im Normalfall niemals einen Toten gibt. Aber das ändert nichts am Schuldgefühl der Überlebenden. Das wäre dir in einer ähnlichen Situation übrigens genauso gegangen."

„Sprichst du aus Erfahrung?"

Der Blick, den Tobias Bloch ihr jetzt zuwarf, ließ Susanne erstarren. Sie hob abwehrend die Hände. „Entschuldige. War nicht so gemeint."

Der Privatdetektiv aus Heubach räusperte sich, bevor er mit drohendem Unterton sagte: „Ich weiß, ich wiederhole mich. Aber du redest in letzter Zeit ziemlich viel Mist – um es vorsichtig auszudrücken."

„Herr Bloch", schaltete sich Konrad Hasselbach jetzt ein. „Ich habe keineswegs die Absicht, mich in Ihre private Auseinandersetzung mit Ihrer Assistentin einzumischen. Und Frau Kramer, entschuldigen Sie bitte, wenn ich Ihrem Chef zustimme. Mein Schuldgefühl war überwältigend. Im negativen Sinne. Viele behaupten ja, es stelle sich erst in einigem

Abstand zu dem Geschehen ein. Aber das stimmte jedenfalls bei mir nicht. Ich habe mich sofort nach Charlottes Tod sehr, sehr beschissen gefühlt. Nennen Sie es von mir aus egoistisches Selbstmitleid. Aber das tief gehende Schuldgefühl war nun einmal da. "

Susanne Kramer zündete sich betont langsam eine Zigarette an, rauchte, trank einen Schluck und sah demonstrativ an Bloch vorbei. Hasselbach warf ihr einen irritierten Seitenblick zu, sagte aber nichts.

Folglich blieb dem Privatdetektiv nichts anderes übrig, als den Gesprächsfaden wieder aufzunehmen.

„Leo Unger war also der Erste, der davon sprach, die Leiche von Charlotte Unger verschwinden zu lassen?", fragte er.

Der Verhaltensforscher nickte.

„Niemand hat ihm widersprochen?"

„Nein. Wissen Sie, für Sibylle und mich hatte er als ihr Ehemann in dieser Frage eine natürliche Autorität, die wir nicht in Zweifel gezogen haben. In gewisser Weise war es für uns sogar eine große Erleichterung, dass er so offen darüber gesprochen hat."

„Hat er auch einen konkreten Vorschlag gemacht, wie das Ganze praktisch gelöst werden könnte?"

„Ja. Charlotte sollte – und da waren wir absolut seiner Meinung – ordentlich bestattet werden. Und er nannte auch gleich einen geeigneten Ort für ihre Beerdigung."

„Mir wird schlecht", sagte Susanne. „Ich muss gleich kotzen."

„Du weißt, wo das Bad ist." Bloch machte sich nicht die Mühe, sie anzusehen. „Sprechen Sie ruhig weiter, Herr Hasselbach. Kümmern Sie sich nicht um meine Assistentin. Sie ist in letzter Zeit etwas überreizt."

Als Susanne sich erhob, setzte der Privatdetektiv nach: „Du weißt, dass das nicht sehr professionell ist? Wir nähern uns einer ganz entscheidenden Phase unserer Ermittlung – und du kneifst?"

Hasselbachs beinahe ängstlicher Blick wanderte zwischen Tobias Bloch und Susanne Kramer hin und her. Die Spannung im Raum war mit Händen zu greifen.

Die Assistentin des Privatdetektivs stemmte die Hände in ihre wohlgeformten Hüften, richtete den Blick zur Holzdecke des Wohnzimmers und stöhnte auf.

„Ist Ihnen nicht gut?", fragte der Verhaltensforscher besorgt. „Soll ich Ihnen ein Glas Wasser holen?"

Susanne ließ sich auf das braune Büffelledersofa fallen und schenkte sich einen Kognak ein. „Fahren Sie bitte fort, Herr Hasselbach", sagte sie. Dann trank sie einen kräftigen Schluck.

„Wo waren wir stehen geblieben?", fragte er irritiert.

„Beim passenden Ort für Charlottes Beerdigung", soufflierte Bloch.

„Richtig. Es musste natürlich eine abgeschiedene Stelle sein, an der wir in Ruhe würden arbeiten können."

„Womit, wenn ich fragen darf?" Susanne meldete sich eindrucksvoll zurück.

„Ich verstehe nicht recht."

„Hatten Sie irgendwelches Werkzeug im Wagen, mit dem Sie ein Grab ausheben konnten?"

„Nein. Natürlich nicht. Für uns war von Anfang an klar, dass wir Charlottes Grab mit bloßen Händen ausheben würden."

„Das stelle ich mir sehr mühsam vor."

„Entschuldigen Sie, Frau Kramer. Das war für uns das Mindeste, was wir für Charlotte noch tun konnten. Natürlich war es anstrengend, aber das spielte doch überhaupt keine Rolle."

„Wo befindet sich das Grab?", fragte Bloch, darum bemüht, zum Wesentlichen zurückzukehren.

„An einer ruhigen Stelle in einem wunderschönen Mischwald mit altem Baumbestand. An einem Ort, den Charlotte sehr geliebt hat."

Susanne stöhnte.

„Wo genau?", fragte der Privatdetektiv.

Konrad Hasselbach schüttelte den Kopf. „Das werden Sie niemals von mir erfahren. Niemals. Wir drei haben uns geschworen, den Ort unter keinen Umständen preiszugeben. Charlotte soll in Frieden ruhen."

„Das sieht die Kriminalpolizei wahrscheinlich etwas anders", bemerkte Susanne.

„Interessiert mich nicht."

„Frau Hagedorn würde Ihre Mithilfe in dieser Angelegenheit sicher zu schätzen wissen", sagte der Privatdetektiv.

„Es gibt Grenzen, Herr Bloch. Und dies ist eine, die ich niemals überschreiten werde. Was auch immer mir die Kriminalkommissarin versprechen mag. Ich werde kein Sterbenswörtchen sagen."

„Dann wird man also nie erfahren, ob Charlotte Unger bei einem tragischen Autounfall ums Leben kam oder ob sie nicht vielleicht doch ermordet wurde. Nur wenn ihre sterblichen Überreste exhumiert und untersucht werden, könnte man Letzteres zweifelsfrei ausschließen."

Konrad Hasselbach zuckte die Achseln. „Ich weiß, was ich weiß. Deshalb ist es völlig unnötig, Charlottes Knochen auszugraben."

„Wenn es an diesem sagenhaften Ort denn überhaupt welche gibt", sagte Susanne Kramer. „Ihre Geschichte ist doch fast zu schön, um wahr zu sein. Am Beerfelder Galgen hängt plötzlich nicht mehr Charlotte Unger, sondern eine gewisse Miriam Wenzel. Die hier – und das ist wirklich sehr praktisch – niemand kennt. Charlotte Unger soll schon vor Jahren gestorben sein, aber auch das kann niemand beweisen."

„Sie reden Unsinn, Frau Kramer", widersprach der Verhaltensforscher. „Entweder haben Sie nicht richtig zugehört, oder Sie wollen es einfach nicht verstehen."

Tobias Bloch lehnte sich entspannt zurück.

„Wie ich Ihnen bereits sagte, gibt es außer mir noch zwei Personen, die Charlottes Unfalltod und ihre anschließende Bestattung bezeugen können", fuhr Hasselbach fort. „Es handelt sich dabei um Leo Unger und um Sibylle Schuster. Und diese beiden können auch bestätigen, dass nicht Charlotte Unger, sondern Miriam Wenzel damals unter falschem Namen ins Sensbachtal gezogen ist, um zusammen mit ihnen das Institut für Verhaltensforschung zu gründen. Ich weiß wirklich nicht, was daran so schwer zu verstehen ist."

Er sah Bloch an, um zu signalisieren, dass er auf der Suche nach einem vernünftigen und einsichtigen Gesprächspartner war.

Der Privatdetektiv aus Heubach nahm diese Rolle dankend an.

„Wie haben Sie und Ihre Mitstreiter Charlottes Tod vertuscht?", fragte er.

„Das war leichter, als wir zunächst angenommen hatten. Da es außer uns keine weiteren Zeugen gab und da wir uns alle drei peinlich genau an die abgesprochene Version hielten, schenkten uns Charlottes Mitarbeiter an der biologischen Forschungseinrichtung in Darmstadt Glauben. Wir ließen sie von einem befreundeten Arzt, der Leo noch einen Gefallen schuldig war, für drei Wochen krankschreiben. Der gute Mann kam überhaupt nicht auf die Idee, dass Charlotte tot sein könnte, er nahm Leos Beteuerung vielmehr ernst, seiner Frau gehe es psychisch sehr schlecht und sie brauche dringend Erholung. Aus naheliegenden Gründen sollte das allerdings nicht in dem Attest stehen, um ihre berufliche Zukunft nicht zu gefährden. Also genügte eine stinknormale Grippe als Begründung für Charlottes mehrwöchige Abwesenheit. Rechtzeitig vor Ablauf dieser Frist erreichte die Forschungseinrichtung Charlottes Kündigung, in der sie sich für die gute und erfolgreiche Zusammenarbeit bedankte und um Verständnis dafür bat, dass sie sich einer neuen Herausforderung im Ausland stellen wolle. Leo fälschte ihre Unterschrift – das war's auch schon."

Hasselbach trank einen Schluck. „Glauben Sie mir, Herr Bloch, einfach von der Bildfläche zu verschwinden, ist viel leichter, als man gemeinhin annimmt."

Die beiden Herren nickten sich verschwörerisch zu.

„Und Frau Ungers Familie? Hat die das auch so einfach akzeptiert?", fragte Susanne.

Erst jetzt schien sich Konrad Hasselbach wieder ihrer Anwesenheit bewusst zu werden.

„Ihre Eltern waren schon vor Jahren nach Kanada ausgewandert. Der Kontakt zu ihrem einzigen Kind war im Laufe der Zeit eingeschlafen, was keine der beiden Seiten sonderlich bedauerte. Charlottes Verhältnis zu ihren Eltern war, selbst als sie noch in Deutschland lebten, ziemlich problematisch."

„Die Herrschaften müssten inzwischen schon sehr alt sein", sagte die Assistentin des Privatdetektivs. „Spätestens beim Tod eines Elternteils bestand doch die Gefahr, dass die ganze Sache aufflog."

„Wieso denn? Charlotte alias Miriam wäre niemals zu der Beerdigung nach Kanada geflogen. Und wenn sie etwas geerbt hätte, hätte sie bestimmt nicht Nein gesagt. Obwohl ich bezweifele, dass man ihr etwas vermacht hätte. Jedenfalls hätte sich Miriam jederzeit als rechtmäßige Erbin ausweisen können."

„Bleibt Benjamin", sagte Susanne. „Wie hat man ihrem Sohn den Tod seiner Mutter erklärt? Ihn konnte man doch sicher nicht von dieser dämlichen Auslandsgeschichte überzeugen."

„Vollkommen richtig. Der junge Mann verlangte für sein Schweigen sehr viel Geld. So viel zum Thema, der gute Benjamin sei unschuldig. Er hat genau erkannt, welche Chance sich ihm da bot. Und er hat sie eiskalt genutzt."

„Behaupten Sie."

„Konnte Leo Unger die hohe Erpressungssumme aufbringen?", fragte Bloch.

„Man hat sich, soweit ich weiß, auf eine bequeme Ratenzahlung geeinigt."

„Die bis zu Benjamins Tod am Beerfelder Galgen andauerte?"

„Keine Ahnung."

„Oder hat er nach der Ermordung seiner angeblichen Mutter den Preis noch einmal in die Höhe getrieben?"

„Das würde ich dem Dreckskerl durchaus zutrauen", antwortete Konrad Hasselbach. Er lachte bitter. „Denken Sie doch mal nach, Herr Bloch. Benjamin war unglaublich unverschämt. Nachdem Miriam am Galgen erhängt wurde, besaß er die Dreistigkeit, Sie und Ihre Assistentin als Ermittler zu engagieren, um den Mord an seiner Mutter aufzuklären. Obwohl er längst wusste, dass diese bereits vor Jahren bei einem Unfall gestorben war. Begreifen Sie, dass er Sie total verarscht hat?"

Der Privatdetektiv aus Heubach kniff die Augen zusammen. „Kann man so oder so sehen", sagte er dann ausweichend. „Vielleicht wollte er ja, dass ich die wahre Identität der Ermordeten herausfand. Wenn er behauptet hätte, die Erhängte sei gar nicht seine Mutter, hätte ihm doch niemand geglaubt. Weil für die Kriminalpolizei anhand der DNA-

Analyse zweifelsfrei feststand, dass es sich um Charlotte Unger handeln musste. Wenn man es so sieht, war es aus seiner Sicht ein kluger Schachzug."

Konrad Hasselbach schüttelte den Kopf. „Sie reden sich das jetzt schön. In Wahrheit wissen Sie nur zu gut, dass man Sie in einem niederträchtigen Spiel als Werkzeug benutzt hat."

„Auf jeden Fall belasten Sie mit Ihrer Aussage, dass Leo Unger von seinem Stiefsohn erpresst wurde, den Leiter des ethologischen Instituts massiv", stellte Susanne fest. „Wenn man Ihrer Argumentation folgt, hatte Dr. Unger jeden Grund, Benjamin umzubringen, um die wahre Identität seiner angeblichen Ehefrau auch weiterhin zu verschleiern."

„Die Fakten sind nun einmal so, wie sie sind. Daran kann ich leider nichts ändern."

Der Privatdetektiv aus Heubach streifte die Asche seiner Zigarette ab. „Was ich nicht verstehe, Herr Hasselbach, ist Folgendes: Warum war Miriam Wenzel bereit, in Charlottes Rolle zu schlüpfen?"

„Geltungssucht? Geldgier?", schlug der Verhaltensforscher vor. „Miriam konnte bei der Sache doch nur gewinnen. Zusammen mit Leo hatte sie nun die Möglichkeit, das ethologische Institut im Sensbachtal zu leiten. Ein Aufstieg, den sie ohne diese Verbindung zu Dr. Unger niemals erreicht hätte. Denn von einer Liebesbeziehung konnte man ja wohl kaum sprechen, ich würde die ganze Sache eher als eine für beide Seiten sehr nützliche Geschäftsverbindung bezeichnen."

„Warum musste Miriam Wenzel dann sterben?", fragte Susanne.

Hasselbach nickte. „Das ist die alles entscheidende Frage."

„Wer außer Ihnen, außer Dr. Unger und Sibylle Schuster wusste noch um die wahre Identität der Ermordeten? Ging damals sonst noch jemand aus Ihrem Darmstädter Kreis mit ins Sensbachtal? Gibt es einen weiteren Mitwisser?"

„Nicht dass ich wüsste."

„Diese Person muss ja nicht gleich bei der Gründung des Instituts dabei gewesen sein", gab Bloch zu bedenken. „Sie kann ja auch erst später eingestellt worden sein. Und wunderte sich dann doch sehr, dass Charlotte Unger plötzlich ein ganz anderer Mensch geworden war."

„Das wäre ein unverzeihlicher Fehler gewesen", sagte der Verhaltensforscher. „Nein, so dumm oder so unvorsichtig kann Leo auf keinen Fall gewesen sein."

„Derjenige, der später eingestellt wurde, muss ja gar nicht zu Ihrem Darmstädter Kreis gehört haben. Es ist doch denkbar, dass er Charlotte vorher in einem anderen Umfeld kennengelernt hatte. Es könnte beispielsweise ein früherer Studienkollege gewesen sein."

„Ihre Überlegungen überzeugen mich nicht, Herr Bloch. Dann wäre diese Person doch die ganze Zeit über in höchstem Maße gefährdet gewesen. Dann müsste doch eher sie umgebracht worden sein. Und nicht Miriam."

„Was nicht ist …", sagte Susanne Kramer.

„Ihnen ist jetzt jedenfalls hoffentlich klar, in welcher Gefahr ich mich befinde?", fragte Konrad Hasselbach.

Der Privatdetektiv aus Heubach erhob sich. „Gut, dass Sie mich daran erinnern. Ich muss mal kurz telefonieren."

Wenig später sollte der Verhaltensforscher abgeholt und in ein vermeintlich sicheres Versteck gebracht werden.

Kapitel 25

Im tiefen Wald

Ein dunkelbrauner Lieferwagen mit Darmstädter Kennzeichen parkte vor Blochs Haus am Ortsrand von Heubach. Der Fahrer, ein kräftiger, fast zwei Meter großer Mann mit Glatze und kurzem grauem Vollbart wies Konrad Hasselbach an, auf dem Beifahrersitz Platz zu nehmen.

„Anschnallen", sagte er barsch. „Schließlich wollen wir nicht, dass Ihnen etwas zustößt."

Der ruppige Tonfall des Mannes, der ihn in ein sicheres Versteck bringen sollte, gefiel dem Verhaltensforscher überhaupt nicht. Aber angesichts seiner misslichen Lage und der Tatsache, dass er auf dessen Hilfe angewiesen war, schwieg Hasselbach.

Er zog den Sicherheitsgurt diagonal über seinen Oberkörper und klinkte ihn im vierten Versuch ein. Hasselbach atmete tief durch, aber auch das trug nicht zu seiner Beruhigung bei.

Der kräftige Mann, der ihn an einen unbekannten Ort fahren sollte, war unterdessen noch einmal ins Haus gegangen.

Konrad Hasselbach ließ das Seitenfenster des Lieferwagens herunter und lauschte. Aber trotz der offen stehenden Haustür konnte er nicht verstehen, was Tobias Bloch mit dem Mann besprach. Dieser kehrte kurz darauf mit zwei leeren Kästen zu dem Wagen zurück, öffnete die rechte Hälfte der Hintertür und schob das Leergut polternd auf die Ladefläche.

Als der Fahrer wieder im Blickfeld des Verhaltensforschers auftauchte, trug er einen Wasser- und einen Bierkasten ins Haus.

„Wenn wir schon mal hier sind", hörte er den Mann sagen.

Jetzt trat Tobias Bloch vor das Haus, steckte dem Fahrer mehrere zusammengefaltete Geldscheine in die Brusttasche seines karierten Holzfällerhemdes und klopfte ihm aufmunternd auf die Schulter. Dann blickte der Privatdetektiv aus Heubach zum Seitenfenster des Lieferwagens herüber und hob grüßend die rechte Hand.

„Alles Gute, Herr Hasselbach!", rief Bloch fröhlich. „Kalle bringt Sie in Sicherheit. Machen Sie einfach das, was er Ihnen sagt."

„Und nicht widersprechen", sagte der Mann namens Kalle, als er neben dem Verhaltensforscher auf dem Fahrersitz Platz nahm. Hasselbach registrierte, dass Kalle gar nicht daran dachte, sich anzuschnallen.

Sein angehender Retter startete den Dieselmotor, schaltete das Licht ein, wendete das Fahrzeug in einem einzigen eleganten Bogen und fuhr geschmeidig los.

„Guter Kunde", murmelte Kalle. Dann verfiel er in tiefes Schweigen.

Sie erreichten den Ortskern von Heubach und fuhren an der Pizzeria Amalfi vorbei, deren Fenster auch zu dieser späten Stunde noch hell erleuchtet waren. Vor der italienischen Gaststätte parkte der weiße Wagen des Lieferservice.

Während der Fahrt schaute Kalle in regelmäßigen Abständen in Rück- und Außenspiegel. Nach Hasselbachs Ansicht tat er dies, um einen etwaigen Verfolger rechtzeitig zu erkennen. Sie verließen Heubach und folgten einer gewundenen Straße, die zur B 45 führte. Dort bog Kalle nach rechts ab.

„Wohin bringen Sie mich?", fragte der Verhaltensforscher nach einer Weile.

„In eine sehr schöne und sehr gemütliche Hütte", antwortete der Fahrer mit Stolz in der Stimme.

„Gehört sie Ihnen?“
„Hmm.“
„Und wo steht sie?“
„Im tiefen Wald.“
„Ich meinte, in der Nähe welches Ortes.“
„Abwarten“, sagte Kalle.

Als sie eine gute halbe Stunde später ihr Ziel erreichten – Kalle hatte nach dem Verlassen der Landstraße und dem Einbiegen auf einen notdürftig mit Schotter befestigten Waldweg nur noch das Standlicht eingeschaltet –, fuhr der dunkelbraune Lieferwagen zur Hinterseite der Holzhütte, die auf Konrad Hasselbach weder einen schönen noch einen gemütlichen Eindruck machte.

„So, da wären wir“, verkündete deren stolzer Besitzer.

Kalle öffnete schwungvoll die Fahrertür und sprang vom Sitz. Er reichte Hasselbach einen angerosteten Schlüssel und zeigte auf die Hintertür der Hütte.

„Versuchen Sie mal, sie aufzuschließen“, sagte er. „Ist gar nicht so leicht.“

Der Verhaltensforscher steckte den Schlüssel ins Schlüsselloch, konnte ihn aber nicht drehen.

„Mit Gefühl, nicht mit Gewalt“, erläuterte Kalle. „Bewegen Sie ihn ein bisschen vor und zurück, bis Sie die richtige Stelle gefunden haben.“

Nach einigen Versuchen ließ sich der Schlüssel nach rechts drehen. Konrad Hasselbach öffnete die Tür. Das Standlicht des Lieferwagens erhellte das Innere der Hütte nur schwach.

„Rechts oben“, sagte Kalle. „Es ist ein Drehschalter.“

Der Hauptraum der Holzhütte war mit alten, bunt zusammengewürfelten Möbeln, die andere längst dem Sperrmüll anvertraut hätten, und einem zerschlissenen Kokosteppich ausgestattet. An der rechten Seite des großen Raumes, der gleichzeitig als Küche und Wohnzimmer diente, entdeckte Hasselbach eine Spüle, einen Herd und einen Kühlschrank mit gewölbter Tür. Die Stirnseite des Raumes dominierte ein massives Büfett, das aus der Frühzeit des vorigen Jahrhunderts stammen mochte.

„Economyclass", sagte Kalle. „Bescheiden, aber gemütlich." Er ging zu dem Büfett und öffnete ein paar Türen und Schubladen. „Hier finden Sie alles, was Sie brauchen. Lebensmittel, Töpfe, Geschirr, Besteck, Gläser." Er drehte den Schlüssel an einer kleinen Tür links unten und zog dann fest am Griff. „Minibar. Wasser und Bier finden Sie in den Kästen dort hinten. Keine Heizung, kein Telefon. Brauchen Sie aber auch nicht." Er schloss die Tür. „Kommen Sie, ich zeige Ihnen das Bad."

Konrad Hasselbach hatte gar nicht damit gerechnet, dass die Holzhütte einen weiteren Raum besaß.

In dem feuchten Badezimmer roch es muffig.

Kalle rümpfte die Nase. „Müssen Sie morgen mal gründlich lüften. Heute Nacht bleibt das Fenster aber zu." Er sah den Verhaltensforscher durchdringend an und wechselte die Tonart. Vom Fremdenführer zum Aufseher. „Türen und Fenster sind bei Anbruch der Dämmerung fest verschlossen und bleiben es auch bis zum Sonnenaufgang. Verstanden?"

Der Verhaltensforscher nickte gehorsam.

„Wo soll ich denn schlafen? Auf dem Fußboden oder in dieser Badewanne?" Hasselbach deutete auf eine Wanne mit gusseisernen Füßen, deren nicht mehr ganz weißes Email rund um den Abfluss Rostflecke aufwies.

„Nicht doch!" In Kalle wurde wieder der Fremdenführer zum Leben erweckt. „Dafür haben wir eine prächtige Liege. Die zeige ich Ihnen gleich. Aber zuvor noch Folgendes: Stichwort warmes Wasser. Der Boiler hier über der Badewanne ist zwar ziemlich groß, aber nicht sehr leistungsfähig. Um die Wanne zu einem Viertel zu füllen, müssen sie mehrmals Wasser erhitzen." Er musterte die schlanke Gestalt des Verhaltensforschers. „Sie brauchen schätzungsweise drei Füllungen."

Hasselbach war sich schon jetzt ziemlich sicher, dass er niemals in diese Badewanne steigen würde.

Nachdem sie in den Hauptraum der Hütte zurückgekehrt waren, zeigte Kalle seinem Gast die aufklappbare Liege, die mit einem überraschend dicken Polster bezogen war.

„Decken sind in dem Kleiderschrank dort drüben. Kopfkissen ist leider keines vorhanden. Aber Sie können ja eine Decke zusammenfalten." Er sah sich in dem Raum um. „Sonst noch was?"

„Brot?", fragte Konrad Hasselbach zögernd.

„Im Büfett finden Sie Toastbrot und eingeschweißtes Leinsamenbrot. Mindesthaltbarkeit im Toleranzbereich. Wenn ich daran denke, bringe ich Ihnen morgen frisches Bauernbrot mit."

„Wann kommen Sie wieder?"

„Morgen nach Ladenschluss. So gegen halb acht dürfte ich bei Ihnen sein. Wenn es etwas später wird, brauchen Sie sich keine Gedanken zu machen. Manchmal kommen abends noch Kunden mit Sonderwünschen. Wie zum Beispiel Herr Bloch. Die kann ich natürlich nicht vor der Tür stehen lassen."

„Sind Sie Getränkehändler?"

„Aber nur, wenn Sie Hellseher sind."

„Morgen ist übrigens Sonntag. Da haben Sie Ihren Laden doch sicherlich nicht geöffnet."

„Warum denn nicht? Brauchen die Leute sonntags nichts zu trinken?"

„Aber das frische Bauernbrot?", fragte Hasselbach zweifelnd. „Hat in Heubach am Sonntag eine Bäckerei offen?"

„Das backe ich selbst, wenn's recht ist."

Kalle ging zur Vordertür, in der der Schlüssel steckte, und drückte die Klinke. Die Tür war verschlossen.

„Die bleibt immer zu", sagte er mit Nachdruck. „Die Hintertür verschließen Sie, sobald ich gegangen bin. Den Schlüssel lassen Sie stecken. Sie öffnen niemandem die Tür. Wer es auch sein mag. Außer mir natürlich."

„Und Herr Bloch? Dem darf ich doch aufmachen?"

„Der weiß gar nicht, wo sich meine Hütte befindet", log der Heubacher Getränkehändler. „Wenn, dann kommt er also nur mit mir zusammen."

Kalle hatte die Hintertür der Holzhütte erreicht.

„Noch etwas, Herr ..."

„Hasselbach."

„Keine Spaziergänge, keine Ausflüge, Herr Hasselbach. Sie verlassen meine Hütte nur, wenn ich dabei bin. Klar?"

Der Verhaltensforscher nickte.

„Wenn jemand an eine der Türen oder an ein Fenster klopft, ignorieren Sie ihn. Auch wenn derjenige behauptet, von der Kriminalpolizei oder von den Zeugen Jehovas zu sein. Das spielt keine Rolle."

„Aber wenn die Kriminalkommissarin ...?"

„Sie weiß doch gar nicht, wo Sie sind. Gute Nacht, Herr Hasselbach. Schlafen Sie gut."

Kalle verließ seine Holzhütte, wartete draußen vor der Tür, bis der Verhaltensforscher abgeschlossen hatte, drückte dann noch einmal zur Sicherheit die Klinke herunter, ehe er zu seinem Lieferwagen ging.

Konrad Hasselbach hörte, wie der Motor angelassen wurde. Der Getränkehändler legte krachend den Rückwärtsgang ein, wendete den Lieferwagen und fuhr davon.

Dann war der Verhaltensforscher allein.

Kapitel 26

Mein Lieber

„Braves Mädchen", murmelte Tobias Bloch verschlafen, als er am späten Sonntagvormittag den leeren Futternapf auf der Steinterrasse hinter seinem Haus erblickte. Von Muzel war allerdings weit und breit nichts zu sehen.

„Brötchen oder Croissants?", fragte Susanne. Sie war dabei, den Tisch zu decken.

„Kümmelbrötchen. Und ein Frühstücksei."

„Wie Sie wünschen."

„Bist du im Bad fertig?"

Seine Assistentin strich sich mit einer anmutigen Handbewegung über ihr kurzes hellblondes Haar, das im Sonnenlicht glänzte.

„Sieht man das nicht?", fragte sie.

Ohne auf ihre rhetorische Frage einzugehen, sagte er: „Bin in einer halben Stunde wieder da."

„Wie viele Brötchen soll ich aufbacken?"

„Zwei müssten genügen."

Als der Privatdetektiv aus Heubach nach einem ausgiebigen Bad auf die Terrasse zurückkehrte, verzehrte seine Katze gerade schmatzend ein Stück gekochten Schinken. Sie saß vor Susanne auf dem Tisch und ließ sich füttern. Ihrem Herrchen schenkte Muzel keine Beachtung.

„So, zwei Scheiben sind genug", sagte die Assistentin des Privatdetektivs und wischte sich ihre Finger an einer Serviette ab. „Möchtest du noch etwas Katzenmilch?" Muzel blieb auf dem Tisch sitzen und begann sich zu putzen. Susanne deutete das als Ja und erhob sich, um in die Küche zu gehen.

Als Bloch eine Hälfte seines Kümmelbrötchens mit Kalbsleberwurst bestrich, machte sich die Katze länger und länger. Er tat etwas von der Wurst auf sein Messer und hielt es ihr hin. Muzel leckte die Kalbsleberwurst gierig ab. Dann forderte sie maunzend Nachschub.

„Ich brauche ein frisches Messer!“, rief der Privatdetektiv Richtung Küche.

„Ist mit Hasselbach alles klar?“, fragte seine Assistentin, als sie zurückkehrte.

Bloch nickte leicht, während er vorsichtig die obere Hälfte seines weich gekochten Eis schälte. „Hab vorhin kurz mit Kalle telefoniert.“

„Wann fährt er wieder zu dem Versteck?“

„Heute Abend. Nach Ladenschluss.“

„Er hat auch sonntags geöffnet?“, wunderte sich Susanne.

„In Heubach gehen die Uhren anders. Schon immer“, fügte er stolz hinzu.

„Und das Ladenschlussgesetz?“

„Hat hier noch nie gegolten.“

„Darf man erfahren, wo Hasselbach untergebracht ist?“, fragte seine Assistentin.

„Es ist besser für dich, wenn du es nicht weißt.“

„Spielverderber!“ Susanne trank einen Schluck Wasser. „Aber wir werden ihn doch sicher bald mal besuchen?“

„Wir?“

„Bist du immer noch sauer wegen gestern?“

„Dafür fehlt mir die Zeit“, antwortete Bloch und kratzte den letzten Rest des gekochten Eiweißes aus der Schale. „Ich konzentriere mich auf die Ermittlungen.“

„Jedenfalls dürfte Hasselbachs Verschwinden bei einigen Leuten für beträchtliches Aufsehen sorgen“, stellte seine Assistentin fest.

„Das ist der Sinn der Sache.“

„Wäre es eventuell ratsam, ihn als Lockvogel zu benutzen?“

„Auf die Idee bin ich noch gar nicht gekommen“, log Bloch.

„Mit wem sprechen wir heute zuerst?“

„Gute Frage. Was würdest du vorschlagen?“

Susanne sah ihn erstaunt an.

„Sibylle Schuster?“, sagte sie dann.

„Liegt sehr nahe. Aber damit scheuchen wir womöglich Leo Unger auf.“

„Glaubst du denn, dass die beiden nach ihrem Rausschmiss aus dem Institut noch Kontakt zueinander haben?“

Der Privatdetektiv aus Heubach zuckte die Achseln.

„Wir müssen äußerst geschickt vorgehen“, sagte er, ohne auf ihre Frage einzugehen. „Ich bin mir nicht sicher, ob es jetzt schon sinnvoll ist, mit unserem Wissen über Miriam Wenzel herauszurücken. Vielleicht ist es besser, wenn wir uns fürs Erste einfach dumm stellen.“

„Was uns nicht schwerfallen dürfte.“

In diesem Augenblick klingelte das Telefon.

Susanne erhob sich und ging ins Haus.

„Das hat aber lange gedauert“, stellte Bloch fest, als seine Assistentin endlich wieder auf der Terrasse erschien.

„Wir müssen sofort los, Tobias.“

„Wohin fahren wir?“

„Nach Annelsbach.“

Der Privatdetektiv runzelte die Stirn. „Annelsbach? Wer wohnt denn dort?“

„Erkläre ich dir im Auto.“

In der Höchster Innenstadt bog Bloch an der ersten großen Kreuzung rechts ab und folgte der leicht ansteigenden Nebenstraße, in der sich verschiedene Läden und Gaststätten sowie das Postamt befanden. Sie fuhren an einem hässlichen Hochhaus vorbei, das so gar nicht zu der sonstigen Bebauung in diesem Bereich passte.

Am Ortsausgang musste der Privatdetektiv vor der Bahnüberführung warten, um einem nach Höchst fahrenden Wagen den Vortritt zu lassen, denn die Durchfahrt der Überführung war für zwei Fahrzeuge nicht breit genug. Sie passierten den links unterhalb der Straße gelegenen Sportplatz, auf dem ein paar Kinder Fußball spielten, ignorierten die Abbiegung nach Pfirschbach und blieben auf der nun recht steil nach oben führenden Straße.

Von hier oben aus blickte man auf ein Stück des geteerten Fuß- und Radweges, der Annelsbach mit Pfirschbach verband. Als sie sich fast dem höchsten Punkt der Straße genähert hatten, bog Tobias Bloch nach rechts ab, kuppelte aus und ließ den Renault hinunter ins Annelsbacher Tal rollen. Er fuhr auf den links vor dem Ortseingang liegenden Parkplatz, auf dem bereits drei andere Fahrzeuge standen.

„Dort vorn", sagte Susanne und deutete auf die schmale Stirnseite des Parkplatzes. „Der silbergraue Benz müsste es sein."

Der Privatdetektiv stellte seinen Wagen ganz in der Nähe ab. Als sie ausstiegen, wurde auch die Fahrertür des Mercedes geöffnet. Eine zierliche Frau Ende fünfzig kam ihnen entgegen.

„Darf ich vorstellen?", sagte Susanne. „Frau Weidinger, das ist mein Chef, Tobias Bloch."

Sie schüttelte der Assistentin und dem Privatdetektiv die Hand.

„Gehen wir ein Stück" schlug die zweite Ehefrau von Markus Weidinger vor.

Entschlossen bog sie vom Parkplatz nach rechts auf einen Feldweg ein. Bloch und Susanne folgten ihr schweigend.

„Setzen wir uns." Karin Weidinger nahm auf einer Holzbank Platz, von der aus man über eine Wiese hinweg auf die letzten Häuser von Annelsbach blickte, bevor die schmaler werdende Straße an einem großen Abenteuerspielplatz vorbeiführte und direkt in einen schattigen Waldweg mündete.

Der Privatdetektiv aus Heubach und seine Assistentin blieben nebeneinander vor der Bank stehen.

Für einen Moment schien Karin Weidinger irritiert zu sein, dann murmelte sie kaum hörbar: „Wie Sie möchten." Sie lehnte sich zurück und hob den Kopf, um Bloch und Susanne besser anschauen zu können. „Mein Mann ist mit seiner neuen Freundin unterwegs", erklärte sie. „Er glaubt zwar, ich wüsste nichts von dieser Bekanntschaft. Aber da täuscht er sich gewaltig. Ich weiß nämlich sehr viel mehr, als man mir gemeinhin zutraut." Ihr rechter Mundwinkel zitterte kurz. „Vor heute Abend dürfte er nicht in unser Haus in Affhöllerbach zurückkehren. Also können wir uns in aller Ruhe unterhalten."

„Hat diese neue Freundin auch einen Namen?", fragte Bloch.

Karin Weidinger winkte ab. „Später. Sonst bringen wir alles durcheinander."

„Warum wollen Sie mit uns sprechen?"

„Lilli hat mich angerufen. Sie hat große Angst. Sie will bei dem ganzen Theater nicht mehr mitspielen."

Als Susanne etwas sagen wollte, berührte Bloch leicht ihren linken Unterarm.

„Aber sie wird massiv bedroht, deshalb hat sie sich nicht direkt an Sie gewandt, sondern mich darum gebeten, mit Ihnen zu sprechen. Ich habe nichts mehr zu verlieren. Also sind wir hier."

Der Privatdetektiv und seine Assistentin schwiegen.

„Sie wissen, dass die Tote am Beerfelder Galgen nicht Charlotte Unger war?"

Beide nickten.

„Von wem?"

„Konrad Hasselbach", antwortete Bloch.

„Er schwebt in Lebensgefahr, ist Ihnen das klar?"

„Ja."

„Wo ist Konrad? Wenn der Mörder ihn zu fassen bekommt, tötet er ihn."

„Keine Ahnung." Der Privatdetektiv zuckte die Achseln. „Nachdem er mit uns gesprochen hat, ist er wieder verschwunden. Er hat nicht gesagt, wohin er gehen würde."

„Gehen?"

„Ja. Er ist zu Fuß unterwegs", bestätigte Susanne.

„War er bei Ihnen in Heubach?"

„Wie kommen Sie auf die Idee?", fragte Bloch.

„Mir machen Sie nichts vor." Karin Weidinger lächelte kalt. „Wann war er bei Ihnen?"

„Gestern."

„Haben Sie Konrad in Sicherheit gebracht?"

„Nein", sagte der Privatdetektiv. „Wir haben ihm angeboten, ihn nach Erbach zur Kriminalpolizei zu bringen. Aber das hat Herr Hasselbach abgelehnt. Es war seine freie Entscheidung."

„Sie spielen mit einem Menschenleben, Herr Bloch. Sind Sie sich dessen bewusst?"

„Entschuldigen Sie. Hier spielen einige Leute ein sehr dreckiges Spiel. Wir sind nur durch Zufall da hineingeraten.

Die eigentlichen Akteure sind andere, das wissen Sie ganz genau."

„Durch Zufall?" Karin Weidinger lachte schrill. „Glauben Sie das wirklich? Glauben Sie wirklich, Benjamin Unger habe Sie zufällig engagiert?"

„Er hat von unserem Erfolg in dem Felsenmeer-Fall gehört", sagte Susanne. „Deshalb hat er sich an uns gewandt."

„Nein, nein. Er hat sie ganz bewusst benutzt, weil er erfahren hat, dass Sie einen guten Draht zu der Erbacher Kriminalkommissarin und ihrem Assistenten haben. Er wollte durch Sie auf dem Laufenden bleiben, was die polizeilichen Ermittlungen angeht."

„Irgendetwas muss Benjamin aber falsch gemacht haben", stellte Bloch fest. „Oder war es Teil seines genialen Plans, am Beerfelder Galgen zu enden?"

„Benjamin sollte Sie in die Irre führen. Und das ist ihm ja wohl auch gelungen, nicht wahr? Er hat Sie gebeten, den Mörder seiner Mutter zu finden, obwohl er wusste, dass diese schon seit Jahren tot ist. Und Sie haben ihm geglaubt."

„Niemand hat an der Identität der Toten gezweifelt", sagte die Assistentin des Privatdetektivs.

„Und das wäre auch so geblieben, wenn Benjamin nicht plötzlich unverschämt geworden wäre."

„Er hat seinen Stiefvater erpresst?", fragte Bloch.

Karin Weidinger schüttelte den Kopf. „Sie verstehen überhaupt nichts. Diese Geschichte lief doch schon die ganze Zeit. Daran hatten sich alle Beteiligten längst gewöhnt."

„Aber nach dem Mord an seiner vermeintlichen Mutter hat er den Preis erhöht? Hat er zu viel gefordert?"

„Von Leo? Nein. Die beiden hatten sich arrangiert. Benjamin hat eine neue, sehr lukrative Geldquelle entdeckt. Die wollte er jetzt anzapfen. Und zwar richtig."

„Sibylle Schuster?“, fragte Susanne. „Weil sie für den Unfalltod seiner Mutter mitverantwortlich war?“

„Sie verstehen überhaupt nichts“, wiederholte Karin Weidinger gereizt. „Sibylle hätte er doch längst ins Visier nehmen können. Warum sollte er so lange auf diese Gelegenheit warten? Warum sollte er all die Jahre untätig bleiben und erst jetzt plötzlich zuschlagen?“

„Weil durch den Tod von Miriam Wenzel eine völlig neue Situation entstanden war“, sagte der Heubacher Privatdetektiv. „Außer Benjamin wussten nur sehr wenige, wer die Erhängte wirklich war.“

„Wenn Sie sich da mal nicht täuschen, Herr Bloch. In diesem Spiel gibt es mehr Mitwisser, als Sie ahnen. Zugegeben, nicht alle wissen wirklich alles. Aber etliche wissen eine ganze Menge. Oftmals mehr, als ihnen guttut. Konrad Hasselbach zum Beispiel.

Er weiß, wie Charlotte wirklich umgekommen ist. Er weiß, dass Miriam am Galgen starb. Aber kennt er ihren Mörder? Oder den von Benjamin?“ Sie schüttelte den Kopf. „Nein. Er glaubt vielleicht, ihn zu kennen. Aber er liegt wie übrigens viele andere auch falsch. Hat er Ihnen gegenüber einen Namen genannt?“

„Nein“, antwortete Susanne.

„Sehen Sie!“, rief Karin Weidinger triumphierend.

Im Vergleich zu ihrer ersten Begegnung mit der Assistentin des Privatdetektivs war die annähernd sechzig Jahre alte Frau, die am Freitag noch verhärmt und traurig gewirkt hatte, jetzt nicht mehr wiederzuerkennen. Ihr Wissen verlieh ihr Macht. Und diese Macht genoss sie sichtlich.

„Aber Sie wissen natürlich Bescheid“, sagte Tobias Bloch.

„So ist es, mein Lieber. Wenn Sie einer alten Schachtel wie mir diese intime Anrede gestatten.“

„Tun Sie sich bitte keinen Zwang an.“

Susanne verdrehte die Augen.

„Wir könnten ins Geschäft kommen, mein Lieber. Ich verrate Ihnen, wer Miriam Wenzel und Benjamin Unger nicht umgebracht hat. Wenn Sie mir sagen, wo Konrad sich gerade aufhält.“

„Selbst wenn ich es wüsste – was nicht der Fall ist –, wieso sollte ich so dumm sein, meinen größten Trumpf auszuspielen? Damit Sie leichtes Spiel haben und Konrad Hasselbach geräuschlos aus dem Verkehr ziehen können?“

„Ich?“

„Wer denn sonst?“

„Unsere Unterhaltung gefällt mir nicht mehr“, sagte Karin Weidinger abweisend. „Glauben Sie allen Ernstes, ich würde Konrad etwas antun? Ganz im Gegenteil. Ich will dem armen Kerl helfen.“

„Dass ich nicht lache!“, rief Susanne.

Die ältere Frau bedachte die Assistentin des Privatdetektivs mit einem stechenden Blick. Dann erhob sie sich und strich ihren Rock glatt.

„Zu schade, dass wir nichts in Geschäft gekommen sind.“ Sie trat auf den Feldweg.

„Haben Sie nicht etwas vergessen?“, fragte Tobias Bloch lächelnd.

„Was meinen Sie?“

„Wie heißt die neue Freundin Ihres Mannes?“

„Ach das. Zu spät, mein Lieber. Sie hatten Ihre Chance.“ Sie ging langsam an ihm vorbei und streifte ihn dabei leicht. „Von mir erfahren Sie nichts mehr.“

Kapitel 27

Ausgang

Die ersten Spaziergänger tauchten am frühen Sonntagnachmittag auf. Das Wetter war schön, das hatte er festgestellt, als er am Vormittag mehr als eine Stunde lang gelüftet hatte. Also musste er damit rechnen, dass es nicht bei einigen wenigen Ausflüglern bleiben würde. Inzwischen waren alle hölzernen Fensterläden wieder fest verschlossen, die beiden Türen waren es sowieso die ganze Zeit über gewesen. Trotzdem brannte in dem Hauptraum der Hütte nur eine 25-Watt-Birne über der Spüle. Sicher ist sicher.

Konrad Hasselbach hatte in der Nacht auf der gut gepolsterten Liege sehr schlecht geschlafen. Dies wäre ihm aber angesichts seiner prekären Lage auch im komfortabelsten Bett nicht anders ergangen. Die einzige Mahlzeit, die der Verhaltensforscher bisher zu sich genommen hatte, hatte aus zwei Scheiben Leinsamenbrot, belegt mit Emmentaler, und einem ungesüßten Naturjoghurt bestanden. Darüber hinaus hatte er im Laufe des Tages ein paar Gläser Mineralwasser getrunken.

Auch die Tatsache, dass er sich nach dem Essen über der Badewanne mit der Dusche die Haare und den Oberkörper gewaschen hatte, machte ihn nur kurzzeitig etwas munterer. Er fühlte sich zerschlagen, verzichtete aber dennoch darauf, sich nochmals hinzulegen.

Um sich abzulenken, suchte er in der Holzhütte des Getränkehändlers nach etwas zum Lesen. Er fand in dem Büfett einen alten Straßenatlas, ein Kochbuch zum spannenden Thema Grillen und zwei zerlesene Karl-May-Bände. Das konnte er sich wirklich nicht antun.

Nun saß er in Gedanken versunken in einem abgewetzten beigen Cordsessel und überdachte seine trostlose Lage. Die Zukunft als Angestellter des Instituts für Verhaltensforschung im Sensbachtal hatte er zweifelsohne bereits hinter sich. Völlig unabhängig von den beiden Morden am Beerfelder Galgen. Denn Miriam hatte vor ihrem gewaltsamen Tod längst beschlossen, sich selbstständig zu machen, was dem unabwendbaren Ende der Odenwälder Forschungseinrichtung gleichkam. Hasselbach hatte ihren Mut bewundert, einen schwierigen Neuanfang zu wagen, sich allerdings gefragt, wie sie die beträchtlichen finanziellen Mittel für einen solchen Schritt aufbringen wollte.

Eine Zeit lang hatte er insgeheim gehofft, Miriam werde ihm anbieten, sich ihr anzuschließen. Aber sie hatte keinerlei Andeutungen in diese Richtung gemacht. Und sie darauf anzusprechen, hatte er nicht gewagt, weil er Angst vor ihrer ablehnenden Antwort hatte.

Wem hatte sie sonst noch von ihrem Vorhaben erzählt?, fragte er sich. Und wer hatte daraus die bekannten Konsequenzen gezogen?

Konrad Hasselbach gestand sich ein, dass die verhängnisvolle Entwicklung, die schließlich in Miriams grausame Ermordung mündete, exakt in der Sekunde begonnen hatte, in der Charlotte Unger tödlich verunglückt war. Sie hatten alles falsch gemacht. Ein paar Jahre mochten sie sich zwar in trügerischer Sicherheit wähnen, aber wer ehrlich zu sich selbst war, wusste, dass die Wahrheit früher oder später ans Licht kommen musste.

Was wäre passiert, wenn sie damals unmittelbar nach dem eigentlich harmlosen Verkehrsunfall die Polizei gerufen hätten? Wäre Sibylle Schuster nicht nur wegen Trunkenheit am Steuer belangt worden, sondern hätte gegen sie auch eine Anklage wegen fahrlässiger Tötung erhoben werden können? Vor dieser Frage hatten sich alle gedrückt, niemand hatte sie angesprochen. Wäre es mit Hilfe eines gewieften Anwalts möglich gewesen, Sibylle relativ ungeschoren davonkommen zu lassen?

Ihm kam ein absurder Gedanke. Hätte jemand anders sich als Unglücksfahrer ausgeben sollen? Wäre Charlottes Ehemann angesichts seiner persönlichen Tragödie von der Polizei vielleicht schonender behandelt worden?

Die Jahre im Sensbachtal waren eine einzige Illusion gewesen. Sie waren dem Irrglauben erlegen, vor etwas fliehen zu können, dem man auf Dauer gar nicht entkommen konnte. Das ethologische Institut war von Anfang an auf einer Lebenslüge aufgebaut worden. Ein tragischer Unfalltod hatte weitere Tote nach sich gezogen, die gar nicht hätten sterben müssen.

Wer würde der Nächste sein?

Denn dass die Sache längst noch nicht ausgestanden war, davon war Konrad Hasselbach felsenfest überzeugt. Dafür waren zu viele Personen zu tief in die Angelegenheit verstrickt. Es gab zu viele Mitwisser. Es gab zu viele, die sich jetzt – scheinbar oder tatsächlich – in einer ausweglosen Situation befanden. Die nichts mehr zu verlieren, aber vielleicht doch noch etwas zu gewinnen hatten.

Das ist blanker Unsinn, dachte Hasselbach. In dieser Geschichte gibt es nur Verlierer. Wir waren damals auch so töricht zu glauben, mit der Beseitigung einer Leiche könne man etwas Entsetzliches ungeschehen machen. Das war dumm. Dumm und überheblich.

Der gescheiterte Verhaltensforscher leerte sein Glas. Er erhob sich und schaltete das Licht über der Spüle aus. Dann ging er zur Hintertür der Holzhütte, drehte den Schlüssel im Schloss und öffnete die Tür einen Spalt weit. Dass es ihm dieses Mal fast mühelos gelungen war, sie aufzusperren, nahm er als gutes Omen. Einmal töricht, immer töricht.

Er spähte durch die Lücke hinaus und lauschte auf auffällige Geräusche, auf Schritte, Stimmen oder das Rascheln des Laubes. Aber außer dem entfernten Ruf eines Eichelhähers hörte er nichts. Konrad Hasselbach zog den Schlüssel aus dem Schloss, öffnete die Hintertür etwas weiter, schlüpfte hinaus und sah sich rasch um. Die Luft schien rein zu sein. Er verschloss die Tür, steckte den Schlüssel in die Hosentasche und entfernte sich ein paar Schritte von der Hütte.

Mit jedem Meter, den er zwischen sich und die Holzhütte des Heubacher Getränkehändlers brachte, fühlte er sich freier. Er wusste, dass er keinen gehetzten oder verängstigten Eindruck machen durfte, also verhielt er sich wie ein stinknormaler Spaziergänger, dessen Gewissen vollkommen rein war. Konrad Hasselbach lief scheinbar entspannt auf dem Waldweg. Die Richtung, die er einschlug, war ihm vollkommen gleichgültig.

Kapitel 28

Lockvogel

„Und nun?“, fragte Susanne Kramer.

Der Privatdetektiv aus Heubach, der neben ihr auf dem Fahrersitz saß, wandte sich ihr zu und lächelte vergnügt. Er schien bester Laune zu sein.

„Zeit, unseren Köder auszulegen“, sagte er.

„Wo?“

„Lass dich überraschen.“

Seine Assistentin verzog das Gesicht.

„Blödmann“, sagte sie.

Nachdem Karin Weidinger in ihrem silbergrauen Mercedes den vor Annelsbach gelegenen Parkplatz verlassen hatte, waren Bloch und Susanne noch eine Weile schweigend im Wagen sitzen geblieben, um die Informationen zu verdauen, die ihnen gerade von der älteren Dame geliefert worden waren.

Benjamin Unger war offenkundig seine Geldgier zum Verhängnis geworden. Er hatte nicht nur jahrelang erfolgreich seinen Stiefvater Leo erpresst, sondern war nach der Ermordung von Charlotte Unger alias Miriam Wenzel auch noch so dreist gewesen, eine neue, nach Karin Weidingers Aussage sehr lukrative Geldquelle anzuzapfen. Dieser unverschämte Versuch war drastisch bestraft worden, was der vom Erfolg verwöhnte junge Mann überhaupt nicht einkalkuliert hatte.

Die harte Strafe: Tod durch den Strang.

Die eigentliche Frage, die sich die beiden im Renault sitzenden Ermittler jetzt zwangsläufig stellen mussten, lautete:

Woher wusste ausgerechnet Karin Weidinger, die bisher allenfalls am Rande des gesamten Geschehens aufgetaucht war, augenscheinlich so viel? Woher bezog sie ihre brisanten Informationen?

Dem schloss sich eine weitere, möglicherweise entscheidende Frage an: Wer war diese sehr lukrative Geldquelle?

Und: War diese Person Benjamins Mörder?

Die Frau machte gar nicht erst den Versuch, ihre Angst zu verbergen. Ihre graugrünen Augen blickten ruhelos umher.

„Ich darf nicht mit Ihnen sprechen“, sagte sie mit zitternder Stimme. „Man darf uns auf keinen Fall zusammen sehen.“

„Dann ist es wohl besser, wenn Sie uns jetzt sofort in Ihre Wohnung lassen“, sagte der Privatdetektiv aus Heubach.

Die dunkelblonde Frau, die Bloch bei ihrer ersten Begegnung auf Anfang bis Mitte vierzig geschätzt hatte, zögerte.

„Die Alternative ist Ihnen bekannt. Und sie ist wahrlich nicht verlockend. Stichwort Erbach.“

Sie trat zur Seite und ließ Susanne und ihren Chef in die Wohnung in einem Nebengebäude des ethologischen Instituts ein. Der stilvoll eingerichtete Raum, in den sie ihre beiden Besucher führte, war wohl das Esszimmer. Sie nahmen an einem Tisch mit vier dezent gepolsterten Stühlen aus Birkenholz Platz.

„Wo steht Ihr Wagen?“, fragte die nervöse Gastgeberin.

„Vor dem Hauptgebäude des Instituts“, antwortete Susanne.

„Sind Sie verrückt geworden?“

Die Assistentin des Privatdetektivs schüttelte lächelnd den Kopf. „Ganz im Gegenteil“, antwortete sie. „Keine Sorge, wir wissen schon, was wir tun. Und wir wollen gesehen werden.“

Die Frau holte tief Luft.

„Wir bringen Sie nicht in Gefahr“, ergänzte Bloch. „Wir möchten Sie lediglich um einen kleinen Gefallen bitten. Ob Sie auf unseren Wunsch eingehen, liegt ganz bei Ihnen.“

„Wieso glaube ich Ihnen das nicht?“

„Weil Sie völlig verängstigt sind. Weil jemand gedroht hat, Sie umzubringen, wenn Sie uns oder der Kriminalpolizei in Erbach wichtige Informationen mitteilen.“

„Woher wissen Sie das?“

„Quellenschutz“, antworte Susanne Kramer knapp.

„Sie haben also mit Karin gesprochen“, stellte Lilli Wagner fest. „Warum ist es dann noch nötig, mich hier aufzusuchen und die Aufmerksamkeit unnötigerweise auf mich zu lenken?“

„Weil unser Gespräch mit Frau Weidinger nicht zu unserer Zufriedenheit verlaufen ist“, sagte der Privatdetektiv. „Wir sind mit der Dame nicht ins Geschäft gekommen.“

Die Mitarbeiterin des Instituts für Verhaltensforschung runzelte die Stirn. „Das verstehe ich nicht. Hat Karin Ihnen nicht erzählt, dass Benjamin ein dreister Erpresser war?“

„Doch, das hat sie.“

„Dann wissen Sie also, dass er von seinem Stiefvater jahrelang Geld erhalten hat?“

Susanne nickte. „Werden Sie von Leo Unger bedroht?“

Lilli Wagner rang mit sich, das war ihr deutlich anzusehen.

„Sie brauchen die Frage nicht zu beantworten“, sagte Bloch. „Ich frage mich, welche Rolle man Ihnen in diesem Spiel zugewiesen hat. Auch darauf erwarte ich selbstverständlich keine ehrliche Antwort.“

„Das ist kein Spiel!“

„Jedenfalls haben Sie uns die ganze Zeit über an der Nase herumgeführt“, sagte die Assistentin des Privatdetektivs.

„Irgendetwas an Ihrem Auftreten und Ihrem Verhalten stimmt nicht. Sie verheimlichen uns etwas."

„Oder Sie geben etwas vor, das gar nicht den Tatsachen entspricht", ergänzte Tobias Bloch. „War Charlotte Unger wirklich eifersüchtig auf Sie? War sie tatsächlich über Ihr Verhältnis zu ihrem Ehemann informiert? Oder wollten Sie uns nur diesen Eindruck vermitteln, um von etwas ganz anderem abzulenken?"

Lilli Wagner seufzte. „Ob Charlotte es gewusst hat, kann ich nicht mit Bestimmtheit sagen. Aber ich bin mir ziemlich sicher, dass sie etwas geahnt hat."

„Und Benjamin?", fragte Susanne. „Hat er wirklich erst von Herrn Bloch erfahren, dass Sie ein Verhältnis mit seinem Stiefvater hatten?"

„Ich habe ihm jedenfalls nichts davon erzählt. Das wäre ja wahnwitzig gewesen."

„Wir möchten, dass Sie Leo etwas mitteilen", sagte der Privatdetektiv.

„Warum können Sie es ihm nicht selbst erzählen? Warum muss ich die Botin spielen?"

„Wir haben unsere Gründe", erklärte Susanne.

„Ich lasse mich von Ihnen nicht benutzen!"

„Weil Sie sich schon auf viel zu viel eingelassen haben? Weil Sie längst die Kontrolle über die Ereignisse verloren haben? Weil Sie sich nicht von Anfang an klargemacht haben, welche schrecklichen Folgen Ihr Tun haben würde?"

„Hören Sie auf!", schrie Lilli Wagner. Über ihren hohen Wangenknochen hatten sich zwei rötliche Flecke gebildet.

„Beruhigen Sie sich", sagte der Privatdetektiv. „Wir wissen, dass Sie nicht für die beiden Morde am Beerfelder Galgen verantwortlich sind."

Susanne warf ihrem Chef einen erstaunten Seitenblick zu.

„Sie sind keine Mörderin, Frau Wagner", fuhr Bloch in ruhigem Tonfall fort. „Aber Sie sind – genauso wie wir übrigens auch – in eine fürchterliche Geschichte hineingeraten und sehen jetzt keinen Ausweg mehr. Aber den gibt es für Sie. Glauben Sie mir."

Susanne traute ihren Ohren nicht.

„Es ist zu spät", sagte Lilli Wagner. Ihre Augen füllten sich mit Tränen.

Wenn er ihr jetzt ein Taschentuch reicht, verlasse ich auf der Stelle den Raum, dachte die Assistentin des Privatdetektivs.

„Ist es nicht", antwortete Bloch. „Es mag zwar so scheinen, aber dem ist nicht so."

Die Empfangsdame des ethologischen Instituts stand auf und verließ das Zimmer.

„Hast du noch alle Tassen im Schrank?", zischte Susanne. „Was verzapfst du denn hier für einen Schwachsinn?"

„Lass mich nur machen."

„Wir sind doch nicht bei der Telefonseelsorge!"

Bloch lächelte. „Das stimmt. Wir suchen das direkte Gespräch mit unseren Patienten. Von Angesicht zu Angesicht."

Nach einer Weile kehrte Lilli Wagner in den Raum zurück.

„Geht es Ihnen wieder besser?", fragte der Privatdetektiv.

Sie nickte. „Was soll ich tun?"

Wieder traute Susanne ihren Ohren nicht.

„Sagen Sie Leo Unger bitte Folgendes: Dorndiel."

„Dorndiel?", wiederholte die Empfangsdame verständnislos.

„Genau. Und das zweite Lösungswort lautet: Hütte."

„Was soll Leo denn machen?"

„Diese Botschaft zur Kenntnis nehmen", erklärte Bloch. „Und die richtigen Schlüsse daraus ziehen." Er erhob sich.

„Wir sind Ihnen zu großem Dank verpflichtet, Frau Wagner. Und beruhigen Sie Ihren Chef und Liebhaber. Sie haben uns nichts verraten. Sie haben sich tadellos verhalten. Respekt."

„So habe ich dich ja noch nie erlebt", sagte Susanne Kramer kopfschüttelnd, als sie zu dem vor dem Haupthaus geparkten Wagen zurückgingen. „Du hättest Pfarrer werden sollen."

„Du kennst mich eben doch nicht so gut, wie du immer behauptest."

„Schluckt Leo den Köder?"

„Das werden wir sehen."

„Fahren wir direkt zu Hasselbach?", fragte die Assistentin des Privatdetektivs.

„Nein. Erst essen wir etwas. Ich habe Hunger."

„In Beerfelden, richtig?"

„Ja."

Kapitel 29

Jogging

„Wenn ich das gewusst hätte, hätte ich mir etwas zum Trinken mitgebracht“, brummte der glatzköpfige Getränkehändler aus Heubach verdrossen.

„Nur Geduld“, beruhigte ihn einer seiner besten Kunden. „Bald wird jemand auftauchen, das spüre ich. Und dann kannst du endlich mal zeigen, wie gut du im Nahkampf ausgebildet bist. Dafür lohnt sich der Aufwand doch, oder?“

„Rauchen darf man auch nicht“, beschwerte sich Kalle.

„So ist es. Wir wollen uns den Spaß doch nicht durch schiere Dummheit verderben.“

„Ich verzieh mich mal in die Büsche“, sagte Susanne Kramer leise. „Bin gleich wieder da.“

Seit mehr als einer Stunde saßen die drei nun schon auf dem glücklicherweise recht trockenen, mit einer dicken Laubschicht bedeckten Waldboden im dichten Unterholz. Von ihrem Versteck aus hatten sie sowohl den Vordereingang als auch die Hintertür der Hütte im Blick. Spaziergänger waren am Sonntagabend nicht mehr in diesem Teil des Dorndieler Waldes unterwegs.

Für kurze Aufregung und etwas Abwechslung sorgte allenfalls von Zeit zu Zeit eine Amsel, die in der näheren Umgebung geräuschvoll das Laub aufwühlte, um Würmer, Schnecken oder Erdraupen aufzuspüren. Der schwarze Singvogel verursachte bei seiner Nahrungssuche einen solchen Lärm, dass man im ersten Moment ernsthaft glauben konnte, ein

Mensch stapfe gerade durch das Laub. Inzwischen war die Amsel aber weitergezogen.

„Deine Beschreibung war ja auch außergewöhnlich präzise“, sagte die Assistentin des Heubacher Privatdetektivs, die nach dem Entleeren ihrer Blase wieder zu ihnen gestoßen war. „Dorndiel. Hütte. Ich weiß ja nicht!“

„Wie viele Waldhütten gibt es hier in der Gegend, Kalle?“, fragte Tobias Bloch.

„Außer meiner Bude nur noch eine Schutzhütte für Wanderer. Sie steht neben dem Naturparkplatz vielleicht einen Kilometer von hier entfernt. Sonst gibt es meines Wissens keinen weiteren Unterschlupf. Nicht einmal einen verlassenen Bauwagen für Waldarbeiter.“

„Siehst du?“, sagte der Privatdetektiv zufrieden. „Kalle und ich wissen schon, was wir tun.“

„Und wenn heute Abend niemand mehr auftaucht? Wir können ja wohl kaum die ganze Nacht hier warten?“, fragte Susanne.

„Dann übernachtest du bei dem schönen Konrad.“

Der Heubacher Getränkehändler gluckste. „Interessante Vorstellung.“

„Nein, im Ernst“, sagte Susanne. „Jetzt, wo wir Hasselbachs Versteck preisgegeben haben, können wir ihn ja kaum allein zurücklassen.“

„Immer mit der Ruhe“, antwortete Bloch. „Uns wird schon etwas einfallen.“

In diesem Augenblick hörten sie näher kommende Schritte. Alle drei gingen lautlos in die Hocke und starrten gebannt auf den Waldweg, der an der Vorderseite der Holzhütte vorbeiführte.

„Da hat es jemand aber eilig“, flüsterte Susanne.

Im Laufschritt näherte sich ein mittelgroßer Mann in einem unförmigen lindgrünen Jogginganzug Hasselbachs

Unterschlupf. Auf Höhe der Hütte blieb er mit dem Rücken zu ihnen keuchend stehen. Mit dem Ärmel wischte er sich den Schweiß von der Stirn. Der Unbekannte sah sich unauffällig um. Dann machte er einige ungelenke Dehnübungen. Offenbar wollte er überprüfen, ob die Luft rein war.

Kalle tippte Bloch auf die Schulter und bedeutete ihm, dass er sich auf den Weg machen würde. Der Privatdetektiv nickte leicht.

Der Getränkehändler huschte erstaunlich schnell durch das Unterholz und verharrte wenige Meter hinter dem vermeintlichen Jogger in Lauerstellung. Dieser war gerade dabei, seinen rechten Schuh fester zu schnüren.

Als er sich wieder aufrichtete, drehte er sich blitzschnell um.

„Was wollen Sie von mir?“, fragte er unsicher.

„Kriminalpolizei!“, rief Bloch. „Legen Sie sich flach auf den Boden. Hände und Füße auseinander.“

Der Privatdetektiv rannte zu dem Unbekannten, vor dem sich Kalle bereits breitbeinig aufgebaut hatte, um ihm den Fluchtweg zu verstellen. Bloch tastete den am Boden liegenden Mann nach Waffen ab, wurde aber nicht fündig.

„Sie können wieder aufstehen.“

Der Jogger erhob sich und klopfte Erdkrumen von seiner sportlichen Kleidung.

„Was soll denn das?“, fragte er.

„Verdeckte Ermittlung“, erklärte der selbst ernannte Kriminalpolizist. „Wir stellen hier die Fragen. Können Sie sich ausweisen?“

„Wie bitte?“

„Hören Sie schlecht? Ich will Ihren Ausweis sehen.“

Der Jogger schüttelte den Kopf. „Zeigen Sie mir Ihre Dienstmarke“, forderte er.

Bloch ging nicht darauf ein. „Was machen Sie hier?“

„Ihre Dienstmarke!“ Der Unbekannte wurde zusehends selbstbewusster.

„Wie ich bereits sagte, es handelt sich um eine verdeckte Ermittlung.“

„Reden Sie keinen Blödsinn.“ Er musterte den Heubacher Privatdetektiv eindringlich. „Wo habe ich Sie schon einmal gesehen?“

Bloch erstarrte.

„Verschwinden Sie auf der Stelle!“, schaltete sich Susanne in ungewohnt autoritärem Tonfall ein. „Sie gefährden hier eine geheime Polizeiaktion! Hauen Sie endlich ab.“

Der Jogger funkelte sie wütend an.

„Ihr seid ja wohl die größten Deppen, die mir je untergekommen sind.“

„Vorsicht! Beamtenbeleidigung kann mit einer hohen Geldbuße belegt werden.“

„Halt die Schnauze, Tussi!“

Ohne ihn eines Blickes zu würdigen, ging der Jogger mit entschlossenen Schritten an einem verdutzten Kalle vorbei, dem leider ein interessanter Nahkampf versagt geblieben war.

„Bei dem Scheißspiel mache ich nicht mehr mit“, empörte sich der glatzköpfige Getränkehändler, als der Fremde außer Hörweite war. „Das ist schließlich meine Hütte. Ich habe einen Ruf zu verlieren. Was, wenn dieser Idiot geradewegs zur Polizei geht und denen erzählt, was sich hier direkt vor meiner Hütte abgespielt hat? Was, wenn die sich die Hütte einmal näher ansehen wollen? Nein, nicht mit mir, Tobias.“

Kalle ging zur Hintertür.

„Ich hole diesen Hasselbach jetzt auf der Stelle heraus. Der bleibt keine Sekunde länger hier drin. Soll er doch bei dir unterkommen!“

Der Privatdetektiv und seine Assistentin wechselten einen Blick.

„Es war deine Idee", murmelte Susanne.

„Ich weiß loyale Mitarbeiter sehr zu schätzen", knurrte Bloch.

Sie hörten, wie der Getränkehändler wütend gegen die Hintertür seiner Hütte klopfte.

„Mach endlich auf, du Pfeife!", brüllte er.

„Nicht so laut, Kalle", bat der Privatdetektiv, der sich ihm genähert hatte.

Der Getränkehändler bückte sich und lugte durchs Schlüsselloch.

„Der Schlüssel steckt nicht mehr", stellte er verwundert fest. „Na warte!" Er zog einen Ersatzschlüssel aus der Hosentasche und öffnete die Tür.

Als Kalle kurz darauf wieder aus seiner Hütte trat, schüttelte er ungläubig den Kopf. „Ausgeflogen. Der Kerl ist nicht mehr da."

„Sie waren zu dritt", sagte der Jogger. „Der Heubacher Privatdetektiv, seine wirklich gut aussehende Assistentin und ein zweiter Mann, den ich nicht kenne."

„Wie sah dieser Mann aus?"

Der vermeintliche Jogger beschrieb Kalle ziemlich zutreffend.

„Hmm. Wahrscheinlich eine Randfigur, die wir fürs Erste vernachlässigen können."

Der als Jogger getarnte Kundschafter nickte. „Scheint mir eher der Mann fürs Grobe gewesen zu sein. Blochs Gorilla, würde ich meinen."

„Haben Sie in die Hütte schauen können? Haben Sie darin irgendwelche verdächtigen Geräusche gehört?"

„Nein, die Fensterläden in meinem Blickfeld waren alle verschlossen. Und gehört habe ich auch nichts", antwortete der Mann in dem lindgrünen Jogginganzug. „Aber das muss gar nichts bedeuten. Schließlich waren wir ziemlich laut. Das dürfte die Person, die möglicherweise in der Hütte Unterschlupf gesucht hat, gewarnt haben."

„Haben Bloch und seine Mitarbeiter Ihnen den harmlosen, zufällig vorbeikommenden Jogger abgenommen? Welchen Eindruck hatten Sie?"

Der Kundschafter lächelte. „Ich will mich ja nicht selbst loben. Aber die Geschichte mit der Dienstmarke hat diesen Heubacher Privatdetektiv ganz schön aus der Fassung gebracht. Auf so etwas war er überhaupt nicht vorbereitet."

Sein Auftraggeber nickte. „Bloch glaubte fälschlicherweise, das Überraschungsmoment sei auf seiner Seite. Dem war aber nicht so. Angenommen, der Gesuchte hält sich tatsächlich in der Hütte auf. Was werden die jetzt mit ihm anstellen? Werden sie ihn dort zurücklassen? Oder bleibt beispielsweise dieser glatzköpfige Gorilla bei ihm, um ihn zu beschützen?"

„Schwer zu sagen. Ich möchte Ihren Schlussfolgerungen in keinster Weise vorgreifen. Aber meiner Meinung nach werden sich diese tollen Ermittler ihre Gedanken machen müssen. Die Hütte als Versteck ist nicht mehr hundertprozentig sicher. Sie haben durch ihr dämliches Verhalten die Aufmerksamkeit unnötigerweise auf den Unterschlupf gelenkt. Außerdem können sie nicht ausschließen, dass ich den Vorfall bei der örtlichen Polizei melde und diese sich dann die Hütte einmal näher anschaut. Nein, ich glaube, sie haben aus diesem für sie sehr unangenehmen Zwischenfall ihre Konsequenzen gezogen. Wenn jemand in der Hütte versteckt worden war, so ist er jetzt mit großer Wahrscheinlichkeit nicht mehr dort."

Der Auftraggeber des Kundschafters nickte zufrieden. „Das ist genau das, was ich mir von dieser Aktion erhofft hatte. Sie haben Ihre Sache ausgezeichnet gemacht.“ Er reichte dem Mann in dem lächerlichen lindgrünen Jogginganzug einen Umschlag.

„Wenn Sie mich noch einmal brauchen, wissen Sie ja, wie Sie gefahrlos Kontakt zu mir aufnehmen können.“

„Ja. Ich glaube in der Tat, dass unsere fruchtbare Zusammenarbeit noch lange nicht beendet ist.“

„Freut mich zu hören.“

Kapitel 30

Schlamassel

Zuversicht sieht anders aus.

„Das haben wir nun von dieser blöden Geschichte mit dem Lockvogel", sagte Susanne Kramer verärgert. „Hasselbach ist spurlos verschwunden. Und angelockt hat er auch niemanden."

„Das weißt du doch gar nicht. Außerdem bin ich nach wie vor davon überzeugt, dass unsere Aktion nicht völlig nutzlos war. Wir haben Lilli und Leo hellhörig werden lassen. Wir haben zumindest gegenüber Dr. Unger angedeutet, dass uns mehr über Konrad Hasselbachs Aufenthaltsort bekannt ist als ihm. Das müsste ihn doch eigentlich verunsichern. Und vielleicht doch noch dazu veranlassen, etwas Unvorsichtiges zu tun."

Seine Assistentin ging auf diese optimistische Einschätzung nicht ein. Stattdessen fragte sie: „Meinst du, dass uns jemand zuvorgekommen ist? Dass sich jemand Hasselbach geschnappt hat, bevor wir uns im Dorndieler Wald auf die Lauer gelegt haben?"

„Das Schloss der Hintertür war unversehrt", sinnierte der Heubacher Privatdetektiv. „Nur der Schlüssel fehlte. Das lässt eigentlich nur zwei Möglichkeiten zu. Entweder hat Hasselbach jemanden freiwillig in die Hütte gelassen …"

„ …was ich mir bei seiner großen Angst einfach nicht vorstellen kann."

„Es muss sich bei dem geheimnisvollen Besucher ja gar nicht um den Mörder gehandelt haben. Es könnte jemand bei ihm im Wald aufgetaucht sein, der Konrad Hasselbach Schutz oder Zuflucht angeboten hat. Und zwar auf so überzeugende Art und Weise, dass der völlig verängstigte Verhaltensforscher darauf eingegangen ist."

„Um in eine Falle zu tappen?"

Bloch zuckte die Achseln.

„Hatte Lilli Wagner dabei nicht vielleicht doch ihre Finger im Spiel?", fragte Susanne mehr sich selbst als ihr Gegenüber. „Konnte sie die dürftigen Stichwörter Dorndiel und Hütte dem untergetauchten Konrad Hasselbach zuordnen?"

„Klingt auf den ersten Blick unlogisch. Aber bei Lilli kann man sich nie sicher sein."

„Warum hast du ihr dann so großzügig die Absolution erteilt? ‚Wir wissen, dass Sie nicht für die beiden Morde am Beerfelder Galgen verantwortlich sind. Sie sind keine Mörderin, Frau Wagner.' Ich traute meinen Ohren nicht, als du das gesagt hast."

„Schon mal was von einfühlsamer Gesprächsführung gehört?", fragte Tobias Bloch. „Eine Taktik, die man bei Verhören anwendet, um den Verdächtigen auf seine Seite zu ziehen. Man entlastet ihn scheinbar von den schlimmsten Vorwürfen, um ihn dazu zu bringen, kleinere Vergehen zu beichten."

„Was dir ja glänzend gelungen ist."

„Du bist zu ungeduldig, Susanne. Ich habe gewissermaßen einen Samen ausgesät. Mal sehen, ob er in naher Zukunft keimt."

Seine Assistentin verdrehte die Augen, verzichtete aber zunächst auf einen deftigen Kommentar zu diesem fast biblisch anmutenden Vergleich, der in ihren Augen gleichwohl hohles Geschwätz war.

„Bleibt uns denn noch so viel Zeit?", fragte sie stattdessen skeptisch. „Jetzt, wo Hasselbach nicht mehr in unserer Obhut ist? Und wir absolut keine Ahnung haben, wo er sich derzeit aufhält." Susanne stutzte. Dann sprach sie einen Gedanken aus, der sie erschreckte: „Während du noch wie ein öliger Laienprediger von Samen und Keimung schwafelst, ist Konrad vielleicht schon tot."

Bloch sah sie durchdringend an. „Den ersten Teil deines letzten Satzes habe ich überhört. Und der zweite scheint mir zu schwarzseherisch zu sein." Er trank einen Schluck Bier und lehnte sich in seinem bequemen Ledersessel zurück. Bei dieser Bewegung öffnete Muzel kurz verträumt ihre Augen, gähnte herzhaft und döste dann weiter. „Mal angenommen, Hasselbach hat Kalles Hütte heute Nachmittag aus freien Stücken verlassen, während wir im Sensbachtal waren, um mit Lilli zu sprechen. Zu diesem Zeitpunkt konnten weder sie noch Leo Unger schon im Dorndieler Wald sein. Dafür ist die Entfernung einfach zu groß."

„Wohin sollte er gehen? Von wem konnte er sich Hilfe erhoffen?", fragte Susanne nachdenklich. Sie zog an ihrer Zigarette. „War Konrad Hasselbach so verzweifelt, dass er an Selbstmord dachte? Wollte er diese unselige Geschichte für sich auf diese Weise beenden?"

„Das wollen wir nicht hoffen."

„Denn dann wären wir für seinen Tod mitverantwortlich."

„Nein", widersprach Tobias Bloch, um einen überzeugenden Tonfall bemüht. „Wenn er diesen Weg wirklich gewählt haben sollte, war es seine eigene freie Entscheidung."

Seine Assistentin schüttelte den Kopf. „Hasselbach hat darum gebettelt, hier in deinem Haus bleiben zu dürfen. Erinnerst du dich?"

„Und ich habe Nein gesagt. Dazu stehe ich."

„Kann es sein, dass wir ganz schön tief im Schlamassel stecken, Tobias?"

„Dein Optimismus ist ansteckend. Nein, Hasselbach wird sich nichts antun. Dazu fehlen ihm Mut und Entschlossenheit. Er gehört eher zu denjenigen, die vor Problemen weglaufen."

„Wenn du dich da mal nicht irrst." Sie starrte an die Holzdecke.

„Dir ist bei unserem Gespräch mit Lilli Wagner sicher etwas Interessantes aufgefallen." Bloch wollte ihren Ermittlungseifer wieder wecken, indem er ihre Gedanken in eine andere Richtung lenkte.

Und Susanne biss sofort an. „Sie hat auf deine entsprechende Frage nach Charlottes Eifersucht keinen Versuch unternommen, dich zu korrigieren. Sie hat den Namen Miriam Wenzel gar nicht erwähnt, sondern mit großer Selbstverständlichkeit von Charlotte gesprochen. Entweder ist sie eine sehr gute Schauspielerin oder sie glaubt wirklich noch immer, Charlotte Unger sei am Beerfelder Galgen ermordet worden."

„Ist das realistisch?" Der Privatdetektiv ließ nicht locker.

„Nach dem, was Hasselbach uns erzählt hat, gehörte Lilli Wagner nicht zum damaligen Darmstädter Kreis. Wenn sie erst später am Institut im Sensbachtal angestellt wurde, kannte sie folglich die Frau an Leos Seite nur als Charlotte Unger. Ja, denkbar ist das schon. Aber nur, wenn alle anderen Mitwisser dichtgehalten haben. Wenn niemand geplaudert hat."

Bloch nickte. „Daher habe ich sie – vorläufig – von der Verantwortung für die beiden Morde am Galgen freigesprochen." Er war jetzt ganz in seinem Element. „Aber etwas anderes war mindestens genauso interessant. Als wir darüber gesprochen haben, dass jemand Lilli androhte, sie umzubringen, falls sie uns oder der Kriminalpolizei gegenüber auspackte, ist sie nicht automatisch davon ausgegangen, dass wir diese Information von Karin Weidinger erhalten haben. Obwohl Lilli sie ja ausdrücklich darum gebeten haben soll, mit uns zu sprechen."

„Sie fragte, woher wir das wissen", sagte Susanne. „Erst als ich allgemein von Quellenschutz gesprochen habe, hat sie Karin Weidinger erwähnt."

„Was schließen wir daraus?"

„Sie hat noch mindestens einer weiteren Person zugetraut, uns mit der Information über die gegen sie gerichtete Morddrohung zu versorgen."

Der Privatdetektiv aus Heubach lächelte versonnen. „Man könnte sogar noch einen Schritt weitergehen …"

„So gefällst du mir", unterbrach ihn seine Assistentin. „Auch wenn dabei manchmal ziemlicher Blödsinn herauskommt."

„Mir doch egal. Lillis Frage könnte implizieren, dass sogar derjenige, der sie massiv bedroht, uns genau über diesen Sachverhalt informiert hat. Weil wir nach ihrer Einschätzung überhaupt nicht auf die Idee gekommen wären, dass die betreffende Person hinter der Drohung steckt."

Susanne schüttelte ungläubig den Kopf. „Wahnsinn!", seufzte sie.

„Auch wenn dieser Fall leider nicht eingetreten ist", holte Bloch sie wieder auf den Boden der Tatsachen zurück.

„Was nicht ist …"

Kapitel 31

Déjà-vu

Und die Geschichte wiederholt sich manchmal doch. Eine Woche, nachdem Franziska Rauscher die Leiche der bemitleidenswerten Frau am Beerfelder Galgen entdeckt hatte, hatte sie ein grausiges Déjà-vu-Erlebnis. Dieses Mal hing dort jedoch offensichtlich ein Mann, wenn man von seiner Kleidung auf sein Geschlecht schloss, was Frau Rauscher sofort tat. Trotz ihrer Kurzsichtigkeit konnte die alte Frau von ihrem Standort auf der nach Airlenbach führenden Landstraße erkennen, dass das Opfer einen schwarzen Herrenanzug trug.

Was sie aber am allermeisten verblüffte, war seine kuriose Kopfbedeckung. Die dritte innerhalb einer Woche an dem Hochgericht ermordete Person trug einen Zylinder. Wie war es möglich, einen Mann zu erhängen, wenn er einen derart hohen Hut aufhatte?

Im Gegensatz zu ihrer ersten schrecklichen Entdeckung waren dieses Mal keine Kolkraben oder Saatkrähen damit beschäftigt, sich Teile des Leichnams schmecken zu lassen. Dafür war Franziska Rauscher zutiefst dankbar. Das Gesicht des bedauernswerten Opfers konnte sie aus dieser Entfernung natürlich – oder Gott sei Dank – nicht erkennen. Gleichwohl erschien ihr das Antlitz des Toten seltsam wächsern.

Aus Schaden kann man manchmal doch klug werden. Hatte vor einer Woche noch die Neugier über die Vernunft gesiegt, so war es dieses Mal schlichtweg Angst, die die alte Frau davon abhielt, sich der berühmten, jahrhundertealten

Richtstätte zu nähern, um die grausigen Details in Augenschein zu nehmen.

So blieb ihr die zweite Kuriosität an der am Beerfelder Galgen hängenden Leiche verborgen. Dem toten Mann hatte man ein kleines weißes Pappschild ans Revers seiner schwarzen Anzugsjacke geheftet, auf dem in blutroten Versalien sein Name prangte.

Für Franziska Rauscher wäre diese Aufschrift rätselhaft beziehungsweise nichtssagend gewesen – für andere dagegen mit Sicherheit nicht.

Die blutroten Versalien bildeten folgenden Namen:

LILLI WAGNER

Die alte Frau bekreuzigte sich und deutete eine demütige Verbeugung an. Dann ging sie zurück nach Beerfelden, um die Polizei zu verständigen. Auf dem Rückweg schwor sie sich mehrfach inständig, in nächster Zeit weder zu dem Galgen noch zu ihrer Cousine im benachbarten Ortsteil Airlenbach zu gehen, weil sie dabei unweigerlich an der Richtstätte vorbeigekommen wäre. Sollte ihre Cousine doch sie in Beerfelden besuchen, auch wenn ihr der Spaziergang sicherlich schwerer fiel als Franziska Rauscher.

Kapitel 32

Reine Fiktion

„Wo waren Sie gestern Nachmittag, sagen wir von fünfzehn bis zwanzig Uhr?", fragte Tobias Bloch. „Ich weiß sehr wohl, dass Sie mir diese Auskunft nicht erteilen müssen, aber sie würde uns – wie immer sie auch ausfällt – bei unseren Ermittlungen weiterhelfen."

„Das glauben Sie doch selbst nicht."

„Warum würde ich Ihnen dann die Frage stellen? Weil mir langweilig ist? Weil ich mich gern mit einer attraktiven Dame unterhalte?"

„Das mit dem attraktiv glauben Sie auch nicht."

„Waren Sie hier in Lindenfels? Oder haben Sie einen Ausflug gemacht?"

„Von mir erfahren Sie nichts."

„Waren Sie allein? Oder hatten Sie Besuch? Waren Sie mit einem Mann unterwegs oder mit einer Freundin?"

„Ich glaube, unser Gespräch führt zu nichts."

„Da sind wir aber ganz anderer Meinung", sagte Susanne Kramer. „Denn inzwischen haben wir erstaunliche Informationen erhalten, die insbesondere Ihre Vergangenheit betreffen."

„Ach ja?"

„Ich denke, die Kriminalpolizei in Erbach wird sich sehr dafür interessieren, wo Sie Charlotte Unger vergraben haben. Sie erinnern sich doch sicher noch an die Stelle? Ich glaube, ein solches Ereignis vergisst man sein Leben lang nicht."

Die schlanke, mittelgroße Frau jenseits der fünfzig zuckte zurück. Sie machte den Mund auf, brachte aber nur ein Krächzen zustande.

Sie befanden sich im Kurgarten unterhalb der Lindenfelser Burgruine. Sibylle Schuster saß auf einer Parkbank. Der Privatdetektiv und seine Assistentin hatten es vorgezogen, stehen zu bleiben, um der ehemaligen Mitarbeiterin des Instituts für Verhaltensforschung ins Gesicht sehen zu können. Argwöhnische oder misstrauische Blicke anderer Besucher des Kurgartens wegen dieser eher ungewöhnlichen Gesprächssituation waren ihnen gleichgültig.

„Wir nähern uns langsam dem Ende dieser sehr unappetitlichen Geschichte", sagte Tobias Bloch. „Es liegt auch an Ihnen, dass es bei zwei Toten bleibt."

Wenn Konrad Hasselbach noch lebt, dachte Susanne.

Endlich fand Sibylle Schuster ihre Sprache wieder. Wenn auch nur mühsam.

„Wer?", fragte sie tonlos.

„Wie viele Personen wissen denn von dem damaligen Unfall?"

„Nur wir drei."

Susanne schüttelte den Kopf. „Das glaube ich Ihnen nicht. Es muss mindestens noch einen Mitwisser geben. Mindestens."

„Nur wir drei", wiederholte die seit mehreren Monaten entlassene Verhaltensforscherin.

„Sie sprechen von den anderen Personen, die in dem Unfallwagen saßen", versuchte der Privatdetektiv ihr zu helfen. „Aber meine Assistentin spielt darauf an, dass danach noch jemand eingeweiht wurde. Das kann sogar Jahre später geschehen sein, verstehen Sie?"

„Ich habe mit niemandem darüber gesprochen." Dann schien sie sich ihrer ursprünglichen Frage zu erinnern und fragte, diesmal fordernder: „Wer?"

„Wem schenken Sie denn mehr Vertrauen? Leo Unger oder Konrad Hasselbach?“

„Ich vertraue keinem von beiden. Schon lange nicht mehr. Also sagen Sie schon.“

„Ist Ihnen der Begriff Quellenschutz geläufig?“, fragte Susanne rhetorisch.

Wenn das so weitergeht, wird das noch ihr neues Lieblingswort, dachte Bloch.

„Ich mache Ihnen einen Vorschlag, Frau Schuster“, sagte der Privatdetektiv. „Hören Sie mir bitte ganz genau zu, antworten Sie nicht vorschnell. Lassen Sie sich mit Ihrer Entscheidung alle Zeit, die Sie zu brauchen glauben.“

„Machen Sie es nicht so spannend“, sagte die Frau mit dem schwarzen, von grauen Strähnen durchzogenen Haar. „Ich bin doch nicht begriffsstutzig. Sie behandeln mich ja wie ein kleines Kind.“

Bloch hob abwehrend die Hände. „Tut mir leid, diesen Eindruck wollte ich keineswegs erwecken. Wenn Sie uns die folgende Frage beantworten, sagen wir Ihnen im Gegenzug, wer uns – übrigens sehr ausführlich – über den tragischen Unfalltod von Charlotte Unger informiert hat.“

„Machen Sie schon.“

„Wer ist auf die glorreiche Idee gekommen, dieses zugegeben raffinierte Ablenkungsmanöver mit dem Wochenendbesuch von Charlotte bei Ihnen in Lindenfels unmittelbar vor ihrer vermeintlichen Ermordung zu inszenieren?“

„Vor Gericht würden Sie mit einer solchen Ausdrucksweise alt aussehen, Herr Bloch. Sehr alt.“

Susanne unterdrückte ein Kichern.

„Würden Sie mir bitte die Frage beantworten?“

„Es war natürlich Leos Idee. Er hat nämlich immer die besten Einfälle, dieses eingebildete Arschloch“, fügte Sibylle

Schuster sarkastisch hinzu. „Schließlich war es ja auch seine grandiose Idee, Charlottes Leiche zu beseitigen. Damit hat alles angefangen."

Der Privatdetektiv und seine Assistentin schwiegen.

„Es sollte alles möglichst kompliziert und undurchschaubar wirken. Damit Verwirrung über die Abfahrtszeit, über den mysteriösen Kleiderwechsel und über die letzten Stunden vor ihrem Tod aufkam."

„Moment mal", warf Susanne ein. „Ich kann Ihnen nicht ganz folgen. Miriam Wenzel wusste, dass sie sterben würde? Sie hat ihre eigene Ermordung mit inszeniert?"

„Spinnen Sie? Ich rede von dem, was ich hinterher der Kriminalpolizei und Ihrem Chef erzählt habe. Meine Aufgabe war es, für einen beträchtlichen Zeitabstand zwischen Miriams Abschied aus Lindenfels am frühen Sonntagabend und ihrer erst Stunden später erfolgten Ermordung zu sorgen."

„Miriam Wenzel war also tatsächlich von Freitagabend bis Sonntagabend bei Ihnen?"

„Ja."

„Und Sie wussten von vornherein, dass geplant war, sie in der Nacht von Sonntag auf Montag am Beerfelder Galgen zu ermorden?", fragte der Heubacher Privatdetektiv.

„Nein! Natürlich nicht."

„Aber warum haben Sie dann mitgespielt?"

„Sie haben es immer noch nicht verstanden, Herr Bloch. Miriam Wenzel ist am Sonntagabend nicht gegen sieben Uhr von Lindenfels aus ins Sensbachtal aufgebrochen, sondern erst gegen elf Uhr. Ich habe Sie und die Kriminalpolizei belogen, kapiert? Sie sollten sich Gedanken darüber machen, was die vermeintliche Charlotte Unger in der Zwischenzeit, in den vielen Stunden gemacht hatte. Sie sollten der Frage nachgehen, warum sie ihre Kleidung gewechselt hat. Tatsächlich hat sie das überhaupt nicht getan. Sie trug bei ihrer Abfahrt aus Lindenfels bereits den langen braunen Rock, den sie auch bei ihrer Ermordung anhatte."

„Warum ist sie denn so spät noch gefahren?", fragte Susanne. „Warum hat sie nicht bei Ihnen übernachtet?"

„Auch in diesem Punkt habe ich gelogen. Nachträglich, verstehen Sie? Nachdem man mich entsprechend instruiert hatte."

„Unter erheblichen Druck gesetzt, scheint mir die treffendere Beschreibung zu sein", sagte Bloch.

„Natürlich konnte mich Leo wunderbar unter Druck setzen. So viel Kombinationsgabe müssten Sie doch haben. Ich war mitverantwortlich für Charlottes Unfalltod. Ich habe geholfen, ihre Leiche zu beseitigen. Was sollte ich denn tun? Was blieb mir denn anderes übrig, als mitzuspielen? Miriam Wenzel war tot, daran war nichts mehr zu ändern. So bedauerlich das Ganze auch sein mag."

„Sonderlich mitgenommen hat Sie ihre Ermordung anscheinend nicht", stellte die Assistentin des Privatdetektivs fest.

„Werden Sie nicht frech! Sie war eine gute Freundin. Aber als ich erfahren habe, womit sie gedroht hat, hat sich die ganze Sache relativiert. Ihr Tod war in meinen Augen wie gesagt bedauerlich, aber Miriam war nicht ganz unschuldig daran. Sie hatte eine Grenze überschritten, die sie niemals hätte überschreiten dürfen."

„Warum also ist Miriam Wenzel an besagtem Sonntag noch spät in der Nacht von hier aufgebrochen?" Bloch versuchte zum Ausgangspunkt zurückkommen, um alles nicht noch verwirrender zu machen, als es ohnehin schon war.

„Wir hatten geplant, dass sie erst am Montagmorgen zurückfahren würde. Aber dann hat sie spät am Abend einen dringenden Anruf erhalten."

„Von wem?"

„Das weiß ich nicht."

„Frau Schuster."

„In diesem Fall sage ich ausnahmsweise mal die Wahrheit."

„Haben Sie nicht nach dem Anrufer gefragt?"

„Natürlich habe ich das. Aber sie wollte mir seinen Namen nicht nennen."

„Es handelte sich um einen Mann?", fragte Susanne Kramer.

„Das ist doch Haarspalterei. Ich habe nach dem Namen gefragt, nicht nach dem Geschlecht. Jedenfalls war Miriam nach dem kurzen Telefongespräch sehr aufgeregt. Sie hat rasch ihre Sachen zusammengepackt und ist gefahren. Wohin, weiß ich nicht."

„Sind Sie sich der Tatsache bewusst, dass Sie mit Ihren Falschaussagen einen Mörder gedeckt haben?", sagte der Privatdetektiv. „Sie haben Leo Unger geholfen, seine grausame Tat zu vertuschen!"

„Leo?" Sibylle Schuster sah ihn fassungslos an. „Leo hat Miriam kein Haar gekrümmt."

„Woher wollen Sie das wissen? Weil der famose Dr. Unger Ihnen gegenüber seine Unschuld beteuert hat? Sie können mir nicht weismachen, dass Sie ihm das geglaubt haben."

„Soll ich Ihnen die Wahrheit sagen?"

„Darauf bin ich sehr gespannt."

„Leo Unger hat die ganze Zeit über die Aufmerksamkeit der in diesem Fall …"

„ …in diesen Fällen", korrigierte Susanne Kramer.

Die Verhaltensforscherin warf ihr einen strafenden Blick zu.

„Fahren Sie bitte fort, Frau Schuster", sagte Bloch.

„Leo ist es gelungen, die Aufmerksamkeit der ermittelnden Personen auf sich zu ziehen, weil er – in unterschiedlichen

Fassungen wohlgemerkt – der Kriminalpolizei und Ihnen etwas vorgespielt hat, was Sie alle nur zu gern glauben wollten." Sie lächelte bitter. „Und Sie, Herr Bloch, haben auch noch gedacht, besonders schlau zu sein, weil es Ihnen geglückt schien, das Liebesleben des Institutsleiters zu ergründen. Ich frage Sie allen Ernstes: Welches Liebesleben denn bitte schön? Na los, antworten Sie, Sie Schlaumeier!"

Der Heubacher Privatdetektiv spürte, wie ihm heiß wurde. Zögernd sagte er: „Der Dreckskerl hat mich die ganze Zeit verarscht."

„Richtig. Und zwar von Anfang an. Er hat einen Köder ausgeworfen – und Sie haben, dumm wie Sie waren, sofort danach geschnappt. Von da an, von diesem Moment an, hat man Sie beide Stück für Stück auf einen Irrweg geführt. Dem Sie natürlich bereitwillig gefolgt sind, weil er Ihre vermeintlichen Erkenntnisse vortrefflich bestätigte. Verstehen Sie endlich?"

Bloch sah zu Boden, als er antwortete: „Die Beziehung zwischen Leo Unger und Lilli Wagner war reine Fiktion."

Susanne schnaufte.

„Lilli hat das wirklich großartig gemacht", fuhr Sibylle Schuster fort. Es machte ihr sichtlich Spaß, den Heubacher Privatdetektiv und seine Assistentin vorzuführen. „Erst hat sie sich geziert, die Liaison mit ihrem Chef einzugestehen. Dann hat sie sich in rührender Weise um Hilfe flehend an Sie gewandt. Und was geschah?" Die Verhaltensforscherin winkte abfällig ab. „Ihr Männer seid wirklich die letzten Trottel auf diesem Planeten. Was geschah? Reflexartig wurde Ihr heldenhafter Beschützerinstinkt geweckt, als Lilli vorgab, Angst vor Leo Unger zu haben. Sie beschwor Sie, ihm nur ja nichts von Ihrem Verhältnis zu Benjamin zu erzählen. Und was haben Sie in Ihrem Edelmut getan? Sie haben es ihr versprochen. Bravo, eine wahre Meisterleistung!"

„Ich habe das auch für falsch gehalten“, goss Susanne Öl ins Feuer.

Sibylle Schuster lachte verächtlich. „Sie sind doch auch nicht viel besser!“

„Aber zwischen Lilli und Benjamin bestand wirklich ein Verhältnis?“, fragte der Privatdetektiv kleinlaut.

„Jawohl.“

„Wenn Lilli nicht von Leo Unger bedroht wurde, von wem dann?“

Die Verhaltensforscherin zuckte die Achseln. „Das müssen Sie schon selbst herausfinden, mein Lieber.“

„Sagen Sie es mir bitte.“

„Ihnen steht der Schock ins Gesicht geschrieben, Herr Bloch. Das macht Sie unterwürfig. Und das steht Ihnen überhaupt nicht. Reißen Sie sich zusammen, Mann!“

Der Privatdetektiv versuchte zu lächeln. „Ihnen hätte ich früher begegnen müssen.“

„Und was wäre dann geschehen?“

„Es hätte interessant werden können.“

Susanne seufzte mitleidig.

„Sie träumen, Herr Bloch. Außerdem bin ich seit Kurzem in festen Händen.“

„Darf man fragen, wer der Glückliche ist?“

„Warum muss es denn ein Mann sein?“, fragte sie kokett.

Der Privatdetektiv nickte. „Ich war wohl etwas voreilig“, gestand er ein.

„Sie sind so leicht hinters Licht zu führen, dass es schon wehtut. Den Namen meines neuen Freundes erfahren Sie jedenfalls nicht. Das bleibt unser süßes Geheimnis.“

„Lilli Wagner hat uns also die ganze Zeit an der Nase herumgeführt“, stellte Susanne Kramer fest.

„Das ist, fürchte ich, ein bisschen zu mild ausgedrückt."

„Warum hat sie das getan? Hatte Leo sie in der Hand?"

„Keine Ahnung."

„Kommen Sie, Frau Schuster", sagte Bloch. Mühsam gelang es ihm, seine Fassung wiederzugewinnen. „Wenn Sie so viel wissen, können Sie uns auch darüber Auskunft geben."

„Tue ich aber nicht." Sie strahlte.

Wie ist so etwas möglich?, fragte sich der Privatdetektiv irritiert. Vor wenigen Minuten hatten wir die Tante praktisch im Sack, und jetzt hat sie wie selbstverständlich die Oberhand gewonnen.

„Kennt Lilli Wagner den Mörder von Miriam Wenzel und Benjamin Unger?", fragte Susanne.

„Warum haben Sie sie das nicht längst gefragt?"

Wir wissen, dass Sie nicht für die beiden Morde am Beerfelder Galgen verantwortlich sind. Sie sind keine Mörderin, Frau Wagner.

„Kennen Sie den Mörder?"

„Würde ich es Ihnen dann sagen?"

„Es handelt sich also um einen Täter?", fragte Bloch.

Achselzucken.

„Der nicht Leo Unger heißt."

„So viel steht fest, mein Lieber. Jetzt bin ich aber an der Reihe."

„Moment." Susanne hob die Hand. „Welche Grenze hat Miriam Wenzel überschritten? Wodurch provozierte sie ihre Ermordung?"

„Das wird Ihnen der Mörder sehr genau erklären können. Wenn Sie ihn denn finden und zur Rede stellen." Sie erhob sich von der Parkbank und straffte sich. „Sie haben meine Frage noch nicht beantwortet, Herr Bloch. Wer hat Ihnen gesagt, dass Charlotte Unger bei einem tragischen Unfall ums Leben gekommen ist, bei dem ich in betrunkenem Zustand am Steuer saß?“

„Konrad Hasselbach.“

„Hoffentlich ist er schon tot. Wenn nicht, wird es mir ein Vergnügen sein, bald von seinem Ableben zu erfahren. Denn ungeschoren kommt dieser Dreckskerl nicht davon.“

„Sie wissen nicht zufällig, wo er sich aufhält?“, fragte die Assistentin des Privatdetektivs.

Sibylle Schuster lächelte zuckersüß. „Haben Sie ihn denn nicht in Sicherheit gebracht, diesen ekelhaften Verräter?“ Als sie keine Antwort erhielt, fügte sie hinzu: „Hätten Sie aber tun sollen. Auch wenn es letztendlich nichts genutzt hätte, sondern nur für eine kleine Verzögerung gesorgt hätte.“

Kapitel 33

Nur wir drei

„Das hat gesessen“, stellte Susanne Kramer trocken fest.

Ihr Chef, der am Steuer des schwarzen Renault saß, nickte missmutig. „Mir sind ja im Laufe der Zeit schon einige merkwürdige Damen begegnet. Aber Lilli ist wirklich ein besonderes Kaliber.“

„Jedenfalls hat sie ihre Sache ausgezeichnet gemacht. Das muss man ihr lassen.“

„Was hat sie dazu veranlasst, diese miese Rolle zu spielen?“, fragte Bloch nachdenklich.

„Es sind zwei verschiedene Rollen“, präzisierte Susanne. „Die eine, die sie zunächst für dich, dann für uns beide gegeben hat. Und die zweite, die sie der Erbacher Kriminalpolizei vorgeführt hat. Frau Hagedorn und ihr reizender Assistent wissen nur von dem Verhältnis zwischen Lilli und Benjamin Unger. Dass sie angeblich auch etwas mit dessen Stiefvater hatte, ist ihnen unbekannt. Für diese irreführende Fehlinformation haben wir die Exklusivrechte. Weltweit.“

„Und ich war auch noch so blöd, Lilli ausdrücklich davor zu warnen, nur ja nichts von ihrer Beziehung zu Leo Unger gegenüber der Kriminalpolizei zu erwähnen. Von einer Beziehung, die keine Sekunde lang existierte.“

„Das alles war sehr gut vorbereitet“, stellte seine Assistentin fest. „Und zwar von Anfang an. Im Nachhinein sieht es doch so aus, als hätte Dr. Unger damit gerechnet, dass sein Stiefsohn einen privaten Ermittler hinzuziehen würde. Es hätte uns stutzig machen müssen, dass er auf die Frage nach seinem Alibi für den ersten Mord sofort Lilli ins Spiel brachte. Das war ja mehr als dreist. In dem Zeitraum, in dem seine vermeintliche Ehefrau grausam am Galgen ermordet wurde, behauptete er ganz unverfroren, mit der Empfangsdame seines Instituts im Bett gewesen zu sein."

„Und ich Idiot habe sofort angebissen", sagte Bloch. „Ich war sogar noch stolz darauf, hinter Lillis Geheimnis gekommen zu sein."

„Man hat uns benutzt. Alle haben uns benutzt. Leo, Lilli, Benjamin, Sibylle Schuster."

„Hurensohn!" Der Heubacher Privatdetektiv musste scharf bremsen, weil ein entgegenkommender Sportwagen nach einem verkorksten Überholmanöver erst in letzter Sekunde wieder einscherte. Er zeigte dem Fahrer den Mittelfinger, was von diesem mit einem höhnischen Grinsen bedacht wurde.

„Nicht aufregen", sagte Susanne, als Bloch längst zu einer Hasstirade auf Odenwälder Autofahrer und ihre überragenden Fahrkünste angesetzt hatte. „Außerdem hatte das Arschloch eine Offenbacher Nummer."

„Die sind mindestens genauso schlimm." Er trommelte auf das Lenkrad.

„Warum wurde Miriam Wenzel ermordet? Welche Grenze hat sie überschritten?", fragte Susanne mehr sich selbst als den neben ihr sitzenden Fahrer. „Wusste sie von Charlottes Unfalltod und der anschließenden Beseitigung ihrer Leiche?"

„Normalerweise müsste man davon ausgehen, aber auch sie kann theoretisch von Leo hinters Licht geführt worden sein."

Die Assistentin des Heubacher Privatdetektivs schüttelte den Kopf. „Wie soll er Miriam denn dazu überredet haben, Charlottes Rolle zu übernehmen? Sie wird doch danach gefragt haben, was mit Leos Ehefrau geschehen ist. Welche Begründung kann er ihr denn sonst geliefert haben? Dass

Charlotte spurlos verschwunden ist, dass sie sich einfach aus dem Staub gemacht hat?"

„Nur wir drei", murmelte Tobias Bloch.

„Wie bitte?"

„Auf die Frage, wer von dem damaligen Unfall wusste, hat Sibylle Schuster geantwortet: Nur wir drei. Sie, Leo Unger und Konrad Hasselbach. Die Personen, die mit Charlotte in dem Unfallwagen saßen. Sie hat weder Miriam Wenzel noch Benjamin Unger erwähnt. Das ist doch sehr komisch."

„Sie hat gelogen", stellte Susanne fest.

„Auf so dummdreiste Art und Weise? Nehmen wir einmal an, sie hat aus ihrer Sicht der Dinge die Wahrheit gesagt."

„Du bist auf dem Holzweg, Tobias. Merkst du das nicht?"

„Darf ich meinen Gedanken bitte zu Ende führen?"

Seine Assistentin seufzte.

„Wie gesagt, ich rede nicht von objektiven Tatsachen, sondern davon, was Sibylle Schuster gedacht, geglaubt und angenommen hat. Punkt eins. Für sie ist klar, dass Benjamin weiß, dass seine angebliche Mutter eine ganz andere Frau ist. Was aber aus Sibylles Sicht noch lange nicht bedeuten muss, dass er auch vom Tod seiner Mutter weiß. Geschweige denn davon, wie sie umgekommen ist. Gleiches kann – ich betone kann – auch für Miriam Wenzel gelten. Leo bittet sie, Charlottes Part zu übernehmen. Er liefert ihr für diesen Rollentausch einen scheinbar plausiblen Vorwand."

„Worin soll denn der um Himmels willen bestehen?", fragte Susanne ungläubig. „Miriam Wenzel kann doch nie im Leben so dumm gewesen sein, Leos Wunsch einfach zu akzeptieren. Sie muss doch nach dem Warum gefragt haben."

„Nehmen wir einmal Folgendes an: Leo erklärt Miriam, dass seine Ehefrau aus unerfindlichen Gründen verschwunden ist. Um dies aber vor seiner Umgebung zu verbergen, braucht er dringend einen Ersatz für sie. Denn andere Personen – von der Polizei gar nicht zu reden – könnten ja auf die Idee kommen, unbequeme Fragen zu stellen. Zum Beispiel die, ob Leo etwas mit dem Verschwinden seiner Frau zu tun hat. Hat er sie ermordet? Ihn würde man doch sofort verdächtigen, wenn Charlotte nicht aufzufinden wäre."

Die Assistentin des Heubacher Privatdetektivs streckte ihre Beine aus. „Du glaubst also, dass Miriam Wenzel erst viel später erfahren hat, was mit Charlotte wirklich geschehen war? Dass ihr erst viel später klar wurde, warum sie sich als Leos Ehefrau ausgeben sollte?"

Bloch nickte. „Und als sie damit drohte, die Wahrheit ans Licht zu bringen, als sie diese Grenze überschritten hatte, die sie laut Sibylle Schuster niemals hätte überschreiten dürfen, wurde sie umgebracht."

„Von wem hat Miriam es erfahren?"

„Wie wäre es mit Benjamin Unger?"

„Hmm." Susanne nahm sich eine Zigarette und zündete sie an. Sie rauchte und schwieg eine Weile. „Ich bleibe dabei, dass Sibylle Schuster uns angelogen hat. Es gibt noch andere Mitwisser. Und um davon abzulenken, hat sie nur von den drei Fahrzeuginsassen als unmittelbaren Augenzeugen gesprochen."

„Sie behauptet, niemandem von Charlottes Unfalltod erzählt zu haben."

„Sie lügt", sagte Susanne mit Nachdruck. „Um den Mörder von Miriam und Benjamin zu decken."

Kapitel 34

Jagdinstinkt

Der Jogger war wieder unterwegs. Dieses Mal jedoch nicht in einer so idiotischen Verkleidung wie im Dorndieler Wald. Dass er jetzt wie ein normaler Spaziergänger in unauffälliger Freizeitkleidung – Jeans, Poloshirt, Boots – auftreten durfte, dafür war er dankbar. Sicherheitshalber hatte er sich zunächst die Vorderfront des Hauses vorgenommen. Während er an der Tür geklingelt hatte, konnte er hinter dem Küchenfenster keine Bewegung erkennen. Niemand reagierte auf sein mehrmaliges Klingeln. Das hatte er auch nicht anders erwartet.

Einige Meter rechts von dem Haus führte ein schmaler und steil abfallender Weg ins Tal. Der Jogger folgte dem an manchen Stellen rutschigen Pfad nach unten, bis er die Grenze des großen Grundstücks erreicht hatte. Er schaute sich noch einmal um. Niemand war ihm gefolgt.

Dann bog er nach links auf die mit hohem Gras bewachsene Wiese ein und ging ein gutes Stück an dem in die Jahre gekommenen Maschendrahtzaun entlang. Als er von dem ins Tal führenden Weg aus nicht mehr zu sehen war, kletterte er über den wackligen Zaun. Dass dieser danach an der fraglichen Stelle noch etwas verbeulter war als zuvor, störte ihn nicht im Geringsten. Denn hier würde bestimmt niemand nach Spuren seines Eindringens suchen. Geduckt betrat er den verwilderten Garten. Nach einigen Schritten, die ihn vom Zaun wegführten, hielt er inne, um sich in der ungewohnten Umgebung zu orientieren.

Dass er dabei die ganze Zeit über aus einem sicheren Versteck heraus beobachtet wurde, bemerkte der Jogger nicht.

Er schlich lautlos durch den ungepflegten Garten, bis er im oberen Teil fast die breite Steinterrasse erreicht hatte. In dem dahinter liegenden großen Zimmer war niemand zu sehen. Auch das überraschte ihn nicht. Denn wer war wohl so dämlich, sich an dem Fenster ohne Gardine als Zielscheibe zu präsentieren? Links von der Terrasse führten sieben ausgetretene, mit altem Laub bedeckte Stufen zur stählernen Kellertür, die an den beiden oberen Ecken mit Spinnweben überzogen war. Das primitive Schloss der schweren Tür stellte nun wirklich keine Herausforderung dar. Es ließ sich im Handumdrehen öffnen.

Er ging in den düsteren Vorraum und versuchte sich zurechtzufinden. Nachdem er das nicht sehr helle Licht eingeschaltet hatte, lehnte er die Tür vorsichtig an. Sie zu schließen, konnte nur unnötigen Lärm verursachen. Dann machte sich der Einbrecher auf die gründliche Suche nach seinem Opfer. Sein Jagdinstinkt war geweckt.

Kapitel 35

Pietätlos

„Wir wissen alles", sagte Tobias Bloch. „Das Spiel ist aus."

Der schlanke, grauhaarige Mann sah seine beiden Besucher amüsiert an. „Zum Beispiel?"

„Dass Miriam Wenzel sterben musste, weil sie etwas für sie sehr Überraschendes erfahren hat. Als sie damit drohte, die Wahrheit ans Licht zu bringen, wurde sie am Beerfelder Galgen ermordet."

„Von wem sprechen Sie bitte? Ich kenne keine Miriam … Wie war noch der Nachname dieser Frau?"

„Verkaufen Sie uns nicht für dumm. Miriam Wenzel musste sterben, weil sie über das wahre Schicksal Ihrer Ehefrau Bescheid wusste. Charlotte Unger ist schon vor Jahren bei einem Autounfall ums Leben gekommen. Und Sie haben ihre Leiche irgendwo im Wald verscharrt."

„Hat man Ihnen etwas ins Essen getan, Herr Bloch? Oder sind Sie betrunken?"

Der Heubacher Privatdetektiv überging diese dämliche Bemerkung.

„Wir haben Zeugen", sagte er.

„Ach ja? Wen zum Beispiel?"

„Konrad Hasselbach", antwortete Susanne. „Um nur einen zu nennen."

Der braun gebrannte Mann, der schätzungsweise Mitte fünfzig war, schüttelte theatralisch den Kopf.

„Ist Lilli nicht hier?"

„Mit der habe ich Schluss gemacht."

„Wie kann man eine Beziehung beenden, die niemals existierte?“

„Ich verstehe nicht recht.“

„Sie verstehen sehr wohl“, widersprach der Privatdetektiv. „Wo ist sie?“

Der Leiter des ethologischen Instituts zuckte die Achseln. „Spurlos verschwunden. Frau Wagner erschien heute Morgen nicht zur Arbeit. Also habe ich eine Angestellte zu ihrer Wohnung hier auf dem Gelände geschickt. Aber dort war sie auch nicht.“

„Woher wollen Sie das wissen? Haben Sie im Haus nachgesehen oder von einem Mitarbeiter nachsehen lassen? Sie besitzen doch einen Wohnungsschlüssel?“

„Hören Sie, wenn Lilli auf ausdauerndes Klingeln und Klopfen nicht reagiert, wenn sie nicht ans Telefon geht, wenn ihr Auto nicht vor dem Haus steht, dann ist sie nicht da. So einfach ist das.“

„Hat sie eine Nachricht hinterlassen? Hat sie sich krankgemeldet?“, fragte Susanne.

„Nein.“

„Und das hat Sie nicht stutzig gemacht?“

„Wie ich bereits sagte, wir haben uns getrennt …“

„Verarschen Sie uns bitte nicht, Herr Unger. Nicht schon wieder.“

„Aber ich sage Ihnen die Wahrheit. Ich nahm an, dass Lilli nach unserem Streit ein bisschen sauer war und vielleicht Hals über Kopf weggefahren ist, um etwas Abstand zu gewinnen.“

„Wir wissen aus sicherer Quelle, dass zwischen Ihnen und Lilli nie etwas war“, sagte Bloch. „Die ganze Geschichte von dem angeblichen Verhältnis war von vorn bis hinten erstunken und erlogen.“

„Das ist nicht Ihr Ernst“, entgegnete der Leiter des Instituts für Verhaltensforschung. „Wer hat Ihnen denn diesen Bären aufgebunden? Mit Verlaub, Herr Bloch, für meinen Geschmack sind Sie etwas zu leichtgläubig.“

„Weil ich Ihnen anfangs Ihre rührende Geschichte abgenommen habe? Die Zeiten sind endgültig vorbei.“

„Sie werden sicher in die Annalen der Odenwälder Kriminalgeschichte eingehen“, spottete Leo Unger. „Als genialer und listenreicher Ermittler. Daran besteht für mich nicht der geringste Zweifel.“

„Warum musste Benjamin sterben?“, fragte die Assistentin des Privatdetektivs. „Dass seine Mutter tot war, wusste er ja bereits seit Längerem. Hat er nach Miriam Wenzels Ermordung den Preis für sein Schweigen in die Höhe getrieben?“

„Ich weiß nicht, worauf Sie hinauswollen, meine Liebe.“

„Nennen Sie mich nie wieder so!“

„Entschuldigung.“ Dr. Unger hob abwehrend die Hände. „Ich wusste gar nicht, dass Sie so zartbesaitet sind, Frau Kramer.“

„Wie viel haben Sie Ihrem Stiefsohn in all den Jahren für sein Schweigen gezahlt?“

„Sie fantasieren. Sie reden wirres Zeug.“

„Wir haben Zeugen“, erinnerte ihn Bloch.

„Dann geht es denen genauso wie Ihnen. Natürlich kann ich verstehen, dass einige Herrschaften nach Charlottes Ermordung ein bisschen neidisch auf meine neue Position als alleiniger Leiter des Instituts sind. So etwas kennt man doch. Das kommt ständig vor.“

„Wer hat die Drecksarbeit für Sie erledigt?“, fragte Susanne. „Oder haben Sie selbst Hand angelegt?“

Dr. Unger lächelte unbekümmert.

„Waren Sie es, der Miriam Wenzel am späten Sonntagabend in Lindenfels angerufen hat? Haben Sie sie zum Beerfelder Galgen gelockt, wo man sie bereits erwartete?"

„Verzeihen Sie meine Offenheit, Frau Kramer. Aber für eine junge, und wie ich hinzufügen darf, ausgesprochen hübsche Person ist Ihr Kurzzeitgedächtnis wirklich bemitleidenswert. Erinnern Sie sich? Ich kenne keine Frau namens Miriam Wenzel. Wie sollte ich dann mit ihr telefonieren? Diese logische Schlussfolgerung müsste doch auch für Sie nachzuvollziehen sein. Geben Sie sich mehr Mühe, Frau Kramer."

„Welche Grenze hat Miriam Wenzel überschritten, die sie nie hätte überschreiten dürfen?", fragte der Privatdetektiv. „Wem wollte sie von dem Unfalltod Ihrer Ehefrau berichten? Der Kriminalpolizei? Hat Frau Wenzel Sie erpresst?"

„Sie drehen sich im Kreis. Merken Sie das nicht?"

„Wer außer Ihnen und Ihrem Stiefsohn, wer außer Konrad Hasselbach und Sibylle Schuster wusste noch, was damals in der Nähe von Darmstadt wirklich passiert ist?"

Der Leiter des Instituts für Verhaltensforschung lehnte sich entspannt zurück. „Sehen Sie? Jetzt kommen wir der Wahrheit schon ein Stückchen näher. Sie nennen den Namen Sibylle Schuster. Es ist doch wirklich kein Wunder, dass sich diese feine Dame, die ich vor ein paar Monaten unter zugegeben unschönen Umständen entlassen habe, nun an mir rächen will. In gewisser Weise kann man sogar ein wenig Verständnis für ihre Wut auf mich aufbringen. Ich habe sie nämlich sehr schroff behandelt. So etwas vergisst die gedemütigte Person nicht so schnell."

„Sie haben Frau Schuster überhaupt nicht rausgeschmissen", wagte Susanne einen Vorstoß. „Auch diese angebliche Trennung war Teil Ihrer Inszenierung."

„Das wird ja immer schöner."

„Sibylle Schuster hat uns alles erzählt“, fuhr die Assistentin des Privatdetektivs fort.

„Wir wissen inzwischen übrigens auch, wer Frau Schusters neuer Freund ist.“ Auch Bloch beteiligte sich jetzt an dem Spiel.

„Was hat das denn bitte schön mit dem Ganzen zu tun? Wen interessiert es denn, mit wem diese Schlampe neuerdings ins Bett geht? Schon allein der Gedanke, diese Person auch nur anzufassen, ist ja ekelerregend.“

„Konrad Hasselbach“, sagte Susanne. „Welches Interesse sollte er denn daran haben, den tragischen Unfalltod Ihrer Frau zu erfinden? Wieso sollte er sich der strafbaren Beseitigung ihrer Leiche bezichtigen?“

Dr. Unger richtete den ausgestreckten Zeigefinger seiner rechten Hand auf die Assistentin des Privatdetektivs. „Der ist als Nächster dran. Konrad steht ganz oben auf meiner Abschussliste.“

„Das glaube ich Ihnen ausnahmsweise sogar.“

In diesem Augenblick klingelte das Telefon.

„Nicht zu glauben, auf welche verrückten Ideen manche Menschen kommen können“, sagte der Leiter des Instituts für Verhaltensforschung kopfschüttelnd, nachdem er das Gespräch beendet und den Hörer aufgelegt hatte. „Stellen Sie sich bloß vor, man hat schon wieder ein Spektakel am Beerfelder Galgen veranstaltet. Die Leute haben heutzutage jeden Respekt vor der Trauer der Angehörigen verloren. Ein schlimmer Sittenverfall.“

„Wer hat denn angerufen?“, fragte Susanne Kramer.

Dr. Unger hatte während des längeren Telefongesprächs keine Namen genannt und sich vielmehr in der Rolle des erstaunten, manchmal auch aufrichtig empörten Zuhörers gefallen, der es bis auf eine Ausnahme bei nichtssagenden Zwischenbemerkungen beließ.

„Wer wohl? Die Erbacher Kriminalpolizei natürlich. Frau Hagedorn höchstpersönlich."

„Wer hängt am Galgen?" Der Privatdetektiv bemühte sich ruhig zu bleiben, weil er nicht noch einmal auf eines von Ungers perfiden Spielchen hereinfallen wollte.

„Hing, um ganz genau zu sein, Herr Bloch." Der Verhaltensforscher fasste sich an den Kopf. „Ich habe mich vielleicht ein bisschen unklar ausgedrückt. Entschuldigen Sie bitte vielmals, wenn der Eindruck entstanden ist …"

„Wer?"

„Alles halb so wild. Wirklich kein Grund zur Beunruhigung. Also, immer schön der Reihe nach. Franziska Rauscher", Dr. Unger warf seinem Publikum einen strahlenden Blick zu, „man hält es nicht für möglich, dieselbe Franziska Rauscher, die meine liebe Charlotte entdeckte, befindet sich auch an diesem Montagmorgen wieder auf dem Weg zu ihrer Cousine, die, wie Sie ja sicher wissen, in Airlenbach, einem Ortsteil von Beerfelden, wohnt."

Der Leiter des ethologischen Instituts erhob sich aus dem Ledersessel hinter seinem Schreibtisch und ging an seinen Besuchern vorbei zu der Schrankwand aus dunkler Eiche. Er öffnete das Barfach, stellte ein Whiskyglas auf die Ablage und goss sich aus einer Karaffe einen großzügigen Schluck ein. Er leerte das Glas in einem Zug.

„Darf ich Ihnen auch etwas anbieten?", fragte Leo Unger zuvorkommend.

Bloch und seine Assistentin lehnten dankend ab.

„Die arme Frau", fuhr der Verhaltensforscher fort, als er sich wieder gesetzt hatte. „Hat sie nicht wirklich schon genug durchgemacht? Musste ausgerechnet ihr auch das noch widerfahren? Es muss für sie entsetzlich gewesen sein. Und dann die zeitliche Übereinstimmung. Bedenken Sie nur, wieder ein verfluchter Montagmorgen."

„Herr Unger, ich möchte ja nicht unhöflich sein", sagte der Heubacher Privatdetektiv. „Aber könnten Sie jetzt bitte zum Wesentlichen kommen?"

„Selbstverständlich, mein Lieber. Sie haben vollkommen recht. Entschuldigen Sie meine Redseligkeit. Die hat schon meine Frau manchmal ganz schön auf die Palme gebracht. Aber ich schweife schon wieder ab. Also, kurz und gut: Franziska Rauscher sieht von der Landstraße nach Airlenbach aus, dass am dreischläfrigen Galgen eine Gestalt in einem schwarzen Herrenanzug hängt. Was die arme alte Frau aber am meisten verblüfft, ist deren Kopfbedeckung. Die Gestalt trug nämlich einen Zylinder, müssen Sie wissen."

„Wer?", fragte Susanne Kramer ungeduldig.

„Das Beste hebe ich mir gern bis zum Schluss auf. Haben Sie also bitte noch ein wenig Geduld mit mir. Frau Rauscher ist aus Schaden klug geworden und verzichtet wohlweislich darauf, näher an die Richtstätte heranzutreten, denn sie will sich verständlicherweise die grausigen Details ersparen."

„Also ist sie nach Beerfelden zurückgekehrt, um die örtliche Polizei zu informieren", half ihm der Privatdetektiv auf die Sprünge.

„Ganz recht. In der Haut der Beamten, die danach den Tatort aufsuchen mussten, möchte ich nicht gesteckt haben. Zumindest als sie von der völlig aufgelösten Franziska Rauscher die schreckliche Mitteilung erhielten. Endlich am Galgen angekommen, stellte sich aber schon nach einem ersten Augenschein heraus, dass dieses Mal kein Opfer zu beklagen war. Glücklicherweise, wie ich hinzufügen möchte."

Der Leiter des ethologischen Instituts lächelte und deutete gegenüber seinem wenig begeisterten Publikum eine leichte Verbeugung an.

„Herr Unger, nehmen Sie es bitte nicht persönlich", sagte Susanne. „Aber merken Sie inzwischen nicht schon selbst, dass Sie auf dem besten Weg sind, verrückt zu werden? Wenn Sie diesen Zustand nicht bereits erreicht haben."

„Wie meinen?"

„Die Gestalt, die Frau Rauscher irrtümlicherweise für einen erhängten Mann gehalten hat, war also eine Puppe", sagte der Privatdetektiv. „Jemand hat sich einen schlechten Scherz erlaubt."

„Nicht nur das. Derjenige, der für diese abscheuliche Inszenierung verantwortlich ist, hat es augenscheinlich auch noch sehr persönlich gemeint."

Susanne und ihr Chef sahen den Verhaltensforscher fragend an.

Ihrer Aufmerksamkeit gewiss, fuhr dieser triumphierend fort: „Was Frau Rauscher verborgen geblieben war, weil sie sich nicht nahe genug an die vermeintliche Leiche gewagt hatte, wurde von der Polizei natürlich bald entdeckt. Ans Revers ihrer schwarzen Anzugsjacke hatte man der Puppe ein kleines weißes Pappschild geheftet. Darauf stand in blutroten Versalien …"

„Lassen Sie mich raten", warf Susanne ein.

„Bitte sehr. Darauf kommen Sie nie!"

„Leo Unger?", schlug die Assistentin des Privatdetektivs vor.

Auf diesen Augenblick hatte der Verhaltensforscher gewartet. Er lachte schallend. „Nein. Viel, viel besser. Auf dem Pappschild stand in blutroten Großbuchstaben: LILLI WAGNER. Was sagt man dazu?"

Tobias Bloch deutete auf das Barfach. „Darf ich?"

„Aber nur, wenn Sie mir auch ein Schlückchen mitbringen", sagte Dr. Unger. „Und Ihre reizende Assistentin möchte doch sicher auch etwas trinken?"

Susanne nickte.

„Daran hätte ich schon gedacht", sagte Bloch.

Nachdem sie mit Getränken versorgt waren, ließ es sich der Leiter des ethologischen Instituts nicht nehmen, weiter von seinem Gespräch mit der Erbacher Kriminalkommissarin zu berichten.

„Natürlich hat Frau Hagedorn nach diesem makabren Hinweis am Galgen sofort nach Lilli gefragt. Ich konnte ihr ja schlecht erzählen, dass ich gerade mit der netten Empfangsdame Schluss gemacht hatte."

„Geht das schon wieder los", brummte Susanne.

„Also habe ich der Kriminalkommissarin lediglich gesagt, dass Frau Wagner heute Morgen nicht zur Arbeit erschienen ist. Dass sie sich nicht einmal telefonisch gemeldet hatte, um beispielsweise mitzuteilen, dass sie erkrankt war, sei ungewöhnlich und entspreche nicht ihrem sonstigen Verhalten. Ob denn aus Sicht der Kriminalpolizei Anlass zur Sorge bestünde, habe ich dann noch gefragt."

„Ja, das haben wir gehört", bestätigte Bloch. „Haben Sie etwas mit diesem makabren Scherz am Beerfelder Galgen zu tun?"

„Sicher, ich war nicht unwesentlich an der Ausstattung der Puppe beteiligt. Lilli hat mich nach einem schwarzen Anzug gefragt, den ich vielleicht entbehren könnte. Und da habe ich ihr für diese Installation – so nennt man so etwas doch in Künstlerkreisen? – mein bestes Stück zur Verfügung gestellt."

Ohne auf diesen Blödsinn einzugehen, auf den der Verhaltensforscher anscheinend nicht verzichten konnte, fragte

Susanne Kramer: „Sie haben also keine Ahnung, wo Lilli sich aufhalten könnte? Ihnen fallen keine Namen von Verwandten, Freunden oder Bekannten ein, an die sie sich gewandt haben könnte?“

„In unserer Beziehung haben wir dem jeweils anderen immer genug Freiraum gelassen“, schwadronierte Leo Unger. „Ich habe nicht nach anderen Freunden gefragt – und Lilli hat mir keine Namen genannt.“

„Wenn ihr etwas zustoßen sollte, werde ich persönlich dafür sorgen, dass Sie zur Rechenschaft gezogen werden. Sie werden Ihres Lebens nicht mehr froh werden, wenn Sie etwas damit zu tun hatten.“

„Endlich! Der edle Ritter kehrt auf die Bühne zurück. Wie habe ich das vermisst, Herr Bloch!“

„Wir gehen“, sagte Susanne und erhob sich.

„Aber nicht doch! Wir haben uns doch gerade so prächtig unterhalten. Bleiben Sie noch ein Weilchen, meine Liebe. Schenken Sie sich nach. Ich bitte Sie. Lassen Sie mich nicht in meinem Elend allein.“

„Leck mich“, sagte die Assistentin des Privatdetektivs.

„Wo?“, fragte der Verhaltensforscher schlagfertig.

Kapitel 36

Attacke

Im Keller des Hauses war der Verräter nicht. Eine aufwendige Suche in allen unterirdischen Räumen bis in die letzten Winkel hinein hatte auch keine Spuren zutage gefördert, die darauf hindeuteten, dass er sich hier in letzter Zeit aufgehalten hatte. Kein benutztes Geschirr, keine Essensreste, keine schmutzigen Gläser oder Becher.

Entmutigen konnte das einen Mann wie den Jogger nicht. Er hatte schließlich schon ganz andere Nüsse geknackt. Lautlos schlich er die Kellertreppe hinauf und gelangte in den Flur des Erdgeschosses. Nachdem er sich im Wohnzimmer, in dem es nach kaltem Rauch roch, und in der überraschend ordentlichen Küche umgesehen hatte, wandte er sich dem Badezimmer zu.

In diesem Moment hörte er aus dem ersten Stock ein Poltern. Ein Geräusch, als wäre ein Stuhl oder ein Hocker umgefallen und auf einem Holzfußboden gelandet. Der Jogger ortete das Geräusch in einem Raum, der über dem großen Wohnzimmer liegen musste. Er wartete eine Weile, aber alles blieb still. Dann ging er, sich nahe an der Wand haltend, um ein Knarren der Stufen zu vermeiden, die Holztreppe hinauf in den ersten Stock. Wenn er richtig gehört hatte, kamen die beiden Räume rechts von der Treppe in Frage. Wobei er eher auf den vorderen der beiden tippte.

Vorsichtig drückte er die Türklinke nach unten. Das Zimmer war verschlossen. Er beugte sich zu dem Schlüsselloch hinunter. Da der Schlüssel nicht steckte, konnte er einen schmalen

Ausschnitt des Raumes sehen. Er erkannte den hinteren Teil eines hellbraunen Bettes, über dessen Rand eine blaue Bettdecke hing. Mehr konnte er nicht einsehen. Der Jogger erhob sich langsam und war dankbar dafür, dass seine Kniegelenke nicht knackten. Er ging drei Schritte zurück, um Anlauf zu nehmen.

Plötzlich nahm er in seinem Rücken eine leichte Luftbewegung wahr. Der Jogger drehte sich blitzschnell um. Als er sah, wer da auf ihn losstürmte, riss er vor Überraschung die Augen auf. Das verzögerte seine Reaktion um den entscheidenden Sekundenbruchteil. Gerade wollte er die Arme heben, um sich vor dem drohenden Schlag zu schützen, als ihn die schwere metallene Buchstütze voll am Kopf traf. Er sank in sich zusammen, sein trüber Blick konnte den sich vor ihm ausbreitenden Nebel nicht mehr durchdringen. Im Gegenteil, er wurde immer dichter. In seinen Ohren summte es.

Der Jogger fiel auf den Rücken und hörte dumpfe Schritte, die aus weiter Ferne zu kommen schienen, ihm allerdings ganz nah waren. Ein zweiter kräftiger und mit großer Entschlossenheit geführter Schlag mit der inzwischen leicht verbeulten Buchstütze gab ihm den Rest.

Kein Nebel mehr, nur noch undurchdringliche Schwärze.

Kapitel 37

Mit dem bin ich fertig

„Nicht erschrecken“, sagte sie mit zitternder Stimme. „Im ersten Stock liegt eine Leiche, Herr Bloch. Es war Notwehr, glauben Sie mir. Ich wollte ihn eigentlich nur kampfunfähig machen, aber anscheinend habe ich zu fest zugeschlagen.“

„Was tun Sie denn hier?“, fragte der verblüffte Privatdetektiv.

„Ich habe mir erlaubt, Ihre Gastfreundschaft in Anspruch zu nehmen. Ungefragt, wie ich leider zugeben muss.“

„Soll ich die Polizei anrufen?“ Susanne Kramer wurde das Gefühl nicht los, im falschen Film gelandet zu sein.

„Nein. Noch nicht. Erst sehen wir uns die Sache mal näher an.“

„Der Teppich oben ist ziemlich versaut. Und Ihre schöne Buchstütze dürfte auch nicht mehr zu gebrauchen sein. Es sei denn, Sie sind handwerklich begabt und können sie irgendwie wieder richten.“

„Was reden Sie denn da für einen Unsinn?“

Die dunkelblonde Frau zuckte teilnahmslos die Achseln. „Wahrscheinlich stehe ich unter Schock. Ich habe sogar noch automatisch die blutende Leiche in eine stabile Seitenlage gebracht.“

Oben am Tatort angekommen, erlebten Bloch und seine Assistentin die zweite große Überraschung dieses denkwürdigen Tages – wenn man von dem spektakulären Puppenmord am Beerfelder Galgen einmal absah, den sie allerdings nur vom Hörensagen kannten. Dies hier im ersten Stock aber war bittere Realität.

„Der Jogger!“, schrie Susanne, nachdem sie sich zu dem blutüberströmten Gesicht des leblosen Mannes hinuntergebeugt hatte, um es näher in Augenschein zu nehmen.

Bloch fühlte den Puls des Einbrechers. „Und er ist auch nicht tot.“

„Richtig“, antwortete die Frau. „Ich wollte nur testen, wie gut Ihre Nerven sind, Herr Bloch. Und ich muss sagen: Sie haben mich nicht enttäuscht.“

„Soll ich einen Krankenwagen …?“, fragte Susanne.

Die Frau mit den graugrünen Augen schüttelte den Kopf. „Der wird schon wieder. Ich habe ihn k.o. geschlagen – mehr nicht. Die Blutung ist gestillt. Die Beule an seinem Kopf wird sicher noch etwas anschwellen. Eine leichte Gehirnerschütterung dürfte er auch davongetragen haben. Aber alles in allem würde ich sagen, dass sein Zustand ganz stabil ist. Sie werden ihn doch sicher befragen wollen. Also wäre es höchst unklug, die Polizei einzuschalten. Die steht nämlich sofort auf der Matte, nachdem der Rettungsdienst das hier gesehen hat.“

Bloch nickte. „Waschen Sie ihm das Blut ab und verbinden Sie seine Kopfwunde. Anschließend kümmern Sie sich um den Teppich. Entfernen Sie wenigstens die schlimmsten Blutspuren.“

„Mit dem größten Vergnügen.“

„Susanne zeigt Ihnen, wo Sie alles Nötige finden. Ich brauche erst einmal ein Bier.“

„Ist mir auch so gegangen, nachdem der Kampf überraschend schnell vorüber war. Ich kann mich sehr gut in Ihre Lage versetzen, Herr Bloch. Erholen Sie sich ruhig ein bisschen. Ich kümmere mich schon um alles. Wir sehen uns dann im Wohnzimmer."

Beim Anblick des Mannes, der da nur wenige Meter von ihr entfernt auf der längeren Seite des zweiteiligen, durch ein Eckelement verbundenen Ledersofas lag, wurde Muzel unruhig. Immer wieder musste ihr Herrchen sie davon abhalten, sich dem noch immer bewusstlosen Jogger zu nähern und an ihm zu schnuppern.

Schließlich war es die dreifarbige Katze gewesen, die alles von Anfang an aus ihrem Versteck unter dem Haselbusch beobachtet hatte. Vom Eindringen des Fremden in den Garten mit dem Übersteigen des Maschendrahtzauns bis zu dem Zeitpunkt, zu dem er die äußere Kellertreppe hinuntergestiegen war. Muzel wäre ihm zu gern ins Haus gefolgt, aber leider hatte er die schwere Stahltür gleich nach seinem Eintreten angelehnt. So blieb kein Spalt, durch den sie hindurchschlüpfen konnte.

Also musste Blochs draufgängerische Katze warten, bis der Chef zusammen mit seiner Assistentin am frühen Montagabend nach Hause zurückkehrte. Ungeduldig hatte sie in der Nähe der Haustür ausgeharrt, um endlich den Teil ihres Reviers inspizieren zu können, der ihr heilig war. Umso größer war ihre Überraschung gewesen, als ihnen die Tür von einem weiteren ungebetenen Eindringling geöffnet wurde. Einem großen Weibchen. Dass es der Fremden gelungen war, das Haus zu betreten, hatte selbst Muzel nicht mitbekommen. Zu ihrer Ehrenrettung muss aber gesagt werden, dass sie sich zu diesem Zeitpunkt weitab vom eigentlichen Geschehen auf einer Wiese jenseits des Pferdsbaches auf Mäusejagd befunden hatte. Man muss ja auch mal an sich denken.

„Wie sind Sie ins Haus gekommen?“, fragte der Heubacher Privatdetektiv.

Er saß auf seinem Stammplatz und hielt auf dem Schoß die neugierige Katze zurück, indem er ihr ausgiebig den schneeweißen Bauch kraulte. Muzel schnurrte, riskierte aber zwischendurch immer wieder einen unauffälligen Seitenblick auf den Fremden, der gleichmäßig atmend auf dem Sofa lag. Susanne und das andere große Weibchen saßen nebeneinander auf dem kleineren Teil des Ledersofas, das ihnen dennoch ausreichend Platz bot.

„Das war denkbar einfach und viel leichter, als ich gedacht hatte“, antwortete Lilli Wagner. „Sie sind ein bisschen unvorsichtig, Herr Bloch, wenn Sie mir die Bemerkung erlauben.“ Sie vermied einen tadelnden Unterton, schließlich wollte sie seine Gastfreundschaft noch etwas länger in Anspruch nehmen. „Die Terrassentür war nur angelehnt. Ich habe sie dann aber gleich nach meinem Eintreten geschlossen.“

„Erstens. Wir sind hier in Heubach. Zweitens. Ich habe eine sehr wachsame und sehr angriffslustige Katze, wenn es um das Verteidigen ihres Reviers geht.“

„Die Katze war aber nicht da. Und die Heubacher Gepflogenheiten sind mir leider unbekannt.“

„Kennen Sie den Mann, den Sie brutal niedergeschlagen haben?“, fragte Susanne, der es sichtlich nicht behagte, mit einer anderen Frau das Revier des Privatdetektivs zu teilen.

„Nein. Den habe ich noch nie gesehen.“

„Also wissen Sie auch nicht, in wessen Auftrag er hier eingedrungen ist?“

Kopfschütteln.

„War er hinter Ihnen her?“, fragte Bloch.

„Hinter wem denn sonst?“

„Wissen Sie, wo sich Konrad Hasselbach aufhält?“

Lilli Wagner lächelte. „So läuft der Hase also. Sie hatten Konrad hier versteckt, aber der Vogel ist leider ausgeflogen. Künstlerpech."

„Sie haben keinen blassen Schimmer", sagte die Assistentin des Privatdetektivs. „Außerdem würde ich angesichts Ihrer Lage keine allzu große Lippe riskieren. Schließlich sind Sie auf unsere Hilfe angewiesen."

„Und Sie auf mein Wissen."

„Wir haben heute mit Leo Unger gesprochen. Ihrem vermeintlichen Liebhaber", sagte Bloch. „Das war wirklich großes Kino, das Sie beide uns da geboten haben."

Lilli Wagner zuckte nicht mit der Wimper.

„Er behauptet jetzt übrigens, mit Ihnen Schluss gemacht zu haben. Wirklich sehr originell, der Mann. Jedenfalls erhielt Leo während unserer Unterhaltung einen Anruf von der Erbacher Kriminalpolizei. Können Sie sich vorstellen, was die Kommissarin Ihrem Chef zu berichten hatte?"

„Gibt es neue Verdachtsmomente gegen ihn?"

„Am Beerfelder Galgen wurde heute Morgen eine mit einem schwarzen Herrenanzug bekleidete Puppe gefunden. Sie muss einem Menschen sehr ähnlich gesehen haben, denn die Frau, die sie entdeckte, ist gleich zur Polizei gelaufen, um einen weiteren Mord am Galgen zu melden. Stehen Sie auf solche Anzüge, Frau Wagner? Tragen Sie manchmal einen Herrenanzug, um Ihre Figur zu betonen?"

„Wie kommen Sie denn darauf?"

„An der Anzugsjacke befand sich ein kleines Schild", erklärte Susanne genüsslich. „Darauf stand in blutroten Buchstaben Ihr Name."

„Dieses Dreckschwein!"

„Von wem sprechen Sie?"

„Kann ich Ihnen nicht sagen. Sonst bin ich so gut wie tot."

„Haben Sie so wenig Vertrauen in unsere Arbeit?", fragte der Privatdetektiv.

Lilli Wagner schwieg und zündete sich in aller Ruhe eine Zigarette an.

„Sie kennen Miriam Wenzel?"

„Wen bitte?"

„Wir wissen, dass Sie eine ausgezeichnete Schauspielerin sind, die uns sehr geschickt aufs Glatteis geführt hat", sagte Susanne. „Aber für solche Spielchen ist es jetzt eindeutig zu spät."

„Ich kenne keine Miriam Wenzel", beteuerte die Angestellte des ethologischen Instituts.

„Behauptet Dr. Unger übrigens auch. Haben Sie sich wieder mit ihm abgesprochen?"

„Mit dem bin ich fertig."

„Wer wurde am Beerfelder Galgen erhängt?", fragte Bloch.

Auf seinem Schoß versuchte sich Muzel seinem Griff zu entwinden. „Dann kommst du jetzt raus." Er packte sie im Genick, trug sie zur Terrassentür, schob sie energisch hinaus und schloss hinter der verblüfften Katze die Tür. Lilli Wagner beobachtete dieses Manöver interessiert. Für Susanne war es dagegen nichts Neues.

„Charlotte und Benjamin Unger", antwortete Lilli.

„Guter Witz", bemerkte Susanne verächtlich.

„Sie wollen damit sagen ...?"

„Ihre Auffassungsgabe ist wirklich phänomenal, Frau Wagner."

„Und was ist dann mit der echten Charlotte passiert?"

„Das wollen wir von Ihnen hören", sagte Bloch.

„Aber ich habe diese Frau, von der Sie behaupten, sie sei in Wirklichkeit Miriam Wenzel, nur als Charlotte Unger, als Leos Ehefrau gekannt."

„Warum sollten wir Ihnen das glauben?"

„Weil es der Wahrheit entspricht."

„Und das aus Ihrem Munde!", rief Susanne.

Der Privatdetektiv trank einen Schluck Pils. „Klären Sie uns bitte über Ihr Verhältnis zu Karin Weidinger auf. Wie kommt es, dass Sie diese Frau, die überhaupt nichts mit dem Sensbachtaler Institut zu tun hat – jedenfalls nach dem, was wir wissen –, ins Vertrauen gezogen haben? Warum haben Sie ausgerechnet sie darum gebeten, mit uns zu sprechen?"

„Das ist gar nicht so einfach zu beantworten", sagte Lilli Wagner.

„Aber es hat etwas mit dem Mann von Frau Weidinger zu tun, richtig? Mit Markus Weidinger. Dem ersten Ehemann von Charlotte Unger, wohlgemerkt."

„Indirekt schon."

„Wie darf man das bitte verstehen?", fragte Susanne.

Lilli Wagner zog ein letztes Mal an ihrer Zigarette, die sie fast bis zum Filter geraucht hatte, dann drückte sie sie vorsichtig aus.

„Ich habe einen riesengroßen Fehler gemacht, als ich mich auf dieses verrückte Verwirrspiel eingelassen habe", sagte sie. „Als ich Ihnen vorgegaukelt habe, ein Verhältnis mit Leo zu haben. Man kann über ihn wirklich eine Menge Schlechtes sagen. Aber eines muss man neidlos anerkennen. Er hat Ihre Reaktion auf seine Bemerkung, zum Zeitpunkt der ersten Tat mit mir zusammen gewesen zu sein, haargenau vorhergesehen, Herr Bloch. Und um das Ganze dann noch überzeugender wirken zu lassen, habe ich mich anfangs scheinbar geziert, dies zuzugeben. Alles lief wie am Schnürchen."

„Was hätten Sie gemacht, wenn ich nicht darauf eingegangen wäre? Wenn ich Sie gar nicht nach Ihrer Beziehung zu Leo befragt hätte?", fragte der Heubacher Privatdetektiv.

„Keine Sorge. Wir hätten Ihnen schon auf die Sprünge geholfen. Überdies war es natürlich von großem Vorteil, dass ich der Kriminalpolizei gegenüber nichts davon erzählt hatte. In dem Irrglauben, der Erbacher Kommissarin einen entscheidenden Schritt voraus zu sein, sind Sie dann gar nicht mehr auf die Idee gekommen, die Ihnen auf einem silbernen Tablett servierte Fehlinformation auf ihren Wahrheitsgehalt hin zu überprüfen."

„Sie waren eben sehr überzeugend."

„Wieso haben Sie überhaupt mitgespielt?", fragte Susanne. „Hatte Leo Unger etwas gegen Sie in der Hand?"

„Nein. Er bat mich um diesen Gefallen, ohne mich in irgendeiner Form unter Druck zu setzen."

„Kam Ihnen das nicht merkwürdig vor? Dadurch dass er dieses Verhältnis vortäuschte, machte er sich aus unserer Sicht ja nur noch verdächtiger. Er präsentierte uns ein Motiv, das ihn zu dem Mord an seiner angeblichen Ehefrau veranlasst haben könnte."

„Das ist vordergründig schon richtig", antwortete Lilli Wagner. „Aber sein Ziel war ein anderes. Sicher, er begab sich mit dieser falschen Behauptung in die Schusslinie. Gleichzeitig wurde aber auch der Kreis der Verdächtigen vergrößert, die daran interessiert sein konnten, dass Charlotte Unger starb."

„Um Sie zum Beispiel", sagte Bloch.

„So ist es. Benjamin dürfen Sie aber auch nicht vergessen."

„Das verstehe ich nicht. Wieso sollte er seine angebliche Mutter umbringen? Weil Sie ein Verhältnis mit seinem Stiefvater hatten? Dann wäre doch eher Leo als sein Nebenbuhler ein heißer Kandidat für den Beerfelder Galgen gewesen."

Lilli Wagner schüttelte den Kopf. „Sie müssen ein bisschen mehr um die Ecke denken, Herr Bloch."

„Das war noch nie seine Stärke“, mischte sich die Assistentin des Privatdetektivs ein.

„Überlegen Sie doch mal“, fuhr die Empfangsdame fort. „Wenn er Miriam Wenzel umbrachte, fiel der Verdacht doch automatisch auf seinen verhassten Stiefvater, weil alle Ermittler davon ausgingen, Charlotte sei am Galgen erhängt worden. Unter der Voraussetzung, dass Benjamin zu diesem Zeitpunkt schon von meiner Beziehung zu Leo wusste, hatte er ein großes Interesse daran, seinen Rivalen aus dem Weg zu räumen. Und wie gelang ihm das am besten? Indem Benjamin seinen Stiefvater als großen Nutznießer dieses Mordes erscheinen ließ. Leo wurde nach Charlottes Tod alleiniger Leiter des Instituts, außerdem war er jetzt seine lästige Ehefrau los und konnte sich ganz mir widmen.“

„Das wirkt auf mich allzu konstruiert“, sagte Bloch.

„Mag ja sein. Aber so denkt Leo nun mal, so ist er gestrickt. Festzuhalten bleibt jedenfalls, dass er mit der frei erfundenen Beziehung zu mir zwei wesentliche Ziele erreichte. Er erhöhte die Zahl der Verdächtigen.“

„Und er lenkte, indem er unsere Aufmerksamkeit auf sich zog, von dem eigentlichen Mörder ab“, ergänzte Susanne.

„Sie haben es erfasst.“

„Markus Weidinger“, murmelte der Privatdetektiv.

„Darauf wollte ich gerade kommen. Ich habe, wie gesagt, den Fehler gemacht, mich auf dieses schmutzige Spiel einzulassen. Aber als dann auch noch Benjamin ermordet wurde, wollte ich aussteigen.“

„Dafür war es aber längst zu spät.“

„Von außen betrachtet schon. Aber versetzen Sie sich einmal in meine Lage. Ich wurde doch immer tiefer in diesen Sumpf gezogen. Also habe ich Leo unmissverständlich mitgeteilt, dass jetzt Schluss sei.“

„Und dann trat Markus Weidinger auf den Plan."

„Er hat gedroht, mich auf der Stelle umzubringen, wenn ich auspacke, Herr Bloch. Deshalb konnte ich Ihnen nichts sagen. Ich habe keinerlei Beweise, nicht den geringsten Hinweis, von einem plausiblen Motiv ganz zu schweigen – aber für mich lässt sein Verhalten nur einen Schluss zu: Markus Weidinger ist der Mörder, den Sie suchen. Darum bin ich bei Ihnen untergetaucht."

Schweigen senkte sich über Blochs Wohnzimmer. Der Privatdetektiv schenkte sich nach, Susanne und Lilli rauchten.

„Immer schön der Reihe nach", sagte Tobias Bloch nach einer Weile. „Wir dürfen uns jetzt keinen Fehler mehr erlauben. Und Sie müssen uns vorbehaltlos die Wahrheit sagen, Frau Wagner."

„Nennen Sie mich bitte Lilli." Sie lächelte matt. „Keine Sorge, ich bleibe bei Herr Bloch."

„Das ist auch besser so", warf Susanne ein.

„Kannst du irgendwann mal mit deinen lächerlichen Eifersüchteleien aufhören?"

„Nein."

„Bevor Sie von Markus Weidinger massiv bedroht wurden, kannten Sie ihn nicht? Sie haben nie etwas mit ihm zu tun gehabt, Sie haben nie mit ihm gesprochen?"

Lilli Wagner nickte.

„Und Sie wussten auch nichts von einer Verbindung zwischen Charlottes erstem Ehemann und Leo Unger?"

„Leo hat ihn mir gegenüber nie erwähnt. Auch als ich damit drohte, auszusteigen, hat er seinen Namen nicht genannt. Markus Weidinger ist für mich aus heiterem Himmel, ohne jede Vorwarnung aufgetaucht."

„Warum um alles in der Welt sollte Weidinger Miriam Wenzel umbringen?", fragte die Assistentin des Privatdetektivs verwirrt. „Das ergibt doch überhaupt keinen Sinn."

„Sie haben uns immer noch nicht erklärt, warum Karin Weidinger in das Geschehen eingegriffen hat", sagte Bloch.

„Ich habe mich, nachdem ihr Mann mich bedroht hatte, Hilfe suchend an sie gewandt. Rational lässt sich das für einen Außenstehenden kaum begründen, aber ich war verzweifelt. Und ich hoffte, sie könne vielleicht Einfluss auf ihren Mann ausüben." Lilli Wagner zog an ihrer Zigarette. „Es war für mich selbst überraschend, dass sie sofort bereit war, mit Ihnen zu sprechen. Sie hat sich fast erleichtert gezeigt, als ich sie darum bat."

„Weil sie es ihrem Mann endlich heimzahlen wollte", vermutete Susanne. „Weil sie ihn ans Messer liefern wollte."

„Es ist in diesem Zusammenhang vielleicht nicht ganz uninteressant, dass Markus Weidinger mir gegenüber eine neue Freundin erwähnte."

„Sibylle Schuster!", rief der Privatdetektiv.

„Wie kommen Sie denn darauf?", fragte Lilli Wagner erstaunt.

„Frau Schuster hat uns heute Vormittag erzählt, dass sie seit Kurzem in festen Händen sei", erklärte Blochs Assistentin. „Wenn man eins und eins zusammenzählt, könnte das die Lösung sein."

„Jedenfalls hat Weidinger mir versichert, dass er sich auf das Stillschweigen seiner neuen Freundin hundertprozentig verlassen könne, weil er sie vollkommen in der Hand habe. Ihren Namen hat er mir allerdings nicht genannt. Er hat nur davon gesprochen, dass er lange auf diese Gelegenheit gewartet habe. Er klang richtig verliebt."

„Frau Wagner …"

„Bitte sagen Sie doch Lilli zu mir."

„Frau Wagner", wiederholte der Privatdetektiv. „Das war Ihre letzte Chance, mit der ganzen Wahrheit herauszurücken. Und was tun Sie? Sie machen uns schon wieder etwas vor. Ich finde das allmählich zum Kotzen!"

Susanne warf ihrem Chef einen erstaunten Blick zu.

Lilli Wagner erstarrte.

„Sie stecken viel tiefer in der Scheiße mit drin, als Sie zugeben wollen."

„Aber von einer Miriam Wenzel wusste ich wirklich nichts", beteuerte die Empfangsdame des ethologischen Instituts. „Das müssen Sie mir glauben. Ich dachte immer, es handele sich bei der Frau an Leos Seite um Charlotte Unger."

„Mag ja sein. Aber darum geht es doch überhaupt nicht", erwiderte Bloch unwirsch. „Sie beschönigen Ihr Verhältnis zu Markus Weidinger. Das ist es, was mich so aufregt. Wollen Sie mir allen Ernstes weismachen, ein Mann, den Sie zuvor noch nie gesehen haben, mit dem Sie noch nie ein Wort gesprochen haben, erzählt Ihnen während eines Treffens, bei dem er Sie mit dem Tod bedroht, von seiner neuen Freundin? Er sagt Ihnen, wie glücklich er jetzt ist, er schwärmt davon, lange von dieser Beziehung geträumt zu haben. Das passt doch überhaupt nicht zusammen! Wieso sollte Weidinger Ihnen gegenüber so offen sein und von seinem Liebesglück erzählen?"

Lilli Wagner senkte den Kopf.

Der Privatdetektiv schäumte. „Ich hätte gute Lust, Sie jetzt hochkant rauszuschmeißen. Und zwar auf der Stelle."

„Das halte ich aber für keine so gute Idee", wandte seine Assistentin vorsichtig ein.

„Verteidigst du sie etwa noch?"

„Nein, nein."

„Ich sage Ihnen jetzt die Wahrheit, Herr Bloch. Wenn Sie mir versichern, mir danach weiterhin Unterschlupf zu gewähren."

„Das ist Ihre allerletzte Chance. Ich höre."

„Wir hören“, sagte Susanne. „Nur zu, Frau Wagner. Sie sind hier bei uns in Sicherheit.“

Bloch schüttelte den Kopf, schwieg aber.

„Zunächst einmal sage ich Ihnen, was ich wirklich nicht wusste oder weiß. Charlotte Ungers wahre Identität war mir unbekannt. Den Namen von Weidingers neuer Freundin kenne ich auch nicht. Warum er sie angeblich vollkommen in der Hand hat, weiß ich nicht. Konrad Hasselbachs Rolle in der ganzen Sache ist mir höchst unklar. Ich vermute allerdings, dass Weidinger hinter ihm her ist, um ihn aus dem Weg zu räumen.“

Der Privatdetektiv deutete auf den noch immer bewusstlosen Jogger. „Quod erat demonstrandum.“

Lilli Wagner nickte. „Nun zu dem, was ich weiß. Leo Unger und Markus Weidinger stehen schon lange miteinander in Kontakt. Über die Art dieser Verbindung bin ich nicht informiert, aber ich vermute, dass Geld geflossen ist und womöglich noch fließen wird. Leo hat das Verwirrspiel mit mir aufgezogen, um von Markus Weidinger abzulenken und die Aufmerksamkeit der Ermittler auf sich zu ziehen. Was ich über Benjamins mögliches Motiv für einen Mord an Miriam Wenzel gesagt habe, war Unsinn.“

„Hab ich doch gleich gesagt! Von wegen um die Ecke denken. Dass ich nicht lache.“

„Leos Verhalten und Weidingers Drohung lassen für mich nur einen Schluss zu. Markus Weidinger ist der Mörder von Miriam Wenzel und Benjamin Unger. Für beide Morde sehe ich allerdings kein Motiv.“

„Einspruch“, sagte die Assistentin des Privatdetektivs. „Für Benjamins Ermordung kann es gute Gründe geben. Karin Weidinger hat uns gegenüber von einer neuen, sehr lukrativen Geldquelle gesprochen, die er im Begriff war anzuzapfen.

Dabei kann es sich eigentlich nur um ihren Mann gehandelt haben, denn seinen Stiefvater hat Benjamin schon all die Jahre über erpresst, weil er wusste, dass seine Mutter bei einem tragischen Autounfall ums Leben gekommen ist."

Ein leises Stöhnen ließ sie aufhorchen. Der Jogger, der zuvor auf der Seite gelegen hatte, drehte seinen Körper auf den Rücken. Dabei murmelte er etwas Unverständliches.

„Aufwachen!", rief Tobias Bloch.

Langsam öffnete der von Lilli Wagner auf energische Art und Weise ausgeschaltete Einbrecher die Augen. Sein glasiger Blick blieb auf die Holzdecke gerichtet.

„Können Sie sich aufsetzen?"

Die Worte schienen in Zeitlupe in das Bewusstsein des Joggers einzusickern.

„Wasser!", stöhnte er schließlich.

„Bin schon auf dem Weg." Der Heubacher Privatdetektiv erhob sich und ging in die Küche. „Nicht weglaufen."

Susanne und Lilli beobachteten schweigend, wie sich der Fremde langsam aufrichtete. Vorsichtig betastete er seinen Kopf.

„Was, was ist geschehen?", murmelte er.

„Sie sind unglücklicherweise gegen eine schwere metallene Buchstütze gerannt", erklärte die Angestellte des ethologischen Instituts einfühlsam. „Zweimal, um genau zu sein."

„Mein Kopf!"

„Das wird schon wieder." Bloch schenkte ihm ein Glas Mineralwasser ein. „Trinken Sie. Aber schön langsam. Es ist genug da."

Nach zwei Gläsern war der ärgste Durst des Joggers gelöscht.

„Wo bin ich?" Mühsam unterdrückte er einen Rülpser.

„Bei guten Freunden."

„Was ist passiert?"

„Ihr Nahkampfverhalten ist verbesserungsbedürftig“, sagte Lilli Wagner.

„Wer sind Sie? Was machen Sie hier?“

„Sie nehmen mir das Wort aus dem Munde“, stellte der Privatdetektiv fest.

„Lassen Sie mich gehen.“

„Wir sollten uns ein bisschen unterhalten. Wer ist Ihr Auftraggeber?“

Der Jogger wollte den Kopf schütteln, ließ das aber schnell bleiben. „Mir ist schlecht.“

„Das war keine Antwort auf meine Frage. Kennen Sie seinen Namen?“

„Von mir erfahren Sie nichts.“

„Sehr kooperativ. Beinahe vorbildlich.“ Bloch erhob sich. „Dann werde ich jetzt Frau Hagedorn anrufen. Höchste Zeit, dass ich mich mal wieder bei ihr melde.“

„Wer ist das?“

„Sie kennen die Erbacher Kriminalkommissarin nicht?“

„Warten Sie.“

„Nein.“ Der Privatdetektiv betrat den Flur.

„Weidinger“, rief der Jogger ihm nach. „Markus Weidinger.“

Bloch nahm den Hörer ab, tippte eine fünfstellige Zahl ein und hielt den Hörer ans Ohr. Er sprach leise, so dass seine Worte im Wohnzimmer nicht zu verstehen waren.

„Kalle wird gleich hier sein“, verkündete er bei seiner Rückkehr. „Sie hatten, als Jogger verkleidet, bereits das Vergnügen, ihn kennenzulernen.“

„Was haben Sie mit mir vor?“

„Sie kommen in die Reha. Und die gute Nachricht ist: Sie werden von einer netten Krankenschwester begleitet werden.“

„Das ist nicht Ihr Ernst, Herr Bloch!“, rief Lilli Wagner.

„Die Alternative wäre Erbach. Glauben Sie mir, Sie werden in guten Händen sein."

„Hältst du das wirklich für eine gute Idee?", fragte Susanne.

„Auf Kalle war schon immer Verlass. Er wird ihnen nicht von der Seite weichen."

„Markus Weidinger kennt die Hütte im Dorndieler Wald", wandte der Jogger ein. „Wenn ich mich heute Nacht nicht mehr bei ihm melde …"

„Wer sagt denn, dass Sie das nicht tun werden? Sie wollen Ihren Auftraggeber doch sicher nicht länger im Unklaren lassen."

Kapitel 38

Endspiel

Fahles Mondlicht fiel auf die Holzhütte, als der Wagen mit eingeschaltetem Standlicht in den Waldweg einbog. Seine Ankunft wurde von den in der Nähe befindlichen Bewohnern des Waldes aufmerksam registriert. Nicht alle waren darüber glücklich. Einige hatten sogar den Mut, ihren Unwillen lautstark zu artikulieren. Nur Kenner der tierischen Kommunikation konnten allerdings in dem vielstimmigen Konzert zwischen ängstlichen Warnrufen, bloßen Anwesenheitsbekundungen und aggressiven Drohlauten unterscheiden.

Langsam fuhr der Wagen an der Vorderseite der Hütte vorbei. Obwohl die Fensterläden unvorsichtigerweise geöffnet waren, drang kein Licht aus dem Inneren. Geschmeidig wurde der Rückwärtsgang eingelegt, dann stieß der Wagen zurück und hielt direkt vor der Tür.

Die in dunkle Kleidung gehüllte Gestalt verließ das Auto, ohne die Fahrertür zu schließen. Der Leerlauf des Motors war kaum zu hören. Auch das Standlicht war noch eingeschaltet. Aus der Jackentasche seines Mantels nahm der Mann eine Pistole und entsicherte sie. Sorgfältig sah er sich um. Inzwischen waren die verschiedenen Lautäußerungen der unsichtbaren Bewohner des Waldes verstummt. Die nächtliche Stille war beeindruckend.

Der schlanke, groß gewachsene Mann trat vor die Tür und klopfte kurz hintereinander viermal an. Prompt wurde ihm geöffnet. Der Jogger, der eine Wollmütze trug, um seine Beule zu verbergen, lächelte ihn beruhigend an.

„Ich habe den Dreckskerl im Bad eingesperrt", sagte er.

„Ist er verletzt?", fragte sein Auftraggeber.

„Nein, als ich ihn im Haus des Privatdetektivs überwältigt habe, hat er keinerlei Widerstand geleistet. Der Kerl ist völlig fertig." Er wies auf die Badezimmertür. „Gehen Sie ruhig vor. Der Schlüssel steckt."

Zwei Dinge geschahen praktisch gleichzeitig. Ein gezielter kräftiger Tritt gegen sein Handgelenk veranlasste ihn im Bruchteil einer Sekunde automatisch, seinen Griff um die Pistole zu lockern. Die Waffe fiel zu Boden und wurde sofort mit einem weiteren Tritt außer Reichweite befördert. Die zweite Aktion erfolgte simultan. Dem Mann wurde ein Sack aus grobem Leinen über den Kopf gestülpt, so dass er jetzt nichts mehr sah. Das alles hatte nicht länger als zwei Sekunden gedauert.

Seine Arme wurden schmerzhaft nach hinten gerissen. Dann wurde er mit einem biegsamen Plastikkabel gefesselt. Susanne, die wie alle anderen an der Überwältigung des Mannes Beteiligten Handschuhe trug, hob die Pistole vom Boden auf und steckte sie in eine Einkaufstüte. Kalle, der für die Entwaffnung zuständig gewesen war, schaltete das Licht in seiner Hütte an.

„Gute Arbeit", sagte Bloch, der dem Mann den Sack über den Kopf gezogen und ihn dann gefesselt hatte. Er schob ihn zu einem altersschwachen Sessel und drückte ihn mit beiden Händen auf die Sitzfläche hinunter. Sprungfedern quietschten.

„Sie können herauskommen, Lilli." Unsanft riss der Privatdetektiv dem Mann den Sack vom Kopf. Dadurch geriet sein normalerweise akkurat gescheiteltes graues Haar erkennbar in Unordnung.

Der Jogger hatte sich inzwischen um den Wagen gekümmert. Motor und Standlicht waren ausgeschaltet, die Fahrertür war geschlossen. Nun kehrte er in den heimeligen Hauptraum der Hütte zurück. Wenn Blicke töten könnten, hätte er auf der Stelle umfallen müssen. Aber er hielt sich wacker. Und sagte, die Anweisungen des Heubacher Privatdetektivs genau befolgend, kein einziges Wort.

„Hallo Markus", sagte Lilli Wagner, als sie aus dem unverschlossenen Badezimmer kam. „Lange nicht gesehen."

Der ehemalige Bankmanager funkelte sie wütend an. „Das wird dir noch leidtun, das schwöre ich."

Schüchtern klopfte es an die Tür.

„Ja, Sie können jetzt auch hereinkommen", sagte der Privatdetektiv. „Wir haben alles im Griff."

Das Eintreten des blassen Verhaltensforschers brachte Markus Weidinger vollends aus der Fassung.

„Du? Wo kommst du denn her?", schrie er.

Konrad Hasselbach zuckte die Achseln. „Ich habe hinter der Hütte gewartet, bis man dich überwältigt hatte."

„Wo warst du die ganze Zeit?"

„Hier."

„Was?"

„Na ja, stimmt nicht ganz. Ich habe zwischendurch einen längeren Ausflug gemacht." Er sah Bloch gequält an. „Was nicht besonders intelligent war."

Der Privatdetektiv nickte.

„Schließlich besann ich mich dann doch eines Besseren und fand auf mühseligen Umwegen wieder hierher zurück. Niemand wusste von meiner Rückkehr."

Das war wirklich eine große Überraschung gewesen. Als Bloch zusammen mit Susanne, Kalle, Lilli und dem Jogger bei der Holzhütte im Dorndieler Wald eingetroffen war, hatte ihnen dort wie selbstverständlich der vermisste Verhaltensforscher die Tür geöffnet. Wortreich hatte er sich für sein Verschwinden entschuldigt und hoch und heilig geschworen, sich nicht mehr von seinem Unterschlupf zu entfernen.

„Ich hätte dich gleich töten sollen", sagte Markus Weidinger verbittert. „Ich hätte wissen müssen, dass du bei der erstbesten Gelegenheit umkippst."

„Warum musste Miriam Wenzel sterben? Welche Grenze hatte sie überschritten?", fragte die Assistentin des Privatdetektivs.

Weidinger schwieg.

„Miriam wollte sich selbstständig machen", erklärte Konrad Hasselbach. „Das hätte das Ende des ethologischen Instituts bedeutet."

„Weidinger konnte das doch vollkommen gleichgültig sein. Deswegen hätte er sie niemals erhängen müssen. Wenn der Weiterbestand des Instituts gefährdet war, stellte dies für Leo Unger ein Problem dar aber doch nicht für ihn."

„Sie dürfen nicht vergessen, dass Leo und Markus eng zusammengearbeitet haben", sagte Lilli. „Wenn Dr. Unger seine angebliche Frau umgebracht hätte, wäre der Verdacht natürlich sofort auf ihn gefallen. Deshalb musste Weidinger das übernehmen."

„Die Zusammenarbeit ging so weit, dass er für Leo einen Mord beging?", fragte der Privatdetektiv ungläubig.

„Ich habe tief in Leos Schuld gestanden", sagte der ehemalige Bankmanager. „Er hat mir damals gewissermaßen das Leben gerettet. Er und Sibylle Schuster."

Bloch traf die Erkenntnis wie ein Blitz.

„Charlotte Unger ist nicht bei einem tragischen Verkehrsunfall ums Leben gekommen", sagte er. „Sie haben sie getötet, Herr Weidinger."

„Aber ich war doch bei dem Unfall dabei!“, ereiferte sich Konrad Hasselbach. „Ich habe doch mit eigenen Augen gesehen, wie Charlotte umkam.“

„Nein, haben Sie nicht. Sie saßen vorn und Sie waren betrunken“, erinnerte ihn Susanne. „Sie haben in Ihrem benommenen Zustand das geglaubt, was man Ihnen vorgespielt hat.“

Der Privatdetektiv nickte. „Langsam wird mir alles klar. Der Unfall war eine Inszenierung. Im Gegensatz zu Ihnen, Herr Hasselbach, waren Leo Unger und Sibylle Schuster noch ganz bei Sinnen. Sie wussten sehr genau, was sie taten. Charlotte Unger war schon tot, als man die vermeintlich Schlafende auf die Rückbank verfrachtete. Dann hat Sibylle diesen scheinbar harmlosen Unfall provoziert, der in Ihren Augen so schreckliche Folgen hatte.“

„Und Leo kam angeblich spontan auf die Idee, Charlottes Leiche zu beseitigen, obwohl dies von Anfang an das Ziel der nächtlichen Aktion in der Nähe von Darmstadt war“, ergänzte seine Assistentin. „Man hat Sie hereingelegt, Herr Hasselbach. Und vor lauter Angst und Schuldgefühlen haben Sie fast dankbar zugestimmt, ihre Leiche im Wald zu vergraben.“

„Dieser elende Feigling war noch nie zu etwas zu gebrauchen“, sagte Markus Weidinger.

„Warum haben Sie Ihre frühere Ehefrau umgebracht?“, fragte Bloch. „Und warum hat ausgerechnet Leo Unger Ihnen geholfen, ihre Leiche verschwinden zu lassen?“

„Nach unserer Scheidung wurde Charlotte maßlos. Sie hat nur noch an den Aufbau dieses Instituts gedacht und immer höhere Forderungen gestellt.“

„Das hätte sich doch gerichtlich klären lassen“, wandte Susanne ein.

„Eben nicht! Charlotte wusste zu viel.“

„Lassen Sie mich raten, Herr Weidinger", sagte der Privatdetektiv. „Sie sind damals nicht freiwillig bei der spanischen Bank ausgeschieden. Man hat Sie wegen unsauberer Geschäfte rausgeschmissen."

Der ehemalige Bankmanager lachte bitter. „Die ach so sauberen Herrschaften sind mir bei zwei, drei illegalen Transaktionen auf die Spur gekommen. Um den guten Ruf der Bank nicht zu gefährden, haben wir uns nach außen hin im beiderseitigen Einvernehmen getrennt. Aber die wirklich große Sache, die ich hinter ihrem Rücken eingefädelt und erfolgreich zu Ende gebracht hatte, haben diese ignoranten Arschlöcher nicht entdeckt. Davon wussten nur Charlotte und ich."

„Nach dem Mord an Ihrer Frau haben Sie Leo Unger tatkräftige finanzielle Unterstützung beim geplanten Aufbau des Instituts für Verhaltensforschung zugesichert, wenn er Ihnen bei der Vertuschung des Mordes und der Beseitigung der Leiche behilflich sein würde", sagte Bloch.

„Und ich habe mein Wort gehalten", stellte Markus Weidinger nicht ohne Stolz fest.

„Korrupte Schweine!", rief die Assistentin des Privatdetektivs voller Abscheu. „Der Tod seiner Frau hat diesen ekelhaften Dr. Unger nicht davon abgehalten, seinen Vorteil aus dieser Tatsache zu ziehen."

„Sie sind so naiv, Frau Kramer", sagte Weidinger. „Und Ihre Empörung ist so furchtbar moralisch. Wo leben Sie denn?"

„Sie wohnt in Wiebelsbach", stellte Bloch entschuldigend fest. „Dort herrschen noch Sitte und Ordnung."

„Tobias!"

„Schon gut. Hab ja gar nichts gesagt."

„Leo dagegen dachte und denkt nach wie vor pragmatisch", fuhr der ehemalige Bankmanager fort. „Sehen Sie es doch einmal aus seiner Sicht. Seine Frau war tot – daran konnte er nichts mehr ändern. Ich habe mich ihm doch praktisch ausgeliefert, als ich ihm den Mord gestanden habe. Natürlich hätte er empört zur Polizei rennen können. Aber was hätte er davon gehabt? Also war es doch viel klüger von ihm, sich für diese Gefälligkeit bestechen zu lassen."

„Gefälligkeit!", schnaubte Susanne. „Geht es nicht noch ein bisschen kleiner?"

„Leos aktuelle finanzielle Probleme waren dann aber nach dem Tod seiner vermeintlichen Ehefrau praktisch über Nacht wie weggeblasen. Wie erklären Sie sich diese wundersame Wandlung?", fragte der Privatdetektiv. „War das auch ein Teil der Inszenierung? Sollte auch mit diesem Manöver der Verdacht auf Leo Unger gelenkt werden?"

Markus Weidinger nickte. „Ich habe in gewissen Finanzkreisen noch immer etwas Einfluss. Nichts gegen Odenwälder Banken. Aber ich habe doch in meiner Frankfurter Zeit in einer ganz anderen Liga gespielt. Das mit Leo in die Wege zu leiten, war nun wirklich ein Klacks. Seine finanziellen Probleme waren konstruiert. Und deren Sanierung, die plötzlich auf wundersame Weise bevorzustehen schien, war es auch. Banken einer bestimmten beschränkten Größenordnung an der Nase herumzuführen, ist gar nicht so schwer, Herr Bloch. Manche schreien geradezu danach, verarscht zu werden."

„Und die Rolle von Sibylle Schuster?", fragte die Assistentin des Privatdetektivs.

„Ist Ihnen das immer noch nicht klar?"

Susanne schüttelte den Kopf.

„Ihr Rausschmiss durch Leo war natürlich fingiert. In Wirklichkeit hatte Sibylle die Schnauze voll von dieser Arbeit im Sensbachtal. Sie hat ganz normal gekündigt. Aber nach Miriams Tod haben wir ihre Rolle ein wenig umgeschrieben."

„Und Frau Schuster blieb gar nichts anderes übrig als dabei mitzuspielen", sagte Tobias Bloch. „Weil Sie sie wegen ihrer Beteiligung an der Beseitigung von Charlotte Ungers Leiche in der Hand hatten."

„So ist es."

„Ist das die Basis für eine gute Beziehung?", fragte Susanne.

„Wiebelsbach!", stöhnte Weidinger. „Hört das denn nie auf?"

„Meine Assistentin kann manchmal sehr hartnäckig sein", erklärte der Privatdetektiv.

„Aber du hast den Widerstand deiner Frau unterschätzt, Markus", sagte Lilli Wagner. „Du hast nicht damit gerechnet, dass Karin mir helfen würde. Und dass sie meiner Bitte entsprechen und mit Frau Kramer und Herrn Bloch sprechen würde."

„Das Problem hätte ich schon noch gelöst."

„Wenn wir Sie nicht in diese Falle gelockt hätten", sagte Susanne. „Nun ist es glücklicherweise zu spät."

„Können wir nicht langsam Schluss machen?", fragte Kalle.

„Wir werden heute Nacht deine Gastfreundschaft in Anspruch nehmen müssen", erklärte der Privatdetektiv. „Denn die Erbacher Kriminalkommissarin erreiche ich jetzt nicht mehr. Das muss bis morgen Vormittag warten."

„Von mir aus. Kann ich jetzt verschwinden? Ich habe schließlich auch noch ein Privatleben."

„Sicher. Herr Weidinger läuft uns ganz bestimmt nicht davon."

„Und was ist mit mir?", fragte der Jogger, der sich bei dem Gespräch wohlweislich im Hintergrund gehalten hatte, um den Zorn seines Auftraggebers nicht unnötig anzufachen.

„Eigentlich müsste ich Sie ja wegen Einbruchs bei der Polizei anzeigen", antwortete Bloch. „Aber da Sie durch den

Anruf bei Herrn Weidinger diesen aus der Reserve gelockt haben, werde ich die ganze Sache auf sich beruhen lassen." Er wandte sich an den Heubacher Getränkehändler. „Könntest du ihn ein Stück mitnehmen, Kalle?"

„Klar. Und was ist mit Ihnen?", fragte er Lilli Wagner.

„Vielen Dank. Ich bleibe die Nacht über aber lieber hier bei Herrn Bloch", antwortete sie. „Bei ihm fühle ich mich sicher."

Susanne stöhnte. „Das kann ja heiter werden."

„Wird es ganz bestimmt", sagte der Privatdetektiv.

Kapitel 39

Strafmaß

Sara Hagedorn staunte nicht schlecht, als ihr der Heubacher Privatdetektiv an diesem Dienstagvormittag – etwas mehr als eine Woche nach dem ersten Mord am Beerfelder Galgen – am Telefon ankündigte, ihr den Täter, seinen Helfershelfer und einen wichtigen Zeugen zu präsentieren.

„Ist das nicht ein bisschen viel auf einmal, Herr Bloch?", hatte sie skeptisch gefragt.

„Sie werden außerdem noch mindestens eine Exhumierung vornehmen lassen müssen", hatte der Privatdetektiv kryptisch geantwortet. „Wir holen jetzt noch Leo Unger aus dem Sensbachtal ab. Ich denke, dass wir in gut einer Stunde bei Ihnen in der Polizeidirektion sein können. Vorausgesetzt, der liebe Doktor leistet keinen Widerstand."

Das hatte dieser dann glücklicherweise nicht getan, weil ihm Markus Weidinger rasch klarmachte, dass ihre raffinierte Inszenierung, die anfangs beim interessierten Publikum ja durchaus Anklang gefunden hatte, nun leider durchschaut worden sei. Außerdem sei er es müde, weiter dieses inzwischen absurd gewordene Verwirrspiel fortzusetzen. Zu viele daran beteiligte Personen wären abgesprungen oder hätten die Seite gewechselt.

Karin, Konrad, Lilli …

Und Sibylle Schuster, das hatten sie von dem Heubacher Privatdetektiv erfahren, hatte sich nach einigem Zögern schließlich dazu bereit erklärt, sich freiwillig der Polizei zu stellen und ihre Mitwirkung bei der Beseitigung der Leiche von Charlotte Unger zu gestehen. Bloch hatte ihr unmissverständlich klargemacht, dass ihr keine andere Wahl blieb.

„Das Stichwort lautet Schadensbegrenzung, Leo“, hatte der ehemalige Bankmanager seinem Komplizen gegenüber argumentiert. „Wenn wir Glück haben, kann eine Obduktion nicht zweifelsfrei klären, ob Charlotte bei einem Unfall ums Leben kam oder ob sie ermordet wurde. Zeugen für die Tat gibt es ja nicht.“

Leo Unger hatte diese Argumentation, die so schwach und dürftig war, dass es fast schon wehtat, eindringlich vor Augen geführt, dass Weidinger resigniert hatte. Was half es Markus denn, wenn ihm nur zwei und nicht drei Morde zur Last gelegt werden konnten? Machte das beim Strafmaß einen großen Unterschied?

„Bevor wir die Details klären, möchte ich vorab einen heiklen Punkt ansprechen“, sagte Tobias Bloch, als sie sich im geräumigen Büro der Erbacher Kriminalkommissarin eingefunden hatten. „Ohne Konrad Hasselbachs Hilfe wären wir nie dahintergekommen, wer tatsächlich am Beerfelder Galgen ermordet wurde.“

„Wie bitte?“, fragte Melzig, der vollschlanke Assistent der Kommissarin. „Gibt es an der Identität der Toten denn irgendeinen Zweifel?“

„Ihnen wird sowieso noch Hören und Sehen vergehen“, prophezeite Susanne.

„Darf ich meine Ausführungen jetzt bitte fortsetzen?“, fragte ihr Chef.

„Natürlich, Tobias.“

„Also zurück zu Konrad Hasselbach. Ohne seine Aussage wüssten wir nicht, dass Miriam Wenzel vor etwas mehr als einer Woche erhängt wurde.“

„Miriam Wenzel?“ Die Kriminalkommissarin hob ihre pechschwarzen Augenbrauen. „Wer ist das bitte?“

„Herr Hasselbach kann bezeugen, dass Charlotte Unger unmöglich am Beerfelder Galgen ermordet worden sein kann, weil sie bereits seit Jahren tot ist“, fuhr der Privatdetektiv fort, ohne auf ihre Frage einzugehen. „Nun komme ich zu dem entscheidenden Punkt. Herr Hasselbach hat damals mitgeholfen, Charlottes Leiche zu beseitigen.“

„Ich wusste ja nicht, dass sie ermordet worden war“, beteuerte der Verhaltensforscher. „Ich ging von einem tragischen Verkehrsunfall aus.“

Melzig schüttelte verwirrt den Kopf und setzte zu einer Frage an. Ein strenger Blick seiner Chefin gab ihm zu verstehen, dass er besser schwieg.

„Uns kommt es darauf an, dass sein Strafmaß gerecht ausfällt“, sagte Bloch. „Dass seine tatkräftige Mithilfe bei der Aufklärung dieser Verbrechen angemessen berücksichtigt wird. Immerhin hat er, wie Sie noch sehen werden, praktisch sein Leben riskiert.“

„Für das Strafmaß sind wir nicht zuständig“, sagte die Kommissarin. „Das wissen Sie ganz genau.“

„Aber Ihr Bericht an die Staatsanwaltschaft und Ihre mögliche Zeugenaussage vor Gericht können das Urteil schon entscheidend beeinflussen“, stellte Susanne fest.

„Nachdem er sich uns gegenüber anfangs strikt geweigert hatte, die Kriminalpolizei an den Ort zu führen, an dem Charlottes Leichnam vergraben wurde, erklärt sich Konrad Hasselbach nun dazu bereit, Ihnen die betreffende Stelle zu zeigen, Frau Hagedorn.“ Der Heubacher Privatdetektiv hatte seine letzte Trumpfkarte ausgespielt.

„Was zu erwarten war“, murmelte Markus Weidinger im Hintergrund.

„Nur so erhalten Sie überhaupt die Möglichkeit, eine Obduktion vornehmen lassen zu können", sagte Bloch. „Eine Obduktion, die klären kann, ob Charlotte Unger bei einem Unfall ums Leben kam oder ob sie ermordet wurde. Denn die anderen beiden Personen, die an der Beseitigung ihrer Leiche beteiligt waren – Leo Unger und Sibylle Schuster –, werden Ihnen in dieser Angelegenheit kaum behilflich sein. Versprechen Sie mir also vorab, dass Sie diese mildernden Umstände bei Ihrer weiteren Untersuchung und in Ihrem abschließenden Bericht entsprechend würdigen werden, Frau Hagedorn?"

„Man wird sehen", antwortete die Kriminalkommissarin ausweichend.

„Geht es nicht etwas konkreter?", fragte Susanne Kramer.

„Erst müssen Sie mich durch die Darlegung Ihrer Ermittlungsergebnisse überzeugen."

„Worauf Sie sich verlassen können", sagte Blochs Assistentin.

Mehr als zwei Stunden später waren Sara Hagedorn und ihr Assistent auf dem neuesten Stand.

„Sie werden ja langsam zu einer ernst zu nehmenden Konkurrenz", sagte die Kommissarin spöttisch.

„Der Zeitaufwand wäre mir viel zu hoch", antwortete Bloch. „Außerdem sind Exhumierungen und Obduktionen, um nur zwei Beispiele zu nennen, nun wirklich nicht mein Fall."

„Weichei", murmelte Melzig.

Der Privatdetektiv lehnte sich lächelnd zurück. „Sie sind ja nur neidisch."

„Könnten die Herrschaften ihren Rangordnungskampf auf später verschieben?", bat Sara Hagedorn. „Noch bin ich hier das Alphatier."

„Wer's glaubt …", bemerkte Susanne spitz.

Die schlanke Kommissarin mit dem eindrucksvollen pechschwarzen Haar wandte sich ein letztes Mal an den Odenwälder Henker. „Warum haben Sie Miriam Wenzel den Rock an den Fußknöcheln zusammengebunden?"

„Weil für mich Anstand und Sitte schon immer von großer Bedeutung waren", antwortete Markus Weidinger. „An dieser Hinrichtungsmethode hat sich im Laufe der Jahrhunderte nichts geändert. Ein pflichtbewusster Scharfrichter schaut einer Dame nicht unter den Rock. So war es damals und so ist es heute."

Sein dröhnendes Lachen hätte unter anderen Umständen vielleicht bedrohlich gewirkt. Nun aber war es – im wahrsten Sinne des Wortes – nur noch lächerlich.

Bereits im Societäts-Verlag erschienen

Libor Schaffer

Tod im Felsenmeer

Ein Odenwald-Krimi

208 Seiten, Broschur
ISBN 978-3-7973-1007-1
€ 8,90

Im Felsenmeer des Odenwalds wird eine Leiche gefunden – und zu den Verdächtigen gehört auch Privatdetektiv Bloch. Um sich zu entlasten, ermittelt er auf eigene Faust und mit seinen ganz eigenen Methoden: Ein bisschen lässig, ein bisschen bohrend, aber immer mit einem flotten Spruch. Seine Assistentin und seine Katze Mutzel unterstützen tatkräftig seine unkonventionelle Ermittlungsarbeit, die zu einer überraschenden Aufklärung führt.

„Eingehende Beschreibungen von Landschaft und Natur, verknüpft mit einem kriminalistisch durchdachten Kern, machen die leichte Lektüre zu einem unterhaltsamen Leseerlebnis…" *Südhessen Woche*

„Sehr flott und mit viel Sinn für Lokalkolorit…" *Main-Echo*

Michael Kibler

Madonnenkinder

Ein Darmstadt-Krimi

192 Seiten, Broschur
ISBN 978-3-7973-1004-0
€ 8,90

In Darmstadt gibt es ein Treffen der sogenannten „Madonnenkinder": Kinder, die in den Jahren 1947 bis 1957 aus dem zerbombten Darmstadt zur Erholung nach Davos in die Schweiz geschickt wurden. Das Geld dafür stammte aus „Mietzahlungen" der Stadt Basel für das berühmte Madonnenbild von Hans Holbein, dem Jüngeren. Es könnte ein fröhliches Treffen werden, doch damals ist etwas geschehen, über das man lange nicht geredet hat – und bald schon kommt es zum ersten Mord.

Der erste Roman von Michael Kibler ist klug und voll hintergründiger Spannung. Er spielt mitten im Herzen von Darmstadt: Das Heinerfest bildet die Kulisse des Geschehens – Holbeins Madonna lächelt milde dazu.

„Kiblers Roman bietet nicht nur viel Spannung und wissenswerten Hintergrund, sondern auch eine spritzige, fassbare Sprache und unaufdringlichen, doch durchgängig präsenten Humor."

Darmstädter Echo

„... für das heimische Publikum ein Vergnügen!"

Frankfurter Allgemeine Zeitung